JODI TAYLOR

# Doktor Maxwells wunderliches Zeitversteck

JODI TAYLOR

# DOKTOR MAXWELLS WUNDERLICHES ZEITVERSTECK

Roman

*Deutsch von Marianne Schmidt*

blanvalet

Die Originalausgabe erschien 2015 unter dem Titel
»A Trail Through Time (The Chronicles of St. Mary's Book 4)«
bei Accent Press, Cardiff Bay.



MIX
Papier aus verantwortungsvollen Quellen
FSC® C014496

Penguin Random House Verlagsgruppe FSC® N001967

1. Auflage 2021

Redaktion: Werner Bauer
Umschlaggestaltung und Artwork: © Isabelle Hirtz, Inkcraft
unter Verwendung mehrerer Motive von Shutterstock.com
(Michal Sanca; VectorPixelStar)
HK · Herstellung: sam
Satz: Buch-Werkstatt GmbH, Bad Aibling
Druck und Bindung: GGP Media GmbH, Pößneck
Printed in Germany
ISBN 978-3-7341-6273-2

www.blanvalet.de

*Dieses Buch ist allen Mitarbeiterinnen*
*und Mitarbeitern – gegenwärtigen und früheren –*
*des North-Yorkshire-Bibliotheksdienstes gewidmet.*
*Danke für eure Geduld und eure Freundschaft in all diesen*
*langen, dunklen Jahren voller Angst und Mühsal.*

# PROLOG

Und wieder einmal rannte ich.

Ich rannte, verflucht noch mal, ständig.

Im Laufe der Jahre war ich vor Jack the Ripper weggelaufen, vor blutrünstigen Dinosauriern, einem Mob aufgebrachter Bürger von Cambridge, die ganz versessen darauf gewesen waren, mich wegen des Diebstahls eines Spiegels und Hexerei anzuklagen – und vor assyrischen Soldaten. Was immer einem einfällt, ich bin davor abgehauen. Mit unterschiedlich viel Erfolg.

Was ich hier eigentlich sagen will: Ich hatte bisher immer gewusst, *wovor* ich wegrannte. Nur selten hatte ich eine Ahnung, *wohin* ich flüchtete – ich bin Historikerin, und wir planen nicht immer so weit im Voraus. Aber *wovor* ich floh, wusste ich in der Regel schon.

In diesem Fall bedauerlicherweise nicht. In diesem Fall rannte ich um mein Leben und hatte keinen verdammten Schimmer, warum.

Was jetzt folgt, ist schwer zu erklären. Wir müssen uns alle konzentrieren, denn ich bin mir nicht sicher, ob ich das selbst verstehe.

Ich bin Madeleine Maxwell, eine Historikerin.

Ich arbeite für das St. Mary's-Institut für Historische Studien. Wir untersuchen größere geschichtliche Ereignisse in zeitgenössischer Umgebung. Okay, wir unternehmen Zeitreisen. Dafür benutzen wir kleine, dem Anschein nach aus Stein gebaute Hütten, auch als Pods bekannt, und wir springen in jede beliebige Zeit, für die uns ein Auftrag erteilt wird, beobachten, dokumentieren, zeichnen auf, tun unser Bestes, uns aus Ärger herauszuhalten, und kehren erfolgreich ins St. Mary's zurück. Unsere Pods sind klein, vollgestopft, häufig ein bisschen verwahrlost, und das Klo funktioniert nie anständig. Aus irgendeinem Grund riecht es in ihnen immer nach Kohl, aber es sind halt unsere Pods, und wir lieben sie.

Nach dem Tod von Leon Farrell hatte ich den Posten der stellvertretenden Direktorin im St. Mary's übernommen und war zu meinem letzten Sprung aufgebrochen. Aus sentimentalen Gründen hatte ich mich für Frankreich entschieden, 1415, die Schlacht von Azincourt. Wie üblich strapazierten wir – mein Kollege Peterson und ich – unser Glück, aber diesmal trieben wir es zu weit.

Peterson wurde beim Angriff auf den Tross schwer verletzt. Beim Versuch, unsere Verfolger wegzulocken, schlug ich ihm mit einem glatten Stein auf den Kopf (eine ungewöhnliche Vorgehensweise, das stimmt, aber ich war zu diesem Zeitpunkt bemüht, ihm das Leben zu retten), rollte den Bewusstlosen unter einen Busch, wo ihn die Rettungsmannschaft auf jeden Fall finden würde, und rannte wie verrückt in die entgegengesetzte Richtung. So weit weg und so schnell, wie ich nur konnte, bis mir jemand mit einem Schwert das Herz durchbohrte. Eine tödliche Wunde.

Ohne allzu großes Bedauern fügte ich mich in mein Schicksal und empfahl meine Seele dem Gott der Historiker, der, wie gewöhnlich, nicht besonders auf Zack war. Ich fiel nämlich nach vorn, landete aber nicht, wie erwartet, in der Vergessenheit, sondern stattdessen auf einem harten, fransigen Axminster-Teppich.

Kann mir noch jeder folgen?

Mrs. Partridge, persönliche Assistentin des Direktors vom St. Mary's-Institut und in ihrer Freizeit die Muse der Geschichte, riss mich aus meiner Welt und lud mich – durcheinander, wie ich war, und unter großen Schmerzen leidend – in einer anderen ab. In *dieser* Welt. Sie blieb eben noch lange genug, um mich darüber zu informieren, dass ich einen Job zu erledigen hätte und mich an die Arbeit machen sollte, und schon war sie wieder weg. Denn Gott bewahre, dass sie die Dinge jemals einfach für mich machen würde. Ich dachte, ich sei gerettet worden. Und ja, das war ich auch, aber nur so, wie man Truthähne bis Weihnachten verschont.

In dieser neuen Welt war *ich* es gewesen, die gestorben war, und Leon war derjenige, der überlebt hatte. Er hatte meinen Tod nicht sehr gut verkraftet. Und so war ich davon ausgegangen, dass mich Mrs. Partridge seinetwegen hierhergebracht hatte, damit ich ihn rettete. Ihn tröstete. Aber da hatte ich wohl etwas falsch verstanden.

Leon und ich hatten ein schmerzhaftes und irritierendes Zusammentreffen, bei dem ich ihn mit einer blauen Plastikmüllschippe vermöbelte. Lange Geschichte.

Egal, das Gute daran war, dass ich mich jetzt hier befand und in dieser neuen Welt lebte, die meiner eigenen in weiten Teilen ähnelte. Allerdings nicht in allen, wie ich bald schon feststellen sollte.

Leon und ich waren einander fremd geworden und hatten eine Heidenangst, unsere zweite Chance zu vermasseln, weshalb wir übereingekommen waren, es langsam angehen zu lassen. Wir hatten vor, gemeinsam ein neues Leben in Rushford zu beginnen, außerhalb des St. Mary's-Instituts, und abzuwarten, was passieren würde.

Was passierte, war noch mehr Schmerz, noch mehr Verwirrung und viel Davonlaufen.

Nun, da ich es aufgeschrieben habe, bin ich mir nicht einmal sicher, ob ich mir das alles selber abnehme.

Der springende Punkt ist allerdings, dass ich geglaubt hatte, ich wäre in Sicherheit. Dass ich endlich zur Ruhe kommen würde. Die Redensart *Und sie lebte glücklich bis ans Ende ihrer Tage* hatte sich unwillkürlich aufgedrängt. In meinem Fall allerdings war das *Und sie lebte* der entscheidende Teil. Der Part danach, *bis ans Ende ihrer Tage,* war mir wie ein netter Zusatz erschienen. Mein Plan hatte darin bestanden, dass ich ein ruhiges Leben mit Leon führen wollte. Ich würde malen, er würde Dinge erfinden, und wir würden endlich ein friedliches Beisammensein genießen.

Einen Tag lang taten wir das. Aber keineswegs einen ganzen. Wir schafften es nicht mal bis zum Mittagessen.

# Eins

Der erste Morgen meines neuen Lebens.

Ich hatte eine Nacht lang tief und fest geschlafen, ein ausgedehntes heißes Bad genommen und mehrere Becher Tee getrunken. So gerüstet und in der ganzen Pracht meines gelb-weiß gepunkteten Schlafanzugs, fühlte ich mich wieder ein bisschen mehr obenauf und bereit, das neue Leben in Angriff zu nehmen.

Zwischen uns herrschte eine leichte Befangenheit, da wir beide nicht wussten, wo wir anfangen sollten. Um diese zu überbrücken, wuselte Leon in der Küche herum und bereitete Tee und Toast für mich zu, da ich das Frühstück verpasst hatte. Ich war am Küchentisch beschäftigt.

»Was machst du da?«, fragte er und stellte knallend einen Becher mit dampfendem Tee auf den Tisch vor mir.

»Ich schreibe meinen Nachruf.«

»Warum denn das um alles in der Welt?«

»Na, *du* kannst das schlecht tun, oder? Vor dem gestrigen Tag kannten wir uns noch gar nicht.«

»Meine Überraschung bezog sich weniger auf die Tatsache, dass wir uns kaum kannten, als vielmehr darauf, dass du genau betrachtet gar nicht tot bist.«

»Nein, aber ich war es. Vielleicht bin ich ein Zombie. Menschenhirne … Ich brauche Gehirne …«

»Bedaure, keine Gehirne, nur *Marmite*«, sagte er und stellte ein kleines bauchiges Glas auf den Tisch.

»Eine sehr akzeptable Alternative.«

Es gab eine kleine Pause. Ich fragte mich, ob Leons Max diese vegetarische Würzpaste vielleicht nicht gemocht hatte. Würde es von jetzt ab immer so sein, dass wir beide im Stillen diese neue Version von uns mit der alten verglichen? Ich mochte *Marmite* – seine Max vielleicht nicht. Ich mochte keine Milch – vielleicht hatte seine Max in dem Zeug gebadet. Dieser Leon trug schwarze Socken – das hatte mein Leon nicht getan. Mein Leon war Dynamit im Bett. Wir waren gut zusammen. Und nur mal angenommen, dass es jetzt nicht mehr so wäre …

Gedankenversunken legte ich meine Hände um den Becher. Es war so schwer, sich vorzustellen, wie das alles funktionieren sollte. Schon in der ersten Runde waren die Dinge nicht so gut für uns gelaufen, und dann war er gestorben, und dann ich … Nun ja, wäre ich jedenfalls, wenn Mrs. Partridge mich nicht hierhergeschafft hätte. Wir beide hatten eine so lange Geschichte … Falls irgendetwas schiefgehen würde – und das würde es –, dann war ich mir nicht sicher, ob ich es noch einmal überleben könnte, ihn zu verlieren. Doch dann dachte ich an den wunderbaren, herzzerreißenden, die Seele erhebenden Augenblick in seiner Werkstatt, als ich ihn wiedersah und wusste, dass zwischen uns beiden nichts und alles möglich wäre.

Ich schaute hoch, sah, dass er mich beobachtete. Er hatte jeden meiner Gedanken mitverfolgt. Das jedenfalls hatte sich nicht geändert.

»Das wird kein Problem werden«, sagte er leise. »Wir müssen nichts überstürzen. Wir haben noch unser ganzes Leben vor uns, und wir werden jeden Tag so nehmen, wie er kommt. Ganz oben auf der Liste steht, dass du wieder fit und gesund wirst. Ich mag es nicht, wenn Frauen mit großen Löchern in der Brust in der Wohnung herumlaufen. Dann sieht gleich der ganze Ort irgendwie schlampig aus.«

»Alles schon wieder zu«, sagte ich. »Ab und an zwackt es ein bisschen.«

Eigentlich tat es sogar ziemlich weh. Mrs. Partridge hatte schon gewusst, was sie da tat. Ich hatte keine andere Wahl, als hierzubleiben und alles etwas gemächlicher anzugehen. Mindestens noch eine Woche lang.

Eine ganze Menge konnte in einer Woche geschehen.

Und das würde es auch.

Das Telefon klingelte.

Leon war gerade damit beschäftigt, Toast zu buttern; deshalb ignorierte er das Läuten, und der Anrufbeantworter schaltete sich ein.

Ich hörte seine Stimme. »Bitte hinterlassen Sie eine Nachricht.«

Pause.

Ein Piepton.

Dann Dr. Bairstow, dessen Stimme heiser und

drängend war, als er sagte: »Leon. Verschwinde. Sie sind hier. Lauf!«

Dann war die Leitung tot.

Das Buttermesser fiel Leon aus der Hand. Ich sah, wie es eine schmierige Spur auf dem Fußboden hinterließ. Er würdigte sie keines Blickes.

»Du hast dreißig Sekunden. Schnapp dir alles, was dir was bedeutet. Los!«

Ich machte mir nicht die Mühe, Fragen zu stellen. Er hätte sich nicht die Mühe gemacht, sie zu beantworten. Stattdessen war ich mit einem Satz im Wohnzimmer und griff mir das Trojanische Pferd, das er früher mal für mich geschnitzt hatte. Ich sah mich kurz um und nahm dann auch noch mein kleines Buch über Azincourt – das einzige Überbleibsel aus meiner Kindheit – und mein eines Foto von Leon und mir mit. Ich wickelte mir meine rote Schlange um den Hals, die ich im Krankenhaus gehäkelt hatte, als ich mich von Jack the Ripper erholte – die ich auf gar keinen Fall zurücklassen würde –, und fand mich einige Sekunden vor Ablauf der Zeit an der Hintertür ein.

Leon beäugte die Schlange. »Eines Tages müssen wir uns mal die Zeit nehmen und uns über deine merkwürdigen Prioritäten unterhalten.« Er schob mich durch die Hintertür nach draußen, die Treppe hinunter und in den Garten.

Auf der anderen Seite der Grundstücksmauer konnte ich Geräusche hören. »Willst du denn nicht abschließen?«

»Würde nicht das Geringste nützen. In den Pod. Schnell.«

Sein Pod schmiegte sich in eine Ecke seines winzigen Gartens und war getarnt als unauffälliger Schuppen. Ich rief nach der Tür, die sich öffnete, während Leon die Wäscheleine wegriss und die Regentonne mit dem Fuß zur Seite schob.

Mir blieb gerade noch genug Zeit, den vertrauten Pod-Geruch einzuatmen: überhitzte Elektronik, menschliche Ausdünstungen, feuchter Teppich und Kohl. Dann drängte sich Leon hinter mir herein und schlug auf den Türschalter.

»Keine Sorge«, sagte er ruhig. »Hier drinnen sind wir ziemlich sicher. Ich aktiviere das Tarnsystem. Wir warten einfach still und leise ab. Mit ein bisschen Glück werden sie uns nicht finden und wieder verschwinden.«

Ich hätte fragen sollen – wer sind denn *die*? Warum sollten wir *nicht* in Sicherheit sein? Und die allumfassende Frage: Was zum Teufel ist hier eigentlich los?

Aber das tat ich nicht. Vor allem deshalb nicht, weil Leons ganze Aufmerksamkeit auf den Bildschirm gerichtet war, wo er nach irgendwelchen Bewegungen Ausschau hielt. Wahrscheinlich hätte er mich auch gar nicht gehört. Ich stand da, beladen mit Buch, Bild und Schlange, und spürte, wie meine Brust heftig puckerte. Und ich hatte noch nicht mal mein Frühstück verputzt.

»Hier.« Er drehte den zweiten Sitz in meine Richtung, und ich war froh, mich hineinsinken zu lassen.

Vielleicht war ich doch noch nicht annähernd so fit, wie ich geglaubt hatte.

Schweigend warteten wir ab. Es dauerte nicht lange.

Sie kamen geradewegs durch das Gartentor, und sie hielten sich nicht damit auf, es vorher zu öffnen. Krachend brach es aus den Angeln und wirbelte sich mehrfach überschlagend davon. Männer strömten in den kleinen Garten und verteilten sich. Es waren ungefähr sechs Leute, soweit ich das sehen konnte, aber vermutlich standen noch zwei oder mehr draußen und sicherten den Eingang.

Sie waren beängstigend schnell, leise und professionell.

Zwei stürmten die Stufen hoch, traten die Hintertür auf und verschwanden in der Wohnung.

Der Rest machte sich ohne Umschweife auf den Weg zu uns. In den Garten. Unmittelbar auf den Pod zu.

Sie konnten uns unmöglich sehen. Es gab nichts zu entdecken. Wir waren getarnt. Vor dem Hintergrund einer einfachen Steinmauer waren wir unsichtbar.

Trotzdem spürte ich einen Anflug von Sorge. Sie wussten, dass wir da waren. Sie mochten vielleicht nicht in der Lage sein, uns zu *sehen* – wer auch immer sie waren –, aber sie wussten, dass wir irgendwo stecken mussten.

Mein erster Eindruck war, dass sie zum Militär gehörten. Volle Kampfmontur! Helme mit schwarzen Visieren verliehen ihnen ein unheilvolles Aussehen, und sie hatten einige schwere Waffen dabei. Keine Gewehre, aber in der Form von Karabinern, mit irgendeiner Art von Unterbau. Die Männer bewegten sich geschmeidig, sehr effizient und abgestimmt aufeinander. Wir steckten auf jeden Fall tief in der Scheiße.

Leon fluchte leise.

Die Eindringlinge ließen sich auf den Boden fallen, und mit ihren Waffen deckten sie jeden Zentimeter des kleinen Gartens ab. Wie konnten sie wissen, dass wir hier waren? Was ging hier vor sich?

Der Soldat ganz hinten hob jetzt, da jeder Winkel im Blick behalten wurde, etwas in die Luft, das für mein nichttechnisches Auge wie ein Föhn aussah.

War das ein EMI-Gerät? Ein elektromagnetischer Impuls würde den Pod und uns ausschalten!

Jetzt fluchte Leon so richtig, schubste mich von meinem Sitz aus auf den Boden und schrie im gleichen Moment: »Computer! Sprung initialisieren.«

»Sprung initialisiert.«

Und die Welt wurde weiß.

Wir landeten ohne die geringste Erschütterung. Leon warf einen raschen Blick auf die Konsole, legte mehrere Schalter um und fuhr Systeme runter. Seine Hände tanzten in einer mir sehr vertrauten Art und Weise über die Kontrollregler. Da er beschäftigt war, blieb ich still auf dem Boden liegen, wohin er mich befördert hatte, starrte hoch an die Decke und dachte nach.

Ganz offensichtlich hatten die Männer entweder nach ihm oder nach mir gesucht. Und da Leon sich inzwischen schon seit einiger Zeit in Rushford aufgehalten und vermutlich ein unbescholtenes Leben geführt hatte, wohingegen ich vor Kurzem als fremder Eindringling in seiner Welt aufgetaucht war, schien es naheliegend, dass ich diejenige war, die sie finden wollten.

Dass sie in irgendeiner Weise mit dem St. Mary's-Institut in Verbindung standen, bezweifelte ich nicht. Sie hatten ein paar wirklich coole Spielereien dabeigehabt. Und dann war da ja auch noch der warnende Anruf von Dr. Bairstow. Sie hatten also beinahe gleichzeitig im St. Mary's und in Rushford zugegriffen. Irgendetwas Schlimmes war vorgefallen, und beinahe mit Sicherheit ging es dabei um mich. Wie hatten sie mich so schnell ausfindig machen können? Und wenn sie mich geschnappt hätten – was hätten sie dann mit mir gemacht?

Als ob ich darauf nicht die Antwort wüsste.

Vielen Dank auch, Mrs. Partridge. Sie war es gewesen, die mich aus meiner eigenen Welt gerissen und mich in dieser abgeladen hatte. Vom Regen in die Traufe, wie man so schön sagt. Ohne Vorwarnung. Ohne Frühstück. Und jetzt war irgendetwas hinter mir her. Etwas Ernstzunehmendes. Was war denn jetzt mit mir und dem ruhigen Leben?

Leon setzte sich neben mir auf den Boden. »Danke, dass du mich nicht mit Fragen bombardiert hast.«

»Nur eine kurze Atempause. Genieß sie.«

»Habe ich dir wehgetan?«

»Im Gegenteil. Ich bin noch nie mit so viel Stil zu Boden befördert worden. Neun Komma fünf Punkte dafür.«

»Dann hoch mit dir.«

Ich ließ mich auf den Sitz sinken und starrte auf den Schirm und die vertrauten Koordinaten. Ich wusste, wo wir waren.

Mein Leon und ich hatten einen ganz speziellen Ort zu einer ganz bestimmten Zeit gehabt. Eine kleine Insel im östlichen Mittelmeer, Tausende von Jahren in der Vergangenheit, bevor dort zum ersten Mal Menschen aufgetaucht waren. Das St. Mary's-Institut war mir lieb und teuer, aber manchmal will man einfach allein sein. Dann kamen wir hierher, an diesen besonderen Ort, um eine kleine Auszeit miteinander zu verbringen. Das Beste daran war, dass absolut niemand davon wusste. Manchmal taucht dieser Platz auf uralten Karten als die Insel von Skaxos (nicht Skagos, oder?) auf, aber meistens ist sie zu klein, um auf Karten eingezeichnet zu sein, ganz zu schweigen davon, mit Namen versehen zu werden. Hier dürften wir also ziemlich sicher sein.

Leon beendete seine Arbeit an der Konsole. »Es ist immer noch dunkel draußen. Sollen wir mal kurz durchschnaufen?«

»Gute Idee. Und dann kannst du mir erzählen, worum es hier eigentlich geht.«

Er stand auf und machte den Wasserkocher an. Die traditionelle Methode, wie man in St. Mary's mit Krisen umgeht.

Wie ich schon berichtet habe, ist mein Name Madeleine Maxwell. Leitende Missionschefin im St. Mary's-Institut für Historische Studien. Besser gesagt: Ich *war* das. Da ich nie als stellvertretende Direktorin bestätigt worden war, fühlte ich mich im Unklaren darüber, was ich jetzt war. Abgesehen von klein, rothaarig und etwas konfus, natürlich, aber da das im Grunde meine Werkseinstellung ist, sollte man das nicht weiter beachten.

Vor einer Woche war ich in der Kreidezeit gewesen, wo ich einen hungrigen Deinonychus-Saurier mit einem Feuerlöscher und harten Worten abgefertigt hatte. Gestern um diese Zeit war ich in Azincourt gewesen und hatte auf das Schwert in meiner Brust gestarrt, kurz bevor ich in eine neue Welt geschubst worden war. Ich hatte eben noch Zeit genug gehabt, ein Bad zu nehmen, und jetzt war ich hier und wurde auf der Zeitlinie herumgeschleudert – im Schlafanzug. Irgendjemand schuldete mir eine Erklärung. Und Frühstück.

Leon legte mir meinen Morgenmantel um die Schultern.

»Danke«, sagte ich überrascht.

»Nun, einige von uns waren etwas fokussierter, als es darum ging, sich wichtige Dinge zu schnappen, die uns durch die augenblickliche Krise bringen würden.«

Traurig lächelte ich meinen kleinen Haufen Besitztümer an. »Das ist alles, was ich auf der Welt habe. Du kannst mir keinen Vorwurf machen.«

»Ich sage es dir immer wieder – die Hälfte von allem gehört dir. Du hast mir alles in deinem Testament hinterlassen.«

Wir machen alle unser Testament. Bei unserem Lebenswandel ist das unerlässlich. Sämtliche diesbezüglichen Schriftstücke liegen bei Dr. Bairstow. In meiner Welt hatte ich alles Leon vermacht und dann, als er gestorben war, zwischen engen Freunden aufgeteilt: Markham, Peterson und Kal. Zusätzlich hatte ich gewisse Vorkehrungen getroffen, indem ich ein bisschen was hinter der Theke deponiert hatte. Zweifellos veranstalteten sie daheim in meinem St. Mary's just in diesem Moment ein erstklassiges Besäufnis. Es ist immer gut zu wissen, dass man auch nach seinem Tod noch die Dinge aufmischen kann. Ein posthumer Stachel im Fleisch des Managements.

»Also, was sind das für Leute, Leon? Und was wollen sie?«

»Das ist die Zeitpolizei.«

Das sagte mir überhaupt nichts. Ich muss entsprechend verblüfft ausgesehen haben.

»Die gibt es in deiner Welt nicht?«

»Nein.«

»Tja, hoffen wir, dass es so bleibt.«

Schweigen. Er bereitete den Tee zu.

»Also gut. Pass auf. Vor langer Zeit erzählte ich meiner Max, dass Dr. Bairstow und ich aus der Zukunft kommen.«

Ich nickte. »Du hast mir berichtet, dass ihr zurückgeschickt worden seid, um das St. Mary's-Institut zu beschützen. Dass wir bedroht wurden … werden würden.«

»Nun, es sieht so aus, als wäre die Zeit jetzt gekommen.«

»Warte mal. War das nicht dieser Clive Ronan?«

»Ja, auf seine eigene Weise. Aber die wirkliche Bedrohung für das hiesige St. Mary's ist die Zeitpolizei. Irgendwann in der Zukunft – und das hat, Gott sei Dank, nichts mit St. Mary's zu tun – entdecken mehrere Länder beinahe gleichzeitig, wie man durch die Zeit reisen kann. Plötzlich will das jeder, weil alle denken, sie könnten dann die eigene Vergangenheit ändern, und dabei will jeder der Erste sein. Es wird der Versuch unternommen, ein internationales Abkommen zu schließen, das beschränkte und streng kontrollierte Zeitreisen erlaubt, während die Zeitlinie weiterhin geschützt bleibt. Eine Weile lang geht auch alles gut. Eine sehr kurze Weile – aber die Versuchung, zurückzukehren und alte Kriege neu auszufechten, dieses Mal mit dem späteren Wissen, ist einfach zu groß.«

Er sah mich an. »Kannst du dir das vorstellen?«

Ich nickte. Das konnte ich in der Tat.

Ich hatte noch nie eine sonderlich hohe Meinung von der menschlichen Rasse gehabt, und bislang hatte ich in dem Punkt nicht unrecht. Man muss uns doch nur anschauen. Wir haben dieses Geschenk bekommen, dieses wunderbare Geschenk. Als einzige Spezies auf dem Planeten sind wir in der Lage, unsere eigene Vergangenheit zu betrachten. Auf unseren Triumphen aufzubauen. Aus unseren Fehlern zu lernen. Aus erster Hand zu erfahren, wie genau wir dorthin gekommen sind, wo wir uns heute befinden. Und anstatt das als die wunderbare Gabe zu betrachten, die es ist, haben wir versucht, sie für nichts Besseres zu nutzen, als alte Konflikte aufzuwärmen.

Ich persönlich denke, dass wir Menschen so weit gekommen sind, wie wir kommen können. Wir zerstören den Planeten. Wir sind nie um eine Ausrede verlegen, wenn es darum geht, einander auszulöschen. Falscher Gott. Falsche Rasse. Falsche Hautfarbe. Falsches Geschlecht. Tatsächlich bin ich ziemlich erstaunt darüber, dass nicht längst die wirklich angepisste *Geschichte* ein flammendes Schwert geschwungen hat, woraufhin wir alle wieder in Höhlen im Schnee hausen und auf halb garem Mammutfleisch herumkauen. Und selbst das wäre eigentlich schon mehr, als wir verdienen.

Kein Wunder, dass wir es noch nicht bis zum Mars geschafft haben. Ich vermute, dass das Universum verdammt genau darauf achtet, dass wir nicht die Chance bekommen, auch andere Planeten mit unserer Dummheit zu ruinieren. Es sorgt dafür, dass wir auf diesem hier bleiben, auf dem wir nichts anderes zerstören können als uns gegenseitig.

Leon nahm einen Schluck Tee und fuhr fort: »Stell dir vor, was passieren könnte, Max. Nationen würden kurz aufflackern und wieder verschwinden. Menschen würden leben, dann sterben, dann wieder leben. Ereignisse würden sich zutragen. Dann hätte es sie plötzlich nie gegeben. Und dann würden sie noch einmal geschehen, aber dieses Mal anders. Vielleicht würde es irgendwelche entscheidenden Ereignisse nie geben. Die Geschichte könnte so viele Male verändert und neu geschrieben werden, dass sie völlig überfordert wäre. Es könnte das Ende von allem bedeuten.«

Selbst im warmen Sonnenschein spürte ich, wie mir ein kalter Schauer über den Rücken lief.

»Aber – das ist nie geschehen? Oder doch?«

»Nein, es ist nicht geschehen. Als alles zusammenzubrechen drohte, wurde die Zeitpolizei gegründet. Um alles wieder auf die Reihe zu kriegen. Sie setzt sich aus dem Militär, der Polizei und einigen Mitgliedern aus dem St. Mary's-Institut zusammen. Ihr Aufgabengebiet ist weit gefasst. Einige würden sagen: zu weit gefasst. Sie haben nur ein einziges Ziel: was auch immer zu tun nötig ist, um die Zeitlinie zu schützen, egal, mit welchen Mitteln. Und das tun sie. Sie machen einen ausgezeichneten Job. Aber wenn ich sage, sie tun, was auch immer erforderlich ist, um den Job zu Ende zu bringen, dann verstehst du sicherlich, was ich meine, oder?«

Ich verstand. Ihr Job war es, alles auszulöschen, was die Zeitlinie bedrohen könnte. Und ich war, wenn vielleicht auch keine Bedrohung, so doch mindestens eine Anomalie. Und sie wussten, dass ich hier war. Und sie würden nicht eher ruhen, bis sie mich gefunden hatten.

Er fuhr fort. »Nationen werden dazu … genötigt, Zeitreisen aufzugeben. Ohnehin will das eigentlich niemand mehr. Mittlerweile haben alle herausgefunden, dass Zeitreisen nichts anderes als eine Schlange in der Hand sind. Früher oder später wird sie sich immer in deiner Faust herumwinden und zubeißen. Und sie haben alle herausgefunden, dass sie nicht einfach in der Vergangenheit plündern können. Also hat man zwar einen Haufen Ausgaben, aber man kriegt nichts dafür. Außerdem sind allen die möglichen Konsequenzen ihrer Taten ganz unmissverständlich klargemacht worden. Natürlich will keiner der Erste sein, der die Zeitreisen einstellt, aber die Zeitpolizei sorgt für internationale Übereinkünfte, und nach einer Menge Hin und Her fügt sich alles wieder. Wie ich schon sagte, findet all das in der Zukunft statt. Im St. Mary's-Institut hat man in der ganzen Zeit versucht, die Füße stillzuhalten und nicht aufzufallen, und so wurde es uns erlaubt, weiter zu existieren, allerdings unter strenger Kontrolle. Die Zeitpolizei bewegt sich die Zeitlinie rauf und runter und überwacht alle Inkarnationen des Instituts, in der Vergangenheit, der Gegenwart und der Zukunft. Jeder Sprung muss genehmigt werden. Wir müssen tonnenweise Papierkram einreichen, Risikobewertungen, erwartete Gewinne, angewandte Methoden, beteiligtes Personal, Ziele und Hindernisse – dieses ganze Zeug eben. Wir müssen eine Genehmigung für jeden Sprung haben, und es werden nicht sehr viele erteilt.«

»Wer ist für die Genehmigungen zuständig?«

»Der Erstantrag geht an unseren Arbeitgeber – die Thirsk-Universität. Und dann leitet Thirsk den Antrag weiter an die Zeitpolizei, zusammen mit einer eigenen Empfehlung.«

Wieder machte er eine Pause, um seinen Tee zu trinken, und ich dachte derweil nach.

»Und was ist dann schiefgelaufen?«

»Von der Überwachung ist es nur noch ein kleiner

Schritt zur Kontrolle. Und das ist es, was sie von Anfang an wollten. Die vollständige Kontrolle über alle Inkarnationen von St. Mary's. Und im Großen und Ganzen hatten sie auch Erfolg. Kannst du dir vorstellen, was ihnen das für eine Macht verleiht? Es existieren nur noch ein paar vereinzelte unabhängige Zellen. Unser St. Mary's gehört dazu.«

»Und deshalb sind sie hinter uns her?«

»Nein. Ich glaube, sie sind durch deine Anwesenheit aufgescheucht worden. Im besten Falle wollen sie dich nur befragen. Im schlimmsten allerdings …«

Wir schwiegen beide und starrten in unsere leeren Becher.

»Los, komm«, sagte Leon entschlossen und zog mich auf die Beine. »Es wird hell. Wir überprüfen unsere Vorräte, und dann gehen wir nach draußen und schlagen unser Lager auf.«

Wir verließen den Pod, gerade als sich die erste Morgensonne über die Landschaft ergoss und Leben und Farbe in die Welt zurückbrachte. Einen Moment stand ich da und ließ einfach nur den Frieden auf mich einwirken. Ich war schon lange nicht mehr hier gewesen. Das letzte Mal war kurz vor Troja gewesen. Nach Troja sprachen mein Leon und ich nicht mehr miteinander, ganz zu schweigen davon, dass wir in romantischen Augenblicken schwelgten. Alles war noch genau so, wie ich es in Erinnerung hatte, und doch war ich noch nie hier gewesen. Dies war nicht meine Welt.

Eine große Welle der Trauer kam aus dem Nichts.

Trauer um mein St. Mary's-Institut, das ich nie wiedersehen würde. Um Tim, der verletzt und niedergeschlagen dalag. Um Kalinda, meine Freundin. Um Markham und Guthrie. Um den Boss. Selbst um Mrs. Partridge. Ich erinnerte mich an den Frühstücksgeruch am Morgen, das Trappeln der Füße auf den uralten Holzböden, den Klang von wütenden Streitigkeiten zwischen Dr. Dowson und Professor Rapson – oder *gelehrte Debatten*, wie die beiden es beharrlich zu nennen pflegten. Ich erinnerte mich an das Klackern des Gehstocks vom Boss auf den Steinböden. All das war fort. Für immer.

Dann ebbte die Trauer ab und machte der Angst Platz. Ich war allein in einer vertrauten, aber seltsamen Welt, und jetzt sah es auch noch so aus, als wäre ich auf der Flucht. Ohne einen weiteren Gedanken zu riskieren, war ich in diesen Pod gesprungen, und es dämmerte mir jetzt (natürlich viel zu spät), dass das möglicherweise nicht der klügste Schachzug gewesen war.

Auf der anderen Seite bin ich Historikerin. Ich arbeite für das St. Mary's-Institut. Ich würde einen schlauen Schachzug nicht einmal dann erkennen, wenn er eine rote Fahne schwenkte.

Leon unterbrach diese völlig nutzlosen Gedanken.

»Wollen wir uns hinsetzen?«

Er breitete eine Decke aus, und wir lehnten uns in der Sonne an einen großen Stein. Genau so, wie ich es immer mit meinem Leon getan hatte.

Ich schloss die Augen und rutschte noch ein bisschen hin und her.

»Hast du Schmerzen? Tut dir deine Brust weh?«

Was sollte ich sagen? Wie sollte ich diese plötzlichen, beinahe überwältigenden Gefühle von Panik, Isolation und Furcht vermitteln?

Vorsichtshalber hielt ich die Augen noch für eine Weile geschlossen. Er sagte nichts, was ich zu schätzen wusste.

Schließlich begann ich: »Es tut mir leid. Das war nur so ein Moment. Jetzt ist alles wieder okay.«

»Was wünschst du dir von mir? Was soll ich tun? Soll ich dich ein bisschen allein lassen? Über was anderes sprechen? Dir einen ordentlichen Becher frischen Tee bringen?«

Ich holte tief Luft. »Eigentlich will ich ... Was ich wirklich, wirklich will ... ist, einen Augenblick lang einfach nur hier sitzen.«

Er machte Anstalten aufzustehen, aber ich zog ihn wieder zu mir. »Nein, das ist gut so. Bitte bleib. Vielleicht ist jetzt der Moment, um ... um ...«

Er setzte sich wieder, griff nach einem Stock und begann, damit Muster in den Boden zu kratzen, während die beiden Menschen auf diesem Planeten, die am schlechtesten über Emotionen reden können, um ihre Gefühle herumschlichen.

Dann begann ich: »Das muss auch für dich schwer sein.«

Er zögerte. »Das ist es, aber ich denke, ich bin bei alldem der Gewinner. Ich habe nichts verloren, ich habe nur gewonnen. Habe dich wiedergewonnen. Aber du hast alles verloren, und alles, was du gewonnen hast, bin ich. Und ich bin nicht der richtige Leon.«

Er verstand alles. Ich hätte mehr Vertrauen haben sollen.

Und so lächelte ich. »Ich betrachte mich keineswegs als Verliererin. Und lass uns doch den Tatsachen ins Gesicht sehen: Im Augenblick haben wir beide nichts außer den anderen. Und unseren Flüchtlingsstatus natürlich.«

»Ja, das ging schnell, oder? In *einem* Moment bin ich noch respektabler Besitzer eines kleinen Unternehmens in einer der beschaulichsten Marktstädte in ganz England, und dann tauchst du auf und setzt die Mächte der Dunkelheit frei. Und jetzt verstecken wir uns auf einer kleinen Insel, fünftausend Jahre vor unserer Zeit.«

»Ohne Frühstück«, fügte ich hinzu, um ihn auf das Wesentliche hinzuweisen. »Ich wette, du hast nicht daran gedacht, mir meinen Toast mitzubringen, oder?«

Er seufzte. »Nichts als Klagen.«

»Hätte es dich umgebracht, dir auf dem Weg nach draußen noch schnell eine Scheibe zu schnappen? Ich könnte schwören, dass diese Zeitpolizei sich gerade jetzt, wo wir darüber sprechen, über mein Frühstück hermacht.«

Eine Weile saßen wir da, während die Welt leuchtender und wärmer wurde.

Dann veränderte Leon seine Sitzposition. »Ich wollte dich das fragen, aber du musst nicht darüber sprechen, wenn du nicht willst: Wie bist du hierhergekommen?«

»Du meinst hierher, in diese Welt?«

»Ja. Was ist in Azincourt geschehen?«

Ich begann langsam. »Es war mein letzter Sprung. Tim Peterson und ich. Weißt du, ich sollte stellvertretende Direktorin werden.«

»Ich kann nur annehmen, dass Dr. Bairstow kurzzeitig geistig umnachtet war. Und du hast es geschafft, dich in der Schlacht von einem Schwert durchbohren zu lassen? Wart ihr zu nahe dran?«

»Tja, na klar waren wir viel zu nahe. Wir waren oben bei den Bogenschützen. Aber nein, es geschah, als wir uns den Tross hinter der Front ansehen wollten.«

Wieder schloss ich die Lider, und vor meinem geistigen Auge erwachte alles wieder zum Leben.

»Der Versorgungszug war hinter den Schlachtreihen. Genauso wie Hunderte von französischen Gefangenen. Wir wollten prüfen, ob Heinrichs Befehl, sie zu töten, gerechtfertigt war. Und ob er überhaupt ausgeführt wurde. Gerade als wir eintrafen, tauchte aus heiterem Himmel ein Haufen französischer Bauern auf. Sie kämpften nicht in der Schlacht, sie waren da, um zu plündern, die Gefallenen und Verwundeten auszurauben, die Pferde zu stehlen – all diese Dinge.

Ich weiß, was du sagen wirst, aber wir waren eigentlich schon auf dem Rückzug. Wir waren auf dem Weg zurück zum Pod. Überall um uns herum wurde gekämpft. Diese Bastarde töteten die Verletzten, die Priester, die kleinen Jungen, jeden, der ihnen in die Hände fiel. Einer kam aus dem Nichts und trennte Peterson beinahe einen Arm ab.«

Ich brach ab und schluckte, als ich diesen Moment noch einmal durchlebte.

»Er war … so tapfer. Ich habe ihn weggeschleppt und seine Wunde verbunden. Er war bei Bewusstsein, konnte aber kaum noch sprechen. Der Pod war nicht mehr weit entfernt, es war aber klar, dass er das nicht mehr schaffen würde. Leon, ich hatte bereits dich verloren. Ich konnte nicht auch noch ihn verlieren.«

Ich hielt inne.

»Was hast du getan?«

»Ich habe ihn in eine Senke geschoben, ihm einen Stein über die Rübe gezogen, ihn unter Blättern vergraben und ihn zurückgelassen.«

»Ein Glück, dass er ein Freund von dir war. Was machst du mit Leuten, die du nicht leiden kannst?«

Ich presste ein Lachen hervor.

Leon streichelte mir über den Arm. »So ist es schon besser. Und was dann?«

»Dann bin ich weggelaufen. Ich bin immer weitergerannt. Durch den nassen Wald. Ich habe so viel Lärm gemacht, wie ich konnte. Sie sind mir gefolgt. Einer war vor mir. Ich bin einfach gegen ihn geprallt. Während ich mit ihm beschäftigt war, hat mich jemand anders mit seinem Schwert durchbohrt. Ich habe nichts davon mitbekommen.«

Wieder geriet ich ins Stocken. Leon ritzte noch immer Dreiecke in den Erdboden. Ich holte tief Luft und ging alles noch einmal durch. »Es wurde sehr still und unbewegt ringsum. Als ich hochsah, waren da schwarze Äste und der weiße Himmel. Nichts rührte sich.«

Jetzt sprach ich mit mir selbst.

»Ich spürte nicht den Drang zu atmen. Alles war zum Ende gekommen. Alles war vorbei. Ich spürte kein Bedauern. Ich hatte Tim eine Überlebenschance verschafft. Dann fiel ich nach vorn. Auf deinen Teppich. Den ich überall vollgeblutet habe. Wahrscheinlich verlierst du deine Kaution. Tut mir wirklich leid.«

»Und das ist alles, was passiert ist?«

Ich nickte. Was ich ihm erzählt hatte, war die Wahrheit. Nur eben nicht die ganze. Ich hatte Mrs. Partridge und ihren Anteil an der ganzen Sache nicht erwähnt. Ich meine, was sollte ich schon sagen? *Oh, ich bin im 15. Jahrhundert gestorben, und dann hat mich die Muse der Geschichte aus meiner Welt gepflückt und mich in deine fallen lassen – damit ich eine Aufgabe erledige, über die sie mir nichts verraten wollte.*

Ich weiß nicht, warum ich Mrs. Partridge nicht erwähnen wollte. Es ist ja nicht so, als ob ihre Rolle die ganze Geschichte noch schräger gemacht hätte oder unglaubwürdiger oder noch unwahrscheinlicher. Das war schließlich gar nicht möglich. Die ganze Angelegenheit ist vollkommen schräg, unglaubwürdig und unwahrscheinlich. Auf der anderen Seite reise ich berufsmäßig durch die Zeit, also sollte man mir besser nichts von schräg, unglaubwürdig und unwahrscheinlich erzählen. Wirklich, ich schätze, anstatt mich zurück- und wieder vorwärtszubewegen, war ich einfach – seitwärtsgesprungen.

Man wiederhole diese Theorie bitte nie in Gegenwart eines angesehenen Physikers. Ich will nicht, dass man mich auf der Straße anspuckt.

Ich überließ es Leon, das Lager aufzuschlagen, und schlenderte langsam zwischen den Bäumen, um einen ersten Blick auf das glitzernde türkisfarbene Meer zu werfen, den Vögeln zu lauschen, die den neuen Tag begrüßten, und in der Ferne das Brechen der Wellen in der Brandung zu hören und den Klang des Windes, der durch die Pinien strich. Das war immer ein ganz besonderer Moment für mich. Ich saß auf einem Stein und ließ freudige Erinnerungen in mir aufsteigen.

Die Bäume reichten bis ans Ufer hinunter, und ihre giftgrünen Nadeln bildeten einen starken Kontrast zur rostroten Erde und den Steinen. Alle Farben waren strahlend und frisch. Die Sonne brannte von einem wolkenlosen tiefblauen Himmel. Später würde es richtig heiß werden. Alles war still und friedlich. Dies war schon immer ein kleines Stück vom Paradies gewesen. Hier war noch nie etwas Schlimmes passiert.

Nicht dass ich das lange genießen durfte. Wie üblich, so war ich auch jetzt die verantwortliche Holzsammlerin und Wasserholerin. Ich wäre auch zur hauptamtlichen Schlepperin schwerer Lasten bestimmt worden, aber glücklicherweise hatte ich eine tödliche Wunde in der Brust, von der ich mich erholen musste, und so durfte ich mich nicht überanstrengen. Auch nicht kochen. Tatsächlich war ich nicht nur von Kochpflichten befreit, sondern es war mir sogar streng verboten, auch nur in die Nähe von irgendeinem Bereich zu kommen, in dem Speisen zubereitet wurden. Was keine so harte Strafe war, wie es vielleicht aussehen mochte.

Leon war damit beschäftigt, das Feuer anzuzünden, und ich brach auf zur endlosen Suche nach Feuerholz. Ich schlüpfte aus meinen Latschen, schüttelte den Morgenmantel ab und wanderte vertraute Wege entlang. Unter meinen Fußsohlen spürte ich den Teppich aus weichen Nadeln, ich sog den Geruch von Pinien und Meer ein und lauschte den Seevögeln, die kreischend über dem felsigen Ufer ihre Runden drehten.

Nichts hatte sich verändert. Jahreszeiten kamen und gingen, aber nichts veränderte sich hier jemals. Es würden noch Tausende von Jahren vergehen, ehe zum ersten Mal Menschen auf dieser kleinen Insel landen würden.

Es lag viel Holz herum, und ich spazierte gemächlich zwischen den Bäumen und bückte mich unter Schmerzen, um kleinere Stücke aufzusammeln.

Und dann stieß plötzlich irgendwo hinter mir ein Vogel einen schrillen Schrei aus, der wie eine Warnung klang, und schoss hinauf in die Luft. Die Flügel flatterten hektisch, als er versuchte, an Höhe zu gewinnen.

Sofort setzte bei mir der Instinkt ein. Ich zog mich hinter einen Baumstamm zurück und blieb stocksteif stehen. Abwartend.

Ich bemerkte die Bewegung, einige Sekunden bevor ich begriff, was ich da sah. Und dort. Und da drüben ja auch.

Eine Reihe von mittlerweile hinreichend bekannten schwarz gekleideten Soldaten bewegte sich langsam den Hügel hoch. Die Männer griffen nicht an, bewegten sich lediglich in langsamer, geduckter Haltung. Sie blieben dabei in strikter Formation. Das war keine Attacke – sie pirschten sich an. Stellten sicher, dass nichts an ihnen vorbeigelangen konnte.

Scheiße! Wie konnten die uns gefunden haben?

Aber jetzt war keine Zeit für irgendwelche Tricks. Sie würden mich sehen, sobald ich mich bewegte. Es gab keine Umgebung auf der Welt, in der ein gelb-weiß gepunkteter Pyjama mühelos mit der Umgebung verschmelzen konnte.

Ich ließ das Holz fallen, schrie Leon eine Warnung zu und setzte mich in Bewegung. Rannte hügelaufwärts, so schnell, wie ich nur konnte, und meine Brust schmerzte unter der Belastung. Mein Tod war einfach noch nicht lange genug her für solche Anstrengungen.

Hinter mir brüllte jemand einen Befehl. Sie hatten mich also gesehen.

Halb erwartete ich einen Kugelhagel, aber der kam nicht. Vielleicht war die Sicht auf mich durch die Bäume hindurch nicht klar genug für Beschuss.

Leon warf unser Zeug zurück in den Pod.

Ich riskierte einen Blick über die Schulter und sah,

dass zwei von ihnen wieder mit ihrem Föhn-Ding zielten.

Wenn das EMIs waren, dann mussten die Typen gar nicht auf uns schießen. Sie konnten einfach den Pod außer Gefecht setzen und uns dann in aller Seelenruhe einsammeln. Dies hier war eine kleine Insel. Wir würden ihnen nicht lange aus dem Weg gehen können.

Mühsam kämpfte ich mich weiter den Hügel hoch. Meine Brust stach, und ich bekam kaum Luft. Gestern um diese Zeit war ich noch tot. Was erwarteten die Leute eigentlich von mir?

Ich schrie Leon zu: »Verschwinde! Weg mit dir!«

Er ignorierte mich. Stattdessen kam er mir entgegengerannt, packte mich am Arm und schleifte mich buchstäblich in den Pod. Als wir durch die Tür stürzten, brüllte er bereits: »Computer, Notrückholung. Jetzt.«

Ich machte mich bereit, denn ich wusste, dass das wehtun würde.

Und das tat es auch.

Die Welt wurde schwarz.

# Zwei

Ich lag auf dem Rücken, inmitten eines Durcheinanders von Sachen, und starrte nach oben an die Decke.

Zur Hölle, nicht *noch* einmal.

Notrückholungen sind – wenig überraschend – für Notfälle gedacht. Für Situationen, in denen es wichtiger ist, schnell rauszukommen, als auf sichere Art und Weise zu verschwinden. Denn es tut weh. Man erklärt einen Notfall, und der Pod wirbelt einen in einer Geschwindigkeit von der Katastrophe weg, bei der man Nasenbluten bekommt. Kurz darauf folgt ein knochenzermalmender Aufprall auf dem Boden. Ob man es glaubt oder nicht, es gibt hin und wieder einen Historiker, der noch nie eine Notrückholung angefordert hat. Ich hingegen habe längst den Überblick über die vielen Male verloren, in denen mir das zugestoßen ist. Und nie wird es leichter.

Ich drehte den Kopf. Leon stemmte sich langsam vom Boden hoch.

»Bleib, wo du bist, Max.«

Als ob ich irgendeine Wahl gehabt hätte.

»Wir müssen überprüfen, ob sie uns wieder gefolgt sind. Lieg einfach ganz still. Ich kümmere mich in einer Minute um dich.«

Ich war froh zu sehen, dass persönliche Belange nicht seine Prioritäten verschoben. Es würde nichts bringen, wenn er sich ängstlich über mich beugen würde, während die Zeitpolizei durch die Tür brach.

Schwerfällig stand er auf und ließ sich auf einen der Sitze fallen, wo er mit verzerrtem Gesicht seine Schultern knetete. So etwas wie eine schmerzlose Notrückholung gibt es nicht. Ich hatte keine Schwierigkeiten damit, seine Anweisungen zu befolgen und unbeweglich liegen zu bleiben.

Dann sagte er schließlich: »Also, es ist das 17. Jahrhundert. London, glaube ich, und es ist kalt. Genau genommen ist es sogar sehr kalt.«

Ja, das glaubte ich gerne. Großbritannien litt zwischen dem 14. und dem 19. Jahrhundert unter einer kleinen Eiszeit. Ich stöhnte vor mich hin. Da im Computer keinerlei Koordinaten für die Rückkehr eingegeben worden waren, hatte er einfach zufällig eine Zeit und einen Ort gewählt. Für ihn war es am wichtigsten, den Pod und die Besatzung in Sicherheit zu bringen. Vermutlich in genau dieser Reihenfolge. Da fünfzig Prozent der Mannschaft immer noch im Schlafanzug steckten, wäre ein Ort, an dem es ein bisschen wärmer war, sehr viel willkommener gewesen.

»Ich glaube«, sagte Leon nachdenklich, »dass wir auf der Themse gelandet sind. Das kommt mir irgendwie nicht richtig vor.«

Er begann damit, durch verschiedene Bildschirme zu scrollen.

»Doch«, sagte ich. »Das kann ich mir schon vorstellen. Ich denke, du wirst feststellen, dass die Themse zugefroren ist. Ob sie unser Gewicht trägt?«

Er sah mit zusammengekniffenen Augen auf den Bildschirm. »Sie scheint das Gewicht von jedem auszuhalten. Da draußen gibt es eine kleine Stadt. Buden, Zelte, Stände, Menschen, Lagerfeuer, gebratene Tiere am Spieß und … ich glaube … ja, da ist ein Bär. Ich schätze, ein kleiner Pod macht da auch keinen Unterschied mehr.«

»Bist du sicher? Wir sind mit ziemlichem Karacho runtergekommen.«

»Ich weiß«, sagte er und rieb sich den Ellbogen. »Aber es gibt keine Anzeichen für Eisbruch. Und wir sind getarnt, also gibt es auch kein Gekreische und keine Panik. Was bemerkenswert ist, wenn man bedenkt, dass es hier schon seit beinahe fünf Minuten eine Historikerin vor Ort gibt. Kann es sein, dass du langsam alt wirst?«

»Sehr witzig«, gab ich zurück und rappelte mich auf. »Ich persönlich sage ja immer, dass eine Landung, nach der man auf den eigenen zwei Beinen weiterlaufen kann, eine gute war. Selbst wenn ein Techniker am Steuer saß.«

»Im Ernst? Das ist deine Definition von einer guten Landung?«

»Nun, wie du schon gesagt hast – keine Panik da draußen und keine inneren Verletzungen. Ein riesiger Erfolg nach herrschendem St. Mary's-Standard.«

Ich gesellte mich zu ihm an den Bildschirm. »Oh, cool. Das ist ein Frostjahrmarkt.«

»Ein was?«

»Weißt du denn nichts über Frostjahrmärkte?«

»Ich bin Techniker. Ich habe andere Prioritäten.«

»Also ist es wohl mal wieder die Historikerin, die den Tag mit den entscheidenden Informationen rettet, über die der Techniker dringend verfügen muss.«

»Und bitte in weniger als zweihundert Worten, wenn du das schaffst.«

»In Ordnung. Hör zu. In früheren Tagen war die Themse viel flacher und breiter als heute. Keine Uferbefestigung. All der Schutt und Abfall türmten sich rings um die schmalen Piers an der London Bridge und brachten den Fluss beinahe zum Stillstand. Also fror dieser zu. Das Wetter war auch viel kälter. So kalt, dass Vögel tot vom Himmel fielen. Das Rotwild in den Parks verendete. Die Menschen starben auf den Straßen, und öffentliche Wohltätigkeitsaktionen wurden gestartet, um die Armen mit Heizmaterial zu versorgen und ihnen so beim Überleben zu helfen. Los, komm.«

»Du willst doch nicht etwa da raus?«

»Das lasse ich mir nicht entgehen.«

»Bist du wahnsinnig?«

»Leon, das muss ich sehen. Das ist meine einzige Chance. Ich werde nie wieder hierher zurückkommen.«

»Wenn es so kalt ist, dass die Vögel vom Himmel fallen – willst du dann wirklich im Schlafanzug draußen rumlaufen?«

Ich klappte einige Schranktüren auf. »Hier muss es doch irgendetwas geben.«

Unwillig zog Leon ein Sammelsurium an nicht zusammenpassenden Kleidungsstücken heraus: Sweatshirts, Socken, Handschuhe. Ich wusste doch, dass er irgendetwas dabeihaben würde. Das war sein ganz persönlicher Pod, den er schon seit was-weiß-ich-wievielen Jahren besaß. Zusätzlich zu seiner eigenen Ausrüstung bei Kälte und schlechter Witterung war es undenkbar, dass er nicht noch allen möglichen anderen nützlichen Kram angesammelt hatte.

Ich schlüpfte in so viele Kleidungsstücke wie möglich und stopfte die Hosenbeine meines Pyjamas in mehrere Paar alte Socken. Leon nahm eine Decke und schnitt einen Schlitz für meinen Kopf hinein, sodass ich sie in Clint-Eastwood-Manier über meinem Morgenmantel tragen konnte. Und ja, er hatte recht. Ich sah in der Tat sehr merkwürdig aus, besonders, da ich mit drei Paar Socken in seinen viel zu großen Gummistiefeln herumschlurfte. Aber da draußen würde beinahe mit Sicherheit jeder jedes einzelne Kleidungsstück, das er besaß, tragen und vermutlich auch noch die Bettbezüge, also würde ich mich gut einfügen, wie ich Leon gegenüber betonte.

Er sagte nichts, sondern schwieg vielsagend.

Wir traten nach draußen. Er hatte so was von recht. Es war kalt.

Zur Hölle, war das kalt.

O Gott, war das kalt.

Nur mein Stolz hielt mich davon ab, postwendend zurück in den Pod zu marschieren. Ich spürte, wie mir die Haare in den Nasenlöchern festfroren. Leon wickelte mir einen Schal um Kopf und Gesicht.

»Ich hab's dir ja gesagt.«

Über den Schal hinweg funkelte ich ihn an.

Er lächelte. »Du hast Schnee in den Wimpern.«

Ehe mir etwas einfiel, das ich hätte sagen können, redete er weiter. »Atme durch den Schal und huste auf gar keinen Fall, denn dann wirst du nie wieder aufhören.«

Ich merkte, wie die Kälte durch die Gummisohlen und die drei Paar Socken drang. Augenblicklich verwandelten sich meine Füße in Eisblöcke. Es wehte kaum Wind, aber die Kälte kroch trotzdem mühelos durch meine Kleiderschichten und ließ mir das Mark in den Knochen gefrieren. Ich hatte Mitleid mit den Armen, die sich in ihren zugigen Behausungen eng aneinanderdrängten. Einige dieser Hütten hatten kein vernünftiges Dach und manche vermutlich auch keine richtigen Wände. Jeder versuchte, sich warm zu halten. Versuchte, am Leben zu bleiben.

»Jetzt los«, sagte Leon. »Bewegung oder zurück in den Pod.«

Wir drehten uns um, weil wir uns mit dem Standort des Pods vertraut machen wollten, denn manchmal ist es ziemlich heikel, etwas wiederzufinden, das man nicht sehen kann. Wir befanden uns neben einer rotweiß gestreiften Bude und gegenüber einer schmuddeligen weißen Markisenplane mit hochgebundenen Seiten, unter der gewaltige Mengen Bier ausgeschenkt wurden.

Es lag viel schmutziger Schnee auf dem Eis, der uns

sicheren Tritt ermöglichte, sodass wir zügig loslaufen konnten. Leon schob seinen Arm unter meinen.

»In Ordnung?«

Ich nickte nur, damit er nicht hören konnte, wie mir die Zähne klapperten.

Ich schätzte, dass es später Nachmittag war. Die Sonne war bereits im Begriff unterzugehen. Blasse Sterne erschienen über uns am Himmel. Hin und wieder schwebten ein paar Schneeflocken vorbei. Immer mehr Menschen tauchten auf dem Eis auf, riefen sich etwas zu und lachten.

Man sagt: Wenn das Leben dir Zitronen gibt, mach Limonade draus. Für Londoner hieß das offenbar: Wenn das Leben dir eine zugefrorene Themse und bitterkalte Minusgrade gibt, dann halte einen Frostjahrmarkt ab und verdien ein bisschen Geld. Sie verwandelten einen Überlebenskampf in die Gelegenheit, sich zu zerstreuen.

Der Qualm aus Tausenden von Kaminen verbreitete sich horizontal durch die kalte Luft und drohte die Stadt zu ersticken. Der letzte Rest von Farbe verschwand vom Himmel. Mit einem Schlag wurde mir noch kälter, falls das überhaupt möglich war.

Trotzdem: Das war London zur Restaurationszeit, 1683, und es war unmöglich, nicht aufgeregt zu sein. Das war England unter dem lustigen Monarchen, Charles Stuart.

Kaum war der nicht ganz so lustige Olly Cromwell gestorben, stießen die Engländer einen Seufzer der

Erleichterung aus, beschlossen, so etwas nie wieder zu wagen, und installierten die Monarchie neu, und zwar in Person dieses cleveren Partylöwen Charles II. Charles war berühmt für seine Gespielinnen, den Englisch-Niederländischen Krieg, seine Spaniels, das Große Feuer von London (als er neben seinen Landsleuten in London gegen das Feuer kämpfte), die Königliche Gesellschaft (Royal Society) und mindestens vierzehn uneheliche Kinder. Er stopfte eine ganze Menge in seine fünfundzwanzig Jahre währende Regentschaft.

England wischte die sozialen und religiösen Restriktionen von Cromwells Commonwealth-Regelung beiseite, holte tief Luft – und machte Party. Die Ausschnitte der Frauenkleider und auch die Moral rutschten nach unten. Röcke hingegen wurden bei jeder sich bietenden Gelegenheit gelupft. Das Land explodierte in überschäumender Promiskuität und aufrührerischem Benehmen. Immer mehr der streng religiösen Bürger brachen – ohne calvinistische *Separatisten* zu sein – voller Abscheu Richtung Amerika auf.

Das normale Prozedere jeder Mission sollte darin bestehen, dass wir unsere Umgebung unter die Lupe nehmen und auf mögliche Gefahren hin absuchen. Auf einem Schlachtfeld ist das immer ein großer Spaß. Man studiert die Menschen, ihr Verhalten und ihre Kleidung, zeichnet alles auf und dokumentiert so, was zu diesem Zeitpunkt passiert.

Unter den augenblicklichen Bedingungen bestand

allerdings nicht viel Aussicht auf irgendetwas davon, denn alles war unter Schnee begraben. Gewaltige, lange Eiszapfen hingen an Buden und Gebäuden in der Nähe, da die Temperaturen am Tag leicht anstiegen und dann über Nacht wieder fielen. Auf allen ebenen Flächen glitzerte eine dicke Eisschicht. Jeder war in viele Lagen Kleidung gewickelt, sodass keine Chance bestand, einen Blick auf die Mode der Zeit zu werfen. Wir mussten das Beste aus dem machen, was uns noch übrig blieb.

»Sieh mal«, sagte Leon und zeigte auf etwas. Die Menschen hatten sich Tierknochen unter die Füße gebunden und bewegten sich mithilfe von Stöcken und langen Stangen vorwärts. Es gab viel Geschrei und Gelächter. Und eine Menge Stürze.

Trotz der Kälte und der Sorge spürte ich, wie mir leichter ums Herz wurde. Ich bin Historikerin. Das ist es, wofür ich geboren bin. Vor Aufregung hüpfte ich kurz auf und ab; ich konnte nicht anders.

Hier und da wurden Tiere an Spießen gebraten. Struppige Hunde und noch struppigere Kinder drückten sich herum und hofften darauf, dass etwas für sie abfallen würde. Ich konnte es ihnen nicht verdenken. Der Duft war verführerisch. Und wieder dachte ich wehmütig an meinen verpassten Toast.

Auf dem Eis wanderten Pastetenhändler mit Bauchläden herum und priesen lautstark ihre Waren an. Überall um uns herum konnte ich Stelzenläufer und Jongleure sehen. Lehrburschen spielten mit großem Enthusiasmus und wenig Können Fußball. Kichernde

Damen mit gepuderten Haaren, eingewickelt in dicke Felle, waren in eine artige Kegelpartie vertieft. Musikanten marschierten auf und ab, die Wangen rot vor Kälte. Niemand konnte es sich leisten, längere Zeit still zu stehen. Nicht bei diesen Temperaturen.

Verflucht noch eins, war das kalt. Ich konnte spüren, wie sich Eis auf meinen Wimpern bildete.

Wir sollten ebenfalls in Bewegung bleiben. Außerhalb der kleinen warmen Inseln rings um die vereinzelten Feuerschalen war die Luft schneidend kalt. Ein paar mehr Schneeflocken rieselten nun zu Boden und vermischten sich mit dem Ruß der Feuer. Ich machte vorsichtige, flache Atemzüge durch meinen Schal hindurch, was die beste Art und Weise zu sein schien, wenn man vermeiden wollte, dass man sich einen oder beide Lungenflügel aus dem Leib hustete. Ich hatte es schon lange aufgegeben, noch meine Füße zu spüren. Mir fiel ein, dass die Temperatur meiner Füße und die interessanten Orte, zu denen ich gelangt war, um sie zu wärmen, in der Vergangenheit zu einer Vielzahl von hitzigen Debatten geführt hatten …

Auf jeden Fall schienen hier alle eine wunderbare Zeit zu verbringen. Bei denjenigen, die hochprozentige Getränke ausschenkten, blühte das Geschäft. Menschen riefen sich etwas zu, begrüßten lautstark Freunde und lenkten die Aufmerksamkeit auf den einen oder anderen sonderbaren Anblick. Überall war laute Musik zu hören. Es war ein bisschen wie das Glastonbury Festival bei Eis und Schnee statt im Schlamm. Und es gab sogar noch weniger Klos.

Jetzt, da die Dunkelheit hereingebrochen war, entzündeten die Standbesitzer überall auf dem Eis ihre Laternen, und die Lagerfeuer flackerten noch höher zu den Sternen hinauf. Aufregung lag in der Luft. Die Menschen waren offenbar entschlossen, sich zu vergnügen. Bei diesen Temperaturen konnten sie morgen um diese Zeit auch schon tot sein.

Genauso wie wir.

Fix schob ich diesen Gedanken beiseite. Während es immerhin möglich, wenn auch wenig wahrscheinlich gewesen war, dass die Zeitpolizei irgendwie von der Existenz von Skaxos gewusst hatte und uns dorthin gefolgt war, hatten wir es doch geschafft, sie dort abzuhängen. So viel *Geschichte*, wie es da draußen gab, wäre es ein Ding der Unmöglichkeit, dass sie uns auch noch hier aufspüren könnten.

Ich hatte gerade viel Spaß dabei, zwei waghalsige junge Männer zu beobachten, die versuchten, eine Gruppe von Mädchen mit ihren Schlittschuhkünsten zu beeindrucken, als wir einen besonders lauten Tumult hörten. Wenn wir nicht auf solidem Eis gestanden hätten, hätte ich gesagt, der Lärm komme aus Richtung flussabwärts. Menschen kreischten, aber nicht freudig. Hunde bellten. Rings um uns herum reckten die Leute die Hälse und versuchten herauszufinden, was da vor sich ging. War irgendjemand im Eis eingebrochen? Ich stellte mich auf die Zehenspitzen und gab mir Mühe, durch die Menschenmenge hindurchzuspähen. Vielleicht hatte jemand einen Taschendieb gefasst.

Leon packte meinen Arm und sagte leise: »Hier entlang«, und zog mich von der allgemeinen Aufregung fort.

»Was ist denn los?«

»Sie sind hier.«

»Was? Wie kann das sein? Wie haben sie uns denn finden können?«

»Das werden wir später rauskriegen. Geh nicht schneller. Und schau nicht hinter dich. Schlendere einfach zurück zum Pod.«

Etwa hundert Meter waren wir jetzt vom Pod entfernt, und der Tumult hinter uns rückte immer näher.

»Sieh nicht zurück«, wiederholte Leon. »Das ist eine gängige Praxis. Sie sorgen hinter uns für Aufregung, und während wir wegrennen, erwartet uns deren überwiegende Mehrzahl vor uns, sodass wir ihnen blindlings in die Arme laufen.«

»Irgendwelche hilfreichen Gedanken?«

»Lass uns vom Fluss verschwinden. Hier sind wir zu exponiert. Wir tauchen in den Straßen unter und suchen uns später den Weg zurück.«

»Nimm mal an, sie finden den Pod.«

Er blieb stehen.

»Guter Gedanke.«

Allerdings. Manchmal habe ich solche Momente. Wenn die Zeitpolizei den Pod finden und unbrauchbar machen würde, wären wir hilflos. Eigentlich war das alles, was sie tun mussten. Wenn wir bei diesen Temperaturen keinen Zugang bekämen, könnten wir innerhalb weniger Stunden tot sein. Vielleicht würde es nicht einmal so lange dauern. Und erneut spürte ich ein ängstliches Ziehen. Ich habe das früher schon einmal gesagt. Es ist nicht leicht, außerhalb der eigenen Zeit zu leben. Jeder hat einen Platz in der Gesellschaft, und ohne den Rückhalt durch die Familie, durch Freunde, eine Handwerkszunft, einen Stamm, ein Dorf sind wir praktisch nichts. Sich am Leben zu halten, indem man stiehlt, macht nicht viel Spaß. Und es hatte den Anschein, dass diese Leute nur ein paar Stunden nach uns auftauchten, wo auch immer wir hinsprangen. Wir konnten in argen Schwierigkeiten stecken.

Leon sah zu mir runter. »Kannst du rennen?«

Ich öffnete den Mund, um *Ja* zu sagen, aber heraus kam ein *Nein*.

Manchmal siegt die Vernunft über die Dummheit. Sogar bei mir.

Ganz lässig bogen wir vom Fluss ab, stapften durch den knirschenden Schnee, stiegen ein paar vereiste Stufen hoch und kletterten über eine niedrige Mauer.

»Sieh nicht zurück und renne nicht. Ganz ruhig jetzt.«

Wir gingen langsam und erreichten ein Gewirr kleiner Gassen, die von schmalen Holzhäusern gesäumt waren, welche sich wenig vertrauenerweckend über die Straße beugten. Fast zwanzig Jahre nach dem Großen Feuer von London waren die Straßen hier noch immer eng und gekennzeichnet von bestialischem Gestank. Ich wusste, dass es ehrgeizige Pläne für eine moderne Stadt gegeben hatte, mit Boulevards und Alleen. Aber die einfachen Leute hatten Angst, dass ihre winzigen Stückchen Land von diesen Entwürfen geschluckt werden würden, und hatten mit dem Wiederaufbau angefangen, noch bevor die Asche kalt geworden war. Das Ergebnis war, dass sich das neue London in großen Teilen kaum vom alten unterschied.

Hier, weit weg von den Lichtern und den Feuern auf dem Jahrmarkt, schien alles noch dunkler und voller Schatten. Und noch viel, viel kälter. Der Schnee, der hier lag, war schwarz und matschig. Die wenigen Leute auf den Straßen wankten nach Hause und umklammerten so viel Holz, wie sie nur hatten auftreiben können. Winzige Fenster waren zum Schutz gegen die Kälte verrammelt, und alle Ritzen, die es gab, waren mit steif gefrorenen Lumpen verstopft. Nur wenige Lichter waren zu sehen. Die Luft war rauchgeschwängert und kratzte in meiner Kehle. Ich versuchte, nicht zu husten.

Wir liefen durch das Labyrinth. Die verlassenen Straßen standen in seltsamem Kontrast zu den Lichtern und dem bunten Treiben auf dem Jahrmarkt, nur wenige hundert Meter entfernt. Ich bibberte unter den vielen Schichten meiner ausgefallenen Kleidung. Leise rieselten Schneeflocken vom dunklen Himmel. Mittlerweile waren wir die einzigen Menschen, die noch draußen unterwegs waren.

Eigentlich war die Stille ein bisschen besorgniserregend. Wo steckten die wilden Hunde, Katzen, Ratten und Prostituierten, die normalerweise an solch dunklen Orten zu finden waren? Die Antwort war: Sie mieden die Kälte. Hunde, Katzen, Ratten und Huren hatten offenbar sehr viel mehr Verstand als wir. Was nicht schwer war.

»Keine Prostituierten«, sagte ich.

»Natürlich nicht. Nur ein Verrückter würde in einer Nacht wie dieser seinen Schwanz rausholen, denn der würde ihm schon in der Hand abbrechen.«

Wir schlichen noch ein bisschen weiter. Jetzt wurde das Schneegestöber dichter. Die Kälte war beinahe unerträglich.

»Wir sind auf dem Weg zurück zum Pod«, sagte Leon leise, und sein Atem gefror zu einer Wolke um seinen Kopf. »Wir laufen jetzt parallel zum Fluss. Wenn wir die nächste Abbiegung links nehmen, sollten wir irgendwo in der Nähe des Pods herauskommen.«

Leise schlüpften wir von Schatten zu Schatten. »Beinahe da«, sagte er, und kaum dass die Worte aus seinem Mund gekommen waren, erschienen drei oder vier dunkle Gestalten am Ende der Straße, blickten aber glücklicherweise nicht in unsere Richtung. Noch nicht.

»Hier rein«, sagte er, und wir drängten uns nach links in eine Gasse, die so schmal war, dass wir uns an manchen Stellen seitwärts hindurchschieben mussten.

Die gute Nachricht war, dass die überhängenden

Dächer diesen beengten Raum relativ schneefrei gehalten hatten. Die schlechte Nachricht war, dass man diese Gasse auch mit Fug und Recht die *Gasse der Körperflüssigkeiten* hätte taufen können. Der Gestank war schon schlimm genug, aber wir rutschten immer wieder in den Pfützen von gefrorenem Urin aus. Vereiste Kothaufen knirschten unter meinen Füßen. Eines Tages würde ich mich bestimmt mal an einem Ort wiederfinden, an dem ich nicht knietief in Ausscheidungen stehen würde. Eines schönen Tages, bitte, bitte.

Leon blieb wie angewurzelt stehen, und ich prallte gegen seinen Rücken. Ganz langsam zog er mich zur Seite hinter ein kaputtes Fass. Ich hockte mich unter Schmerzen hin. Wir beide atmeten in unsere Ärmel, damit uns unser gefrierender Atem nicht verraten würde. In einer halben Stunde würden wir gut getarnt sein. Und steif gefroren natürlich auch.

Stimmen waren am Eingang der Gasse zu hören. Ein greller, weißer, ganz und gar nicht ins 17. Jahrhundert gehörender Suchscheinwerfer verpasste uns knapp, gab mir aber die wunderbare Gelegenheit, mir anzuschauen, worin ich kniete. Wir erstarrten – welch passender Ausdruck eigentlich!

Mehrere endlose Sekunden vergingen, und dann bewegten sich die Männer von der Zeitpolizei weiter. Keiner von uns beiden versuchte, sich zu rühren. Wir waren viel zu alt, um auf diesen Trick reinzufallen.

Die Zeit schlich dahin, wie sie es immer zu tun pflegt, wenn man langsam in einer eiskalten zugepissten Gasse im späten 17. Jahrhundert am Erfrieren ist. Ich beschloss, dass uns unser nächster Sprung auf irgendeine duftende tropische Insel führen würde. Aber noch kauerten wir hier. Wir hatten den Zeitpunkt verpasst, an dem wir in der Lage gewesen wären, uns zu bewegen. Wenn es so weit wäre, würde Leon mir meine Gelenke brechen müssen, um mich gerade hinstellen zu können.

Ich spürte, wie er sich langsam und vorsichtig aufrichtete. Und ich brauchte zwei Anläufe, bis ich richtig stand. Zentimeter für Zentimeter schlichen wir an der eisverkrusteten Mauer entlang.

Am Ende der Gasse beugte Leon sich vor und schob ganz vorsichtig seinen Kopf um die Mauerecke. Dann richtete er sich wieder auf und drehte sich zu mir um.

»Sie sind da. Ich weiß, dass sie da sind, aber wir müssen wieder zurück zum Pod. Wir werden erfrieren, wenn wir noch viel länger hier draußen bleiben. Wir können nicht riskieren, dass sie auf den Pod stoßen, aber sobald wir uns auf freier Fläche befinden, werden sie uns entdecken. Ich werde losrennen, und du siehst zu, dass du zurück zum Pod kommst. Warte auf mich, solange du kannst, aber riskiere weder dich noch den Pod. Du kannst immer noch zurückkommen und mich holen. Verstanden?«

Ich öffnete den Mund, um zu protestieren.

»Verstanden?«

Ich nickte.

»Es ist nicht weit. Über diese Straße und dann zurück über die Mauer. Bieg nach rechts ab. Der Pod steht gegenüber vom Bierstand, neben der Bude mit der rot-weißen Markise. In Ordnung?«

Ich nickte.

Er drehte sich um und rannte zurück durch die Gasse, und der vereiste Untergrund ließ ihn rutschen und schlittern. Er trat einen Haufen von irgendetwas um, das genug Lärm machte, und schoss hinaus auf die Straße.

Ein Ruf war zu hören. Dann noch einer. Ich hielt mich an die Wand gedrückt und trat hinaus auf die Straße, wo ich nach rechts und nach links schaute. Niemand in Sicht. Alles, was ich tun musste, war, über die kleine Mauer zu klettern, zurück zum Fluss zu flitzen und mich unter die Leute zu mischen. Nur dass ich beinahe festgefroren war, und die Vorstellung, irgendwohin zu flitzen, erschien mir ungefähr so wahrscheinlich, wie einen Politiker zu finden, der selbstlos für das Allgemeinwohl arbeitet.

Ich schleppte mich über die Straße, setzte mich auf die Mauer und versuchte, meine Beine hinüberzuschwingen. Am Ende musste ich erst das eine, dann das andere mit den Händen rüberheben. Mittlerweile war ich bis auf alle Knochen durchgefroren, zitterte unkontrolliert und befürchtete, dass meine Finger und Zehen in der Kälte einfach abfallen würden.

Ich stiefelte nach unten zum Fluss, rutschte aus und fiel schmerzhaft in den gefrorenen Schnee. Als ich auf dem Boden aufschlug, hörte ich einen Ruf.

Oh, großartig.

Aber endlich einmal war das Wetter auf unserer Seite. Gerade als ich mich wieder aufrappelte, begann es, richtig zu schneien. Schwankende Laternen gingen aus, und nur die Lagerfeuer waren in der plötzlichen Dunkelheit noch zu sehen.

Die Menschen lachten, fluchten und liefen durcheinander, und ich schloss mich dem Durcheinander einfach an. Die Menge war dicht, und ich hielt mich in der Mitte und ließ mich mittreiben. Ich wusste, dass ich das Bierzelt gar nicht verfehlen konnte. Die Leute hier draußen würden sich nicht von so unbedeutenden Dingen wie einem Schneesturm von ihrem eingeschworenen Vorhaben abbringen lassen, so viel Bier in sich hineinzuschütten, wie sie nur konnten.

Kohlepfannen wurden nach draußen getragen. Ich blieb bei einer Familie stehen und wärmte mir die Hände. Allerdings machte es mir Sorgen, dass ich die Hitze kaum spürte.

Gegenüber von mir konnte ich durch den Schnee hindurch die Bude mit der rot-weißen Markise sehen, und daran angrenzend, in dem dunklen Schattenfleck daneben, befand sich unser getarnter Pod.

Wärme. Licht. Sicherheit.

Trotz des schnell fallenden Schnees war die Menge immer noch guter Dinge. Der Alkohol half dabei.

Ich schob mich durch die Masse, lachte und strahlte vollkommen Fremde an. Ich passte mich an. Es war alles entscheidend, mich nicht zu beeilen. Nicht den Fluss der Menschen zu unterbrechen, die vorbeiströmten.

Und dann, gerade als ich dachte, ich hätte es geschafft, gerade als ich auf Höhe der Bude war, setzte mein Instinkt ein. Irgendetwas an der Art, wie sich die Leute bewegten …

Ich hörte einen Protestruf, als eine Frau rüde zur Seite gestoßen wurde, und ihr Begleiter brüllte wütend. Ich riskierte einen Blick hinter mich und konnte drei oder vier Männer sehen, die von Kopf bis Fuß in schwarze Mäntel gehüllt waren, was erstaunlich war. Schwarzes Leder war vor unserer modernen Zeit selten und das Färben teuer. Ich schätze, das machte die Identifizierung leicht. Vermutlich auch die Einschüchterung. Einer der Männer hielt etwas auf seiner Handfläche. Ganz schwach konnte ich ein elektronisches Piepen hören. Sie hatten den Pod gefunden. Mit den Schultern voran drängten sie sich rücksichtslos durch die Menge. Man sah sofort, dass sie keine Historiker waren – sie scherten sich nicht darum, sich möglichst unauffällig einzufügen. Bei ihrem Job ging es um etwas vollkommen anderes.

Den Leuten gefiel es natürlich besonders gut, sich herumschubsen zu lassen, wie es bei Menschenmassen halt so üblich ist. Es gibt immer irgendjemanden, der ein bisschen zu viel getrunken hat und dessen Zündschnur deshalb kürzer ist als die der anderen. In diesem Fall gab es gleich eine ganze Gruppe von Männern, bei denen das der Fall war. Junge Männer – Lehrlinge vermutlich –, die auf etwas Spaß aus waren und die laut und streitlustig auftraten.

Ich entfernte mich vom Gebrüll. Umsichtige Familienväter sahen zu, dass sie ihre Frauen und Kinder aus der Schusslinie schafften. Und ich sah zu, dass ich mich ihnen anschloss.

Ein paar abgerissen gekleidete Männer kamen aus dem Bierzelt; einige, um zu sehen, was los war, andere, um ein bisschen mitmischen zu können.

Blöderweise war ich jetzt noch weiter als zu Beginn vom Pod entfernt. Der gewaltige Druck der Menge schob mich in die falsche Richtung. Ich konnte nicht mal meine Arme ausbreiten, um mich mithilfe der Ellbogen aus dem Strom zu befreien, und der Boden unter meinen Füßen war so uneben, dass ich befürchtete, zu stolpern und zu stürzen. Genau bei diesem Gedanken stolperte ich über eine Furche und fiel auf die Knie.

Ein Mann, in zwei oder drei Decken gewickelt und mächtig nach Alkohol, Tabak und Pferden stinkend, zerrte mich wieder hoch. Ich machte mich auf Ärger gefasst, aber er lief schon weiter. Keuchend bedankte ich mich. Er nickte. Keine weiteren Absichten, nur ein beiläufiger Akt der Freundlichkeit.

Ich steckte in einem Dilemma. Sollte ich mit der Menge mitschwimmen? Mich darauf verlassen, dass mir die vielen Menschen Schutz boten? Oder sollte ich versuchen, wieder zum Pod zu kommen? Aber was, wenn ich die Zeitpolizisten dorthin führte? Oder sie hatten ihn bereits gefunden und warteten nur darauf, dass wir zurückkamen.

Nachdenken, Maxwell.

Sie wollten *mich*. Wenn ich sie weglotste, konnte wenigstens Leon, der immer noch da draußen war und sich buchstäblich den Arsch abfror, zum Pod gelangen, und wenn er erst mal dort war, war alles möglich. Sollte bei diesen Temperaturen keiner von uns beiden bald einen Unterschlupf finden, dann wären wir sowieso am Ende. Als Gefangene der Zeitpolizei müssten sie mich wenigstens ein bisschen ins Warme bringen. Es sei denn natürlich, sie würden mich einfach hier an Ort und Stelle umbringen und meine Leiche auf dem Eis liegen lassen.

Von diesem unerfreulichen Bild wurde ich losgerissen, als Leon mich am Arm packte und ziemlich aufgebracht wissen wollte, warum ich hier einfach so herumstand.

»Sie sind überall«, sagte ich. »Ich wollte sie nicht zum Pod führen.«

»Wir werden versuchen, ihn zu erreichen«, sagte er. »Es ist zu kalt, um noch länger hier draußen zu bleiben. Kopf nach unten. Setz deine Ellbogen ein. Du musst irgendwie zum Pod kommen. Ich gebe dir Rückendeckung.«

»Bist du bewaffnet?«

»Nein. Und jetzt los.«

Mit gesenktem Kopf drängelte ich mich durch die Menschenmenge. Der kürzeste Weg zwischen zwei Punkten ist eine gerade Linie, und die Ellbogen von Historikerinnen sind durch jahrelange Praxis gestählt.

Ich hörte eine Stimme. »Da! In der grauen Decke!«

Ich machte mich darauf gefasst, von einer Kugel in den Rücken getroffen zu werden.

Vor Jahren war ich mal in einer Kathedrale. Was ich da genau tat, weiß ich nicht mehr exakt – vermutlich versuchte ich, nicht auf geweihtem Boden in Flammen aufzugehen. Auf jeden Fall bereiteten sie den Ort gerade für irgendeine TV-Sendung vor, und jemand testete bei einer Tonprobe Klang und Lautstärke. Irgendwann musste der Organist ein paar tiefe Töne angeschlagen haben. Ich hörte beinahe nichts, sondern spürte eher die Klänge tief in meiner Brust, als dass ich sie mit den Ohren wahrnahm.

Dies hier war ganz ähnlich.

Der Schmerz kam plötzlich und mit aller Macht. Für einen kurzen Moment war ich wieder in den Wäldern von Azincourt und starrte auf das nasse rote Schwert, das aus meinem Brustkorb ragte.

Dann merkte ich, wie meine Beine unter mir nachgaben. Ich konnte nicht mehr einatmen. Die Geräusche um mich herum begannen ineinanderzufließen und waren nur noch ein lang gezogenes Rauschen …

Und jetzt wusste ich auch, was diese Föhndinger waren. Das waren keine EMI-Geräte. Die Zeitpolizei hatte eine Art Schallwaffe entwickelt, um Menschen anstelle ihrer Ausrüstung auszuschalten. Die Wirkung war schmerzhaft und machte einen unfähig zu handeln. Ausgesprochen unangenehm also.

Meine Lunge schien nicht mehr richtig arbeiten zu können. Ich fand beim Atmen einfach keinen Rhythmus mehr. Mein Herz flatterte. Unter mir begann, das

Eis zu schwanken und sich zu neigen, während ich spürte, wie sich alles in meinem Kopf drehte. Meine Umgebung verschwamm. Ich konnte nicht zurück zum Pod. Ich hatte vergessen, wo ich mich befand. Beine, die nicht zu mir gehörten, machten zwei oder drei wacklige Schritte in eine Richtung, die nicht vorgesehen gewesen war.

Überall um mich herum konnte ich von weit weg Frauen schreien hören. Irgendjemand prallte gegen mich, sodass ich ins Trudeln geriet, und dann war ich wieder ohne Orientierung.

Wo befand ich mich?

Was geschah hier?

Meine Brust brannte. Ich presste die geballten Fäuste auf mein Herz und versuchte, mich vorzubeugen, um den Schmerz zu lindern, aber er saß überall in mir drin fest. Nichts half.

Man geht immer davon aus, dass Schallwaffen weniger verheerend seien als konventionelle Waffen. Aber das sind sie nicht. Man kann es mir ruhig glauben; ich weiß, wovon ich spreche.

Der Strahl musste ziemlich fokussiert gewesen sein, denn nur ein paar von uns Passanten schienen wirklich schwer getroffen worden zu sein. Es war der Folgeeffekt, der für den weitaus größeren Schaden sorgte.

Panik brach aus.

Die Pest mochte beinahe zwanzig Jahre in der Vergangenheit liegen, aber die Albträume lauerten noch immer unter der Oberfläche. Die Bevölkerung von

London, die jetzt Menschen sah, welche ohne erkennbaren Grund auf dem Eis zusammenbrachen, verlor die Beherrschung und geriet in Panik.

Das Geschrei nahm zu. Die Menschen versuchten, vor etwas zu fliehen, das sie für ansteckend hielten. In Aufruhr versetzte Hunde jagten jaulend und bellend durch die Gegend. Auch sie hatten die Auswirkungen zu spüren bekommen. Kinder weinten, Männer brüllten. Aus Angst. Oder vor Wut. Oder sie riefen nach ihren Familien, die in ihrer Panik quer übers Eis getrieben worden waren. Ich hörte das Krachen eines umgeworfenen Standes.

Und das Schlimmste stand noch bevor.

Ein scharfes Knacken drang an mein Ohr. Und dann noch eins. Irgendetwas unter meinen Füßen begann zu beben.

Ob der Grund dafür die Schallwaffe war oder die Tatsache, dass sich mit einem Schlag so viele Menschen an einem Ort konzentrierten, oder ob es vielleicht eine Kombination aus beidem war – das Eis bekam Risse.

Ich hatte noch nie von irgendeinem Frostjahrmarkt gehört, der durchs Eis gebrochen war, aber dies hier war nicht meine Welt. Vielleicht war dies die Welt, welche die entsetzliche Frostjahrmarktskatastrophe von 1683 zu beklagen hatte, als das Eis nachgegeben hatte und der gesamte Jahrmarkt in die Themse gestürzt war, wobei eine Vielzahl von Menschen den Tod gefunden hatte. Das war mehr als nur eine vage Möglichkeit. Dass die Leute, die uns verfolgten, bereit waren, eher dieses Risiko einzugehen, als uns davonkommen zu lassen, war kein gutes Zeichen. Ich erinnerte mich daran, dass Leon mir erzählt hatte, sie würden alles tun, um den Job zu Ende zu bringen, koste es, was es wolle. Die Burschen waren gnadenlos und professionell, und sie würden ihren Willen kriegen. Sie wollten mich.

Irgendjemand packte mich von hinten und hob mich von den Füßen.

Und schon hatten sie mich.

Ich versuchte, mich freizustrampeln, ich trat und schlug mit den Armen wild um mich.

Die anderen Leute hatten immer noch die Hände auf ihre Ohren oder die Brust gedrückt. Auch Schreie waren noch zu hören. Waren es meine eigenen? Normalerweise war das der Fall.

Irgendjemand brüllte »Tür«.

Ich flog durch die Luft und prallte hart auf dem Boden auf. Das Universum verpasste mir einen heftigen Tritt in meine bereits in Mitleidenschaft gezogene Brust, und alles wurde schwarz.

# Drei

Ich lag auf dem Schlafmodul unter dem Gewicht mehrerer Decken, mit weit von mir gestreckten Armen und Beinen wie ein betäubter Seeigel. Mir tat so viel weh, dass es vermutlich einfacher gewesen wäre, die Körperteile aufzuzählen, die in Ordnung schienen. Aber nein, das würde nicht funktionieren. Es gab keine.

In meinem Gesicht pulsierte der Schmerz, während das Blut zurückkehrte. Meinen Füßen erging es genauso. Und meinen Händen. Mein Kopf puckerte. Sogar meine Ohren taten weh. Meine Brust war nichts als ein heißer roter Ball herzzerreißender Qualen. Ich war mir sicher, dass irgendetwas Wichtiges nicht mehr an Ort und Stelle saß. Mir war übel, ich konnte mich nicht orientieren, auch bekam ich nicht richtig auf die Reihe, wer ich war und wo ich mich befand. War ich immer noch auf dem Eis? Hatten sie uns erwischt?

Dann drehte ich meinen Kopf ein Stückchen und bereute es augenblicklich.

Ich entschuldige mich bei allen Liebhaberinnen von romantischer Literatur, in denen es braun gebrannte, muskelbepackte Helden gibt, die es die ganze Nacht lang wie ein verrücktes Rhinozeros treiben können und sich gut anfühlen – auf alle Fälle sollte jede Frau mindestens einen solchen Kerl in ihrem Leben haben. Aber manchmal ist das, was man wirklich braucht, was man wirklich richtig dringend braucht, ein schweigender Mann mit einem Eimer.

Anschließend, als Leon mir das Gesicht abgewischt und mir etwas Wasser gereicht hatte, sagte ich: »Entschuldige.«

»Kein Problem. Nimm noch einen Schluck.«

»Du solltest dir lieber eine erfreulichere Reisebegleitung suchen.«

»Genau das habe ich mir auch schon gedacht. Ich werde dich beim nächsten Halt rauswerfen und nach jemandem Ausschau halten, der ein bisschen frischer riecht und einen viel besseren Kleidergeschmack hat.«

Ich sah an mir selbst runter und stöhnte. »Hilf mir mal beim Aufrichten.«

»Nein. Dieser Eimer ist nicht groß genug für so ein Manöver. Bleib erst mal schön da, wo du gerade bist.«

Ich umklammerte seinen Arm.

»Leon, bitte sag mir, dass keiner im Eis eingebrochen ist.«

»Keiner ist im Eis eingebrochen.«

»Wirklich nicht?«

»Wirklich nicht.«

Er würde mich nicht anlügen.

»Du hast uns sicher da rausgebracht?«

»Habe ich. Ich bin der Mann der Stunde.«

Der Mann *jeder* Stunde, meiner Meinung nach.

»Wo und an welchem Punkt der Zeit befinden wir uns?«

»In der zentralasiatischen Steppe.«

Meine Befürchtungen meldeten sich zurück. Tausende und Abertausende wilder Männer, die auf Tausenden und Abertausenden wilder Pferde über die Steppe donnerten, waren nicht das, was ich im Augenblick brauchen konnte.

»Mach dich bereit für den Anblick der Mongolenhorden.«

Er beugte sich ein Stück zur Seite, sodass ich auf den Schirm schauen konnte. Er hatte ihn geteilt, sodass alle Kamerawinkel gleichzeitig angezeigt werden konnten, und offenkundig hatte ich mir völlig umsonst Sorgen gemacht, denn da draußen war nichts. Nichts als windgepeitschtes Gras, das sich in allen Richtungen bis zum Horizont erstreckte. Und silbrige Regenschwaden. Ganze Reservoirs leerten sich über der freien Landschaft da draußen, und ich konnte den Regen aufs Pod-Dach prasseln hören. Plötzlich fühlte es sich gut an, hier drinnen zu sein.

»Ich habe den Umgebungsmelder auf hundert, fünfzig und auf zehn Meter gestellt. Wir werden jeden sehen, lange bevor wir entdeckt werden. Wir sind getarnt. Ich denke, eine Zeit lang sind wir in Sicherheit. Wir können uns ein Weilchen ausruhen und dann wieder springen.«

»An einen warmen Ort, bitte.«

»Definitiv an einen warmen Ort, aber nicht sofort. Versuch mal, ein bisschen zu schlafen.«

»Und was ist mit dir?«

»Mir geht es gut. Ich werde dich in ein paar Stunden wecken. Aber jetzt schlaf.«

Als ich wieder aufwachte, war der Bildschirm auf Nachtsicht gestellt. Ein gespenstisches grünes Licht erfüllte den Pod. Abgesehen vom Surren im Hintergrund und hin und wieder einem gedämpften Piepen war alles ganz still.

Leon saß reglos an der Konsole, die Arme verschränkt, und sein Kinn ruhte auf seiner Brust. Selbst wenn man mit einrechnete, dass Grün ohnehin nicht die schmeichelhafteste Farbe ist, sah er müde und durchgefroren aus. Er hatte die Heizung runtergestellt. Die Lichter waren aus. Er wollte Energie sparen.

Ich strampelte mich aus meinem Decken-Kokon. Leon kam zu mir, um mir zu helfen. »Was ist das Problem? Pinkelpause nötig?«

»Nein. Na ja, eigentlich schon. Aber jetzt beginnt meine Schicht.«

»Ich glaube nicht, dass …«

»Ja, natürlich denkst du das nicht. Du stammst aus der Technischen Abteilung. Aber die Historikerin, die ihren Lebensunterhalt damit bestreitet, sagt, dass man diese Dinge gerecht aufteilt. Hilf mir mal hoch.«

Als ich aufrecht stand und sich nicht mehr alles in meinem Kopf drehte, fühlte ich mich tatsächlich etwas besser. »Na los. Leg dich mal ein bisschen aufs Ohr.«

»Ich bin mir nicht sicher …«

»Ach, um Himmels willen. Ich werde mir einfach nur

eine Tasse Tee machen – natürlich nach dem Abstecher zum Klo –, mich dann hinsetzen und den Bildschirm im Auge behalten. Das kann so schwer nicht sein, denn du scheinst das ja ganz gut im Griff gehabt zu haben.«

»Meine nächste Reisebegleitung wird auf jeden Fall auch weniger beleidigend sein. Hier, nimm die Decke.«

Er legte sich hin. An seinem Atmen konnte ich hören, dass er nicht schlief, aber er sagte auch nichts mehr. Ich wuselte leise herum und ließ mich schließlich mit einem dringend benötigten Becher voll bernsteinfarbenem Nektar – meinem Tee – an der Konsole nieder. Blicklos starrte ich auf den Bildschirm und hing meinen Gedanken nach. Es gab eine Menge, worüber ich nachgrübeln musste.

Zum einen war da die ganze Sache mit dem neuen Leben, das sich vermutlich nicht ganz in der Art anließ, wie sich Mrs. Partridge das so vorgestellt hatte, als sie mich gestern auf dem Teppich abgeladen hatte. War das wirklich erst gestern gewesen?

Und zum anderen war da die Sache mit der Zeitpolizei. Wer sie war und was sie wollte, das schien ziemlich offensichtlich. Sie wollte mich, eine Fremde in einer fremden Welt. Und wenn sie bereits erfolgreich gegen eine Art internationaler Zeitreisenkrise vorgegangen war, dann konnte ich mir kaum vorstellen, dass eine kleine rothaarige Historikerin ihr etwas entgegenzusetzen haben würde. Aber wie hatten diese Kerle von mir erfahren? Keine vierundzwanzig Stunden nachdem ich in ihrer Welt gelandet war, waren sie mir schon auf den Fersen. Ich hatte weniger als einen Tag in Rushford verbracht, ehe sie durch das Gartentor geplatzt waren, und es war von Anfang an offensichtlich, dass sie wussten, wen sie wollten und wo ich steckte.

Wir waren nach Skaxos gesprungen. Dort hatten wir ein bisschen herumgesessen, hatten geredet und dann damit angefangen, unser Lager aufzuschlagen. Weniger als eine Stunde später waren sie wieder da.

Wir waren sofort weitergesprungen, und zwar mit zufälligen Koordinaten, und trotzdem hatten sie uns wenige Stunden später wieder aufgespürt. Sowohl räumlich als auch zeitlich war das eine Punktlandung gewesen. Ich weiß, dass sie aus der Zukunft stammten und eine ziemlich coole Ausrüstung hatten, aber selbst dann: Es blieb verblüffend. Wenn St. Mary's Suchtrupps für verloren gegangene Historiker losschickte, dann konnte das manchmal, wenn viele Menschen vor Ort waren, Wochen dauern, einen der unseren zu finden, auch dann, wenn man wusste, wo und quasi an/in welchem Moment der Zeitlinie man suchen musste.

Und dann war da natürlich noch die Frage, wie es um Leon und mich stand, und an dieser Stelle verselbstständigten sich meine Gedanken und schossen in alle Richtungen davon. Ich würde später zu diesem Punkt zurückkehren müssen.

Irgendwann schlief Leon ein. Ich saß da und beobachtete den Bildschirm, lauschte auf Leons leisen Atem und schlürfte meinen Tee.

Vielleicht lag es daran, dass meine Zukunft so trostlos und meine Gegenwart so ungewiss aussahen – meine Gedanken wanderten in die Vergangenheit. An einen Ort, an dem ich immer glücklich gewesen war. Ins St. Mary's-Institut.

Sofort reihte sich Erinnerung an Erinnerung. Wer konnte schon den Tag vergessen, an dem Markham während des Ikarus-Experiments Feuer gefangen hatte? Wie er querfeldein gerannt war, hektisch die Flammen ausgeschlagen hatte und dabei – weil er eben Markham war – kein bisschen darauf geachtet hatte, wohin er unterwegs war, sodass er geradewegs gegen einen Pferdehintern geprallt war und sich damit selbst die Lichter ausgeknipst hatte. Ich hatte ihn immer noch vor Augen, als er langsam rückwärts umkippte wie ein gefällter Baum, während Mr. Strong den alten Turk wegscheuchte, der glaubte, dass endlich der Moment der Rache für ihn gekommen sei. Natürlich hatte Markham überlebt. Das musste er auch. Wer wollte schon »Tödlicher Zusammenstoß mit einem Pferdearsch« in seiner Sterbeurkunde stehen haben?

Ich warf einen Blick hinüber zu Leon, der noch immer ganz still in der Ecke lag, und ich hörte Stimmen aus der Vergangenheit. Eine gewisse jährliche Leistungsbewertung … Und bei dieser Gelegenheit hatte ich ziemlich gut abgeschnitten.

»Ein nettes Programm«, hatte Leon gesagt. »Gut durchdacht, kreativ und, wie immer, sehr einfallsreich.«

»Danke sehr«, hatte ich strahlend erwidert.

»Gut ausgeführt, unter angemessener, aber nicht sklavischer Berücksichtigung des Protokolls. Man sollte nie das Wunder der Improvisation unterschätzen.«

»Nein, Chief.«

»Es gibt noch ein oder zwei Bereiche, in denen mehr Koordination angebracht wäre. Enthusiasmus in allen Ehren, aber nie vergessen, dass Kreuzschmerzen kein Vergnügen sind.«

»Ja, Chief.«

»Ansonsten aber ganz und gar nicht schlecht. Kannst du mir mal meine Hose rübergeben?«

Oder damals, als wir heftigen Schneefall hatten und die Historische Abteilung sich entschloss, aus dem Stegreif die Flucht von Königin Mathilda aus der Burg Oxford, 1142, nachzustellen. Sie und ein paar Ritter hatten sich im Schutz der Dunkelheit an den Mauern abgeseilt und waren durch den Schnee entkommen, angeblich unsichtbar in ihren weißen Nachthemden.

Unsere Gesellschaft bestand aus den Herren Clerk, Markham (wer sonst?) und Roberts, und man muss es einsehen: Alle drei zusammen kamen auf keine einzige Gehirnzelle.

Der Plan sah so aus, dass sie sich von einem der oberen Fenster herunterlassen würden, um dann durch den Schnee bis zum See zu stapfen. Evans würde ein kleines Team von Leuten aus der Sicherheitsabteilung anführen, die den Part der Soldaten übernehmen und versuchen wollten, ihnen den Weg abzuschneiden. Die ganze Sache sollte von Professor Rapson beobachtet und später beurteilt werden. Was sollte also schon schiefgehen?

Nun, den Anfang machte Clerk, der bei den Knoten patzte und sich beinahe selbst in zwei Hälften gerissen hätte. Sie ließen ihn bald vier Meter in der Luft baumeln und fluchen, und Professor Rapson, der sich von der Begeisterung davontragen ließ, vergaß ihn völlig.

Die anderen zwei Idioten, die wieder festen Boden unter den Füßen hatten, begannen sofort damit, durch den Schnee zu kriechen, um ihren Versuch fortzusetzen, den See zu erreichen – was nur scheitern konnte. Zweifelsohne war ihr mangelnder Sinn für Ort und Richtung ein entscheidender Faktor, aber was die ganze Chose wirklich zum Abbruch brachte, war die Tatsache, dass diese Schwachköpfe in ihrem Streben nach historischer Genauigkeit keine Unterhosen angezogen hatten.

Nachdem sie eine ganze Weile auf den Bäuchen durch den Schnee gerobbt waren, machten sie gleichzeitig die Entdeckung, dass sie ihre Kronjuwelen & Co. nicht mehr spüren konnten. Ich will lieber nicht darüber nachdenken, was sie getan hatten, um zu dieser Erkenntnis zu gelangen. Das war dann auch der Moment, als sie in den Bach fielen, wo sie hilflos herumtrieben und schließlich von Evans und seinem Team entdeckt wurden, die – zu ihrem eigenen Pech – gerade haltgemacht hatten, um sich einen Becher Tee und ein Schinkenbrötchen zu genehmigen.

Zu diesem Zeitpunkt hatte Professor Rapson in

der Dunkelheit bereits eine falsche Abzweigung genommen und wurde später auf dem Parkplatz aufgegabelt.

Roberts und Markham wurden eilends in den Krankenflügel transportiert, wo sie unter den Auswirkungen der Tatsache litten, dass sie ihre ungeschützten Geschlechtsteile Schnee und eiskaltem Wasser ausgesetzt hatten. Als ich endlich zu ihnen vordrang, saßen sie gerade auf einem Tisch und tauchten sehr vorsichtig ihre beeinträchtigten Körperteile in hohe Biergläser mit warmem Wasser, während eine beinahe hysterische Schwester Hunter sie überwachte.

Ich schrie sie fast zwanzig Minuten lang an, denn ansonsten hätte ich mich, ebenfalls hysterisch, kaputtlachen müssen. Und als ich fertig war, nahm Ian Guthrie sich die beiden auch noch zur Brust. Bei dieser Gelegenheit war er wirklich eindrucksvoll. Sie lauschten in einem seltenen Zustand von fügsamem Gehorsam, wie er über ihre mangelnde Intelligenz und ihren nicht vorhandenen Nutzen für die Welt im Allgemeinen und für St. Mary's im Besonderen wetterte. Die beiden starrten ihn wie verängstigte Kaninchen an, und einen kurzen Moment wäre ich nicht überrascht gewesen, wenn sie beide unwillkürlich einen kleinen Beitrag zum lauwarmen Inhalt ihrer Gläser geleistet hätten.

Guthrie endete mit der Anweisung an Schwester Hunter, um Himmels willen dafür zu sorgen, dass diese unseligen Gläser sofort entsorgt würden – niemand wolle je wieder aus ihnen trinken.

»Aus Respekt?«, erkundigte sich Markham leichtsinnigerweise.

»Werd ja nicht frech«, fauchte Hunter.

In diesem peinlichen Moment fiel ihnen mit einem Schlag Mr. Clerk wieder ein, der leider immer noch an der Wand baumelte.

Ich verlor mich in diesen und anderen glücklichen Erinnerungen und lächelte eine Zeit lang über meine eigenen Gedanken. Aber natürlich war es unvermeidbar, dass sich in den Trost, den sie mir schenkten, auch Trauer mischte. Die Trauer über das Wissen, dass diese sorglosen Tage vorbei waren. Für immer verloren.

Nach vier Stunden war mir kalt; ich fühlte mich steif, hungrig, durstig und gelangweilt, und ich war fest entschlossen, Leon nicht aufzuwecken. Zum x-ten Mal veränderte ich meine Sitzposition und versuchte, den Schmerz in meiner Brust zu vertreiben, als Leon sich rührte.

»Max?«

»Immer noch hier.«

»Dann ist alles in Ordnung?«

»Ja. Keine Spur von der Zeitpolizei.«

»Eigentlich habe ich mich nach dir erkundigt. Bist du auch ein bisschen zur Ruhe gekommen?«

»Natürlich nicht«, erwiderte ich sarkastisch. »Du könntest für England schnarchen. Ich hätte besser im Europäischen Windkanal geschlafen. Ich glaube, irgendwann haben meine Ohren angefangen zu bluten. Willst du Tee?«

Ich machte uns beiden einen Becher und setzte mich zu Leon auf den Boden. Er breitete seine Decken über mir aus. Heldenhaft hatte ich die Heizung ausgeschaltet gelassen.

»Was macht die Brust?«

»Vollkommen in Ordnung«, erwiderte ich – die traditionelle St. Mary's-Lüge, vorgebracht mit der typischen St. Mary's-Forschheit.

Leon nahm einen Schluck Tee und sagte: »Ich schlage vor, wir duschen, frühstücken und brechen dann auf. Die Wasserbehälter sollten inzwischen mehr als voll sein.«

»Irgendwohin, wo es warm und sonnig ist.«

»Ja, dann können wir auch wieder ein bisschen auftanken. Hast du was Bestimmtes im Sinn?«

Ich klimperte mit den Wimpern. »Tja, wenn du so fragst …«

Er seufzte. »Ja bitte?«

»Also während dein Schnarchen das Pod-Dach zum Klappern gebracht hat, habe ich ein paar Koordinaten herausgesucht. Was sagst du zum Alten Ägypten? Achtzehnte Dynastie? Friedlich. Geordnet. Sonnig. Was meinst du?«

»Und weiter?«

Ich setzte meine strahlendste Unschuldsmiene auf.

»Ich verstehe nicht ganz.«

»Du hast dich völlig ohne Hintergedanken für das Alte Ägypten entschieden?«

»Erstaunlicherweise ja. Es ist mir … einfach so in den Sinn gekommen.«

»Verstehe. Irgendein bestimmter Zeitpunkt in dieser friedlichen, sonnigen, geordneten achtzehnten Dynastie?«

»Wie sonderbar, dass du das fragst. Ich habe mir gedacht … Ich meine, es ist mir kurz in den Sinn gekommen … Und die Koordinaten waren leicht festzustellen, weil wir wissen, dass er die Zeremonie im dritten Jahr seiner Regentschaft durchgeführt hat … Und es muss während Achet passiert sein …«

»Während was?«

»Achet. Die Jahreszeit der Überschwemmung, wenn der Nil über die Ufer tritt. Dann arbeitet niemand auf den Feldern. Jede andere Zeit wäre …«

»Nein. Stopp.«

»Was denn?«

»Anscheinend kann man ein Mädchen aus St. Mary's reißen, aber es ist viel schwieriger, St. Mary's aus einem Mädchen zu reißen.«

»Wovon redest du?«

»Zufälligerweise war das auch genau meine Frage.«

»Echnaton.«

»Was?«

»Nicht was? Wer? Echnaton. Der ketzerische Pharao.«

»Ja. Wenn ich von meinen vergangenen Erfahrungen ausgehe, dann sagt mir mein gut ausgeprägter Instinkt, dass Echnaton etwas Katastrophales zustoßen wird und dass wir natürlich ganz nahe dabei sein werden.«

»Nein, nein. Keine Panik. Aber ja, das wird es. Irgendwann in der Zukunft allerdings. Dann werden wir schon längst wieder weg sein. Es sei denn natürlich, dass du dableiben willst.«

»Ich verschließe mein Herz gegen den sehnsüchtigen Unterton in deiner Stimme. Aber rede weiter.«

»Also. Echnaton kommt an die Macht. Er gewinnt gegen einen mächtigen und beliebten Vater – ich bin mir nicht sicher, wie viel das mit seiner Rebellion zu tun hat – und fängt augenblicklich damit an, zusätzlich Bewegung in die Sache zu bringen.«

»Warum?«

Ich zögerte.

»Ich glaube, es gibt gar keinen richtigen Grund dafür. Die Sache ist die: Er ist anders. In jeder Beziehung. Und zwar mit voller Absicht. Es ist beinahe so, als ob er sagen würde: ›Wie kann ich das Denken von Tausenden von Jahren über den Haufen werfen, mein Volk beunruhigen, die Priesterschaft verärgern und alle Götter vor den Kopf stoßen? Oh, ich weiß! Lasst uns allen Göttern entsagen und nur noch einen haben. Oh, und lasst uns eine neue Stadt errichten, die diesem einen Gott geweiht ist, und bringt das Volk dazu, die alte Stadt ihrer Ahnen zu verlassen und dort zu leben. Das wird ihnen sicherlich nichts ausmachen. Und was sonst noch? Ach ja! Lasst einen neuen, realistischen Stil in unsere Kunst einziehen. So mit Warzen und so. Los, steht da nicht alle nur so rum – macht euch ans Werk. Keine Müdigkeit vorgeschützt.‹«

Zu spät bemerkte ich, dass ich angefangen hatte, mit den Armen zu fuchteln.

Leon beobachtete mich, und ein kleines Lächeln umspielte seine Lippen.

»Worüber lachst du?«

»Erinnerungen.«

Darauf ging ich nicht weiter ein.

»Nun, ich habe keinen Zweifel, dass er ein schlimmes Ende gefunden hat. Ist es das, was du dir angucken willst?«

»Oh, nein. Nein. Ich hoffe, dass wir ihn zu sehen bekommen, ehe das alles losgeht. Wir wissen, dass er im dritten Jahr seiner Regentschaft das Sed-Fest zelebriert hat. Üblicherweise findet es im dreizehnten Amtsjahr eines Pharaos statt, aber da er ja schließlich Echnaton war, musste er es anders handhaben.«

»Also … ein Festival.«

»Ja.«

»Eine fröhliche Zeit.«

»Ja.«

»Keiner greift an? Keine Seuchen? Keine Erdbeben? Der Fluss wird nicht rot vom Blut sein?«

»Wahrscheinlich nicht.«

»Bitte versuch mal, nicht so enttäuscht zu klingen.«

Mein Gewissen haute mir etwas um die Ohren, das in Größe und Umfang der Spesenrechnung eines Politikers glich. War ich selbstsüchtig? Wenn uns die Zeitpolizei in die Finger bekäme, wäre es das Ende von allem. Leon würde seinen Pod verlieren. Vielleicht sogar sein Leben. Und all das riskieren, nur um den ketzerischen Pharao und seine wunderschöne Frau zu sehen?

Ich drehte mich zu Leon um, und er lächelte zu mir runter. »Ich freue mich schon darauf.«

Wir landeten in einem kleinen Palmenhain an den Ufern des Nils. Es hatte keinen Sinn, die Umgebungsmelder zu aktivieren – hier wimmelte es von Leuten, und alle versuchten, die Bewässerungsgräben zu durchqueren, oder platschten querbeet durch kleine feuchte Felder. Sie wollten zum Fest und einen Blick auf ihren Pharao werfen.

Wir hatten das Schlafmodul geopfert, um abgerissene Bahnen des Materials nutzen zu können, indem wir sie in der Mitte falteten, Löcher für unsere Köpfe hineinschnitten und sie dann mit einem weiteren abgetrennten Stoffstreifen fest um unsere Körper banden. Wieder einmal waren wir also in unser Bettzeug gekleidet.

»Ich wette aber, du hast nicht daran gedacht, mein Make-up einzustecken, als wir aufgebrochen sind.«

»Touché.«

Ich zog die Augenbrauen hoch. »Könntest du vielleicht ein bisschen Ruß für mich auftreiben?«

Und tatsächlich fand er was. Wenige Minuten später kehrte er mit einem glatten, schwarz verschmierten Stein aus einer alten Kochstelle und einem selbstzufriedenen Grinsen zurück. Ich mischte eine Paste aus Ruß und Wasser und schmierte sie ihm rings um eines seiner Augen. Das gefiel ihm ganz und gar nicht.

»Entspann dich«, sagte ich. »Niemand zweifelt an deiner Männlichkeit. Alle Ägypter tragen Schminke, und zwar besonders um die Augen herum. Es soll böse Geister und Ansteckungskrankheiten abwehren. Ohne das wirst du weitaus mehr Aufmerksamkeit auf dich ziehen, glaub mir. Um komplett ins Bild zu passen, sollten wir natürlich auch unsere Köpfe rasieren.«

»Warum das denn?«

»Läuse.«

»Wo, um alles in der Welt, schleppst du mich hin?«

»Das erinnert mich an was: Wenn du dich irgendwie schneidest, sag mir sofort Bescheid, ehe du anfängst zu verfaulen.«

»Dieses Zeug ums Auge juckt.«

»Das tut mir ja furchtbar leid, aber es wird gleich aufhören. Gott bewahre, dass du unter irgendwelchen Unannehmlichkeiten leidest.«

»Du kannst mich doch nicht mit einem schwarz und einem rosa umrandeten Auge rumlaufen lassen.«

»Du unterschätzt mich.«

Er seufzte.

»Eigentlich steht dir das ganz gut. Du solltest das für deinen Alltag auch in Erwägung ziehen.«

»Mach … einfach weiter, ja?«

Anschließend kümmerte ich mich um meine eigenen Augen, und dann waren wir zum Aufbruch bereit.

Es war heiß. Wunderbarer, herrlicher, strahlender, warmer Sonnenschein. Danke, Aton. Ich begann, Echnatons Sicht der Dinge zu verstehen.

Leon und ich hatten herumgestritten – Verzeihung: darüber diskutiert –, ob wir die Tarnvorrichtung aktivieren sollten oder nicht. Wäre die Gefahr, dass ein Ägypter versehentlich gegen einen unsichtbaren Pod laufen würde, ein größeres oder ein kleineres Risiko im Vergleich dazu, von der Zeitpolizei aufgestöbert zu werden?

»Sie liegen mindestens zwei Sprünge hinter uns«, sagte ich. »Noch haben wir die zentralasiatische Steppe zwischen uns und ihnen.«

»Hm«, sagte Leon geistesabwesend. »Du hast recht. Wir werden den Pod sichtbar lassen. Wenn wir Hals über Kopf verschwinden müssen – und die Vergangenheit sagt mir, dass es so kommen wird –, dann sollten wir ihn lieber schnell finden.«

Das war nicht ganz so ermutigend, wie ich gehofft hatte, aber in meiner Ungeduld, den Ketzer zu sehen, ging ich nicht weiter auf den Kommentar ein. Ich hüpfte von einem Fuß auf den anderen, während Leon an seiner Tunika nestelte. »Ja, ja. Du siehst sehr gut aus.«

»Was macht deine Brust?«

»Welche Brust?«, gab ich zurück, denn jeder weiß doch, dass alles Ungemach, auch wenn es anhaltend und pochend ist, verschwindet, wenn man es einfach ignoriert. Wie Zahnschmerzen. Und kleine Kinder. Und Kontoüberziehungen.

Als wir den Pod verließen, standen wir Auge in Auge einem kleinen Esel gegenüber, der den Schatten genoss. Er schien kein bisschen beunruhigt, sondern verlagerte nur kurz sein Gewicht und beobachtete uns friedfertig und mit Ohren, die in der Hitze schlaff nach unten hingen. Ich hoffte auf eine ähnliche Reaktion in der Bevölkerung.

Die Überschwemmung hatte bereits stattgefunden, und das Wasser zog sich schon wieder zurück, wenn auch noch nicht weit genug, als dass sich Pflanzen hätten festsetzen können. Noch war der Untergrund zu aufgeweicht. Das Gehen fiel uns schwer, aber das Gefühl von warmem, zähflüssigem ägyptischem Schlamm, der zwischen meinen Zehen hervorquoll, war eigentlich ziemlich angenehm. Die Luft roch durchdringend nach Lehm. Größere Flächen, auf denen noch Wasser stand, spiegelten den Himmel. Überall gab es Frösche in biblischen Mengen.

Rechts von mir funkelte der Nil im Sonnenlicht, umgrenzt von matschigen Feldern und den seltsamen Schaduffs, diesen altertümlichen Bewässerungsgeräten. Wenn ich den Kopf drehte, konnte ich die Wüste und dann weit dahinter, flirrend in der Hitze, die Berge erkennen. Ich konnte sogar sehen, wo das fruchtbare schwarze Land auf die rote Wüstenebene stieß. Der Übergang war ziemlich abrupt. Gewaschenes Leinen war über Büschen ausgebreitet und hing von Ästen. Die Alten Ägypter waren ein sehr reinliches Volk. Vor uns, blendend im gleißenden Sonnenlicht, lag Theben, die Stadt der hundert Tore, die Hauptstadt Ägyptens.

Ich war schon früher in Ägypten gewesen, auch in Griechenland und der Türkei – entweder, um auf Ausgrabungsstätten zu arbeiten oder als Touristin die Ruinen zu besuchen. Für mich ist es immer wieder ein

Schock, die Gebäude so zu sehen, wie sie gesehen werden sollten. Intakt. Neu. Das scharfkantige Baumaterial noch nicht vom Zahn der Zeit abgenagt und mit strahlenden, leuchtenden Farben angestrichen. Ich sah Rot und Ocker, Schwarz und Grün und überall das wunderbare Lapislazuli-Blau.

Dies war Ägypten, und so war auf jeder flachen Fläche irgendeine Art von Wandmalerei zu sehen, und die Kombination von Farbe und Relief war spektakulär. Lebendige Bilder schienen aus den Mauern springen zu wollen. Gigantische Pharaonen trampelten über ihre besiegten Feinde. Von Pferden gezogene Streitwagen flogen durch die Wüste. Jäger verfolgten ihre Beute durch riesige Papyrushaine. Die Götter wandelten unter uns. Der schakalköpfige Anubis, der die Herzen der Toten gegen eine Feder aufwog und sie für unzulänglich befand. Sobek, der Gott mit dem Krokodilkopf, der großmütig die Opfergaben seiner Gefolgsleute entgegennahm. Das magische Auge des Horus war allgegenwärtig und wachte über die Stadt und ihre Bewohner.

Den Stadtkern betraten wir nicht. Das Fest würde im Tempel von Gem-pa-Aton stattfinden. Man ließ das einfache Volk nicht in die heiligen Hallen, aber die breiten Tore waren weit geöffnet, und wir hatten einen guten Blick. Echnaton wollte, dass jeder Zeuge seiner Zeremonie werden konnte. Das war sein erster Schritt in dem Vorhaben, dem Gott Amun-Re und seinen übermächtigen Priestern die Macht zu entreißen.

Ich schob und quetschte mich durch die nach Knoblauch riechende Bevölkerung, bis wir noch besser sehen konnten.

Das Fest war offenkundig schon im zehntägigen Ablauf vorangeschritten. Wenn ich mir die Markierungen so ansah, die sorgfältig auf der Freifläche draußen angebracht worden waren, dann ging ich davon aus, dass dies der Tag war, an dem Echnaton in einem symbolischen Akt die Länge und Breite seines Königreiches abschritt, um Aton seine Macht und seine Hingabe an sein Land zu demonstrieren. Tragbare Schreine anderer Götter überall auf dem Hof sollten Zeugen der Zeremonie sein. Sie alle hatten ihre eigene Priesterschar im Gefolge, aber Aton hatte die Vorherrschaft. Niemand sah sonderlich glücklich aus.

Wir mussten geraume Zeit warten, Zeremonien verlaufen halt nicht immer nach Plan. Irgendjemand verlor immer ein heiliges Blumengebinde, oder ein wichtiger Würdenträger war verschollen, aber das war kein Problem, denn es gab hier so viel zu sehen.

Es waren nicht nur die Gebäude, die herausgeputzt worden waren. Unter Sonnenschirmen, die von schwitzenden Sklaven gehalten wurden, standen reiche Ägypter; sie trugen prächtigen schweren Goldschmuck zur Schau, besetzt mit Türkisen und Lapislazuli. Selbst die ärmeren Menschen waren mit billigen Perlen und Federn behängt. Ihr Aussehen war ihnen sehr wichtig. Reiche und Arme gleichermaßen wollten sich stets als jung und schön präsentieren, was Echnatons seltsames Bild von sich selbst noch verblüffender machte. Ich konnte nicht abwarten herauszufinden, ob das alles so stimmte.

Hunderte, vielleicht Tausende Menschen warteten still draußen vor dem Tempel, um einen Blick auf ihren Pharao zu erhaschen, ihren Gott auf Erden.

Eigentlich warteten sie ausgesprochen ruhig. Es gab kein gespanntes Raunen. Keine gereckten Hälse von Leuten, die es kaum abwarten konnten, zum einzigen Mal in ihrem ganzen Leben einen Blick auf den Pharao werfen zu können. Ich hörte auf, auf Zehenspitzen zu balancieren, und sah hoch zu Leon, der einen nachdenklichen Gesichtsausdruck hatte.

Leise sagte er: »Es fühlt sich nicht richtig an; das gefällt mir nicht. Könnte es sein, dass hier bald Gewalt ausbricht?«

»Ich glaube nicht. Sie sind nicht glücklich, aber es werden noch Jahre vergehen, bis es zur Rebellion kommt. Das ist kein spontanes Volk.«

Geduldig standen wir unter der warmen Sonne. Es war nicht unangenehm. Ich schaute mich um. Die Leute sahen gut genährt und einigermaßen zufrieden aus. Ägypten war wohlhabend, und die Lage in den kommenden Jahren würde vergleichsweise stabil bleiben. Wenn wir auf der Suche nach einer längerfristigen Zuflucht waren, gäbe es schlechtere Orte, um sich niederzulassen. Ich nahm mir vor, diese Einschätzung Leon gegenüber zu erwähnen, sobald wir einen Moment hätten, solche Dinge zu besprechen.

Die Sonne stand schon tief am Himmel, als endlich

die Hörner ertönten und Echnaton und Nofretete vor dem Tempel auftauchten.

Die Menge jubelte, aber nicht gerade mit ungezügelter Begeisterung. Ich hüpfte ein bisschen herum, denn ich war tatsächlich bei den ersten Schritten dabei, die auf eines der bemerkenswertesten Ereignisse in der langen Geschichte Ägyptens zusteuerten: auf Echnatons zum Scheitern verurteilte Versuche, Monotheismus und Fortschritt zu etablieren. Ich reckte den Hals, um ihn zu sehen, denn ich musste einfach unbedingt wissen, wie er aussah.

Er trug die Krone von Oberägypten und eine lange Robe, die mit etwas besetzt war, das goldene Federn sein mochten. Ich war nicht nahe genug dran, um es mit Sicherheit sagen zu können. Begleitet von seinen Priestern, legte er auf dem Altar von Aton eine Opfergabe nieder. Ein Priester nahm ihm die Krone ab, und ein anderer brachte ihm die Krone von Unterägypten. Und wieder legte er eine Opfergabe ab.

Die Zuschauermenge schwieg respektvoll.

Dann wandte er sich vom Altar ab und stieg die Stufen zum offenen Platz hinab. Unten angekommen, blieb er reglos und mit ausgestreckten Armen stehen, während seine Diener herbeieilten, um ihm seine Robe auszuziehen und die Krone abzusetzen.

Das war es. Ich würde es sehen … Wie deformiert war Echnaton?

Mit einem Mal spürte ich eine Verschiebung der Macht. Es könnte alles Mögliche sein. Das waren keine glücklichen Zeiten. Die Ägypter mögen keine

Veränderungen. Vielleicht war es einfach eine unzufriedene, angespannte, ruhelose Menge. Ich versuchte, mich unauffällig umzuschauen.

Leon packte mich am Arm. »Irgendetwas geht hier vor sich. Entweder wird ein Aufstand losbrechen, oder unsere Freunde sind aufgetaucht. Egal, was – Zeit für den Abflug.«

Ich öffnete den Mund zum Protest. Ich wollte ihm nur noch fünf Minuten mehr abschwatzen. Nur bis der Pharao richtig zu sehen sein würde. Ich konnte nicht verschwinden, ehe ich nicht …

Leons Griff verstärkte sich. »Jetzt.«

Ich ließ mich also wieder von den Zehenspitzen sinken und nickte.

Wir hofften inständig, dass es nicht respektlos war, eine so feierliche Angelegenheit vor dem Ende zu verlassen, und begannen, uns nach hinten durch die Menge zu schieben. Wir ließen uns Zeit und bewegten uns langsam; hin und wieder blieben wir stehen und prüften, ob uns jemand verfolgte. Irgendjemand.

Falls die Zeitpolizei wirklich da war, ging sie bemerkenswert diskret vor. Andererseits war hier eine riesige Zahl von Soldaten aufmarschiert. Dies waren die Medjaus, die Eliteeinheit der Ordnungshüter, und die fackelte nicht lange. Als Strafe für praktisch alles landete man auf dem Scheiterhaufen. Gepfählt. Es kursiert eine ganze Reihe von Kebab-Witzen unter Historikern, die mir allerdings plötzlich gar nicht mehr so lustig vorkamen.

Dann, in der Stille ganz deutlich zu hören, rief ein Mann: »He, gute Frau, Sie haben da was fallen lassen.«

Die Menge sog kollektiv die Luft ein angesichts eines solchen Sakrilegs. Überall an den Mauern setzten sich die Medjaus in Bewegung und schoben sich, mit den Schultern voran, durch die Zuschauer, die vor ihnen zurückwichen.

Die instinktive Reaktion ist, sich der Person zuzuwenden, die einem hinterhergerufen hat, vor allem, wenn sie einen in der eigenen Sprache angesprochen hat. Leon tat so, als würde er mich auf irgendetwas Interessantes hinweisen, packte mich dabei aber am Arm und flüsterte: »Hier gibt es gleich Ärger. Lass uns zusehen, dass wir vorher wegkommen.«

Ich nickte, verlagerte mein Gewicht auf den linken Fuß und reckte den Hals, als ob ich mich anstrengte, besser sehen zu können. Die Menschen bewegten sich um mich herum und schlossen die Reihen rings um meine neue Position. Kleinere Bewegungen liefen wie Wellen auf einer Wasseroberfläche in alle Richtungen von uns weg. Ich versuchte, mich zu beruhigen. Und versuchte es erneut. Ich wollte wegrennen. Ich wollte mir den Weg durch die Menge freiboxen und Schutz in Theben selbst suchen, in den schmalen Straßen und den vielen Verstecken, die die Stadt bot. Aber das macht man nicht. Man schiebt sich langsam vorwärts, schlendert, lächelt seine Nachbarn an, spaziert weiter und beobachtet die Zeremonie. Nie, wirklich niemals macht man hastige Bewegungen, die Aufmerksamkeit auf einen ziehen, denn das könnte ganz fatal enden.

»Sie sind hinter uns«, flüsterte Leon. »Mit ein bisschen Glück lenken diese ägyptischen Soldaten sie ab und halten sie beschäftigt.«

Ich nickte. Das Brüllen hatte ihnen nichts gebracht. Eigentlich hatte es sogar alles noch schlimmer gemacht, denn jetzt waren die Jäger zu Gejagten geworden. Das hoffte ich zumindest.

Wir fanden uns an den Rändern der Versammlung wieder, wo weniger Menschen waren und man nicht so gedrängt stand. Jetzt begann die wirklich gefährliche Zeit. Wir mussten eine offene Fläche überqueren und dabei mindestens zwei Einheiten von Polizisten aus dem Weg gehen.

Aber das Glück war auf unserer Seite. Wurde ja, verflucht noch mal, auch Zeit. Eine bestürzt aussehende hochschwangere Frau mit einem schreienden Kleinkind und zwei weiteren Kindern, die sich an ihren Rockschoß klammerten, löste sich aus der Menge. Verzweifelt versuchte sie, den Säugling zu beruhigen, dessen Weinen von den Häusern ringsum zurückgeworfen wurde. Sie sah verschwitzt und peinlich berührt aus, und sie drehte ihren Kopf hin und her, als suchte sie etwas oder jemanden. Es half ihr aber nichts. Sie hatte Mühe, das strampelnde Kind zu halten, und stolperte über die beiden anderen, die ihr zwischen die Beine gerieten. Ich winkte, als würde ich sie kennen, und noch bevor sie die Chance hatte zu fragen, für wen ich mich, zur Hölle, eigentlich halte, hatte ich die Kinder an den Händen genommen und lächelte wieder. Sie war erleichtert, dass ihr ein Teil ihrer Bürde abgenommen wurde, und nickte in Richtung einer Gasse, während sie das kleinste Kind etwas höher auf ihre Hüfte setzte. Langsam und in aller Öffentlichkeit setzten wir uns in Bewegung. Unter sehr viel Geschrei. Ich lächelte zu den Kindern hinunter, was den beiden vermutlich Todesangst einflößte. Beide waren nackt, wie es für kleine Kinder zu dieser Zeit üblich war, und außerordentlich klebrig. Ihre kleinen Gesichter waren mit Honig und Rotz verschmiert, und sie niesten ständig. Mittlerweile brüllte das Kleine wie ein wütender junger Bulle. Gott weiß, was mit ihm los war. Die Leute drehten sich immer wieder zu uns um. Ich drückte uns die Daumen.

Die heiße Sonne heizte die Steine um uns herum auf. Leon folgte uns schweigend und deckte uns den Rücken, aber ich fühlte mich trotzdem entsetzlich ausgeliefert, als wir uns langsam von der Zeremonie und was immer hinter uns passierte, entfernten.

Endlich machte die Frau an einem schattigen Hauseingang halt, schob einen staubigen Vorhang beiseite und schnappte sich wieder ihre Kinder. Ich überließ sie ihr nur allzu gern – eines von beiden war beinahe an mir festgepappt – und sah ihr nach, wie sie ohne einen Blick zurück ins Innere des Hauses verschwand.

Ich wischte mir beide Hände an der Tunika ab. Vergebens. Das nützte überhaupt nichts, aber wir waren davongekommen. Das war knapp gewesen, und als Leon sagte. »Zurück zum Pod, würde ich sagen«, erhob ich keine Einwände.

Die Straßen waren verlassen. Gut, denn so kamen wir rasch voran, aber auch schlecht, denn wir waren praktisch die einzigen Leute unterwegs und deshalb erschreckend verdächtig.

Wir hasteten von einem dunklen Hausflur zum nächsten. Leon führte; ich folgte dahinter und übernahm die Deckung.

Wie zur Hölle fand die Zeitpolizei uns eigentlich immer wieder? Darüber würde ich später nachgrübeln müssen. Zuerst ans Hier und Jetzt denken. Erst die Flucht. Fragen kommen danach.

Der Pod war sichtbar. Was, wenn sie ihn gefunden hatten? Aber nein – denk mal eine Minute nach, Max. Wenn sie den Pod gefunden hätten, dann hätten sie nicht ihre Zeit damit verschwenden müssen, uns hinterherzujagen und die Aufmerksamkeit der Medjaus genannten Ordnungshüter auf sich zu ziehen. Sie hätten schön im Schatten herumsitzen und darauf warten können, dass wir auftauchen, was wir ja irgendwann tun mussten. Ganz sicher bedeutete die Tatsache, dass sie uns durch die Straßen gejagt hatten, dass sie den Pod noch nicht aufgespürt hatten. Es sei denn natürlich, dass sie beides taten. Uns durch die Straßen treiben, nur um uns zu schnappen, gerade wenn wir glauben, wir hätten es geschafft. Diesen Gedanken verwarf ich wieder. Erst mal sicher wegkommen und sich dann um jedes Problem kümmern, das auftauchen mochte.

Ein Quäntchen Glück wäre jetzt super.

# Vier

Wir konnten schon unseren Pod in dem kleinen Palmenhain entdecken. Der Esel schaute in die entgegengesetzte Richtung, aber ansonsten war alles noch ganz genauso wie vorher. Wir mussten uns nur einen Weg durch den Flickenteppich der Felder suchen, mehrere Bewässerungsgräben überqueren, und dann wären wir zu Hause, allerdings nicht gerade in trockenem Zustand. Zu dieser Jahreszeit war die Luft in Ägypten ausgesprochen feucht.

»Wir machen einen Bogen«, sagte Leon. »Nur für alle Fälle.«

Ich hielt ihn für übervorsichtig und sagte ihm das auch. »Außerdem bieten die Medjaus der Zeitpolizei genug, worüber sie sich den Kopf zerbrechen können.«

»Wir können es uns nicht leisten, irgendein Risiko einzugehen«, sagte er. »Schließlich sind *wir* hier diejenigen, die auf der Flucht sind. Wenn uns unsere Freiheit lieb ist, dann müssen wir *jedes* Mal Glück haben. Wenn die uns schnappen wollen, brauchen sie nur *einmal* Glück.«

Also, jetzt, wo er das sagte …

In Zickzacklinien machten wir uns auf den Weg zu

unserem Pod, gingen um die großen Felsbrocken herum, die als Gebietsmarkierungen dienten, und sprangen über die kleineren Bewässerungsgräben. Bei den größeren waren in unregelmäßigen Abständen raue Holzplanken darübergelegt.

Beinahe hätten wir es geschafft. Ich wollte gerade glauben, dass sich die Zeitpolizei noch vollständig im Tempel befand, als sie mit einem Mal unmittelbar vor uns war; die Männer tauchten in der ansonsten menschenleeren Landschaft auf, nur ein paar Hundert Meter von uns entfernt. Ob mit Absicht oder nicht – sie standen genau zwischen uns und dem Pod. Allerdings nur zwei von ihnen. Vielleicht eine Nachhut.

»Lauf«, zischte Leon, und wenigstens dieses eine Mal tat ich genau das, was mir aufgetragen worden war.

Ich sprintete um einen riesigen Feigenbaum herum, der so alt war, dass er schon unzählige Male Ableger gebildet und so eine eigene Plantage hervorgebracht hatte. Ich schob mich durch biegsame Zweige, stolperte über Wurzeln und kam in der Nähe eines kleinen Holzgebäudes heraus, dessen Nutzungszweck mir schleierhaft war.

Wichtig war sicherzustellen, dass überhaupt etwas zwischen der Zeitpolizei und uns lag, was ihnen die freie Schussbahn nahm. Und natürlich wollten wir auch möglichst viel Distanz zwischen sie und uns bringen und sie außerdem vom Pod fernhalten. Um sein Leben zu rennen, das ist schon eine Kunst für sich, muss man wissen. Man läuft nicht einfach los und hofft auf das Beste.

Ich sprintete hinter dem Schuppen hervor; ein hübsches freies Stück trockener Boden lag vor mir. Sofort winkelte ich die Ellbogen an, versuchte, den Schmerz in meiner Brust zu ignorieren, und raste los. Nur um mich am Ufer des großen Hauptbewässerungskanals wiederzufinden, der direkt vom Nil zu einer Reihe von weit verstreuten großen Wasserreservoirs reichte. Kanäle wie dieser führten eine riesige Menge Wasser, sie waren breit – und tief.

Ich drehte mich um und hastete am Ufer entlang, immer auf der verzweifelten Suche nach einem Unterschlupf und Deckung. Wir waren nicht sehr weit vom Fluss selbst entfernt, und vielleicht würde es dort ein Boot geben … irgendetwas … Hinter mir konnte ich Leon rennen hören.

Ein Feld mit abgestorbenem, nicht geerntetem Getreide zu meiner Rechten bot einige Möglichkeiten, aber als ich darauf zusteuerte, traten dieselben beiden schwarz gekleideten Gestalten mit schussbereiten Waffen zwischen den vertrockneten braunen Stängeln hervor. Und sie waren immer noch zwischen mir und dem Pod!

Schlitternd kam ich zum Stehen und suchte hektisch nach einem Ausweg, aber ich konnte nirgendwohin. Das bremste mich jedoch nicht lange. Nein, ich würde nicht aufgeben. Sie würden schon kommen und mich holen müssen. Ich wandte mich vom Kanal ab und raste auf den Fluss zu. Vielleicht konnten wir uns im Papyrusschilf verstecken. Aber der Schlamm war heimtückisch; ich rutschte aus, verlor die Balance und fiel mit dem Gesicht voran in den Matsch.

Ich hörte einen Warnruf von Leon. Als ich mich umdrehte, konnte ich sehen, dass er mit den beiden Zeitpolizisten rangelte. Er war unbewaffnet! Wir mussten auf der Stelle verschwinden, denn jeden Augenblick konnte auch der Rest der Truppe aufkreuzen. Einer der Männer schaffte es, sich von Leon loszureißen, und er richtete seine Waffe auf mich.

Ich versuchte wegzukriechen, rutschte wieder aus, rollte das schlammige Ufer runter und blieb nur wenige Meter vor dem Wasser liegen. Ich musste aufstehen. Ich musste einfach aufstehen.

Aber das würde nicht geschehen. Stattdessen lag ich auf dem Rücken, und meine Brust hob und senkte sich vor Anstrengung.

Sie hatten uns.

Oder vielleicht doch nicht?

Ich hörte Rufe über mir, und in der nächsten Minute stürzte ein schnaufendes Knäuel, bestehend aus Leon und zwei Zeitpolizisten, den Uferabhang herunter und landete als keuchender, schlammverschmierter Haufen neben mir.

»Lauf«, brüllte Leon wieder; was er sich allerdings vorstellte, wohin ich wohl rennen sollte, würde sein Geheimnis bleiben.

Ich rappelte mich auf und machte mich bereit, ein

paar neue Rekorde im Querfeldeinlauf aufzustellen. Aber aus den Augenwinkeln sah ich einen der Männer nach seiner Waffe tasten, und so warf ich mich stattdessen auf den Boden.

Ich weiß nicht, was hinter mir passierte. Ich weiß nur, was vor mir geschah.

Der Nil kochte.

So jedenfalls sah es für mich aus. Eine große Menge an Wasser hob sich und gurgelte. Ich versuchte, den stechenden Schmerz in meiner Brust, der mich außer Gefecht setzen wollte, nicht zu beachten und starrte stattdessen auf das brodelnde Wasser, denn so etwas bekam man nicht alle Tage zu sehen. Und während ich hinschaute, kam etwas, das wie jedes Krokodil in Oberägypten aussah, langsam an die Wasseroberfläche, schielte über die Nüstern hinweg in unsere Richtung und beschloss, dass es wohl Zeit fürs Mittagessen sei.

Das Nilkrokodil. Ein extremes Raubtier. Aggressiv. Mächtig. Riesig. Ausgewachsene Männchen können bis zu fünfeinhalb Meter lang werden. Sie fressen praktisch alles, sind wendig und können rennen. Sie können sich sogar vom Boden abstoßen und galoppieren. Es hat gar keinen Sinn zu fliehen, weil sie einen jagen und zur Strecke bringen. Die Menschen haben furchtbare Angst vor ihnen, und das völlig zu Recht. Diese Krokodile verbringen ihre Tage mit Sonnenbaden im flachen Schlamm, augenscheinlich in einer Art Starre, bis ein Mensch oder ein Tier zum Trinken zum

Wasser kommt. Dann tauchen eines oder mehrere dieser Tiere unvermittelt aus dem Wasser auf und ziehen die Beute nach unten.

Wenn sie unter Stress geraten, dann können männliche Krokodile für uns unhörbare Töne erzeugen, die so gewaltig sind, dass sie das Wasser zum Beben bringen, und genau das schien ich gerade mitzuerleben.

Vibrierendes Wasser. Doch dieses Mal war kein Krokodil dafür verantwortlich. Der bekloppte Zeitpolizist hatte seine Schallwaffe abgefeuert – vermutlich auf breiten Strahl gestellt, wie ich aus der ausgedehnten Fläche von tanzendem Wasser schloss.

Gott weiß, was normalerweise in diesen großen hässlichen Köpfen vor sich geht – denen der Krokodile, meine ich, nicht der Zeitpolizisten –, aber jetzt, in diesem Moment, waren sie ganz eindeutig nicht begeistert. Ob sie uns als Bedrohung oder als Snack betrachteten – eine ausgesprochen beunruhigend große Zahl von ihnen begann, sich auf unserer besonders matschigen Uferstelle zu sammeln.

»Scheiße«, sagten die Zeitpolizisten wie aus einem Munde.

»Scheiße«, sagte Leon.

Ich sagte nichts. Ich war ein alter Hase und wusste, dass ich meinen Atem für den nächsten Sprint aufsparen musste.

So viel musste man der Zeitpolizei lassen: Diese Leute waren wirklich verbissen. Selbst als es den Anschein hatte, als würden wir alle der Hauptgang des heutigen Tagesmenüs werden, versuchten sie trotzdem noch, uns festzunehmen. Beide hatten ihre blöden Waffen auf uns gerichtet.

Ich hörte Leon sagen: »Ich an eurer Stelle würde diese Waffen wirklich nicht noch einmal abfeuern. Lasst uns doch einfach sagen, dass es dieses Mal unentschieden ausgegangen ist, und stattdessen sehen, dass wir alle hier wegkommen, in Ordnung?«

Das erste Krokodil schob sich aus dem Wasser. Ich starrte es fasziniert an. Diese Biester waren einfach riesig und hatten einen Schuppenpanzer, und wenn sie bedroht werden, dann drehen sie ihren Kopf und geben eine Art Husten von sich. Ein bisschen wie die Medizinerinnen im St. Mary's.

Und dann rannten wir alle los.

Meine wackligen Beine rutschten und glitten überall aus. Ich war orientierungslos. Mein Herz hämmerte, und ich konnte kaum geradeaus sehen. Außerdem hatte ich keine Ahnung, wer oder was hinter mir war. Ich traute mich keine Sekunde, den Blick vom unebenen Boden vor mir zu lösen. Jeden Augenblick erwartete ich, gepackt und ins schlammige Wasser gezogen zu werden, denn Krokos reißen einen nicht einfach in zwei Stücke und fressen einen dann sofort auf. Sie ziehen einen unter Wasser und drehen einen immer wieder herum, bis man entweder ertrunken ist oder bis alle Knochen gebrochen sind oder bis die Gliedmaßen abfallen. Und dann stopfen sie einen unter einen

Felsen oder einen Baumstamm, bis man richtig reif ist. Und erst *dann* verspeisen sie einen.

Ich drängelte mich durch raues, rasiermesserscharfes Gras, das schmerzhaft meine Arme und Beine aufriss. Irgendwann auf dem Weg hatten wir die Zeitpolizei abgeschüttelt. Ich hatte keine Ahnung, was sie im Sinn hatten, aber wenn die Männer auch nur ein Fünkchen Verstand hatten, rannten sie um ihr Leben. Überall waren Krokodile, die über die schlammigen Uferhänge rutschten, zwischen dem Schilf auftauchten und sich mit schnappenden Mäulern aus dem Wasser warfen.

Wie viele Zähne für nur ein einziges Tier!

Leon holte mich ein, griff meine Hand, und dann steigerten wir uns noch weiter. Wir sprangen über Gräben, rannten spritzend durch den Matsch, rutschten und schlitterten, bogen vom Nilweg weg ab und verfielen schließlich in einen langsamen Dauerlauf, weil ich qualvoll um jeden Atemzug ringen musste. Ägypten verschwamm rings um mich herum, und ich fand mein Gleichgewicht einfach nicht wieder. Der Pod war weniger als hundert Meter entfernt. Wir hatten es beinahe geschafft.

Leon blieb stehen, und wir sahen uns in der leeren Gegend um.

»Du gehst vor und guckst, ob die Luft rein ist. Ich werde uns Rückendeckung geben, aber ich glaube, dass wir jetzt in Sicherheit sind.«

Er drehte sich um und fiel geradewegs in den großen Bewässerungskanal.

Selbst nach St. Mary's-Standard hatten wir keinen guten Tag.

Auch wenn ich mich schäme, muss ich zugeben, dass mein erster Gedanke war: *Na, dieses Mal wenigstens nicht ich*, denn meine Bilanz, von A nach B zu kommen, ohne bei C eine größere Katastrophe zu erleben, war nicht sonderlich berauschend. Und dann fand ich das alles plötzlich ziemlich lustig.

Ich sagte: »Was machst du denn da unten?«, und erntete den ganz besonderen, entnervten Blick.

»Du sollst doch zum Pod laufen. Hörst du denn nie, was man dir sagt?«

»Wie bitte? Was hast du gesagt?«

Er klammerte sich am Ufer fest, ungefähr einen halben Meter weiter unten, von Kopf bis Fuß mit glänzendem Nilschlamm besudelt. Noch während ich hinsah, rutschte er einige Zentimeter weiter ab. Er strampelte heftig mit den Beinen und glitt noch ein Stückchen runter.

Ich legte mich hin und streckte ihm eine Hand entgegen, und das war der Moment, als ich begriff, dass wir ein ernsthaftes Problem hatten, denn es gab keine Chance für mich, ihn wieder hochzuziehen. Die Seiten waren zu steil, und seine rudernden Füße fanden nirgends Halt. Jedes Mal, wenn er es versuchte, glitt er noch etwas weiter in den Graben, und ganz unten wartete eine Brühe aus flachem schmutzigem Wasser und dickem, schwarzem, klebrigem Schlamm. Wenn er erst mal dort hingerutscht wäre, dann wusste ich, dass er es nie wieder herausschaffen würde. Denn nicht weit entfernt von ihm konnte ich einen halb versunkenen Hund und ein paar Rattenskelette entdecken, die eine ganz eigene Geschichte erzählten.

Leon konnte also nicht rausklettern, und ich hatte nicht die Kraft, ihn hochzuziehen. Alles, was ich tun konnte, war, mich an ihm festzuklammern und eine Weile durchzuhalten.

Das klingt alles nicht so gravierend, aber das war es, denn heute war ein Feiertag, und niemand war in der Nähe, der uns hätte helfen können.

Ich lag im warmen Schlamm auf dem Bauch. Die Luft roch nach heißer, nasser Erde, und abgesehen von den Fröschen war alles still. Nirgendwo waren Menschen zu entdecken. Nicht mal die Zeitpolizei. Ich schätzte, die Hoffnung, dass die Typen einfach aufgefressen worden waren, war überzogen. Sogar der Esel schien sich vom Acker gemacht zu haben.

Morgen allerdings wäre wieder ein normaler Arbeitstag, und irgendjemand würde das Äquivalent zu einer Schleuse aufmachen, sodass das Wasser den Kanal hoch- oder runterströmen würde, und Leon würde davongewirbelt werden. Wenn ich es denn schaffte, ihn die Nacht über festzuhalten.

Und wenn die Krokodile nicht auftauchten.

Ich lag also mit dem Gesicht nach unten da, Kopf und Schultern ragten über die Kante, und ich umklammerte Leons Handgelenke mit beiden Händen. Er hatte sich besonnen und aufgehört, zu treten und zu strampeln, denn wir waren beide voller Schlamm, und es konnte ganz leicht passieren, dass sein Gewicht ihn aus meinem Griff reißen würde. Dann würde er in diesen Treibsand von Schlick und schleimigem Wasser weit dort unten hinabrutschen.

Ich verschloss meine Gedanken gegen die aufsteigende Panik und hob wieder den Kopf, um zu sehen, ob vielleicht doch irgendjemand in der Nähe war, um uns zu helfen. Jeder wäre mir recht gewesen, selbst die beiden elendigen Zeitpolizisten, deren Schuld all das hier war. Wo blieb eigentlich diese verfluchte Polizei, wenn man sie tatsächlich mal brauchte? Irgendwo in meinem Hinterkopf fragte ich mich, ob sie zurückgerufen worden waren, um die anderen gegen die Medjaus zu unterstützen.

Leon hob den Kopf und sagte ganz ruhig: »Ich werde mal versuchen, ob ich irgendwo Fuß fassen kann.«

»Aber vorsichtig.«

Dann konnte ich spüren, wie er überall mit den Füßen tastete, aber alles, was passierte, war, dass ein Teil des Hangs abrutschte und wir schlimmer dran waren als vorher, denn jetzt merkte ich, wie ich auch selbst ins Gleiten kam. Leons Gewicht riss mir nicht nur fast die Arme aus den Gelenken, sondern es zog mich langsam über die Kante, und Leon wusste das.

Er hob den Kopf.

»Lass mich los.«

»Nein.«

Ich spürte, wie ich einen weiteren Zentimeter rutschte, und versuchte, mein ganzes Gewicht dagegenzustemmen. Das aber funktionierte ganz und gar nicht.

»Lucy, lass mich los.«

So hatte er mich vorher noch nie genannt. Leons geheimer Name für mich. Meine Gedanken nutzten diesen völlig unpassenden Moment, um sich zu fragen, wann ich aufgehört hatte, an ihn als *den anderen Leon* zu denken. Wann ich ihn endlich als *meinen Leon* akzeptiert hatte. Denn das war wirklich eine wahnsinnig wichtige Angelegenheit, über die man am besten nachgrübelte, während man über einer Kante hing, die zu einem tödlich tiefen Graben führte, wo ein langer und unangenehmer Tod auf einen wartete.

Ich sagte. »Halt den Mund, Leon.«

»Lucy …«

Ich biss die Zähne gegen den Schmerz zusammen und sagte: »Das wird nicht passieren, also sei einfach still.«

Bevor er noch etwas sagen konnte, hob ich den Kopf und schrie um Hilfe. Ich weiß nicht, warum ich das tat – mir war ja klar, dass alle auf dem Fest waren, aber ich würde ihn nicht sterben lassen. Und wenn er doch starb, dann hatte ich kein Interesse mehr an der Zukunft. Das Blut strömte mir in meinen baumelnden Kopf, und vermutlich konnte ich deshalb nicht mehr klar denken.

Und ich rutschte noch einen Zentimeter weiter. Die Kante unter mir bröckelte. Und noch einen Zentimeter tiefer. Ich versuchte, meine Knie im Schlamm zu verkeilen. Auch das klappte nicht.

Der brennende Schmerz in meinen Armen und Schultern war unerträglich. Ich wusste, dass ich rein körperlich nicht mehr viel länger durchhalten konnte.

Und dann begann der Schlamm, sich zu bewegen. Zuerst glaubte ich, ich hätte es mir nur eingebildet, aber nein. Der Schlamm bewegte sich. Zwei, nein, drei Krokodile waren auf dem Weg durch den Graben zu uns. Das vordere Tier war riesig und anscheinend das Alphamännchen. Die Viecher erweckten nicht den Anschein, es sonderlich eilig zu haben, aber sie kamen trotzdem überraschend schnell voran. Halb watend, halb schwimmend hatten sie unmittelbar auf uns Kurs genommen. Sie mussten gar nichts tun. Sie mussten nur Geduld haben.

Wieder schrie ich. Und noch einmal.

Irgendjemand antwortete.

Ich wagte nicht, mich umzudrehen, um nachzuschauen, wer das gewesen war. Ich traute mich überhaupt nicht, mich zu rühren. Denn gleich würde ich über die Kante gleiten … Und wir würden beide weiter nach unten rutschen, zu den Krokodilen, die uns auf dem Grund erwarteten …

Die platschenden Schritte waren sowohl zu fühlen als auch zu hören. Wieder schrie ich. Jetzt war ich verzweifelt, denn ich verlor den Halt … Ich merkte, wie ich in Bewegung war … Ich rutschte durch den

Schlamm. Leon schrie mir zu, ich solle ihn loslassen. Ich brüllte einfach nur. Denn wer auch immer da war, würde genau eine halbe Sekunde zu spät kommen, um uns zu retten …

Ein Arm packte Leon. Auf der anderen Seite von mir griff ein weiterer Arm nach ihm. Das übermächtige Gewicht war verschwunden. Ich kroch rückwärts, um irgendjemandem Gelegenheit zu geben, Leon hochzuziehen.

Es waren zwei Sklaven. Dürr, aber voller Muskeln, und abgesehen von ihrem Lendenschurz nackt. Sie zerrten Leon hoch und mühelos über die Kante, und wir alle saßen voller Schlamm und atemlos in der warmen Abendsonne und sahen einander an.

Wir hatten kein Geld, das wir ihnen hätten geben können. Wir besaßen nichts als unsere Kleidung, und wir waren so erledigt, dass wir in ihr nicht aufstehen konnten. Uns fehlten sogar die Worte, um unseren Rettern zu danken, aber es gibt eine universelle Zeichensprache. Und so legten wir unsere Hände über unsere Herzen und neigten den Kopf. Sie lächelten und nickten ebenfalls. Dann hoben sie ihre Bündel auf und gingen weiter. Einfach so.

Leon und ich halfen einander auf die Beine und stolperten zurück zum Pod. Und da hatten wir unseren ersten Streit.

Aber immer schön der Reihe nach. Wir sprangen. Ich war überrascht, dass wir das schafften. Wir waren so bedeckt mit ägyptischem Schlamm – der Computer hätte auch entscheiden können, dass wir so viel von Ägypten dabeihatten, dass es unter die Rubrik *unpassendes Objekt* fiel, sodass der Sprung verweigert werden würde. So war es aber nicht, und wir sprangen.

Ich hatte keine Ahnung, wohin, aber immerhin war es still. Jedenfalls war es das, bis wir auftauchten.

Wir waren müde, überanstrengt und verletzt, und das alles zusammengenommen bedeutete, dass es keine tolle Zeit war für eine Grundsatzdebatte, in der beide Akteure ruhig und gelassen ihre Standpunkte verdeutlichen können, und zwar in einer Atmosphäre gegenseitiger Toleranz und beidseitigem Respekt.

Leon eröffnete den Schlagabtausch.

»Ich habe dir gesagt, du sollst zurück zum Pod. Warum machst du eigentlich nie, was man dir sagt?«

»Warum sollte ich, wenn du so idiotische Dinge von mir verlangst?«

»Herumzuhängen, um mich aus einem Graben zu ziehen, aus dem ich auch ohne Probleme selber hätte herausklettern können, ist mehr als dumm.«

»Ach wirklich? Du hättest da selbst rauskommen können?«

»Offensichtlich schon.«

Es war jetzt überaus wichtig, dass wenigstens einer von uns beiden ruhig blieb. Wir stritten nicht oft, aber wenn wir es taten, dann war es der Klassiker – Dinge werden gesagt, Gefühle werden verletzt. Ich hätte etwas Versöhnliches einwerfen sollen, aber ich bekam keine Gelegenheit.

»Warum eigentlich versuche ich dauernd, dich zu beschützen, wenn du dann solchen Quatsch machst?«

»Fragt der Idiot, der in einen Graben gefallen ist.«

»Ich hatte ihn nicht gesehen.«

»Er ist sechs Meter breit, Himmel noch mal. Bist du jetzt auch noch blind?«

»Auch noch? Was denn noch? Ach nein, du brauchst nicht zu antworten.«

Gut, dass er das noch hinterhergeschoben hatte. Ich hatte eine lange Liste in petto. Stattdessen also schloss ich den Mund, aber leider bemerkte Leon meine Zurückhaltung nicht.

»Sag mir einfach, was zur Hölle du da vorhattest.«

»Ich habe dich gerettet.«

»Und während du dabei bist, schnappt dich die Zeitpolizei, und ich verliere dich wieder.«

»Tja, ich hatte dich schon verloren. Du warst nur Sekunden davon entfernt, im Schlamm zu versinken. Oder von Krokodilen aufgefressen zu werden. Oder von der Zeitpolizei gefunden zu werden. Aber nichts davon ist passiert. *Weil wir dich rausgezogen haben*.«

»Wieso kannst du das denn nicht verstehen? Fast hättest du dich ihnen auf einem Silbertablett serviert. Sie hätten dich geschnappt, hätten mich als Krokodilfutter dagelassen, und das wäre dann das Ende von uns beiden gewesen.«

»Nein, wäre es nicht. Ich bin schlau und einfallsreich. Ich habe immer einen klugen Plan.«

»Der in diesem Fall offenbar darin bestand, dabei draufzugehen.«

»Nein, ganz und gar nicht. Sie benutzen immer noch dieses Schallwaffending …«

»Ihre Schallimpulswaffe …«

»Ja. Also wollen sie uns offenkundig lebendig in die Finger bekommen. Wenn sie uns erwischt hätten – was sie nicht haben –, dann wäre das Schlimmste, was hätte passieren können, dass sie uns als Gefangene mitnehmen. Was ich sagen will: Wir wären am Leben gewesen, und solange wir am Leben sind, ist alles möglich. Nur das Totsein schränkt uns in den Möglichkeiten ein.«

Mittlerweile brüllten wir uns an.

Leon war so frustriert, dass er auf die Konsole schlug. »Das weißt du doch gar nicht. Ich hätte dich verlieren können. Wieder. Warum kannst du das denn nicht verstehen?«

Ich fuchtelte mit den Armen. »Natürlich verstehe ich das. Wer, wenn nicht ich? Was glaubst du wohl, warum ich nicht loslassen wollte? Warum kannst du das denn nicht begreifen? Ich will *dich* nicht wieder verlieren.«

Zu meinem Entsetzen zitterte meine Stimme. Ich war kurz davor zu weinen. Das war gar nicht gut. Ich hatte doch noch so viel zu sagen. Und ich war so müde. Und meine Brust tat weh. Und meine Arme. Und meine Schultern. Ich hatte ihn lange genug festgehalten, damit er gerettet werden konnte. Deswegen schrie er mich jetzt an. Außerdem steckte ich hier in diesem neuen Leben. In dieser neuen Welt. Ich wusste nicht, wohin ich gehörte. Ich wurde von irgendwelchen Leuten gejagt. Deswegen kreischte ich herum.

Warum wusste er das denn nicht? Ich stützte mich auf der Konsole ab, und Tränen liefen mir über die Wangen.

Natürlich wusste er es. Ich hätte wirklich mehr Vertrauen in ihn haben sollen. Eigentlich war es an der Zeit, dass wir beide ein bisschen mehr Vertrauen ineinander hatten. Ich hörte, wie er tief und abgehackt Luft holte.

Dann sagte er leise: »Mein Schatz, nicht weinen.«

Er legte mir einen Arm um die Schulter. Ein bisschen unbeholfen vielleicht, aber mit etwas Glück würde Übung ja vielleicht irgendwann den Meister machen.

»Es tut mir leid, Lucy. Ich hätte wirklich besser auf dich aufpassen sollen. Ich habe dich erst weniger als zwei Tage lang zurück, und schon bist du wieder halb tot.«

Ich schniefte in seine schlammige Tunika. »Das kannst du dir nicht alles selbst anrechnen. Ich war schon halb tot, als ich hier ankam.«

»Ich weiß, dass das keiner von uns beiden erwartet hat, aber wir stecken hier jetzt erst mal fest. Ich verspreche dir, Lucy, dass wir das durchstehen werden. Wir werden einen sicheren Ort für uns finden.«

Ich schlang meine Arme um ihn und schloss die Augen. Zeit zu haben, ganz still zu stehen, nur eine Sekunde lang … Es ging nicht darum, wer in den Graben gefallen war und wer wessen Anweisungen missachtet hatte. Hier ging es um zwei Menschen, die in ein neues gemeinsames Leben gestoßen worden waren, ehe die Wunden des alten Lebens vollständig verheilt waren. Zwei Menschen, die verängstigt waren, ausgelaugt und verletzt.

Eigentlich sogar stärker verletzt, als sie bislang bemerkt hatten.

»Max, woher kommt denn all das Blut?«

»Welches Blut?« Ich machte einen Schritt zurück und starrte auf meine Hände, die klebrig waren von Blut. Auch die Konsole war verschmiert.

Leon hielt mich auf Armeslänge von sich entfernt. »Hast du irgendwelche Schmerzen?«

»Ja, überall, aber es kommt nicht von mir. Ich glaube, es kommt von dir.«

Er zog sich seine Tunika über den Kopf und verrenkte den Hals, um einen Blick auf seinen eigenen Rücken werfen zu können. Ein riesiger roter und lilafarbener Bluterguss prangte unter seinem Schulterblatt. Aus einem kleinen Schnitt quoll eifrig Blut hervor.

Ich sagte: »Also, das sehe ich mir lieber genauer an, ehe es sich entzündet. Geh mal unter die Dusche, während ich den Erste-Hilfe-Koffer durchgucke.«

Genau genommen ist es weniger ein Erste-Hilfe-Koffer als vielmehr ein Erste-Hilfe-Schrank. Gelegentlich neigen Historiker ein wenig zu Unfällen.

Leon kam wieder zurück und trocknete sich die Haare. Ich wusch mir die Hände und schaute mir die Wunde gründlicher an.

»Kannst du dich hinlegen?«

»Mit Vergnügen. Es war ein langer Tag.«

Stöhnend streckte er sich mit dem Gesicht nach unten auf dem Boden aus.

Ich säuberte die Wunde und besprühte sie mit einem desinfizierenden Spray. Leon zuckte kaum mit der Wimper.

»Ist schon okay. Du kannst auch ein Baby sein, wenn du willst.«

Er drehte seinen Kopf zur Seite. »Ich bin ein Mann. Du kannst ruhig ein bisschen verständnisvoller sein, ja?«

»'tschuldigung. Ich bin voller Bewunderung. Nur noch ein kleines Pflaster für den Schnitt, und hier habe ich noch eine entzündungshemmende Salbe, damit die Gegend rings um die Wunde gleich ein bisschen betäubt wird. Halt einfach still.«

Ich benutzte zwei Finger, um die Creme in kleinen Kreisen aufzutragen, und ich war so sanft, wie ich nur konnte. Ich ließ mir Zeit. Der blaue Fleck hatte die Größe eines Speisetellers. Leon musste einen ordentlichen Schlag abbekommen haben, als er den Hang runterfiel.

»Habe ich gar nicht gemerkt«, sagte er. »Ich war viel zu beschäftigt, mich festzuklammern.«

»Tut es weh?«

»Nein«, sagte er wieder, ganz *starker Mann*.

Ich war fertig und reichte ihm sein T-Shirt, aber er bewegte sich nicht.

»Soll ich dir hochhelfen?«

»Kannst du mir noch eine Minute geben?«

»Was stimmt nicht?«

»Sollte das die Verspannung reduzieren?«

Ich sah noch einmal auf dem Etikett nach.

»Ja. Gibt es ein Problem?«

»Ich sollte vielleicht einen Beschwerdebrief schreiben.«

»Warum? Tut es noch weh?«

Stille.

»Ja. Lass es uns dabei belassen, in Ordnung?«

# FÜNF

Eine Stunde später waren wir tief ins traditionelle St. Mary's-Ritual versunken, mit dem wir auf jedwede Art von Krise reagieren und das darin besteht, riesige Mengen Tee zu schlürfen. Die Leute mögen darüber lachen, aber es funktioniert.

Warten, bis der Kessel dampft und der Tee zubereitet ist, die stille Kritik an der hinzugefügten Menge Zucker, auf den Tee pusten und schließlich einige Schlucke trinken … Das alles kostet Zeit. Und wenn man ein Mitglied des Instituts ist und die Aufmerksamkeitsspanne einer Ligusterhecke hat, dann hat man bis dahin längst vergessen, worüber man sich überhaupt gezankt hat.

Wir hatten herausgefunden, wo und an welchem Punkt der Zeitlinie wir uns befanden. Im 8. Jahrhundert in Skandinavien. Es ließ sich unmöglich genauer bestimmen, und dann war da noch etwas anderes, das Anlass zur Sorge gab. Wir hatten jetzt fünf Sprünge unternommen – einen nach dem anderen, in rascher Reihenfolge, und einige von ihnen waren Notrückholungen gewesen.

Pods brauchen regelmäßige Wartung – A und B und C. Eine A-Wartung ist eine Reparatur aller Schäden, und dieser Wartung unterliegt jeder Pod nach jedem Sprung. Gewöhnlich wird sie von einer Fülle völlig unangemessener Klagen und von Kritik aus der Technikabteilung begleitet. Die B-Wartung erfolgt einmal im Monat, unabhängig davon, wann die letzte A-Wartung stattgefunden hat, und die große Inspektion, die C-Wartung, erfolgt zweimal im Jahr. Dann wird der Pod aus dem aktiven Dienst genommen und buchstäblich in seine Einzelteile zerlegt.

Als übliches Muster hat sich dabei herauskristallisiert, dass die Technikabteilung seufzt und kollektiv den Kopf schüttelt, und der Hauptverantwortliche für den Dienstplan rauft sich die Haare, weil die Jungs so lange brauchen, um den Pod wieder an den Start zu bringen.

Unser Pod allerdings hatte überhaupt keine Wartung erfahren, egal, von welchem Buchstaben des Alphabets. Zwar hatte ich keinen Zweifel, dass Leon ihn tipptopp in Schuss gehalten hatte, aber Pods brauchen einfach häufiger mal eine Nachjustierung, oder sie beginnen, ungenau zu arbeiten. Das kann ganz schön ärgerlich sein, wenn man meinetwegen Florenz in der Renaissance angesteuert hat und seinen Pod in der Erwartung verlässt, in einer Atmosphäre stiller Andacht die Kunstschätze dieser Periode genießen zu können, nur um festzustellen, dass man mitten im Massaker der Bartholomäusnacht abgesetzt worden ist und bis zu den Knöcheln im Blut steht, umgeben von herumliegenden Körperteilen der Hugenotten.

Wir waren auf einer Landspitze gelandet. Der Wind rüttelte den Pod durch, auch wenn ein dichter Wald hinter uns ein bisschen Schutz vor den Elementen bot. Die graue Nordsee toste unter uns, und rechts von uns sah der niedergehende Regen aus wie ein riesiges glänzendes Tuch. Ganz hinten auf der anderen Seite des Meeresarms drängten sich Holzhütten um mehrere größere und aufwendiger verputzte Hallen, die hoch oben auf den Hügeln erbaut worden waren.

Wir konnten von Glück sagen, dass keine Langschiffe zu sehen waren. Es war Hochsommer. Das konnten wir daraus schließen, wie der Regen von Süden aus hereinpeitschte. Ich ging davon aus, dass die Männer auf ihre Langschiffe gestiegen waren, um an Englands Ostküste ein bisschen zu vergewaltigen und zu brandschatzen. Möglicherweise fielen sie gerade in diesem Moment über Lindisfarne her.

Das bedeutet jedoch nicht, dass die Siedlung komplett verlassen war. Rauch drang in unentschlossenen Wölkchen durch die Löcher in den gut gedeckten Dächern, aber an diesem nassen und windigen Tag würde jeder so viel wie möglich drinnenbleiben, was uns nur lieb war.

Wikingerfrauen waren ebenso wild wie ihre Männer, und in unserem momentanen Zustand konnte uns vermutlich ein sechsjähriges Wikingermädchen mit einer Hand hinter dem Rücken erledigen.

Wir hatten alle Vorsichtsmaßnahmen getroffen. Wir waren getarnt und hatten die Umgebungsmelder eingeschaltet. Nun war es Sache des Gottes der Historiker, auf uns aufzupassen.

Ich starrte auf den Schirm. Die Sonne mühte sich ab, um durch die dicken grauen Wolken zu brechen, und warf Lichtstrahlen auf das unruhige Wasser dort unten. Der Effekt war wirklich wunderschön, hätte mir aber trotzdem nicht gleichgültiger sein können. Ein neuer Tag brach an, und ich wollte mich einfach nur noch hinlegen.

Leon ging es genauso. »Sieh mal: Wir müssen mal Pause machen, zu Atem kommen und uns was einfallen lassen, wie wir weiterhin vorgehen wollen. Wir können nicht die ganze Zeit Hals über Kopf die Zeitlinie rauf- und runterdüsen. Wir müssen regelmäßig essen und schlafen, egal, welche Tageszeit draußen herrscht. Wir müssen unsere eigenen inneren Uhren im Takt lassen, sonst geraten wir in Schwierigkeiten.«

Er hatte recht. Im Augenblick wusste mein armer alter Körper nicht, ob es nicht vielleicht Mitternacht war und ich mich in Manchester befand, und das konnte böse enden. Man wird müde und orientierungslos, und dann fängt man an, Fehler zu machen.

»Lass uns doch mit einer ordentlichen Mahlzeit starten.«

»Ich habe keinen Hunger.«

Fehlender Appetit ist eines der ersten Symptome. Wenn unser Körper keinen Schimmer hat, was los ist, dann neigt er dazu, zur Selbstverteidigung einfach dichtzumachen.

»Du musst was essen.«

Das stimmte. Ich musste. Ganz egal, wie wenig mir der Sinn danach stand. Wir mussten einen festen Tagesablauf einhalten.

»Und dann ein paar Stunden schlafen, denke ich. Wie fühlst du dich?« Er lächelte. »Du siehst furchtbar aus.«

»Mit mir ist alles vollkommen in Ordnung.«

Ich zwang etwas Hühnerbrühe in mich hinein, dazu ein paar dieser geschmacklosen, aber für Energie sorgenden Kekse, die niemand jemals aß, was zur Folge hatte, dass sie in jedem Pod kistenweise zur Verfügung standen, und ein Stück Käse, der vermutlich vom Teufel besessen war – ein alter Scherz, mit dem jeder vertraut ist, der sich schon mal von Feldrationen ernährt hat.

Wir stritten kurz darüber, wer als Erster schlafen würde, und irgendwann kramte Leon das übliche Hilfsmittel zur Entscheidungsfindung hervor. Ich setzte auf Kopf und log, als die Münze zu Boden fiel, denn auch wenn ich vielleicht furchtbar aussah – Leon sah noch viel schrecklicher aus.

»Weck mich in ein paar Stunden.«

Ich nickte. »In Ordnung.«

»Nein, ich meine es, wie ich es sage. Du sitzt hier nicht herum, bis dir die Augen rausfallen. Vier Stunden. Dann bist du dran mit Schlaf.«

Ich machte einen Tee und suchte nach einem Notizblock und einem Stift, und als ich zurückkam, um an der

Konsole Platz zu nehmen, war Leon schon weggedämmert. Ich drehte die Lichter und die Heizung runter und nahm mir ein paar Minuten Zeit, um mich zu sammeln und über die Ereignisse der letzten paar Tage nachzudenken, denn mehr waren es ja nicht. Ich weiß, dass ich von Tag zu Nacht und wieder zurück gesprungen war, aber es konnten nicht mehr als zwei oder höchstens drei Tage vergangen sein, seitdem ich in Azincourt verletzt worden war. In diesen drei Tagen war ich in eine andere Welt und in ein anderes Leben geworfen worden. Ich hatte kaum Luft geholt, ehe ich auf eine kleine Insel im Mittelmeer katapultiert worden war, wo es sehr angenehm gewesen wäre, wenn ich es länger als ungefähr eine Stunde hätte genießen können. Und von da ins bitterkalte London des 17. Jahrhunderts. Dort war ich wie lange gewesen? Zwei Stunden oder drei? Und von da auf nach Theben in die achtzehnte Dynastie. Via zentralasiatische Steppe, natürlich. Immerhin hatten wir es geschafft, einen ganzen Nachmittag lang in Theben zu bleiben. Und nun steckte ich im Skandinavien des 8. Jahrhunderts. Für wie lange? Wie viel Zeit würde vergehen, bis sie uns wieder aufstöberten?

Ich hatte keine Möglichkeit, diese Frage zu beantworten, und so beließ ich es dabei und wandte meine Aufmerksamkeit Dingen zu, auf die ich die Antwort kannte.

Eine Weile beobachtete ich Leon. Er schlief ruhig und tief, wie immer.

*Das weißt du doch gar nicht,* widersprach eine leise

Stimme in meinem Innern. *Du weißt nur, dass* dein *Leon ruhig und tief schläft.*

Ach, sei doch still.

*Ich meine ja bloß …*

Darüber konnte ich nicht nachdenken. Nicht hier und nicht jetzt.

Ich verbrachte ein paar Minuten damit, über diesen Job nachzugrübeln, den mir Mrs. Partridge aufgehalst und zu dessen Erledigung sie mich losgeschickt hatte. Ich hatte absolut keine Ahnung, was es war. Alles, was ich wusste, war, dass es um etwas Wichtiges in Theben ging, und ich war so damit beschäftigt gewesen, Leon aus dem Bewässerungsgraben zu retten, dass mir diese Angelegenheit völlig entfallen war.

Aber das war ein weiteres Thema, über das ich hier und jetzt nicht nachdenken wollte.

Stattdessen sann ich über die Wikinger nach, doch nicht lange, denn sie gehörten nicht zu meinen Spezialgebieten. Ich kenne mich mit alten Zivilisationen aus, mit dem britischen und ganz allgemein dem europäischen Mittelalter und auch noch ein bisschen mit den Tudors, sozusagen als Ausgleich. Ich versuchte, mich daran zu erinnern, wer in meiner Abteilung der Experte für skandinavische Geschichte war, aber als mir keiner einfiel, gab ich auch das wieder auf. Diese Welt war fort, und zwar endgültig. Ich würde niemanden daraus jemals mehr wiedersehen. Noch etwas, worüber ich nicht nachdenken wollte.

Stattdessen starrte ich in den Regen hinaus und kritzelte auf einem Blatt Papier herum.

Um des lieben Friedens willen weckte ich Leon nach seinen vier Stunden. Und ich brachte ihm einen Becher Tee.

Er richtete sich auf und fuhr sich mit den Fingern durch die Haare.

»Was war los?«

»Oh, der Morgen war voller Ereignisse. Es hat vor ungefähr einer Stunde aufgehört zu regnen, auch wenn wir immer noch darauf warten, dass die Sonne rauskommt. Ein kleines Kind – das Geschlecht ließ sich nicht feststellen – ist aus dieser großen Halle links gerannt, zusammen mit einem Hund. Eine Frau stand auf der Schwelle und rief den beiden hinterher. Bei der Rückkehr hat sich das Kind eine Ohrfeige eingefangen. Der Hund ist getürmt. Also ich muss schon sagen, die Gemeinschaft der Wikinger ist nicht halb so aufregend, wie ich gehofft hatte. Niemand wurde vergewaltigt, und es gab auch keine Brandschatzungen. Wirklich ziemlich öde hier. Willst du vielleicht duschen? Es hat wie gesagt aufgehört zu regnen. Ich kann draußen warten, und wir könnten währenddessen mal ein bisschen frische Luft reinlassen.«

»Nein«, sagte er hastig. »Mach nicht die Tür auf.«

»Warum denn nicht? Es ist ein bisschen stickig hier drin, selbst für Historiker.«

»Ich denke, du wirst es draußen kälter finden, als du glaubst.«

»In diesem Fall gehe ich ins Bett.«

Ich rollte mich unter den noch immer warmen Decken zusammen. Das Schlafmodul passte sich rings um mich herum an.

Das Letzte, was ich sah, war, dass Leon sich in Richtung Klo auf den Weg machte.

Als ich wieder aufwachte, waren deutlich mehr als vier Stunden vergangen.

Ich setzte mich hoch und blickte ihn wütend an.

»Du hättest mich wecken sollen.«

»Habe ich versucht. Ich konnte dich nicht dazu bringen, die Augen aufzumachen. Gibt es vielleicht ein Passwort?«

Er sagte nicht die Wahrheit. Seit meiner Kindheit habe ich den leichtesten Schlaf der Welt. An einem schlechten Tag sieht Lady Macbeth neben mir aus wie eine alte Schnarchnase.

»Wie dem auch sei«, sagte er und reichte mir einen Becher Tee. »Du wärst sowieso nur im Weg gewesen. Ich habe die Decke der Konsole abgenommen und mich ein bisschen im Innern umgesehen. Viel kann ich nicht machen, weil mir das Werkzeug fehlt, aber ich habe das gute Stück mal ein bisschen gekrault.«

Sein Gesicht strafte seine Worte Lügen. Er sah kein bisschen fröhlich aus.

»Gibt es ein Problem?«

Und mit einem Schlag sah er sehr besorgt und sehr müde aus.

»Leon, was ist denn los?«

»Ich habe eine schlechte Neuigkeit, eine richtig schlechte Neuigkeit und eine katastrophale Neuigkeit.«

Ich grinste ihn an. »Also nichts Neues. Okay. Verrat mir die schlechte Nachricht.«

»Es ist nicht der Pod, dem sie nachjagen.«

»Tja, es ist auch schwer vorstellbar, wie sie das hätten machen sollen. Ist ja nicht so, als wenn wir einen Kondensstreifen hinter uns herziehen würden. Das ist die schlechte Nachricht? Was ist dann die richtig schlechte?«

»Sie folgen uns. Genauer gesagt: Sie folgen dir.«

Einen Moment lang konnte ich keinen Gedanken fassen. Dann konnte ich nicht sprechen.

O mein Gott!

Die Müdigkeit hatte bereits alle Farbe aus Leons Gesicht gewaschen und einen entsetzlichen grauen Schleier darübergelegt. Der Himmel wusste, welche Farbe des Spektrums auf meinem Gesicht lag, denn jetzt, ganz plötzlich, begriff ich – das war alles meine Schuld.

Leon brauchte mir die wirklich katastrophale Nachricht gar nicht erst zu erzählen. Ich konnte sie mir schon selbst zusammenreimen. Denn die wirklich katastrophale Nachricht war, dass ich einen Peilsender in mir trug. Das war bei uns allen so. Nur für den Fall, dass wir in der Zeit verloren gingen. Zweifellos hatte Leon seinen Tracker auf die herkömmliche Weise entfernen lassen, als er ganz regulär aus dem St. Mary's-Institut ausgeschieden war. Da ich aber ohne jede Vorwarnung aus meiner eigenen Welt herausgerissen worden war, hatte ich keinen Moment lang darüber nachgedacht, obwohl ich das hätte tun müssen. Ich weiß, dass ich die Zeitlinie rauf- und runtergesprungen war, verfolgt von den Hütern von Temporalrecht und -ordnung. Aber ich hätte wirklich schon viel früher darauf kommen müssen. Es war nicht der Pod, der eine Spur in der Zeit hinterließ, welcher ein Blinder mit dem Krückstock folgen konnte – *ich* war es.

Und mit ihrer fortschrittlichen Technik konnte die Zeitpolizei mich aufspüren, wohin auch immer ich verschwand. Und sie waren schnell – so viel schneller als St. Mary's. Und so viel treffsicherer. Wir waren geliefert.

»Ich bin eine Idiotin. Eine komplette Idiotin.«

»Nein, bist du nicht. Ich bin auch nicht darauf gekommen.«

»Ich hätte daran denken müssen … Warum habe ich nicht daran gedacht?«

»Hör auf damit«, sagte er und nahm meine kalten Hände. Seine waren immer so warm. »Du bist nicht dümmer als ich. Keiner von uns beiden hat eins und eins zusammengezählt. Belassen wir es einfach dabei, in Ordnung?«

Ich streckte meinen Arm aus und musterte ihn, noch immer nicht imstande, das ganze Ausmaß meiner eigenen Dummheit zu begreifen. Natürlich konnten wir aufgespürt werden. Peterson und ich waren mal in Ninive gestrandet, und auch wenn es eine Weile gedauert hatte, hatten Major Guthrie und sein Rettungsteam es am Ende geschafft, uns zu lokalisieren und da rauszuholen.

»Mein Pod ist ein Faradaykäfig. Deshalb wird der Tracker nicht bemerkt, bis wir den Pod verlassen. Oder bis wir die Tür öffnen.«

Er brach ab, nicht in der Lage oder nicht willens weiterzusprechen. Brauchte er auch gar nicht. Ich tat es für ihn.

»Aber sobald das geschieht, ist es nur noch eine Frage der Zeit, bis sie uns finden. Und zwar jedes Mal. Es gibt keinen sicheren Ort und keine sichere Zeit für uns. Vielleicht brauchen sie manchmal eine Weile, aber früher oder später werden sie uns immer aufspüren. Und es gibt nichts, was wir dagegen tun können. Das ist alles meine Schuld.«

»Bevor du dich in Sack und Asche wirfst«, sagte Leon, »denk daran, dass du viel um die Ohren hattest. Lass uns jetzt keine Zeit damit vertun, darüber nachzugrübeln, was wir hätten tun sollen. Wir müssen uns überlegen, was wir jetzt machen wollen.«

»Aber es war mein Fehler, Leon. Ich hätte es kapieren müssen. Jedes Mal, wenn ich nach draußen trete, sind sie in der Lage, meine Spur aufzunehmen. Unsere. Das ist nicht gut, und das weißt du. Denn wenn wir das nicht ändern, dann werde ich nie mehr wieder in der Lage sein, den Pod zu verlassen.«

Ich brach ab und sah mich um. Nichts hatte sich verändert, und doch war alles anders. Dieser Pod war jetzt keineswegs mehr unser kleines Heim, er war unser Gefängnis. Und er war auch nicht mehr schnuckelig und behaglich – er war beengt. Nicht mehr länger gemütlich abgewetzt und gut ausgenutzt – er war schmutzig und vollgestopft. Bedrückend. Erdrückend. Erstickend. Meine Kehle zog sich zusammen. Ich versuchte, nicht in Panik zu geraten. Versuchte, nicht daran zu denken, dass ich vielleicht nie mehr wieder die Sonne auf meinem Gesicht oder den Wind in meinen Haaren spüren würde.

»Und auch für dich ist das ein Gefängnis, Leon. Für uns beide. Es spielt keine Rolle, wohin oder an welchen Punkt der Zeitlinie wir springen – wir werden nie mehr nach draußen können. Oder auch nur die Tür aufmachen können. Wir werden keine frische Luft mehr reinlassen oder Essen holen können. Wir werden nie mehr …«

»Hör auf damit«, sagte er in ziemlich scharfem Tonfall. »Du hast keinen Grund zu glauben …«

»Doch, habe ich. Ich habe recht. Du weißt, dass ich recht habe. Wir müssen uns trennen. Das musst du doch einsehen.«

»Nicht in einer Million Jahren. Schlag dir das sofort aus dem Kopf.«

Sanft sagte ich: »Ich weiß es ja zu schätzen, was du da sagst, aber du musst …«

»Ich sagte Nein. Vergiss es.«

Er hatte diesen Unterton. Herumstreiten würde zu nichts führen. Zeit, es gut sein zu lassen und nachzudenken.

»Du sagst, dass wir in Sicherheit sind, solange wir die Tür nicht aufmachen?«

Er nickte.

»Okay, dann sind wir hier in Sicherheit. Warum schläfst du nicht ein bisschen? Du siehst völlig erledigt aus und ich bestimmt genauso. Wir sprechen in ein paar Stunden in Ruhe darüber.«

»Gute Idee«, sagte er. »Und das von einer Historikerin. Wer hätte das gedacht? Gib mir nur noch eine Minute.«

»Was machst du?«

»Ich bin nicht völlig beschränkt. Computer – auf mein Kommando hin: Tür verschließen. Öffnen ausschließlich auf Farrells Stimmbefehl hin. Autorisation Farrell, Mike, acht, drei, acht, Papa, Echo, Foxtrott. Kommando.«

»Was machst du denn da?«

»Ich will nicht in einigen Stunden aufwachen und feststellen, dass du längst verschwunden bist. Und schau mich nicht so an. Du bist nicht länger berechtigt, diese Tür zu öffnen. Wenn mir irgendetwas zustößt, dann steckst du hier für alle Ewigkeiten fest, und zwar zusammen mit meinem langsam verwesenden Leichnam. Mich im Schlaf umzubringen ist, wie man so schön sagt, kontraindiziert. Sei so nett und mach das Licht aus, ja?«

Ich war wütend. Und besorgt. Und verängstigt. Und dann landete ich wieder bei wütend. Leon hatte gut daran getan, mich davor zu warnen, ihn zu ermorden, sobald er eingeschlafen war, denn ansonsten hätte ich ihn wahrscheinlich zu Hundefutter verarbeitet. Sogleich begann ich, einen komplizierten Plan zu schmieden, wie ich ihm den Teekessel über den Schädel ziehen und seine Einzelteile im Klo runterspülen würde. Ich war mir sicher, dass das funktionieren würde, aber gerade, als ich vor meinem geistigen Auge seine Leiche zerlegte, hatte ich eine brillante Idee.

Und es war eine wirklich brillante Idee. Eine absolut verflucht wahnsinnig brillante Idee.

Ein paar Minuten lang ließ ich sie mir durch den Kopf gehen, um Antworten auf die Einwände zu formulieren, die Leon unweigerlich vorbringen würde, und dann stieß ich ihn mit dem Fuß an, um ihn aus dem Schlaf zu reißen.

»Aufwachen!«

»Was? Was ist passiert?«

»Ich habe eine brillante Idee gehabt.«

»Ich werde die Tür nicht aufmachen. Schlaf weiter.«

»Mach deine Augen auf. Ich habe eine brillante Idee gehabt.«

»Nichts, was du sagst, wird meine Meinung ändern.«

Ich beugte mich vor: »Ist das eine Herausforderung?«

»Im Ernst? *Kennst* du überhaupt die Bedeutung des Wortes *unangemessen*?«

»Setz dich hin, höre und staune.«

»Was stimmt bloß nicht mit dir? Du kannst nicht schlafen, also soll auch niemand sonst zur Ruhe kommen, ja?«

»Du hast recht. Ich hab mir das nicht richtig überlegt. Schlaf weiter. Ich brauche dich nicht und kann das auch allein.«

Fünf, vier, drei, zwei, eins und …

Er setzte sich auf. »Was denn?«

»Ach nichts. Leg dich wieder hin.«

Ich wollte gerade einen Schritt über ihn hinweg machen, als er meinen Knöchel packte und daran zerrte, sodass ich hinfiel. Er aber fing mich noch rechtzeitig auf, und plötzlich war ich ihm sehr nahe. Jetzt wusste ich nicht mehr richtig weiter.

»Also wer verhält sich hier *unangemessen*? Du kannst mich nicht mit Sex von meinem Vorhaben abbringen, weißt du?«

»Ist das eine Herausforderung?«

»Nein. Du musst dir deine Kraft für meine brillante Idee aufsparen.«

Er seufzte. »Du hattest tatsächlich eine brillante Idee?«

»Das sage ich doch die ganze Zeit. Hörst du mir überhaupt zu?«

»Offenbar ist Schlaf etwas, das sich einfach nicht einstellt, solange du in der Nähe bist.«

»Also, hör zu. Du hast gesagt, wir können die Tür nicht aufmachen, weil die Zeitpolizei dann irgendwie meinen Peilsender orten kann?«

Er nickte.

»Na dann ist es doch ganz einfach. Mach die Tür auf und wirf mich raus.«

Er zog die Decke bis zum Kinn und schloss die Augen.

»Das verdiene ich einfach alles nicht.«

»Tja, ich habe das wegen des dramatischen Effekts so formuliert, aber was ich sagen will, ist: Du setzt mich aus … irgendwo.« Diesen Teil würde ich noch mal überarbeiten müssen. »Und dann nutzt du die Chance und machst einen Abstecher ins St. Mary's-Institut. Du kannst rausfinden, was los ist, Essen und Trinken auffüllen, das Klo ausleeren, alles aufladen, was auch immer, und das kannst du in Ruhe tun, weil sie nicht wissen, wo du steckst. Weil ich nämlich woanders bin und sie ablenke. Dann kommst du zurück und sammelst mich wieder ein, und dann geht's weiter. Wir werden einen hübschen, sauberen, zuverlässigen Pod haben und eine Menge zu futtern. Wir werden das Klo benutzen können, ohne uns die Cholera einzufangen. Was sollte schon dagegen sprechen?«

»Und was machst du in der Zwischenzeit?«

»Nichts. Das ist ja das Tolle an meiner brillanten Idee. Du kannst dir alle Zeit der Welt lassen, die Vorräte auffüllen, ein Bier trinken, dir ein bisschen mit den anderen das Maul zerreißen ... Du kannst dir Tage Zeit lassen und trotzdem in weniger als dreißig Minuten, nachdem du aufgebrochen bist, wieder zurück sein. Das ist nicht nur brillant – das ist genial.«

»Dreißig Minuten könnten genug sein, damit sie dich finden: allein, ohne dich verteidigen zu können und in deinem Schlafanzug. Vergiss es.«

»Nein, hör mir zu, ja? Du musst mich irgendwo rauslassen, wo sie mich nicht in die Finger bekommen können. Es muss ein Ort sein, an dem es für sie zu gefährlich ist, mich zu verfolgen.«

»Als da wäre?«

Ich holte tief Luft.

»Pompeji.«

»Hast du den Verstand verloren?«

»Okay, ich kann auch vernünftig sein. Ich bin nicht auf Pompeji festgelegt. Am Krakatau wäre für mich auch in Ordnung.«

»Kann ich auf meine vorherige Antwort verweisen?«

»Sieh mal«, sagte ich. »Du bist augenscheinlich müde und emotional. Ich werde mich mal eine Viertelstunde da drüben hinlegen, und du denkst über alles nach. Du schminkst dir diesen *O mein Gott, das wirst du nicht tun*-Nonsens ab; süß, aber nicht sehr hilfreich. Und dann lässt du dir ganz ruhig die Vorteile und die Stärke meiner brillanten Idee durch den Kopf gehen.«

»Aber …«

»Ich höre nicht zu. In fünfzehn Minuten.«

»Kannst du …?«

»Ich höre immer noch nicht zu.«

»Max …«

»Zwing mich nicht, mit *Lalalalala* anzufangen.«

»In einer Minute haue ich dir eins auf deinen albernen Kopf.«

»Ja, eine typische Lösung für einen Techniker. *Im Zweifelsfall – lös es mit 'nem Knall. Du* denkst nach. *Ich* werde nach dort drüben gehen und darauf warten, dass du eine Erleuchtung hast.«

Die Erleuchtung setzte bei ihm ungefähr dreißig Sekunden später ein. So lange brauchte er, um sich von den Decken zu befreien und sich aufzurichten.

»Was verschweigst du mir hier?«

Wenn man etwas Schwieriges zu sagen hat, dann liegt das Geheimnis darin, den Stier einfach bei den Hörnern zu packen.

»Den Teil, der dir nicht gefallen wird.«

»Ja, ich dachte mir schon, dass es da noch etwas gibt,

das ich nicht mögen werde. Liege ich richtig damit, dass es mit dem Peilsender zu tun hat?«

Er war ja nicht blöd.

»Ja.«

»Ich denke, du musst mir die ganze Geschichte erzählen.«

»In Ordnung. Aber schrei bloß nicht herum, ehe ich fertig bin. Versprich es mir.«

»Ich neige nicht zum Schreien.«

»Stimmt, aber fang nicht heute damit an. Und jetzt kommt's.«

Ich holte tief Luft und wählte meine Worte mit Bedacht, als ich den ganzen Plan vor ihm ausbreitete.

»Wir teilen uns auf. Du setzt mich in Pompeji ab. Oder am Krakatau. Oder auf Santorini – auch wenn wir für Santorini kein genaues Datum und so weiter kennen …«

»Überspring das und dann weiter.«

»Du begibst dich zurück ins St. Mary's, stopfst den Pod mit Vorräten voll und kommst dann sofort wieder nach Pompeji, mit etwas Glück ungefähr dreißig Minuten, nachdem du aufgebrochen bist. Ich weiß, das ist ein schmales Zeitfenster, aber ich bin mir sicher, dass jemand, der so schlau ist wie du, das schaffen wird.«

Diese plumpe Schmeichelei ließ ihn völlig kalt.

»Mir ist klar, dass dir das nicht gefällt, aber es ist gut, irgendwo zu sein, wo es gefährlich ist. Irgendwo, wo die Zeitpolizei dieselben Schwierigkeiten hat, sich frei zu bewegen wie ich. Das nimmt ihnen alle Vorteile. Ich schätze, ich werde mich einfach in einem verlassenen Haus oder Laden verkriechen und die Füße stillhalten, bis du mich holen kommst. Es wird Asche und Bimsstein und Gott weiß was noch vom Himmel regnen. Unsere Verfolger werden Schutz suchen müssen, genau wie jeder andere auch. Kaum bin ich da, tauchst du auch schon wieder auf und holst mich da raus. Ja, sie werden dann mein Signal verlieren, aber wir befinden uns mitten in einem Vulkanausbruch, um Himmels willen. Sie werden wohl kaum überrascht sein.«

Leon sagte nichts, also sprach ich weiter. »Wir ziehen uns an einen ruhigen Ort zurück – alles ist okay, solange wir nicht die Tür aufmachen. Und dann entfernst du den Chip. Ich bin mir sicher, dass das nicht so schwierig sein kann. Er steckt doch nur unter der Haut.«

»Ich würde es wirklich lieber sehen, wenn das Helen im St. Mary's machen würde.«

»Da können wir aber nicht hin. Sobald du die Tür aufmachst, werden sie wissen, dass ich nicht mehr in Pompeji bin. Und sie finden uns immer so schnell, Leon. Jedes Mal, wenn wir die Tür aufmachen.«

Er schüttelte den Kopf, aber ich hatte recht.

»Wir springen dann zurück nach Pompeji und versenken den Tracker in einem Haufen flüssiger Lava oder was auch immer. Sie werden davon ausgehen, dass ich nie weg war und dort unter der Asche begraben bin oder in einem pyroklastischen Strom geröstet wurde. Und dann sind wir beide frei, weil es keinen Grund für sie gibt, dir nachzujagen. Und sie würden dich ja sowieso nicht finden. Vermutlich können wir in wenigen Monaten zurück nach Rushford.«

Ich lehnte mich zurück und strahlte ihn an, aber ich war mir nicht sicher, ob ich eine Runde Applaus ernten würde, weil ich so clever war, oder eine Kopfnuss, weil ich so blöde war.

»Ich werde dich nicht mitten in einem Vulkanausbruch abladen.«

»Das musst du aber. Es muss irgendwo sein, wo ich glaubhaft sterben kann, ohne dass es jemanden überrascht. Und sie würden auch nicht erwarten, eine Leiche zu finden. Die Gegebenheiten vor Ort wären viel zu gefährlich, als dass sie eine gründliche Untersuchung vornehmen würden. Wenn sie dann nie wieder eine weitere Spur meines Chips finden, dann werde ich für sie wohl offenkundig tot sein.«

»Und du denkst, sie werden es glauben, dass ich dich dort allein zurückgelassen habe? Ach, komm schon, Max.«

»Tja, aber alles wird dafürsprechen. Ich probiere, dem pyroklastischen Strom aus dem Weg zu gehen, und du bist nicht dabei. Sie werden entweder denken, dass ich versucht habe, besonders schlau zu sein, und dann hat mich der Vulkan verschlungen, oder dass du die Nase voll hattest und mich einfach rausgeworfen hast. Was klingt glaubhafter?«

»Ich werde mir nicht mal die Mühe machen, darauf zu antworten.«

Dann sagte ich plötzlich ganz ernst: »Leon. Haben wir denn eine Wahl? Sieh dich doch hier mal um. Es läuft Kondenswasser an den Wänden runter, und das ist gar nicht gut. Unsere Klamotten sind feucht; ganz zu schweigen davon, was das mit dem Pod macht. Unser Bettzeug ist klamm. Wir mussten eine Menge an Ausrüstung auf Skaxos zurücklassen. Uns geht das Essen aus. Und das Wasser. Und die Energie. Diese Leute sind unermüdlich. Eines Tages werden sie uns kriegen. Und vielleicht wäre das das Beste, was uns passieren könnte, denn irgendwann werden die Sicherheitsprotokolle versagen, und dieser Pod wird uns auf den Grund des Meeres befördern. Oder mitten in die Bahn einer Lawine. Oder er wird sich eines Tages gar nicht mehr bewegen. Und was machen wir dann? In einer nassen Kiste herumsitzen, bis wir tot sind? Oder rennen wir los und hoffen, dass wir schneller sind als die Zeitpolizei? Dabei waren wir bislang nicht sehr erfolgreich. Ich weiß, dass dir das nicht gefällt, aber du musst darüber nachdenken. Andersrum ergibt es keinen Sinn: Ich kann nicht an deiner Stelle ins St. Mary's zurückkehren. Das ist etwas, das nur du tun kannst. Und das weißt du auch.«

»Selbst wenn wir all das mal einen Moment lang beiseitelassen: Ich weiß überhaupt nicht, wie man einen Tracker entfernt.«

»Er steckt einfach unter der Haut. Wahrscheinlich könnte ich das sogar selbst machen. Nur dass ich das dann mit einer Hand versuchen müsste, aber vermutlich würde ich es schaffen.«

»Warum holst du dann nicht zuerst den Chip raus und wirfst ihn in den Vesuv?«

»Ich denke, sie würden misstrauisch werden, wenn es zu einfach aussieht. Sie müssen sehen, wie ich verzweifelt versuche, aus Pompeji zu entkommen. Ihre Geräte werden mich eine Weile verlieren, und dann, ganz plötzlich, flackern sie wieder auf – und ich bin für alle Ewigkeit verschwunden.«

Leons Gesichtsausdruck veränderte sich kurz.

Ich legte ihm eine Hand auf den Arm.

»Tut mir leid.«

Er nickte. »Ich bin kein Chirurg.«

»Musst du auch gar nicht sein. Du bist ein Ingenieur. Das ist doch fast dasselbe.«

»Deine Unwissenheit ist beängstigend.«

Plötzlich fühlte ich mich sehr müde.

»Leon. Haben wir denn eine Wahl?«

Er seufzte. »Du sieht schrecklich aus. Geh und leg dich hin.«

»Und du auch.«

»Was?«

»Es ist lächerlich. Einer von uns beiden ist immer total erschöpft, während der andere wie im Koma in der Ecke herumliegt. Du sagst doch, dass wir in Sicherheit sind, solange die Tür geschlossen bleibt. Also lass uns zusehen, dass wir beide ein bisschen Schlaf kriegen. Und wenn die Zeitpolizei wirklich auftaucht und uns schnappt, während wir beide schlafen, dann musst du wenigstens nicht mit einem rostigen Brotmesser meinen Arm aufschlitzen.«

Ich breitete die Decken auf dem Boden aus. »Komm schon.«

Nachdem ich mich hingelegt hatte, zögerte Leon noch einen kurzen Moment, dann ließ er sich neben mir nieder. Ungefähr ein halber Meter blieb zwischen uns frei.

In der Nacht wachte ich auf. Es war dunkel und still im Pod. Leon hatte sich um mich herumgerollt und einen Arm beschützend über meine Schultern gelegt. Ich konnte ihn atmen hören.

Als ich erneut aus dem Schlaf fuhr, lag ich in seiner Armbeuge, warm und geborgen.

Und noch einmal erwachte ich; Leons Kopf ruhte an meinem. Ich konnte seinen Atem in meinen Haaren spüren.

Als ich das nächste Mal die Augen aufmachte, war Leon schon in der winzigen Duschkabine. Und er sang.

Es stimmt, was man sagt: Wenn man eine Nacht darüber geschlafen hat, sehen die Dinge gleich ganz anders aus.

Nach dem Frühstück setzten wir uns zusammen und diskutierten den Plan – jeden einzelnen Aspekt davon, denn wir würden keine zweite Chance bekommen. Wir würden es gleich beim ersten Mal schaffen müssen. Unsere Leben hingen davon ab.

Leon plante, im St. Mary's zu landen und mit Dieter zu sprechen, der jetzt die Technische Abteilung leitete. Während sein Pod gewartet würde, würde er es irgendwie fertigbringen, schnell ein paar Worte mit

Dr. Bairstow zu wechseln und Vorräte aufzufüllen. Wir hatten keine Möglichkeit, im Vorfeld herauszufinden, ob die Zeitpolizei einige ihrer Leute im St. Mary's-Institut postiert hatte, aber Leon schien sich deswegen keine allzu großen Sorgen zu machen. Ich nahm an, dass er seine ganzen Befürchtungen lieber für meinen Teil des Plans aufsparte.

Vergeblich versuchte ich zu argumentieren, dass der Vulkanausbruch notwendig war, um alle Vorteile der Zeitpolizei auszumerzen, die sie in puncto zahlenmäßiger Überlegenheit und Ausrüstung auf ihrer Seite hatte. Wenn man in einem pyroklastischen Strom um sein Leben kämpft, dann sind Schallwaffen ungefähr so sinnvoll, wie die zweitstärkste Partei in einer Regierungskoalition zu sein. Tatsächlich, so führte ich ins Rennen, hatte ich als Historikerin der Zeitpolizei einiges voraus. Leon verlangte, ein Beispiel zu hören, aber ich sagte, dass das jetzt nichts zur Sache tue.

Er seufzte.

Ich fuhr ihn an, er solle einen besseren Plan auf den Tisch legen. Wieder seufzte er. Ich drängte nicht weiter. Stattdessen kochte ich uns beiden einen Tee. Ich hatte das Gefühl, wir hatten einen Becher verdient, um uns für die kommenden Strapazen zu wappnen. Vor allem aber zögerte das den eigentlichen Moment hinaus, an dem wir uns trennen würden.

Leon flüchtete sich in praktische Tätigkeiten und vertiefte sich darin, einen Wartungsplan zu entwerfen.

Ich stellte eine Besorgungsliste mit Vorräten und medizinischen Artikeln zusammen, vor allem mit höllisch starken Schmerzmitteln. Verständlicherweise wollte Leon so schnell wie möglich hin und her springen, aber ich wies ihn immer wieder auf den Reiz unseres Plans hin. Er könnte auch Tage im St. Mary's-Institut verbringen – Wochen sogar. Solange, wie er kurz nach dem Zeitpunkt wiederauftauchte, an dem er mich in Pompeji abgesetzt und allein gelassen hatte, spielte das alles keine Rolle.

»Der Plan kann gar nicht scheitern«, sagte ich und ignorierte solche kleineren Unannehmlichkeiten wie einen unzuverlässigen Pod, einen ausbrechenden Vulkan, die allgegenwärtige Zeitpolizei, eine sterbende Stadt und eine Bevölkerung in Panik. »Was sollte schon schiefgehen?«

Bedächtig faltete Leon seine Listen zusammen und verstaute sie sorgsam. Ich klappte die letzte Schranktür zu, und dann gab es keinen Vorwand mehr, warum wir nicht starten sollten. Es gab nicht mehr den geringsten Grund.

Wir taten es nicht. Wir setzten uns auf den Boden und sahen einander an.

Ich sollte etwas sagen. Zwar hatte ich es nicht erwähnt, und auch er war nicht darauf zu sprechen gekommen, aber es gab eine ganz reale Chance, dass einer von uns beiden nicht durchkommen würde. Sein Pod könnte ihn an irgendeinen Ort schleudern, von dem aus er nicht mehr zurückkehren konnte. Vielleicht würde ich mich unter den Lavamassen des Vesuvs wiederfinden. Er könnte im St. Mary's geschnappt werden. Oder die Zeitpolizei würde mich in Pompeji in die Finger kriegen. Dies könnte unsere allerletzte Gelegenheit sein, miteinander zu reden, und wenn es eine Sache gab, die ich im Laufe des letzten Jahres gelernt hatte, dann die, dass man nie eine Gelegenheit auslassen sollte. Es könnte sein, dass sie niemals mehr wiederkommt.

Wir regelten die Lichter und die Heizung runter, um Energie zu sparen, wickelten uns in Decken und unterhielten uns. Zuerst waren wir ein bisschen gehemmt, aber das Halbdunkel machte die Sache leichter. Da war ein Gefühl von Intimität und gegenseitigem Verständnis. Nach einer Weile kamen die Worte wie von selbst. Wir sprachen ein bisschen über unser Leben vor der Zeit im St. Mary's, aber nicht sehr lange, denn es waren für keinen von uns glückliche Tage. Wir unterhielten uns über St. Mary's und über unsere gemeinsamen Erlebnisse, und jedes bittersüße Wort brachte alte Erinnerungen und halb vergessene Scherze zurück.

»Erinnerst du dich an den Tag, als Roberts und Markham versucht haben, ein Pferd mit nach oben zu nehmen?«, fragte ich.

»O ja, das hatte ich beinahe vergessen. Sie haben den alten Turk mit auf die Galerie geholt und dann keinen Weg mehr gefunden, ihn wieder zurückzuschaffen. Anscheinend können Pferde keine Treppen runtersteigen.«

»Ich kann mich aber nicht mehr erinnern, was sie mit ihm vorhatten.«

»Sie hatten gehört, dass Caligula mit seinem Pferd

zusammengelebt hat, und wollten das mal weiter verfolgen.«

»Und dann kreuzte Dr. Bairstow auf und befahl ihnen, den Tierarzt anzurufen, und er solle auch etwas zum Einschläfern mitbringen.«

»Keiner wusste, ob Letzteres für das Pferd oder für die beiden gedacht war.«

Ich lachte. »Und danach gab es eine Riesendiskussion, ob Caligula mit seinem Pferd oder mit seiner Schwester geschlafen hat. Oder ob das in Wahrheit Nero gewesen war. Oder Katharina die Große. Alle waren so damit beschäftigt, sich anzuschreien, dass niemand mitbekam, wie Turk sich vom Acker machte. Am Ende stöberten sie ihn in der Küche auf, wo Jenny Fields ihn gerade mit Äpfeln fütterte und Mrs. Mack ihm ein Halfter aus Geschirrtüchern gebastelt hatte.«

»Also, dann können Pferde doch Treppen runtersteigen?«, fragte Leon.

»Keiner hat ihn dabei beobachtet, also wissen wir es immer noch nicht. Es ist genauso gut möglich, dass er den Lastenaufzug nach unten genommen hat.«

Beim Gedanken daran lächelten wir beide.

»Und erinnerst du dich noch daran, wie John Calvin dich als Teufelshure beschimpft hat und dich aus der Stadt werfen lassen wollte?«

»Nein«, sagte ich, »das ist mir nie passiert. Aber Isaac Newton wollte mich verhaften lassen, weil ich seinen Spiegel gestohlen hatte. Dabei war es eigentlich mein eigener verdammter Spiegel. Und weißt du noch, wie Professor Rapson mal eine römische

Schildkrötenformation nachstellen wollte und alle in den See gefallen sind?«

Er lachte. »Nein, das gab es bei uns nicht, aber ich erinnere mich noch an seine Bemühungen, seine eigene Einbalsamierungsflüssigkeit zu entwickeln – er hat uns aber nie verraten, wozu, und niemand hat je zu fragen gewagt. Dafür hat er ungefähr zwanzig Schafsköpfe an Bäume gehängt wie Windspiele. Die Gärten sahen aus wie aus einem Tim-Burton-Film. Jeder Hund in der Nachbarschaft ist beinahe verrückt geworden bei dem Versuch, auf die Bäume zu klettern, um die Köpfe zu holen.«

»Erinnerst du dich an Alexandria?«

»Ja. Und an Maria Stuart?«

»Ja.«

Stille. Ich weiß nicht mehr, wer von uns beiden es aussprach.

»Erinnerst du dich an Troja?«

Ich senkte den Blick und schaute auf meine Hände. Wir sollten über Troja und Helios reden. Wir *mussten* sogar über Troja und Helios sprechen. Aber was sollte ich sagen? Ich wollte ihn nicht anlügen, aber egal, wie sehr ich mich auch anstrengen würde – ich könnte die Tatsache doch nicht verbergen, dass wir kein Paar mehr waren, als der andere Leon starb.

Leon sagte nichts und saß einfach nur im Dunkeln und wartete darauf, dass ich weitersprach.

Am Ende sagte ich: »In Troja – gerade, als wir uns zurückziehen wollten, wollte Leon einen kleinen Jungen mitnehmen. Helios. Um ihn an einen sicheren Ort zu bringen. Ich habe es nicht zugelassen. Stattdessen habe ich ihn dazu gebracht, Helios wieder nach draußen zu schaffen und ihn dort zu lassen, um sich dem zu stellen, was auch immer ihn dort erwarten mochte.«

Vor meinem geistigen Auge spulte sich alles noch einmal ab. Helios, der sich völlig verängstigt an Leon klammerte und sich weigerte, ihn loszulassen. Leon, dessen blaue Augen vor verzweifelter Sorge um Helios funkelten und in denen sich dann kalte Verachtung mir gegenüber zeigte. Ein totenstiller Pod. Nur der Klang seines schweren Atems. Ich richtete eine Waffe auf ihn, und ich hätte sie benutzt. Er ging davon und rettete Helios trotzdem. Hinter meinem Rücken. Wir haben nie wieder miteinander gesprochen. Dann starb er.

Schlecht gewählte Worte in verqueren Sätzen sprudelten aus mir heraus, und als ich fertig war, schwieg ich, weil ich Angst vor dem hatte, was als Nächstes kommen würde. Es gab keinen guten Weg, aus dieser Sache herauszukommen. Würde Leon meine Handlungen verurteilen? Ich könnte es verstehen, wenn er das täte, weil ich selbst meine Taten verurteilte. Oder würde er mir sagen, dass dasselbe in dieser seiner Welt passiert war? Dann würde ich mir wieder überlegen müssen, was ich tun und sagen sollte.

Ich versuchte, Luft zu holen, aber es klang wie ein tiefer, schaudernder Seufzer. »Ich habe Helios besucht. Joe Nelson sollte ich ihn nennen. Ich habe ihm gesagt, dass ich einen Fehler gemacht hätte, und ich habe mich entschuldigt. Das war wenig genug, aber alles, was ich tun konnte.«

Leon nickte, und dann sprach er: »Was würdest du sagen, wenn ich dir erzählen würde, dass ich hier dasselbe getan habe? Dass ich Helios aus Troja gerissen und ihn in Sicherheit gebracht habe? Dass ich dasselbe wie dein Leon getan habe? Was würdest du sagen?«

Es gibt bei jedem einen Moment im Leben, an dem man wünscht, man hätte entweder etwas gesagt oder hätte besser geschwiegen. Nur sehr wenige Menschen bekommen eine zweite Chance. Die Gelegenheit, die falschen Worte zurückzunehmen und sie durch die richtigen zu ersetzen. Durch die Worte, die sie hätten sagen sollen.

»Ich würde sagen: *Ich wünschte, ich hätte dein Mitgefühl. Wenn mir das zustoßen würde, würde ich hoffen, dass ich die Stärke fände zu tun, was du getan hast. Aber ich fürchte, dass das nicht der Fall wäre.*«

Die Worte hingen zwischen uns. Ohne zu wissen, warum, hatte ich irgendetwas Wichtiges gesagt. Einen Moment lang glaubte ich, Leon würde etwas antworten, und so wartete ich ab, aber der Augenblick verstrich.

Etwas zögerlich und nicht, ohne ziemlich emotional zu werden, sprachen wir von unserem jeweiligen Tod.

»Leon, wie bin ich gestorben?«

Er tat nicht so, als würde er meine Frage missverstehen.

»Ein Unfall. Ein dummer, dummer Unfall.«

»Du meinst, ich bin bei der Arbeit gestorben?«

»Wenn du meinst, ob es ein Arbeitsunfall war – nein.«

»Du hast gesagt, dass man mich in meinem Büro gefunden hat, also bin ich davon ausgegangen …«

»Oh. Entschuldige. Ja, du warst bei der Arbeit, aber du bist nicht die Zeitlinie hoch- und runtergesprungen und hast währenddessen Leib und Leben riskiert. Du warst tatsächlich im St. Mary's, wo du eigentlich in Sicherheit hättest sein sollen.«

»Und was ist passiert?«

»Es war dumm«, sagte er wieder, diesmal wütend. »Ein Vogelnest oder so etwas ist in deinem Kamin runtergerutscht. Und dann, im Laufe der Wochen, hat sich darunter ungefähr eine Tonne Ruß und sonstiges Zeug gesammelt. Eines Tages hast du die Flamme in deinem Gasofen angezündet …« Er brach ab.

Ich sagte nichts.

»Es gab keine Batterien in deinem Detektor. Er lag auf dem Fensterbrett.«

Er war aufgebracht. Aufgebracht, dass ausgerechnet ich so etwas getan haben sollte. Ich wusste, dass Leon ständig durchs Institut stapfte und die Mitarbeiter anschrie, die ihre Warnmelder deaktiviert hatten. Die Leute schalteten sie aus, weil sie sagten, sie würden immer wieder losheulen, was einfach nur nervtötend war, wenn man versuchte zu arbeiten. St. Mary's, so muss man traurigerweise eingestehen, hatte nie eine Verbindung zwischen gellenden Detektoren und der Möglichkeit gezogen, dass es für das Schrillen der Sirenen auch einen tatsächlichen Anlass geben könnte.

Abgesehen von mir. Ich hatte immer versucht, mich ein bisschen solidarisch zu zeigen. Seine Max hingegen offenbar nicht, und das hatte sie das Leben gekostet. Wahrscheinlich war das die Ironie des Schicksals.

»Warum bist du nicht in die Zukunft zurückgekehrt?«

Er und Dr. Bairstow stammten aus der Zukunft. Sie waren in der Zeit zurückgeschickt worden, um St. Mary's zu gründen und – daran erinnerte ich mich gut – das Institut und uns zu beschützen.

»Aus vielen Gründen. Sie hätten mich auf eine andere Mission geschickt. Du wärst noch weiter weg gewesen. Ich wollte nicht in einer Welt leben, in der keine Echos von dir widerhallen …« Er brach ab.

»Aber du bist nicht im St. Mary's-Institut geblieben.«

»Nein. Nein, bin ich nicht. Ich … Wir … Ich habe mir das perfekte Leben aufgebaut, das ich mit dir haben wollte.«

Etwas in seiner Stimme brachte mich dazu, den Blick zu heben. Es tat mir weh, ihn anzuschauen. Sein Gesichtsausdruck war so unbeschreiblich traurig …

Leise sagte ich: »Leon …«, und er griff nach mir.

In der Dunkelheit hielten wir uns an den Händen und spendeten und empfingen Trost vom anderen. Seine Hände waren warm und stark und rau. Genau so, wie ich sie in Erinnerung hatte.

Verzweifelt versuchte ich zu verhindern, dass Leon die Erschöpfung und die Angst in meiner Stimme hörte. »Leon, wie ist das nur geschehen? Wie konnte das passieren? Warum bin ich hier?«

»Ich habe keine Ahnung, mein Schatz. Meine Physikkenntnisse reichen dafür nicht aus. Ich glaube kaum, dass das bei irgendjemandem anders ist.«

»Versuch es doch mal.«

»Du meinst, einer Historikerin Physik zu erklären? Ich habe gar keine Buntstifte hier.«

Ich schwieg auf eine vielsagende Art und Weise, die er richtig deutete, sodass er einlenkte.

»Okay. Hier sind unsere beiden Leben, die parallel zueinander verlaufen, die manchmal identisch sind, manchmal nicht, sich aber nie berühren. Und dann … geschieht irgendetwas. Es gibt ein Ereignis irgendwo … Vielleicht solltest du in dieser Welt einfach nicht sterben, ich weiß auch nicht. Auf jeden Fall haben sich unsere beiden Welten berührt. Nur ganz kurz. Gerade lange genug, damit sich eine Tür öffnete, sodass du in meine Welt übertreten konntest.«

Einen Moment lang hielt er inne und umklammerte meine Hände so fest, dass es schmerzte.

Sollte ich irgendetwas über Mrs. Partridge sagen? Aber was würde das schon bringen?

Wieder setzte er an.

»Ich werde für alle Ewigkeit unendlich dankbar dafür sein, dass du das getan hast. Die Tür hat sich jetzt wieder geschlossen. Ich weiß, dass du niemals wieder zurückkannst, aber ich werde, wenn du mich das tun lässt, den Rest meines Lebens dafür sorgen, dass du diesen Schritt niemals, nicht mal für einen kurzen Augenblick, bereust.«

Und einige Momente lang gab es keine Worte mehr.

Dann sprangen wir.

# Sechs

Pompeji. Der Tag des Vulkanausbruchs.

Beinahe hätte ich die ganze Sache auf der Stelle wieder abgeblasen.

Der Vesuv brach nicht plötzlich und aus heiterem Himmel aus. Stattdessen ging der Eruption eine Reihe von gewaltigen seismischen Erschütterungen voraus, die in jenen Tagen niemand mit einer bevorstehenden Vulkanaktivität in Verbindung brachte. Wir landeten mitten in einem ziemlich starken Beben. Der Pod wurde ein bisschen durchgerüttelt, aber die Schranktüren öffneten sich nicht. Nichts fiel heraus. Wir blieben ruhig sitzen und warteten, bis es endlich vorbei war, und diese Zeit kam uns sehr lang vor.

Während des ganzen Bebens schwieg Leon vielsagend.

Um es für die Zeitpolizei leichter zu machen, mich zu finden, trug ich dieselbe Kleidung, in der die Männer mich bereits gesehen hatten. Das erste Jahrhundert konnte sich darauf freuen, mit dem Anblick eines gelbweiß gepunkteten Pyjamas beglückt zu werden, über dem ich eine Decke wie einen Poncho trug. Die würde ich auch benutzen können, um meinen Kopf zu schützen, wenn die ersten Brocken vom Himmel regnen würden. Es würde nicht lange dauern, und die Bewohner von Pompeji würden sich Kopfkissen wie Hüte aufsetzen und damit herumlaufen, also musste ich mir über Fragen der Mode keine allzu großen Sorgen machen.

Die Hosenbeine meines Schlafanzugs steckte ich mir in die Gummistiefel, denn schon bald würde ich durch Schichten von glühender Asche und Bimsstein waten.

Fast erwartete ich, dass die Erschütterungen Leon dazu bringen würden, seine Meinung zu ändern, aber er richtete seine Aufmerksamkeit auf den Bildschirm und rief mich zu sich.

»Präge dir diese Straße ein. Hier werde ich dich wieder aufgabeln. Ich kann dir nicht versprechen, wann, aber auf keinen Fall in mehr als ein paar Stunden. Denk dran, sie tauchen normalerweise ungefähr nach einer Stunde auf. Such dir einen sicheren Ort und bleib da. Du musst immer im Hinterkopf behalten, dass du nicht nur von der Zeitpolizei verfolgt wirst, sondern dass auch ein Vulkan kurz vor dem Ausbruch steht, also konzentriere dich nicht so sehr auf das eine, dass du das andere darüber vergisst.«

»Ich locke sie von hier weg, lasse mich kurz blicken und ziehe mich dann zurück.«

»Nimm wenigstens die Fernbedienung mit. Wenn alle Stricke reißen, kannst du den Pod rufen.«

»Nein. Du gehst ein mindestens genauso großes Risiko ein wie ich. Ich werde nicht den Pod holen, wenn du ihn selber brauchen könntest.«

Er zögerte.

»Es stimmt, Leon. Wenn du nicht zu mir zurückkommen kannst, dann werde ich hier sterben, also hat deine Sicherheit die höchste Priorität. Und uns läuft die Zeit davon. Nur noch wenige Stunden, und dann werden unsere Probleme gelöst sein.«

»In diesem Fall solltest du dafür sorgen, dass du auch wirklich hier bist, wenn ich wiederkomme. Lass mich nicht nach dir suchen.«

Es gab eine unbehagliche Pause, die ich beendete, indem ich sagte: »Viel Glück. Und vergiss nicht die Jaffa-Kekse.«

Er lächelte mich an und streckte seine Hand aus. So verabschiedeten wir uns immer, wenn ich zu einer Mission aufbrach und wir von einer Traube emsiger Techniker und Historiker umgeben waren. Erinnerungen überfluteten mein Gehirn. Wie immer war seine Hand warm und rau. Aber das hatte ich ja schon gesagt.

»Viel Glück. Vergiss den Ausbruch nicht.«

Er öffnete die Tür, und ich schlüpfte nach draußen in die Hitze des Tages. Sofort wurde ich vom tiefen lilafarbenen Schatten einer hohen Mauer angezogen und drehte mich, dort angekommen, gleich wieder um.

Leon war schon verschwunden.

Mein Herz hämmerte in meinem Brustkorb. Ich war schon früher allein gewesen, aber das war das erste Mal, dass ich allein war und keine Möglichkeit hatte, nach Hause zu kommen. Nur um mich ein bisschen aufzumuntern, erinnerte ich mich daran, dass ich gar kein Zuhause mehr hatte. Wenn Leon irgendetwas zustoßen würde, dann würde ich hier sterben, und zwar zusammen mit den meisten Einwohnern der Stadt. Ich war in so viel größerem Ausmaß als jemals sonst in meinem ganzen Leben allein. Außerhalb meiner eigenen Welt. Außerhalb meiner eigenen Zeit. Schon vorher war ich in einigen brenzligen Situationen gewesen, aber immer hatte es irgendwo im Hintergrund das St. Mary's-Institut gegeben. Am Ende tauchten immer Peterson oder Guthrie oder Markham oder sonst irgendjemand aus der Versenkung auf, und schon war ich gerettet. Dieses Mal war es anders.

Ich starrte auf die Stelle, an der der Pod gewesen war. Die ganze Zeit über hatte ich versucht, nicht zu viel über mein vorheriges Leben nachzugrübeln, und dank unserer augenblicklichen Existenz, die eine einzige Katastrophe war, war ich bislang im Großen und Ganzen erfolgreich damit gewesen. Nun allerdings, typischerweise ausgerechnet jetzt, wo ich all meine Sinne dringend brauchte, überrollte mich eine gewaltige Welle der Traurigkeit über meinen Verlust. Egal, was passierte – ich würde niemanden aus meinem St. Mary's jemals wiedersehen.

Genau genommen würde ich überhaupt niemanden je wiedersehen, wenn ich nicht endlich in die Gänge kam. Zeit für positive Gedanken, Maxwell!

Wir hatten Ewigkeiten darüber diskutiert, wo in einer Stadt, die dem Untergang geweiht war, der sicherste

Ort für die Landung wäre, und am Ende hatten wir uns für das südöstliche Stadtviertel entschieden – irgendwo zwischen der Porta di Stabia und der Porta Nocera. Natürlich hatte der Pod seine eigene Meinung gehabt und war mit uns in der nordöstlichen Ecke zwischen dem Amphitheater und der Palästra gelandet. Es hätte schlimmer kommen können. Der Vesuv befand sich im Nordwesten, und die hohen Mauern des Amphitheaters würden einigen Schutz bieten. Das hoffte ich zumindest.

Wieder wurde der Boden leicht durchgerüttelt. Ich suchte mir einen offenen Platz und schaute mich um. Dem Stand der Sonne nach zu urteilen tippte ich darauf, dass es um die Mittagszeit herum sein musste – später, als ich es gerne gehabt hätte. Mit dem ersten Ausbruch – einem gewaltigen – war in den nächsten paar Stunden zu rechnen.

Im Augenblick jedoch gingen die Leute unbeirrt ihrem alltäglichen Leben nach. Sie waren solche Erschütterungen gewohnt.

Die hiesige Gegend war kein Wohngebiet, und nur wenige Frauen waren zu sehen. Männer betraten die Palästra und verließen sie wieder, und sie sahen wichtig aus und sprachen mit lauten Stimmen. Meine Lateinkenntnisse erwachten, wie immer, wenn ich es gesprochen hörte, und ich lauschte. Drei der Männer – die lautesten und anscheinend auch die wichtigsten, zumindest in ihren eigenen Augen, – schlenderten durch den Portikus, genossen den Schatten und beklagten die enttäuschende Vorstellung des

Streitwagenteams ihrer Wahl, den Mitstreitern in Grün.

Wenige Männer waren mit einer Toga bekleidet. Die Tunika schien das allgemein anerkannte Gewand zu sein. Ich sah eine Vielzahl an unterschiedlichen Farben, Ockertöne, Braun, hier und da Rot. Ein oder zwei trugen auch Blau, was neben Lila die teuerste Farbe war, jedoch leider sehr zum Ausbleichen neigte.

Niemand zollte mir auch nur einen Hauch von Aufmerksamkeit. In dieser Welt, wie auch in jeder anderen, nahmen die Menschen die merkwürdig Gekleideten, die Sonderlinge, die außerhalb der normalen Gesellschaft lebten, gar nicht zur Kenntnis. Niemand wollte mir in die Augen sehen, weil sie befürchteten, dass ich sie um Geld anbetteln würde. Ich redete mir ein, dass ich so gut wie unsichtbar sei.

Die hohen gewölbten Mauern des Amphitheaters ragten vor mir auf. Große Anschläge, die kommende Events ankündigten, bedeckten den unteren Bereich. Eine außen angebrachte Steintreppe führte zu den weiter oben gelegenen Rängen. Zwei Sklaven in schmuddeligen Tuniken fegten langsam die Stufen. Sehr langsam. Dies war eine leichte Arbeit, und sie hatten es alles andere als eilig.

Rings um das Theater herum drängten sich winzige Tavernen und Speiselokale. Hier und dort waren behelfsmäßige Buden aufgebaut worden, die den Hungrigen und den Leichtgläubigen kleine Mahlzeiten und Souvenirs andrehten.

Wieder bebte der Boden und erinnerte mich daran,

warum ich hier war. Ich musste in Bewegung bleiben und mir eine Menschenmenge suchen, in der ich untertauchen konnte, und zwar in einer dicht besiedelten Gegend, wo ich mich verstecken konnte.

So machte ich mich auf den Weg in Richtung einer der Hauptstraßen im Westen, die einmal quer durch die Stadt verlief, mehr oder weniger von Nordosten nach Südwesten. Die Menge hier war viel bunter gemischt, und es gab auch einige Frauen, die ihren normalen Haushaltspflichten nachgingen. Für jene andere Art von Gewerbe war es noch ein bisschen zu früh. Ich huschte an einer Bäckerei mit dem unverkennbaren Geruch von heißem Mehl und glühenden Steinen vorbei, dann an einem Weingeschäft. Der Besitzer, ein untersetzter Mann in einer schmutzigen Tunika und mit einer unansehnlichen Speckrolle anstelle eines Halses, war gerade damit beschäftigt, seine Amphoren aufzubauen. Er hatte keine Ahnung, was gleich geschehen würde. So, wie alle anderen auch.

In vierundzwanzig Stunden würden die Stadt Pompeji und ihr Nachbar, Herculaneum, verschwunden sein – begraben unter riesigen Mengen von Vulkanasche. Ich betrachtete die Menschen rings um mich herum, die sich etwas zuriefen, stritten, lachten und feilschten. Und sie alle verbrachten gerade die letzten Stunden ihres Lebens. Morgen um diese Zeit würden sie tot sein, und wenn die Welt sie das nächste Mal zu Gesicht bekäme, würden sie mitleiderregende, leere Hüllen sein, deren Profile über Jahrhunderte bewahrt worden waren, noch lange, nachdem ihre Körper zerfallen waren. Ich musste oft an die Frau denken, die versucht hatte, ihr Kind zu beschützen, und an den kleinen Hund, noch immer an der Kette, sodass er nicht hatte entkommen können, der Körper verdreht vom Todeskampf …

Ich geriet in Versuchung, auf einen Wagen zu springen, mit den Armen zu wedeln und zu rufen: »Lauft! Lauft um euer Leben. Noch bleibt euch genug Zeit.«

Aber ich gab dem Drang nicht nach.

Stattdessen riss ich mich zusammen. Ich musste mir ein Bild vom Grundriss der Stadt machen. Mir blieb nur noch ungefähr eine halbe Stunde, und dann würde ich um mein Leben rennen. Wieder einmal.

Ich machte mich auf den Weg zum Forum, benutzte die Trittsteine, wenn ich die Straße überquerte, und sprang von den höher gelegenen Bürgersteigen runter und wieder auf sie hinauf. Die Römer benutzten ihre Straßen als Ablaufrinnen. Ich konnte mir vorstellen, wie eine Flut vom Vesuv herunterstürzte, durch die Straßen schoss und alles mitriss, was sich im Weg befand. Nur dass die Flut dieses Mal aus Vulkangestein, Bimsstein und superheißen Schlammlawinen bestehen würde …

Mich unauffällig unter das Volk vor dem Forum zu mischen, wo die Menschen dicht gedrängt standen, war überhaupt kein Problem. Ironischerweise hatte man von hier einen prächtigen Blick auf den Vesuv, dessen Spitze in etwas gehüllt war, das kleine Wolken hätten sein können, viel wahrscheinlicher aber Rauch war.

An meinem Handgelenk piepte es. Leon hatte mir seine Uhr geliehen. Eine Stunde war bereits vergangen. Die Mächte der Finsternis dürften jetzt jeden Augenblick auftauchen.

Die Stadt war wie ein Gitternetz angelegt worden. Ich hatte mich auf den nordöstlichen Teil konzentriert und hatte nun eine ungefähre Vorstellung vom Aufbau der Gegend im Kopf. Meine Route hatte ich genau geplant. Ich hatte zwei, drei Ecken entdeckt, wo ich mich lange genug verstecken könnte, um der Zeitpolizei nicht ins Netz zu gehen. Mehr konnte ich nicht tun. Jetzt blieb nichts anderes übrig, als wachsam und in Bewegung zu bleiben und der Zeitpolizei immer eine Spur voraus zu sein. Dem Vulkan natürlich auch.

Eine weitere halbe Stunde verging. Ich stand mit dem Rücken zu einer Mauer, bewunderte den Jupiter-Tempel und beobachtete die vorbeiströmenden Menschenmassen.

Die Zeitpolizei kam spät. Diese Bastarde *verspäteten* sich. Wäre es nicht mal wieder so typisch gewesen, wenn sie überhaupt nicht aufkreuzen und ich für nichts und wieder nichts während eines großen Vulkanausbruchs hier herumspringen würde?

Frustriert seufzte ich, und dann passierte alles gleichzeitig.

Gerade schöpfte ich mit gewölbten Händen Wasser aus einem Springbrunnen an der Straße, als ein großer Wagen vorbeiklapperte. Ich hörte den Lärm und drehte mich um, und da waren sie; in ihren schwarzen Mänteln standen sie an der Straßenecke. Ganz schwach hörte ich ein elektronisches Piepen. Sie teilten das Gebiet mit ihren Messgeräten in Dreiecke ein, um meinen Standort zu ermitteln. Zeit, schleunigst zu verschwinden.

Ich hüpfte vom Bürgersteig, als die Welt um mich herum in dem lautesten Chaos explodierte, das ich je gehört hatte. Es war kein Knall, auch kein Krachen. Es war einfach ein gewaltiger, lauter, unbeschreiblicher Höllenlärm. In meinen Ohren dröhnte es, und einen Moment lang glaubte ich, die Zeitpolizei hätte mich wieder mit ihrem Schallding malträtiert und alles wäre vorbei, ehe es richtig angefangen hatte.

Für einen kurzen Augenblick hatte ich den Vulkan vergessen. Ich hatte ihn wirklich einfach vergessen.

Der Krach fand seinen Widerhall auf den Straßen; er wurde von den hohen Mauern zurückgeworfen, und dann folgte eine lange, nicht enden wollende Erschütterung, die ihrerseits ein Echo im Beben unter unseren Füßen fand.

Überall um mich herum stand das Leben still. Einige Menschen hatten sich auf die Knie fallen lassen und hielten sich die Köpfe. Selbst das Maultier, das den Wagen gezogen hatte, blieb wie angewurzelt stehen. Jeder starrte zum Berg empor, der dicken schwarzen Rauch hoch in die Luft spuckte. Plinius würde später dazu schreiben, dass die Wolken die

Form einer Pinie hatten, und damit traf er den Nagel auf den Kopf.

Es hatte angefangen.

Ich hatte den Vorteil auf meiner Seite, weil ich damit gerechnet hatte. Während alle anderen vom Schock wie erstarrt waren, schob ich mich in den Spalt zwischen Mauer und Wagen und schlüpfte dann in eine schmale dreckige Gasse. Als ich das Ende erreicht hatte, bog ich nach links ab, dann wieder nach links, danach kehrte ich auf die Hauptstraße zurück. Ich bewegte mich langsam zwischen den Gruppen von Leuten, die noch immer ungläubig zum Berg hochstarrten. Ich selbst hatte dafür keine Zeit.

Lange und angestrengt hatte ich darüber nachgedacht, ob ich mich auf den Straßen halten und Haken schlagen sollte, um es der Zeitpolizei schwer zu machen, meine Position exakt zu bestimmen, oder ob ich mich durch ein Gartentor stehlen und mir ein ruhiges Fleckchen suchen sollte, wo ich bleiben und darauf vertrauen würde, dass Leon auf der Bildfläche erschien, ehe mich die Zeitpolizei aufgestöbert hatte. Ich beschloss, auf der Straße zu bleiben, vorerst jedenfalls.

Die mächtige Rauchsäule in der Ferne schraubte sich weiter in die Höhe und wurde breiter. Sie musste jetzt schon beinahe zehn Meilen hoch sein. Trotz der Gefahr durch herabstürzende Dachziegel kamen immer mehr Menschen aus ihren Häusern, um sich das Ganze anzuschauen. Ladeninhaber verließen ihre Geschäfte und gesellten sich zu den anderen Leuten auf der Straße. Besucher der Schenke an der Ecke drängten nach draußen, viele von ihnen noch kauend. Nicht ein Einziger von ihnen hatte sein Getränk abgestellt. Selbst jetzt noch waren sie eher neugierig als in Sorge. Die Menschen zeigten mit den Fingern auf das Spektakel, stießen Rufe aus und palaverten. Ich wollte sie durchschütteln, denn noch immer hätten sie entkommen können. Noch war es nicht zu spät für sie.

Gerade passierte ich das Weingeschäft, als es Asche zu regnen begann. Zuerst war es kaum zu bemerken, nur hier und da eine Flocke. Wenn sie sich nicht ganz sanft auf meine Decke gelegt hätten, hätte ich vielleicht gar nichts bemerkt.

Kinder kamen auf die Straße herausgerannt, sprangen herum und versuchten, die Ascheflocken zu fangen, die langsam zu Boden schwebten, und noch immer gab es keine Spur einer größeren Panik oder eines aufgeschreckten Menschenstroms in Richtung der Stadttore. Mir blieb nichts zu tun. Diejenigen, die nicht im Laufe ungefähr der nächsten Stunde versuchen würden zu entkommen, würden nicht mehr wegkommen. Und jetzt, wo die Zeitpolizei hier war, konnte ich es mir nicht leisten, die Aufmerksamkeit auf mich zu lenken, indem ich versuchte, die Leute davon zu überzeugen, dass es geraten war zu fliehen.

Wieder bebte alles. Ich kauerte mich auf den Boden und wartete darauf, dass das Wackeln nachlassen würde, aber dieses Mal geschah das nicht. Der Ausbruch hatte angefangen, und der Grund würde nicht aufhören zu beben, bis jeder Einzelne hier schon lange tot war. Ich musste einfach durchhalten.

Die nächste gute halbe Stunde war nicht sehr vergnüglich. Ich musste mich langsam sputen. Dabei vergewisserte ich mich bei jeder Straße, ob sie auch sicher war, ehe ich mich vorwagte. Die ganze Zeit über musste ich im Blick behalten, wie weit ich von unserem vereinbarten Treffpunkt entfernt war, denn ich musste dorthin zurück und nachschauen, ob Leon wieder da war, ohne preiszugeben, dass dieser Ort in irgendeiner Weise wichtig war. Ich musste vermeiden, dass sich die Zeitpolizei dort auf die Lauer legte. Eigentlich hätte ich mir einen Unterschlupf suchen sollen, aber es gab keine Chance. Sobald ich aufhörte, mich zu bewegen, würde mir das Wasser bis zum Hals stehen. Oder besser gesagt: die Asche.

Das Beben wurde nun stärker. Ich konnte hören, wie Töpfe zu Boden fielen und Dachziegel auf die Straße krachten. Der Bäcker hatte in weiser Voraussicht seine Feuer gelöscht, und der Inhaber des Weinladens hatte längst alle Versuche eingestellt, die umgefallenen Amphoren wieder aufzurichten. Angesichts der herumwirbelnden Asche und des Staubs überall schlossen die Menschen ihre Fenster. Es würde ihnen nicht das Geringste nützen. Viele waren in ihre Heime zurückgekehrt und glaubten, sie könnten die ganze Sache einfach aussitzen, so wie sie es in der Vergangenheit getan hatten. Auf den Straßen waren jetzt deutlich weniger Menschen unterwegs.

Inzwischen war der Ascheregen noch dichter geworden, und ich war von Kopf bis Fuß bedeckt. Das war ein übles Zeug, und ich hustete, denn Vulkanasche enthält Silikon. Wenn das in die Lunge gerät, dann verflüssigt es sich und macht das Atmen erst schwer und schließlich unmöglich. Man kann mir glauben: Es hilft nicht viel, wenn man sich das Gesicht bedeckt. Ich hatte einen abscheulich metallischen Geschmack in meinem Mund. Bei jeder sich bietenden Gelegenheit machte ich an einem der Straßenbrunnen halt, aber inzwischen waren auch die voll mit Asche und Dreck. Da die Beben immer weitergingen, war es nur eine Frage der Zeit, bis die Rohre brechen oder die hohen Wassertürme einstürzen würden, und dann würde es überhaupt kein frisches Wasser mehr geben; die Bewohner von Pompeji hatten ihr Wassersystem nach dem letzten Ausbruch immer noch nicht wieder fertig repariert.

Und wo zur Hölle steckte Leon? Nun, so etwas passiert wohl, wenn man Männer allein losschickt. Sie haben keine verfluchte Ahnung. Vielleicht schaffen sie es noch, die Landkarte richtig zusammenzufalten, aber, verdammt noch mal, ganz sicher können sie sie nicht lesen. Ich hätte ihm mit Buntstiften aufmalen sollen »Ich bin hier«. Er machte gerade eine Runde Urlaub, während ein halber Vulkan über mir zusammenbrach. Ich schwor mir, sollte ich ihn je wiedersehen, dann würde er sich die Standpauke seines Lebens anhören dürfen.

Falls *du ihn denn jemals wiedersiehst*, flüsterte die boshafte kleine Stimme, die sich sonst immer mitten in schlaflosen Nächten zu Wort meldet. Ich verdrängte sie. Wenn ich zuließ, auch nur eine Minute lang zu glauben, dass ich Leon vielleicht nie mehr wiedersehen würde, dann könnte ich auch gleich aufgeben. Und wenn er aussteigen und diesen verfluchten Pod schieben musste – er würde mich holen kommen.

Wie aufs Stichwort, gerade, als seine Uhr piepte, um mir zu sagen, dass ich längst weg sein sollte, begann der Berg zu spucken. Mit einem kolossalen Brüllen, als ob ein Riese den Himmel aufreißen würde, explodierte die Bergspitze und schleuderte enorme Mengen an Qualm und vulkanischem Material hoch in die Luft, sodass sich der Himmel verdunkelte. Riesige Rauchwolken blubberten und bauschten sich wie gigantische schwarze Blumenkohlköpfe.

Ich fand einen Durchgang unter einer der Außentreppen auf der Südseite des Amphitheaters und kauerte mich dort zusammen, die schwankende Mauer in meinem Rücken. Hier würde ich vor dem aufziehenden Sturm geschützt sein, redete ich mir ein.

Die Mauern ringsum bekamen Risse und krachten zusammen. Ich konnte hören, wie überall in der Stadt Bauwerke einstürzten. Jetzt setzte die Panik ein. Menschen schrien. Selbst hier draußen auf der Straße konnte ich hören, wie die Leute im Innern der Gebäude kreischten. Hunde bellten hysterisch und rissen an ihren Ketten in dem verzweifelten Versuch zu entkommen. Kinder weinten. Der Rauch waberte auf die erschütterte Stadt zu wie eine gewaltige schwarze Hand. Der Lärm war absolut ohrenbetäubend. Ich spürte, wie sich der Druck veränderte. Die Sonne verschwand; früh brach die Nacht über Pompeji herein. Die Menschen hier hatten ihren letzten Tag erlebt.

Und noch Schlimmeres stand bevor.

Was hochsteigt, muss auch wieder runterkommen. Jetzt wurden die Einwohner der Stadt nicht nur von Vulkanasche berieselt, sondern Gestein, pulverisierte Felsen und Bimsstein, von der Eruption in den Himmel geschleudert, begannen nun, wieder zu Boden zu regnen.

So gut es ging, wickelte ich mir meine Decke um den Kopf. Es wurde Zeit, ernsthaft nach Leon Ausschau zu halten.

Und so verließ ich die vergleichsweise Sicherheit meines Durchgangs, lief um das Amphitheater herum und warf einen Blick auf den wütenden Berg in der Ferne. Schwarzer Rauch umgab ihn, gespenstisch erhellt von Flammen und Blitzen.

Die Sache sah gar nicht gut aus.

Jetzt endlich waren die Bewohner von Pompeji offenbar einer Meinung mit mir, denn die Straßen brodelten von Menschen, die verzweifelt zu fliehen versuchten. Die meisten hasteten durch die Stadt Richtung Hafen, denn sie hofften, per Boot entkommen zu können.

Sie waren viel zu spät aufgebrochen. Sowohl der Fluss Sarno als auch der Hafen würden bereits vollkommen verstopft sein von dicken Klumpen schwimmenden Bimssteins. Nichts würde mehr in die Stadt gelangen und ganz sicher auch nichts hinaus. Viele Menschen würden dort unten zu Tode kommen.

Die Straßen waren blockiert. Es gab keinerlei Organisation mehr. Wie immer in einer Krise waren die Menschen sehr unwillig, ihre Besitztümer zurückzulassen. Männer und Frauen rannten durch die Straßen und hielten umklammert, was immer sie tragen konnten. Fluchende Kutscher kämpften mit ihren überladenen Wagen. An einer Hauptkreuzung hatte ein in Panik geratener Fahrer es nicht geschafft, seinen Wagen vernünftig in der Spur zu halten, und nun hatten sich die Räder in den Trittsteinen fest verkeilt. Der Druck von hinten verhinderte, dass er ein Stückchen zurücksetzen konnte, und niemand kam an ihm vorbei. Er verlor die Kontrolle über sein Pferd, und das ganze Gefährt drohte jeden Moment umzukippen und die liebgewonnenen, aber nutzlos gewordenen Haushaltsgegenstände auf die Straße zu schütten.

Überall herrschte Panik. Es war ein einziges Durcheinander. Hysterie. Familien wurden getrennt. Verängstigte Kinder schrien nach ihren Eltern. Ältere Herrschaften wurden zu Boden gestoßen. Menschen riefen nach ihren Göttern – mit dem üblichen Erfolg.

Und die ganze Zeit über kam die Asche runter und überzog alles – die Straßen, die Dächer, die Lungen der Leute. Mittlerweile lag sie schon gute fünfzehn Zentimeter hoch. Ich konnte spüren, wie sie unter meinen Schritten knirschte. Jeder war davon eingehüllt. Wir wurden alle grau.

Ich hatte solchen Durst.

Und Leon war immer noch nicht da.

Ich stieß einen Fluch aus, der mindestens ebenso beißend war wie alles, was der Berg auf uns runterspuckte, und zog mich in einen Eingang zurück, um darüber nachzudenken, was ich als Nächstes tun sollte.

Qualmende Gesteinsbrocken, Feuer, Bimsstein, Asche – alles bombardierte uns. Der Berg rumpelte und dröhnte, der Boden bebte ohne Unterlass, Gebäude stürzten ein, Mauern bekamen weitere Risse, und überall in der Stadt brachen Feuer aus. Jetzt noch draußen unterwegs zu sein kam einem Selbstmord gleich, und das galt auch für die Zeitpolizei. Deren Mitglieder konnten ebenso gut von vulkanischem Material getroffen werden wie ich. Ihr Risiko, von panikerfüllten Bürgern überrannt zu werden, war genauso hoch wie meins. Wie ich konnten sie nicht einfach in irgendeinem Gebäude Unterschlupf finden, das passenderweise gerade leer stand, denn schon bald würde das Gewicht der Asche auf den Dächern die Häuser zum Einsturz bringen. Und wenn die Zeitpolizei nicht gerade besondere Atemgeräte dabeihatte, dann würden ihre Männer ebenso wenig wie ich in der erstickenden Asche herumlaufen können. Dieser Teil meines brillanten Plans ging also auf.

Der Teil, in dem ich den Ausbruch des Vesuvs 79

nach Chr. überlebte, sah weniger rosig aus. Ich sollte mir wirklich einen sicheren Ort suchen – wobei *sicher* ein sehr relativer Begriff war – und dort auf Leon warten. Ich beschloss, zum Amphitheater zurückzukehren. Dort könnte ich Zuflucht unter den Mauerbogen finden und mich dann, wenn die Asche zu hoch anwuchs, die Treppe hinauf retten und darauf vertrauen, dass mein innovativer Kopfschutz mich vor Gehirnerschütterungen bewahren würde. Was sollte schon schiefgehen?

Tja, zunächst einmal, dass ich gar nicht dorthin kam.

Die Zeitpolizei fand nicht *mich*. Ich stolperte über *sie*. Jedenfalls über einen von ihnen. Zwei der behelfsmäßigen Verkaufsbuden waren in der ausgebrochenen Panik umgerannt worden. Ich kümmerte mich nicht groß darum, aber als ich daran vorbeilief, hörte ich selbst über den Krach rings um mich herum hinweg einen schwachen Schrei. Ich spähte durch die Düsternis und konnte nur einen dunklen Schemen erahnen, der in der Asche ausgestreckt lag. Ein Officer. Er war unter einem der Stände eingeklemmt. Gerade in dem Augenblick, als ich nach ihm sah, streckte er einen Arm in meine Richtung aus.

Ich verfluchte mich dafür, eine solche Idiotin zu sein, und machte mich darauf gefasst, von was auch immer er auf mich abfeuern würde, getroffen zu werden. Aber ich lag völlig falsch. Es war eine hilfesuchende Geste.

Sehr zögerlich und bereit, jeden Augenblick kehrtzumachen und wegzulaufen, rückte ich näher. Ich konnte es sogar durch die Asche und den Schwefel hindurch riechen. Er brannte.

Ein Kohlebecken war umgefallen, und die Glut hatte sich über seinem Bein verteilt und sengte sich durch Rüstung, Kleidung und Haut. Der Mann musste Höllenqualen leiden. Ich trat das Becken zur Seite, wickelte mir meine Decke um die Hände und wischte die glühenden Kohlestückchen ab, so gut ich konnte. Dann machte ich einen Satz zurück, damit der Officer nicht nach mir greifen konnte.

Ich hätte ihn dort zurücklassen sollen. Zweifellos stand er in Kontakt mit seinen Kameraden, die schon längst auf dem Weg sein dürften – sein *müssten* –, um ihn einzusammeln. Jede Sekunde konnten sie eintrudeln.

Die ganze Zeit über regnete weiterhin vulkanisches Material auf uns nieder. Große Steinbrocken krachten in die Asche und hinterließen ein Muster aus Kratern. Kleinere Stücke von Bimsstein und Lava zischten an uns vorbei und brannten Löcher in unsere Kleidung. Meine Handrücken waren übersät von nicht allzu großen, aber stechenden roten Wundmalen. Doch vor allem rieselte die Asche herab, lautlos und todbringend. Der Mann von der Zeitpolizei lag mit dem Gesicht nach unten. Im Augenblick stützte er sich auf einen Arm, aber das würde ihn nicht lange retten. Seine Kapuze war nach hinten gerutscht, und ich konnte sehen, dass er noch sehr, sehr jung war.

Ich habe eine Schwäche für junge Männer.

Es begann, als ich auf einer Mission an der Somme war. Junge Männer sind so furchtbar verletzlich. Sie werfen sich in die Welt und glauben, Wunder was sie für harte Hunde sind, doch manchmal verschlingt die Welt sie einfach und spuckt sie gleich wieder aus. Eigentlich sollten sie ihre Tage damit verbringen, an ihren Autos oder Motorrädern herumzuschrauben. Oder Fußball zu spielen. Oder Mädchen anzugaffen und so zu tun, als hätten sie nicht eine Heidenangst vor ihnen. Sie sollten nicht in Stacheldrahtzäunen hängen. Nicht mit weggebombten Beinen in Kratern liegen, die mit Wasser vollgelaufen waren. Nicht nach einem Angriff mit Senfgas um jeden schmerzerfüllten Atemzug ringen. Nicht vor mir herumliegen, zu Boden gepresst, verbrannt und darum kämpfend, das Gesicht aus der erstickenden Asche zu heben.

Man hat nie wirklich die Wahl, oder?

Der Verkaufsstand war gar nicht so schwer. Die Menschen schleppten diese Buden immerzu durch die Gegend und versuchten stets, den Aufsichtsbehörden einen Schritt voraus zu bleiben. Der junge Mann war so gefallen, dass er seinen einen Arm unter sich eingeklemmt hatte und es nicht mehr schaffte, sich unter der Last herauszuziehen. Ich schob meine Hände unter einen der Balken und zerrte ihn nach oben. Irgendetwas bewegte sich. Vielleicht war es etwas Wichtiges in meinem Kreuz.

Ich stellte mich breitbeinig hin und packte richtig zu. Gerader Rücken, Maxwell, die Knie gebeugt; du musst es mit den Beinen hochstemmen. Wieder strengte ich mich an.

Dieses Mal bewegte sich der Stand ein Stückchen. Ich schloss die Augen, machte mich ganz steif und presste die Zähne vor Schmerzen zusammen. Ich war eine Invalidin – ich sollte so etwas nicht tun.

Entgegen allen Gesetzen der Physik wurde der Stand von Sekunde zu Sekunde schwerer. Meine Beine begannen zu zittern. Meine Schultern wurden mir beinahe aus den Gelenken gerissen, und meine Brust war alles andere als erfreut.

Der junge Bursche umklammerte mit seiner freien Hand meinen Knöchel, und ich konnte spüren, wie er den Halt nutzte, um sich unter seiner Last zu rühren. Jetzt hatte er auch seinen anderen Arm befreit. Mit den Vorderarmen zog er sich heraus.

Ich rief eine Warnung. Der Balken rutschte mir aus den Fingern. Uns blieben nur noch Sekunden …

Der junge Mann rollte sich genau in dem Moment zur Seite, in dem die Bude niederkrachte und eine weitere Staubwolke rings um uns herum aufwirbelte.

Eilig beugte ich mich vor, um meinen schmerzenden Rücken zu entlasten, stützte meine Hände auf die Knie und versuchte, wieder zu Atem zu kommen. Wenn der Typ jetzt nach seiner Waffe greifen würde, gäbe es nichts, was ich tun könnte, um mich zu retten. Ich konnte nicht mal wegrennen.

Er sah mich an. Ich sah ihn an.

Er nickte. Ich nickte.

Ich machte mich davon, solange es noch ging.

Als ich zurückschaute, war er immer noch da und versuchte – erfolglos – durch die Asche zu kriechen.

Verflucht noch mal!

Wo waren denn seine Leute? Warum durchkämmten sie denn nicht die Straßen auf der Suche nach ihm? Was für eine Art von Organisation war das denn bloß?

Ich sollte gehen. Schon längst sollte ich am Treffpunkt sein. Hier sollte ich keine Zeit mehr verschwenden.

Ich rannte zurück und half ihm hoch.

Sein Bein war das Problem. Er konnte kaum laufen.

Also legte ich mir einen seiner Arme um die Schultern, und gemeinsam humpelten wir los. Natürlich, ausgerechnet dann, wenn ich jemand anders von der Zeitpolizei hätte brauchen können, war keine Spur von denen zu entdecken. Ich hatte diese verdammten Typen so satt.

Stolpernd suchten wir Unterschlupf in einem Durchgang. Der junge Mann wollte sich hinsetzen, aber das verhinderte ich. Ich hätte ihn nie wieder hochbekommen.

Ein Husten schüttelte mich, und ich spuckte aus, um meiner Kehle Erleichterung zu verschaffen.

»Wo stecken denn Ihre Leute?«

»Wie bitte?«

Ich hob die Stimme. »Wo haben Sie geparkt?«

»Auf dieser freien Fläche bei dem großen Gebäude mit den Säulendingern.«

Ganz offenkundig ein geeigneter Kandidat für die Sicherheitsabteilung.

»Beim Forum?«

»Wie bitte?«

Inzwischen brüllten wir, um uns Gehör zu verschaffen.

»Wissen Ihre Leute, wo Sie sind?«

»Ich habe versucht, es ihnen mitzuteilen …«

Er brach ab und verlagerte sein Gewicht in dem Versuch, den Schmerz in seinem Bein abzumildern.

»Und? Kommen sie?«

»Weiß ich nicht.«

Ich musste ihn von hier wegschaffen. Ihn mit seinen Kameraden zusammenzubringen war das eine, aber Leon müsste jetzt jeden Augenblick hier auftauchen, falls er nicht schon längst da war, und es würde alles vermasseln, wenn irgendein Mitglied der Zeitpolizei mit ansehen würde, wie er mich einsammelte. Es war absolut entscheidend, dass jeder davon überzeugt war, ich sei hier gestorben. Man konnte es auch positiv sehen: Es war immer noch absolut möglich, dass es so weit kommen würde.

Ich entschied mich für einen Kompromiss: Ich würde diesen Officer von hier wegbringen, ihn dann irgendwo in der Mitte der Stadt, wo er leicht zu finden wäre, absetzen und anschließend so schnell wie möglich hierher zurücksprinten.

»Können Sie mit denen Kontakt aufnehmen?«

»Nein. Der Ausbruch beeinträchtigt unsere Geräte.« Er sah mich. »Wir konnten Sie einfach nicht finden.«

Das besiegelte die Sache. Ich packte ihn etwas fester. »Los geht's.«

*Er könnte dich anlügen*, sagte meine Drei-Uhr-morgens-Stimme. Ich sagte ihr, sie solle die Klappe halten und lieber die Augen aufsperren.

Dann schleppte ich den Officer mit mir mit, so gut es ging. Wir stolperten über Dinge, die unter den Schichten von Asche und Bimsstein verborgen lagen. Anfangs hielten wir es für eine gute Idee, uns möglichst eng an die Mauern gedrückt zu halten, an denen wir uns abstützen konnten und die uns Schutz bieten sollten, aber nachdem uns ein dritter Dachziegel nur knapp verfehlt hatte, rückten wir weiter in die Mitte der Straße. Ich konnte die Menschen in ihren Häusern und Läden hören, die ihre Fenster und Türen verbarrikadierten. Sie würden sich alle in die oberen Stockwerke zurückziehen im Glauben, dort eher in Sicherheit zu sein, und das wären sie auch, bis alle Dächer und Obergeschosse unter dem Gewicht des vulkanischen Materials zusammenfallen würden.

Ich hustete mir die Seele aus dem Leib. Seit Stunden war ich jetzt schon diesem Zeug ausgesetzt. Meine Brust brannte wie Feuer.

Der junge Bursche sagte: »Warten Sie mal«, lehnte sich gegen eine Mauer und zog ein Messer hervor.

*Habe ich dir doch gesagt*, zischte die fiese leise Stimme in meinem Kopf.

Der Officer machte einen Schnitt in seinen Mantel und riss daran, dann reichte er mir ein quadratisches Stückchen Stoff. »Binden Sie sich das übers Gesicht.«

Es machte nur wenig Unterschied, aber der Gedanke zählte.

Dann kämpften wir uns weiter. Die Hitze war beinahe unerträglich. Es würde noch ein bisschen dauern, bis der pyroklastische Strom jeden töten würde, der nicht schon tot war, aber die Hitze, die sich bereits hier zwischen den Gebäuden gesammelt hatte, war enorm. Mir brach der Schweiß aus und mischte sich mit der Asche. Wenn sich das Zeug erst zu einer Kruste verhärtet hätte, wäre ich eine Statue.

Ich hatte keine Ahnung, was ich mit dem Typen von der Zeitpolizei anstellen sollte. Ich konnte ja schlecht zu seinen Leuten marschieren und fragen: »Hey, gehört der zu euch?« Aber ich konnte ihn auch nicht einfach hier zurücklassen. Ich brauchte einen Ort, an dem sie ihn finden würden. An einer Ecke blieben wir kurz stehen, und ich versuchte nachzudenken.

Er löste das Problem für mich.

»Lassen Sie mich hier.«

»Sind Sie sicher?«

Er nickte und holte etwas umständlich eine Waffe aus seiner Tasche.

Die Stimme in meinem Kopf erkundigte sich, warum ich eigentlich nie zuhörte.

»Damit kann ich ein Leuchtsignal abfeuern. Wir sind jetzt so nahe, dass sie es sehen müssen.« Er zögerte. »Aber Sie sollten besser verschwinden.«

Ich machte mir keine Illusionen, was die Größe des Gefallens anging, den er mir da tat. Natürlich hatte ich ihm das Leben gerettet, aber trotzdem …

»Danke.«

»Nein. Ich danke Ihnen.«

»Wie heißen Sie?«

»Officer Ellis.«

»Nein, ich meine Ihren echten Namen. Wie nennt Ihre Mutter Sie?«

»Eine Nervensäge. Und jetzt weg mit Ihnen.«

Ich machte zwei Schritte zurück, und schon war er praktisch nicht mehr zu sehen.

So gut es ging, rannte ich die Straße hinunter, machte an der nächsten Ecke kurz halt und schaute zurück. Ich konnte ein rotes Glühen sehen, das die Asche rings herum anstrahlte und eine schwarze Silhouette hervorhob. Kurz zögerte ich, aber mehr konnte ich nicht für ihn tun. Nach einer kurzen Fürbitte an den Gott der Historiker ließ ich ihn allein.

Ich war beinahe blind. Meine Augen brannten. Tränen liefen mir über die Wangen und mischten sich mit dem Staub. Ich hatte überall Verbrennungen, war völlig erschöpft, ausgedörrt und verzweifelt. Wenn Leon jetzt nicht da wäre, wäre ich erledigt. Inzwischen war es viel zu spät, um die Stadt noch verlassen zu können. Niemand konnte sich mehr als ein paar Meter weit fortbewegen. Wenn ich nicht lebendig begraben würde, dann würde ich von einstürzenden Bauwerken zermalmt werden, und wenn ich das auch noch überleben sollte, dann wäre ich ein oder zwei Sekunden lang eine spektakuläre menschliche Fackel, und das wäre es dann gewesen. Ich kämpfte mich am Weinladen vorbei, der mittlerweile beinahe vollständig unter den Ascheverwehungen und Schutt verschwunden war, und bog um die Ecke.

Da stand der Pod.

Es gibt keine Worte, um diese Erleichterung zu beschreiben … diese pure, gesegnete Erleichterung. Ich schwor mir, nie wieder eine tolle Idee zu haben.

Er war noch nicht lange da – nur eine dünne Schicht Asche und Lava überzog das Dach.

In wahrlich dramatischer Manier taumelte ich weiter über die Straße, mehr als bereit, Leon gehörig den Marsch zu blasen.

Die Tür öffnete sich. Irgendjemand riss mich von den Beinen, rief »Tür«, und eine Sekunde später schloss sich die Tür, sperrte den Lärm und die Asche und den Gestank aus, und es herrschte Stille.

Ich wurde auf den Boden gelegt, wo ich mich zusammenrollte und hustete.

»Computer, Sprung initialisieren.«

Und die Welt wurde weiß.

# Sieben

Das Erste, was ich bemerkte, war der verbrannte Geruch. Stand ich in Flammen?

Ich setzte mich auf und sah mich um. Leon hatte ganz augenscheinlich einen mindestens ebenso schlimmen Tag wie ich gehabt. Die Frontpaneele der Konsole waren abgenommen worden. Auch zwei der Bedienelemente waren ausgebaut, und eines davon war nur noch ein zusammengeschmolzener Haufen. Mein technisches Wissen beschränkt sich darauf, Dinge einzuschalten – und hin und wieder auch auszumachen –, aber ich war mir ziemlich sicher, dass diese Teile der Konsole nicht so aussehen sollten.

Eine große Zahl roter Lämpchen flackerte hektisch und verlangte irgendeine Form von sofortigem Handeln. Ein benutzter Feuerlöscher lag auf dem Fußboden. Weiße Flocken und Schaum überzogen den Boden und klebten an den Wänden. Es sah so aus, als hätte es auch hier drinnen eine kleine Explosion gegeben.

Ich richtete mich auf, wischte mir meine steifen Haare aus dem Gesicht und sagte: »Da siehst du, das passiert, wenn man einen Techniker ans Steuer lässt.

Hast du etwa wieder vergessen, die Handbremse zu lösen?«

»Fang jetzt nicht so an«, sagte Leon kurz angebunden und legte wie ein Wahnsinniger Schalter um. »Heute Morgen war schon genug los.«

»War mehr oder weniger los als beim Ausbruch des Vesuvs und dem Versuch, die Zeitpolizei abzuschütteln?«

»Du hast ja keine Ahnung. Nur um dir einen kleinen Eindruck von den heutigen Katastrophen zu vermitteln: Ich habe den ganzen Tag versucht, zu dir zu gelangen. Ich bin auch gestern nach Pompeji gesprungen, nächsten Dienstag, letzte Woche, morgen, und dann endlich heute. Ich habe jedes einzelne Sicherheitsprotokoll an Bord überbrückt. Ich habe gegen Feuer gekämpft, gegen das Versagen der Elektronik und gegen einen größeren Anfall von schlechter Laune beim Pod. Du solltest mich heute mit Samthandschuhen anfassen. Ich bin kurz vorm Durchdrehen.«

Während er sprach, wandte er sich mir zu, und ich war schockiert. Er hatte gesagt, er habe ein bisschen zu kämpfen gehabt, aber das traf die Sache nicht mal ansatzweise. Sein linker Handrücken und die linke Seite seines Gesichts waren mit medizinischer Wundversorgung bedeckt.

»Du lässt mich das lieber mal ansehen.«

»Mir geht's gut«, sagte er ungeduldig. »Das Zeug tut, was es soll. Ich mache mir mehr Sorgen um dich. Hier, trink das.«

Mit gewaltigen Schlucken stürzte ich das Wasser

runter, das er mir angeboten hatte. Ich konnte einfach nicht genug bekommen; es lief mir übers Kinn und spritzte auf meinen Pyjama. Ich war in einem schlimmen Zustand. Teile meines Gesichts und meine Handrücken waren krebsrot von winzigen Verbrennungen. Meine Brust schmerzte. Mein Rücken tat weh. Meine Schultern plagten mich. Alles war von feinem Staub bedeckt. Jedes Mal, wenn ich mich bewegte, wirbelte ich eine kleine Wolke auf. Irgendwann war einer von Leons Gummistiefeln weggeschmolzen, und ich hatte es nicht mal mitbekommen. Über meine Haare wollte ich gar nicht erst nachdenken. Sie würden nie mehr die alten sein.

Leon griff nach dem schwarzen Stoffviereck: »Was ist das denn?«

»Meine heutige gute Tat.« Ich berichtete ihm, was passiert war, und machte mich auf alle Arten von Schimpftiraden gefasst, aber er lächelte nur.

»Die Tanks sind aufgefüllt. Geh duschen. Hast du Hunger?«

»Nein. Ich bin nur sehr, sehr durstig.«

»Aber bitte nicht das Duschwasser trinken. Ich will hier keine Historiker-Sitten.«

Steif stolperte ich in Richtung Dusche und warf meine zerfetzten Klamotten zurück in den Pod. Es war herrlich, sich abzubrausen. Als ich damit fertig war, vulkanisches Material aus all meinen Falten und Ritzen zu wischen, sah die Duschwanne unten aus wie der Boden eines Baustofflagers.

Kaum dass ich das Wasser abgedreht hatte, steckte Leon seinen Arm durch die Tür und reichte mir Shorts und ein Männer-T-Shirt. Er hielt auch einen Becher Tee für mich bereit. Es sollte Medaillen geben für Männer, die genau zum richtigen Zeitpunkt für Tee sorgen, nämlich dann, wenn er gebraucht wird. Durstig schlürfte ich, und langsam legte sich alles. Plötzlich fiel mir auf, dass ich sehr, sehr müde war.

»Wo sind wir?«

»In England. Irgendwo zwischen der letzten Eiszeit und der Moderne.«

»Du weißt es also nicht?«

»Nein, und der Pod im Augenblick auch nicht. Alle Sicherheitsprotokolle sind abgeschaltet. Ich musste eine Menge Systeme überbrücken und hatte echte Schwierigkeiten, während des Ausbruchs zurück nach Pompeji zu gelangen. Wie gesagt – ich hatte auch schon einen Sprung, bei dem ich gestern angekommen bin. Als ich versucht habe, die Landung zu erzwingen, hat mich der Pod nächste Woche abgesetzt. Beim folgenden Versuch hat der Pod sich morgen ausgesucht. Das war gar nicht gut. Morgen wollen wir wirklich nicht in Pompeji sein. Die Hitze bringt das Blut zum Kochen. Es gab ein … kleineres … Feuer hier im Pod, und ich bin so schnell, wie ich konnte, wieder weggesprungen. Mittlerweile war ich kurz davor, verrückt zu werden. Ich habe die Abdeckung der Konsole weggerissen, alle sichtbaren Verbindungen gekappt und dem Pod einen guten Vorgeschmack auf das geliefert, was ihn erwarten würde, wenn er nicht augenblicklich das täte, was ich von ihm verlange. Dann habe ich die Daumen gedrückt, bin gesprungen, und da warst du. Hast du schon lange gewartet?«

»Ich war zu beschäftigt, mich mit dem Feind zu verbrüdern«, sagte ich leichthin, denn ich war nicht einmal bereit, mir selbst gegenüber einzugestehen, dass ich doch einen Hauch von Zweifel gehabt hatte, Leon jemals wiederzusehen. »Also, sind wir bereit zum Abmarsch?«

»Ja, ich kann die schlimmsten Schäden reparieren.«

Irgendetwas an seiner Stimme klang falsch.

»Und?«

»Und was?«

»Na, was ist mit dem Teil, den du mir nicht erzählst? Die wirklich schlechten Nachrichten. Was ist im St. Mary's-Institut passiert?«

»Die Zeitpolizei ist dort.«

Ich starrte ihn wortlos an.

»Keine Panik. Das war kein Problem.«

Warum war ich nicht beruhigt? »Kein Problem?«

Eine sehr, sehr lange Pause folgte.

Ich spürte, wie sich etwas in meinem Magen umdrehte. Irgendetwas Schlimmes war geschehen.

»Leon?«

»Da waren nur zwei Männer vor Ort, und es war nicht schwer, denen aus dem Weg zu gehen.«

Ich holte tief Luft. »Weil …?«

»Weil sie viel zu beschäftigt damit waren, nach Helios zu suchen. Max, sie wissen Bescheid.«

»Sie wissen, dass Helios Joe Nelson ist?«

»Nein, nein. Sie wissen nicht, dass Helios Joe Nelson ist. Sie wissen nur, dass Helios dort ist. Irgendwo.«

»Was werden sie tun, wenn sie ihn finden?«

»Dr. Bairstow, Peterson und Guthrie verhaften – und mich natürlich. Du hast nichts zu befürchten, du bist ja tot.«

»Nicht lustig.«

»Stimmt. Entschuldige.«

»Ich meine – was werden sie mit Helios machen?«

»Im schlimmsten Fall werden sie ihn erschießen. Im besten werden sie ihn zurückbringen.«

»Nach Troja? Inmitten von …?«

Wieder sah ich alles vor mir. Den dicken schwarzen Rauch, der aus der in Ruinen liegenden Stadt aufstieg. Die Flammen. Überall tote Menschen. Brennende Leichen. Kassandra, die aus dem Tempel geschleift wurde. Den kleinen gemeinen Mann, der mir die Nase gebrochen hatte. Die langen Reihen der Frauen und Kinder am Strand, die darauf warteten, als Sklaven auf den Schiffen weggebracht zu werden. Tote Säuglinge, die von der Brandung hin und her geworfen wurden.

Auch wenn Helios inzwischen ein erwachsener Mann war, würde er innerhalb von Sekunden den Tod finden, so wie jeder andere Mann in Troja. Die Zeitpolizei würde ihn also zum Sterben zurückbringen. Wenn er jedoch bliebe, würden sie ihn als eine Anomalie eliminieren. Der Tod war Helios gewiss, was auch immer die Zeitpolizei mit ihm vorhatte.

Leon starrte auf seine Hände.

»Es sei denn, …?«

Er hob den Blick. »Was?«

»Es sei denn, …?«

»Es sei denn, wir würden ihn selbst wegbringen. In eine Zeit und an einen Ort unserer Wahl. Auf diese Weise würden wir ihm wenigstens eine geringe Chance verschaffen.«

»Ja … Ja, das wäre möglich. Er ist jetzt ein erwachsener Mann. Wir könnten ihn zurückbringen und ihn zum Beispiel ein Jahr nach dem Krieg absetzen. Die Stadt wurde nie aufgegeben, wie du weißt; sie haben sie später wieder aufgebaut. Natürlich war sie nie mehr dieselbe, aber er hätte die Möglichkeit zu überleben. Oder er könnte von dort weggehen; das bliebe ihm überlassen.«

Leon nickte. Wir umkreisten die alles entscheidende Frage. Endlich sprach ich sie aus: »Würde er sich überhaupt darauf einlassen?«

Denn der Gedanke daran, ihn mit Gewalt umzusiedeln … Einen sich sträubenden Mann in den Pod zu zerren … Joe Nelson beziehungsweise Helios fiel mir plötzlich ein. Ihn, der sein gesamtes Leben als Erwachsener in moderner Zeit verbracht hatte, der vielleicht schreien und um sein Leben flehen würde und den wir dann am Ende des Sprungs einfach rauswerfen müssten … Den wir dem Albtraum überlassen müssten, der Troja hieß …

Das ist es, was passiert, wenn Historiker sich in die Geschichte einmischen. Helios hätte in Troja sterben sollen, und das hatte er nicht getan. Damals war ich überrascht darüber gewesen, dass uns die Geschichte nicht kurzerhand alle ausgelöscht hatte. Jetzt hatte ich das entsetzliche Gefühl, dass wir stattdessen eine Lektion erteilt bekamen. Dass wir gezwungen wurden, uns den Konsequenzen zu stellen, die aus dem erwuchsen, was wir gewagt hatten. Was auch immer ihm zustoßen würde – ob Helios nun dort an Ort und Stelle oder an einem lang zurückliegenden Zeitpunkt sterben würde –,es würde für den Rest unseres Lebens auf unserem Gewissen lasten. Was wohl Leon in diesem Augenblick dachte?

Ich legte ihm eine Hand auf den Arm. »Du musst die Entscheidung treffen, aber wie auch immer sie ausfällt, ich werde an deiner Seite sein. Bis zum Tod, falls das nötig ist. Ich werde dich das nicht allein durchstehen lassen. Auch nicht Peterson oder Guthrie oder irgendjemanden von euch. Was auch immer ihr vorhabt, ihr könnt auf mich zählen.«

Leon griff nach meiner Hand. »Ich werde ihn zurückbringen. Das muss ich selbst erledigen. St. Mary's steht zu sehr unter Beobachtung.«

»Er wird nicht weglaufen wollen, oder?«

»Nein. Seine genauen Worte waren: ›Du hast alles für mich aufs Spiel gesetzt. Das Mindeste, was ich tun kann, ist, dasselbe für dich zu tun.‹«

Ich schluckte. »Also, wie lautet der Plan?«

Plötzlich wirkte Leon lebhafter. »Deinen Tracker entfernen und ihn in Pompeji zurücklassen. Die Zeitpolizei ein für alle Mal davon abhalten, uns zu folgen. Dann können wir ins St. Mary's-Institut springen, Helios einsammeln und ihn zurück nach Troja bringen.«

»Wie wollen wir ihn von der Zeitpolizei fernhalten?«

»Die schlechtesten Nachrichten habe ich mir bis ganz zum Schluss aufgehoben. St. Mary's wird für eine Ablenkung sorgen.«

»Ach … du … Scheiße.«

Er brachte die ganze Nacht damit zu, den Pod zu reparieren. Ich wiederum verbrachte die ganze Nacht damit, riesige Mengen von vulkanischem Material auszuhusten. Ich trank so viel Wasser, wie ich nur konnte, und verbrachte die übrige Zeit auf dem Klo. Oh, dieses glamouröse Leben der Historiker.

Als ich aufwachte, hatte Leon eine Decke auf dem Boden ausgebreitet und ein kleines Picknick aufgetischt.

»Ich werde dir gleich Schmerzmittel verabreichen, also musst du vorher was essen.«

Ich verputzte ein Croissant, ein bisschen Käse und ein paar getrocknete Aprikosen, während er die Schranktüren aufmachte, sodass ich einen Blick hineinwerfen konnte. Wir hatten genug zu essen für eine ganze Armee, zwei Schlafsäcke, grundlegende medizinische Vorräte und Toilettenartikel. Und das Beste war, dass ich jetzt Kleidung trug, die nicht gelb und weiß war. Das Leben gewann an Qualität.

Ich beendete mein Frühstück, während Leon die notwendigen medizinischen Utensilien zusammensuchte. Denn jetzt war die Zeit gekommen, den Tracker zu entfernen, und mit einem Mal war ich auch nicht annähernd mehr so enthusiastisch wie vorher.

Aber entweder das, oder ich würde in dieser Kiste leben müssen, bis ich starb. Und ehe es nicht überstanden war, konnten wir nicht zurück ins St. Mary's-Institut springen, also sollte ich besser die Klappe halten und es hinter mich bringen.

Ich duschte, band mir meine immer noch klebrigen Haare hoch und legte mich auf den Fußboden. Leon öffnete eine sterile Verpackung und breitete den Inhalt aus. Eine Flasche Brandy stand in Reichweite. Ich starrte wild entschlossen hinauf zu den Brandspuren an der Decke.

Leon nahm eine Spritze zur Hand. »Nur ein kleiner Pikser.«

»Im Ernst? Das sagst du zu einer Historikerin?«

»Ich konnte nicht widerstehen. Bereit?«

»Bereit, wenn du es bist.« Ich schloss die Augen.

Er hielt inne. »Mir tut das alles so leid, Max. Uns hätte wenigstens ein bisschen gemeinsame Zeit vergönnt sein sollen.«

»Ich beklage mich nicht. Es gibt nichts, wo ich jetzt lieber wäre. Und auch niemanden, bei dem ich lieber wäre.«

»Sag mir das in zehn Minuten noch mal«, antwortete er mit zusammengebissenen Zähnen.

»Es wird ganz leicht«, sagte ich aus einer Position vollkommener Ahnungslosigkeit heraus. »Tracker sind winzig. Wie schwierig kann das schon sein?«

Er sprühte meinen Arm mit etwas Kaltem ein, und ich spürte das Piken der Nadel. Leon ließ mich außerdem zwei Schmerztabletten schlucken. Dann griff er nach dem Skalpell und zögerte.

Ich seufzte. »Ich werde es selbst tun müssen, oder?«

»Auf gar keinen Fall werde ich eine Historikerin in einem geschlossenen Raum in die Nähe eines scharfen Gegenstandes kommen lassen. Los geht's.«

Um es gleich zu sagen: Es war gar nicht so schlimm. Ich spürte, dass etwas passierte, aber solange ich nicht hinsah ... Ich starrte stur an die Decke. Die verkohlten Spuren hatten die Form von Australien. Ich konnte die Stadt Darwin in den Flecken erkennen.

»Schon geschafft?«

»Nein.«

Ich drehte meinen Kopf weg und zählte die Kerben in den Schranktüren.

Und dann gab es ganz plötzlich ein unangenehmes Ziehen. Ich sagte nichts, weil ich Leon nicht ablenken wollte.

»Bist du ohnmächtig?«

»Ich bin bloß aus Höflichkeit dir gegenüber still.«

»Und ich würde mich sicherer fühlen, wenn du reden würdest. Ich höre zwar nicht richtig zu, aber der eintönige Klang deiner Stimme, die immer weiter und weiter quatscht, wäre jetzt sehr beruhigend.«

»Soll ich dir einen Witz erzählen?«

»Ich habe schon einige Historiker-Witze gehört. Sie sind entweder miserabel oder so krank, dass nur ein Historiker glauben kann, sie wären komisch. Kennst du denn einen Witz, der nicht wahlweise nur für Historiker verständlich oder widerwärtig ist?«

»Natürlich«, sagte ich, obwohl das nicht ganz stimmte, während eine Welle von Schmerz hoch und runter durch meinen Arm raste.

Leon wischte das Blut ab und besah sich die Sache von Nahem.

»Ich kann ihn nicht finden. Manchmal … wandern sie.«

»Was denn, wie Gänse oder wie?«

»Ich werde den Schnitt ein bisschen vergrößern.«

»Habe ich da nicht eine Flasche gesehen?« Ich hob den Kopf und nahm einen Schluck vom Brandy. »Bäh. Ich hasse dieses Zeug.«

Leon versuchte, mir die Flasche wegzunehmen, aber das wusste ich zu verhindern.

»Na dann, bitte schön. Lass mal diesen berühmten Witz hören.«

»Oh. In Ordnung. Nun, da ist dieser Mann … Und er wacht im Krankenhaus auf.«

»Ein medizinischer Witz. Höchst passend. Erzähl weiter.«

»Aua … Also dieser Mann … wacht in einem Krankenhaus auf, und der Doktor sagt …«

Ich presste die Kiefer aufeinander, denn ich wollte wirklich nicht schreien und ihn aus dem Konzept bringen, und so knirschte ich mit den Zähnen, dachte an die Schlacht von Salamis und nahm noch einen Schluck vom Brandy. Igitt.

»Das war's? Tja, okay, ich gestehe dir zu, dass der

Witz nicht abartig war, aber er war auch nicht besonders lustig.«

»Nein«, sagte ich und wusste seine Bemühungen, mich abzulenken, zu schätzen.

»Da ist noch mehr.«

»Na, dann mal weiter.«

»Dieser Mann wacht im Krankenhaus auf, und der … Doktor sagt …: ›Alles in Ordnung, mein Freund. Sie hatten einen Unfall auf der Great North Road, aber … jetzt ist alles okay.‹«

»Ah. Es gibt ein Happy End. Das ist gut. Also überhaupt nicht typisch für Historiker-Humor.«

»Nein … Noch nicht zu Ende. Halt einfach den Mund, ja? Autsch …«

»Bitte versuch stillzuhalten.«

»Entschuldige, das ist nur die Aufregung …«

»Die übliche Reaktion bei Frauen, wenn ich in der Nähe bin. Man sollte meinen, dass ich mich inzwischen daran gewöhnt hätte. Lausiger Witz, übrigens.«

»Und der Doktor sagt: ›Aber leider ist Ihnen beim Unfall der Penis abgefallen.‹«

»Wie bitte? Das ist die Historiker-Definition von Happy End? *Ihr Penis ist abgefallen?*«

»Und der Mann sagt … ›O nein!‹, und der Doktor sagt … Bist du immer noch nicht fertig?«

»Was? Jetzt bin ich verwirrt.«

»Du stocherst da zwischen meinen Blutgefäßen, Muskeln und Gott weiß, was noch, herum. Du solltest, verdammt noch mal, lieber nicht verwirrt sein.«

»Mach einfach weiter mit diesem fürchterlich langen und gar nicht lustigen Witz, ja?«

»Klar. Wo war ich?«

»Der arme Kerl hat seinen Schwanz eingebüßt. Falls ich meine Meinung dazu kundtun darf, ist das nicht gerade ein geeignetes Thema für Scherze, aber ich bin ja schon daran gewöhnt, dass du meine Vorstellungen von Anständigkeit und Schicklichkeit nicht erfüllst.«

»Also, der Mann sagt: ›O nein.‹ Und der Doktor … Aua.«

»Entschuldige. Es tut mir so leid, Süße, aber ich kann den Sender einfach nicht finden.«

»Such einfach weiter. Himmelherrgott noch mal, wohin soll er denn verschwunden sein? Und der Doktor sagt: ›Keine Panik. Wir haben die nötige Technologie. Wir können ihn wieder aufbauen.‹ Und der Mann sagt …: ›Gott sein Dank.‹«

Stille. Ich hielt meine Augen wild entschlossen und konzentriert auf Leon geheftet, aber ich wagte keinen Blick auf das, was er tat. Glühend heiße, qualvolle Wellen schossen meinen Arm hoch, zusammen mit dem gelegentlichen kurzen, scharfen, stechenden Schmerz. Ein paar Mal holte ich tief Luft und nahm den Faden wieder auf.

»Und der Doktor sagt: ›Ja, aber ihn quasi wieder aufzubauen, das wird Sie tausend … Pfund … tausend … Pfund …‹«

»Tausend Pfund, und weiter? Trotz meiner Verachtung für diese armselige Geschichte muss ich zugeben, dass ich ein gewisses gruseliges Interesse am Ausgang entwickelt habe. Tausend Pfund, und weiter?«

Durch zusammengebissene Zähne stieß ich hervor: »Tausend Pfund je drei Zentimeter.«

»Was? Ein Glück, dass wir nicht über mich sprechen. Wir müssten einen Kredit aufnehmen.«

»O bitte. Ich liege hier herum … hilflos … und muss mir anhören, wie … das männliche Ego spricht. Kann es noch schlimmer werden?«

*Allerdings*, war die Antwort darauf, und einige rote und lilafarbene Momente lang verschlimmerte sich alles. Ich hatte jedwedes Interesse an dem Witz verloren, an dem Tracker, dem Pod, der Welt, am ganzen Rest.

»Hey«, sagte Leon mit scharfer Stimme. »Bleib bei mir. Was passiert als Nächstes? Tausend Pfund pro drei Zentimeter.«

»Und der Mann denkt … kurz nach …, lächelt dann und sagt: ›Oh, das geht in Ordnung. Kein Problem.‹«

»Ich kann ihn immer noch nicht finden«, sagte Leon, und ich konnte die Anspannung in seiner Stimme hören.

»Hör jetzt nicht auf. Mach den Schnitt noch mal breiter. Vielleicht hat Helen den Tracker tiefer reingeschoben. Oder, da ich ja schließlich ein aufregendes Leben geführt habe, hat er sich vielleicht gelöst und sich irgendwo in meiner Armbeuge eingenistet.«

Er starrte mich an. »Du hast keine Ahnung, wie diese Dinger funktionieren, oder?«

»Natürlich nicht. Ich bin Historikerin. Wir konzentrieren uns auf das größere Bild.«

Er runzelte die Stirn. »Max, ich weiß nicht.«

»Du musst ihn finden, sonst sind wir geliefert. Du schaffst das.«

»Ich tue dir weh.«

»Nicht doll. Ich stelle mich einfach nur ein bisschen an.«

Wieder machte Leon sich ans Werk.

Ich zuckte. Dagegen konnte ich nichts tun. »Entschuldige. Entschuldige.«

»Ich weiß, mein Schatz. Ich denke, wir sollten aufhören. Ich werde nur irgendwelchen Schaden anrichten, wenn ich noch tiefer grabe. Da sind Sehnen und Blutgefäße, und ich habe keine Ahnung, was ich eigentlich tue.«

»Nein, du kannst nicht aufhören. Falls doch, bestehe ich darauf, dass wir uns trennen, denn du musst zurück ins St. Mary's-Institut.«

»Das wirst du schön bleiben lassen.«

»Dann mach weiter und hör auf, dir so ins Hemd zu machen.«

Noch mehr Schmerzen. Autsch.

»Also was passiert nach der Ansage *tausend Pfund pro drei Zentimeter*?«

»Wie bitte?«

»Der Witz? Tausend Pfund für drei Zentimeter?«

»Der … der Doktor sagt: ›Wissen Sie, was? Besprechen Sie doch alles mit Ihrer Frau. Jede … radikale … Veränderung in der Größe und der Länge von Ihrem Penis wird für sie … ein … ein kleiner Schock … sein.‹«

»Das würde ich auch behaupten«, sagte Leon ruhig.

»Stell dir mal vor, ich stünde vor dir und wedelte mit etwas von der Größe und Länge eines Feuerwehrschlauchs herum.«

»Lieber nicht. Mir reicht eine Tortur am Tag.«

»Ich bin gegen meinen Willen in dieses soziale und medizinische Drama hineingezogen worden. Was passiert als Nächstes?«

»Der Doktor ruft … am nächsten Morgen an.«

Ich musste eine Weile unterbrechen.

»Trink noch ein bisschen Brandy.«

»Ja.« Ich nahm einen ordentlichen Schluck. Dann noch einen. »O Gott, ich hasse dieses Zeug.«

Und ich genehmigte mir noch einen Zug, um den Geschmack runterzuspülen.

Selbst im schwachen Schein der Leuchtröhre konnte ich sehen, wie bleich Leon war. Er genoss das hier kein bisschen mehr als ich.

Leise sagte ich: »Es ist alles in Ordnung, mein Lieber. Du machst das gut.«

Einen kurzen Moment sahen wir einander an …

»Also, der Doktor kommt am nächsten Morgen und fragt: ›Hat Ihre Frau angerufen?‹ Und der Mann sagt: ›Ja, wir haben alles gründlich durchgesprochen … und sind zu einer Entscheidung gekommen.‹ Und der Doktor antwortet: ›Großartig! Wie lautet sie also?‹ Und der Mann … sagt … Der Mann … sagt …«

»Ja? Ja? Um Himmels willen, spann mich doch nicht so auf die Folter.«

»Und der Mann sagt: ›Wir haben uns für die neue Küche entschieden.‹«

Eine lange, schmerzerfüllte Pause.

Ohne hochzuschauen, sagte Leon: »Ich kann einfach nicht glauben, dass du das für lustig hältst.«

Aus dem nebligen und weit entfernt liegenden Brandy-Land antwortete ich mit schwerer Zunge: »Natürlich ist es das … Es ist einfach köstlich.«

»Ich kann darüber nicht lachen.«

»Tut mir leid. War der Witz … zu tiefsinnig … für dich? Hätte ich ihn irgendwie einfacher halten sollen? Du weißt schon … Die Version für Techniker?«

»Wie kannst du das lustig finden?«

»Tja. Alle … anderen … haben sich einfach nur … schiefgelacht. Kal … hat sich beinahe … in die Hose gepinkelt.«

»Du vergleichst mich mit dieser eins achtzig großen blonden Psychopathin?«

»Das … würdest du … autsch … nicht sagen …, wenn sie hier wäre.«

»Ich wünschte, sie wäre hier.«

Ich sagte: »Du machst das … sehr … gut«, und schloss meine Augen. Nur für eine Sekunde. Nur für einen ganz kurzen Moment.

Mehrere Stunden später wachte ich wieder auf. Leon lag halb unter der Konsole und murmelte vor sich hin.

Ich lächelte. »Hey.«

Er hob den Kopf.

»Da bist du ja wieder. Wie fühlst du dich?«

Mein Arm brannte wie Feuer, ebenso mein Kopf. Meine Brust schien in Flammen zu stehen.

»Ich werde nie wieder Brandy trinken.«

»Hast du einen Kater?«

»Einen Mund wie der Boden eines Dodo-Käfigs. Hast du den Tracker rausgeholt?«

Er schüttelte den Kopf. »Nein.«

»Scheiße«, sagte ich und ließ den Kopf sinken.

Jetzt steckten wir wirklich in Schwierigkeiten.

Aber nichts im Vergleich zu den Schwierigkeiten, die wir noch bekommen sollten.

# Acht

Ich liebe Leon Farrell von ganzem Herzen. Im Zentrum meiner hektischen Historiker-Welt ist er die leise Stimme der Ruhe. Er kennt mich besser als ich selbst und lässt sich trotzdem nicht davon vergraulen. Er weiß, wann er mir zustimmen und wann er widersprechen muss. Auch weiß er, wann er mir etwas zu meinem eigenen Besten ausreden muss. Und was das Wichtigste ist: Er weiß das, ohne dass man es ihm sagen musste. Seinem Urteil vertraue ich mehr als dem von irgendjemandem sonst.

Was er sich allerdings dabei gedacht hat, als er zuließ, dass Professor Rapson das Ablenkungsmanöver im St. Mary's-Institut organisierte, ist mir ein völliges Rätsel.

Wir tauchten eine Stunde zu früh an unserem Treffpunkt auf – ein kleines Wunder, wenn man bedenkt, in welchem Zustand sich der Pod befand. Mit diesem bezogen wir unterhalb des Waldes westlich des Sees Stellung – ohne Tarnung, aber Außengebäude und Ställe würden uns ein bisschen Deckung geben. Helios würde sich uns von hinten durch die Wälder nähern können.

Leon saß an der Konsole und überprüfte erneut die Systeme. Kameras und Lautsprecher waren auf Maximum gestellt; wir mussten wissen, was rings um uns vor sich ging.

Mit einer Schlinge hatte Leon versucht, den Schmerz in meinem Arm zu lindern, was allerdings nicht im Geringsten half. Ich stützte mich auf den Stuhl und starrte auf den Bildschirm.

Vor mir breitete sich das gesamte Gelände vom St. Mary's aus. Das alte Haus träumte sanft im warmen Sommernachmittag vor sich hin. Es gab Sprossenfenster, die in der Sonne aufblitzten; wilder Wein kletterte an den Steinmauern hoch. Der Südrasen, der See mit dem Schilf am Ufer, die geradlinige Schotterzufahrt, gesäumt von Rosskastanien – alles war da und der Inbegriff des friedlichen englischen Landhauses. Ich konnte sogar die Vögel zwitschern hören.

Mein Herz hämmerte bei diesem vertrauten Anblick. Niemand war in der Nähe, aber irgendwo da drin war Peterson. Und Guthrie. Und Mrs. Mack. Und Van Owen. Jeder Einzelne von ihnen. Ich fragte mich, was sie wohl gerade taten. Welche Mission bereiteten sie vor? Wer hatte meinen Job übernommen? Ich riss mich zusammen, schüttelte mich kurz und zwang mich wieder zur Konzentration.

Natürlich erzählte diese stille, idyllische Szenerie nicht die ganze Geschichte. Ich konnte auch die Krater sehen, die verbrannten Flächen im Gras, die stummeligen Reste des Uhrenturms. Die Spuren von Professor Rapsons früheren Experimenten waren überall auf dem Gelände verstreut. Einen Moment lang wunderte ich mich darüber, dass die Zeitpolizei nichts dagegen unternahm, und ich fragte mich, ob sie irgendeinen Schimmer davon hatten, was passieren könnte – und vermutlich auch passieren würde. Ich hatte keine Ahnung, wie genau das Ablenkungsmanöver aussehen würde, aber man konnte ziemlich sicher davon ausgehen, dass es heiß, spektakulär und laut werden würde. Und ganz bestimmt erfolgreich.

»In Ordnung«, sagte Leon und brach damit das lange Schweigen. »Lass uns noch mal die Details durchgehen. Um 14.00 Uhr wird es irgendeine Form von Ablenkung geben. Gott weiß, wie die aussehen wird. Ich hoffe nur, dass sich die Verluste von Menschenleben in Grenzen halten. In Anbetracht der Anwesenheit der Zeitpolizei wird St. Mary's aber vermutlich alles im Rahmen halten. Hauptsache, es reicht, damit Helios unbemerkt zu uns gelangen kann. Was auch immer sie hier planen, wird gute dreißig Minuten dauern, was Guthrie mehr als genug Zeit verschaffen sollte, Helios zu uns zu bringen. Vermutlich kommen die beiden durch den Wald und nähern sich uns von hinten. Wir öffnen die Tür erst dann, wenn Helios unmittelbar davorsteht. Du versteckst dich auf dem Klo.«

»Tue ich das?«, fragte ich nicht besonders erfreut.

»Ja. Ich würde Ian Guthrie zwar mein Leben anvertrauen, aber in dieser Phase ziehe ich es vor, dass niemand außer Dr. Bairstow etwas von dir weiß. Also keine Widerrede. Ich gebe den Befehl, und dann Abmarsch zum Klo. Verstanden?«

Widerwillig nickte ich.

»Und da bleibst du, bis ich sage, dass die Luft rein ist. Die beste Option ist, sich stur an den Plan zu halten. Ich weiß, wir müssen später die Tür öffnen, um Helios wieder rauszulassen, aber nur für ungefähr eine Sekunde. Ich bin mir ziemlich sicher, dass dein Tracker nicht auf ihren Geräten angezeigt wird. Oder falls doch, nicht lange genug, als dass sie ihn genau lokalisieren könnten. Alles klar?«

Unzufrieden nickte ich.

Dieser Augenblick war der Beginn einer Kette von Ereignissen, die ziemlich lange kein Ende fand.

Als Erstes betrat Dr. Bairstow den Balkon. Zwei schwarz uniformierte Männer begleiteten ihn. Aus dieser Entfernung war nicht zu sagen, ob sie seine Gäste oder Aufpasser waren. Auf jeden Fall setzten sie sich ohne große Umstände. Offenbar war Dr. Bairstow die Rolle zugefallen, die Zeitpolizei beschäftigt zu halten, und er hatte ihnen die besten Plätze ganz nahe am Ort des Geschehens organisiert. Ich beobachtete, wie sie plauderten. Sie schienen sich zu amüsieren.

Langsam wanderte eine Unmenge Personal aus dem Gebäude, mit Teetassen in den Händen, und setzte sich nach Lust und Laune auf die Mauer. Ein schwarzgelbes Klebeband markierte die sichere Entfernung von der Spritzzone. Niemand scherte sich darum.

Eine Runde Applaus und Jubelschreie brandeten

auf, als auf der anderen Seite des Sees drei Boote auftauchten. Zwei waren kleinere Ruderboote, und in einem davon stand Professor Rapson am Bug wie eine Galionsfigur an einem Wikingerschiff. Er und die Belegschaft der Abteilung für Forschung und Dokumentation hatten lange Stangen dabei. Damit versuchten sie, das dritte Boot zu dirigieren, das mit etwas mehr als drei Metern klein war und zwei kurze dicke Masten hatte, an denen zwei Kessel baumelten. Reisig und anderes brennbares Material türmte sich auf dem Boden des Bootes.

»Irgendeine Idee?«, fragte Leon.

»Tatsächlich ja.«

Jeder Teil von mir, der zum St. Mary's-Institut gehörte, frohlockte. Das würde gut werden. Das würde sehr, sehr gut werden.

»Ich schätze, dass Professor Rapson und sein Team versuchen, einen Teil von Alexanders Belagerung der Insel Tyros nachzustellen. Alexander versuchte, einen Dammweg zu errichten, um die Insel zu erreichen, und die Bewohner von Tyros schickten brennende Boote, um ihn wieder zu zerstören. Der Professor versucht jetzt herauszufinden, ob sie in der Lage waren, die Temperaturen zu erzeugen, die dafür benötigt wurden. Es ist ein durchaus berechtigtes Experiment. Das kleine Boot an der Spitze ist voll mit Reisig und anderem Zeug. Die Kessel an den Masten werden mit einem Gebräu aus Bienenwachs oder Öl oder vielleicht auch tierischem Fett gefüllt sein. Auf jeden Fall mit irgendetwas, das gut brennt. Sie werden das

Reisig anzünden und dann das in Flammen stehende Boot zu dem kleinen Steg drüben schicken, der vermutlich die Mole darstellen soll. Beim Aufprall werden die Kessel anfangen, hin- und herzuschwingen und die heiße Mixtur in die Flammen zu schütten. Der eigentliche Damm wurde aus Steinen errichtet, sodass man wirklich extreme Temperaturen benötigen wird, um irgendeinen Schaden anzurichten. Aber wir werden ja sehen.«

Leon trat unruhig von einem Fuß auf den anderen. »Und in welcher Gefahr schweben wir hier?«

»Hier, auf dieser Seite des Sees? In gar keiner.«

Man sollte wirklich meinen, dass ich es inzwischen besser wüsste.

Es gab für uns keinerlei Zweifel, wann sie bereit waren. Der Professor, der sich augenscheinlich eher auf die Frage der Ablenkung versteift hatte als auf historische Exaktheit, hatte ein Soundsystem zurechtgebastelt. Man darf mit einiger Sicherheit annehmen, dass der ursprüngliche Angriff nicht von den bedrohlichen Eröffnungstakten von *Mars, der Kriegsbringer* begleitet worden war. Alles war sehr dramatisch.

Mit einer Geste, die eher König Darius angemessen gewesen wäre, der die Unsterblichen am berühmten Engpass losließ, und unter Anfeuerungsrufen und anderem Gebrüll legte die kleine Flotte ab. Das Boot an der Spitze zog Rauchschwaden vom brennenden Reisig hinter sich her. Der Verbund schipperte ruhig und mit einer gewissen Würde quer über den See.

Leon lehnte sich zurück und entspannte sich. »Ich glaube nicht, dass dies für eine Entzündung sorgen wird, die eine Belagerung beenden könnte. Was meinst du?«

Noch während er sprach, prallte das kleine Boot gegen den Steg. Der Rums war kräftig genug, um die Kessel in Schieflage zu bringen, und die erhitzte Mixtur ergoss sich in das brennende Zündholz. Eine Sekunde lang passierte nichts. Mir blieb gerade genug Zeit, um einen kurzen Stich der Enttäuschung zu verspüren, und dann …

Mit einem gewaltigen Getöse, das die Vögel aus den Baumwipfeln auffliegen ließ und die Pferde in der Koppel zum Auskeilen brachte, breitete sich eine riesige, eine wirklich gigantische orangefarbene Feuerzunge über der Seeoberfläche aus und verhüllte den ganzen Steg. Eine große, ölige schwarze Wolke schoss hoch in die Luft wie ein Atompilz. Wasser schien keinen Effekt auf die Flammen zu haben, die immer höher und höher über der Oberfläche des Sees aufstiegen. Das Schilf an der Südseite explodierte in einem Flammenmeer. Der Professor und sein Team wurden von der Druckwelle erfasst und fielen rückwärts in ihren Booten um, ihre Kleidung qualmte, und ich hätte wetten können, dass niemand mehr Augenbrauen hatte.

Markham tauchte auf und brüllte: »Das diensthabende Löschteam, sofort zum See. Alle Feldmediziner zu mir!« Egal, ob jemand zu den Feldmedizinern oder zum Löschteam gehörte – die gesamte Institutsbelegschaft stellte die Teetassen ab und rannte los in

Richtung Katastrophengebiet, unverkennbar erpicht darauf, bei der ganzen Sache mitzumischen.

Auf Dr. Bairstows Balkon war den Zeitpolizisten das Lachen vergangen.

Professor Rapson rappelte sich unsicher auf und klopfte seinen kokelnden Laborkittel ab. Das Boot schaukelte heftig, aber er blieb aufrecht stehen. Auch das Team im anderen Boot fing langsam an, wieder auf die Beine zu kommen. Keine Verletzten. Bis jetzt.

Mit einem Mal, und das sah ich sogar über die Kameras ziemlich klar, fuhren ihre Köpfe wie auf Kommando herum. Einen Moment lang waren sie vor Entsetzen wie erstarrt, dann brüllte jemand: »Rudert! Rudert um euer Leben!«

Und sie ruderten wie Wahnsinnige. Es war wie eine Szene aus *Ben Hur*. Alles, was noch fehlte, war der fette, nackte Typ mit der Trommel.

»Guter Gott«, stieß Leon ungläubig aus. »Haben sie den Kraken geweckt?«

Das Team der Forschungsabteilung erreichte das Ufer, kletterte auf unsicheren Beinen aus den Booten, rief unzusammenhängende Dinge durcheinander und stürmte vom See weg. Allerdings geriet es mit Markham und seinem Team ins Gehege, die ihrerseits *in Richtung* See unterwegs waren. Ein paar Sekunden lang irrte jeder planlos umher, wobei der Professor und sein Team mit den Armen wedelten und herumbrüllten. Markham, dessen Vorgeschichte ihn wahrlich zur perfekten Besetzung in diesem Schauspiel machte, ruderte ebenfalls mit den Armen und brüllte herum, womit er beträchtlich zum allgemeinen Durcheinander beitrug.

Ich muss zugeben, dass ich bis zu diesem Moment ziemlich verblüfft war. Es stimmte schon – der gesamte See schien ein gigantisches Inferno zu sein, aber das geschah nicht zum ersten Mal, und irgendjemand würde eine Lösung finden. Warum also diese ganze Panik?

Leon zeigte auf etwas.

Aha. Darum also diese ganze Panik.

Schwäne!

Sie hatten sich bis auf Augenhöhe aufgerichtet und in Angriffsformation gebracht, die Hälse gereckt, die Flügel ausgebreitet, und sie hatten einen boshaften Glanz in den Augen. Es schien jeder Schwan der Gegend dabei zu sein, vermutlich sogar jeder aus ganz England. Ein ganzes Bataillon von ihnen. Ich hatte keine Ahnung, dass es im St. Mary's so viele Schwäne gab. Jedermann weiß, dass sie unangenehm werden können, und Gott weiß – diese Schwäne hier hatten allen Grund dazu. Im Laufe ihrer Jahre im Institut waren Schwäne in die Luft gejagt und von etwas terrorisiert worden, das wie Plesiosaurier aussah, waren versehentlich mit einem Renault-5-Motor beworfen worden, der von einem römischen Katapult aus geschleudert worden war, und sie waren blau eingefärbt worden. Dies hier waren Schwäne, die es satthatten.

Im Vergleich zu ihnen kann man Nilkrokodile vergessen. Das hier war plötzlich nicht mehr der Ort, an dem man sein sollte.

Die Leute rannten in jede nur denkbare Richtung, aber das half alles nichts. Ein paar nahmen die klassische St. Mary's-Position ein und rollten sich wie ein Fötus zusammen, um abzuwarten, bis alles vorbei war. Andere stürmten in Richtung der Hügel. Einige schafften es tatsächlich zurück zum Hauptgebäude, wo sie durch die Fenster der Bibliothek einstiegen. Sie wurden verfolgt von zehn oder zwölf Vögeln im Kampfmodus, die ebenfalls durch die offen gelassenen Fenster eindrangen und meinen Kollegen weiterhin nachstellten. Ich konnte Dr. Dowsons schrille Schreie hören. Der Feueralarm ging los und fügte seinen ohrenbetäubenden Lärm dem sonstigen Radau hinzu, der von den Wänden zurückgeworfen wurde. Auch waren die Rufe und das Geschrei derjenigen zu hören, die der Vogelattacke zum Opfer fielen, und das Geheul von näher kommenden Sirenen übertönte alles. Nicht nur, dass man uns im Dorf hören konnte, man bekam vermutlich auch noch in Wladiwostok was von uns mit. Es würde bestimmt wieder einmal ein Brief von der Gemeindeverwaltung eintrudeln. Vermutlich zwei. Und der traditionelle Anruf vom Leiter der Polizeidienststelle stand unmittelbar bevor.

Markham versuchte immer noch, Professor Rapson und seine Mannschaft vom Ufer wegzulotsen, während sie allesamt von etwas umlagert waren, das wie eine zahlenmäßige Übermacht von einer Million wütender Höckerschwäne aussah. Sie alle umkreisten die in Bedrängnis Geratenen, und ich fühlte mich an die Schlacht am Little Big Horn erinnert. Es blieb nur zu hoffen, dass St. Mary's mehr Glück hatte als General Custer seinerzeit. Wo auch immer ich hinsah, herrschten Chaos und Verderben. Der See stand immer noch in Flammen, die gesamte Uferböschung brannte, eine dicke Rauchwolke hing über allem, und die Sirenen waren inzwischen sehr nahe.

Leon stöhnte. »Mittlerweile dürfte die ganze Gegend wegen eines terroristischen Anschlags in Alarmbereitschaft versetzt worden sein. Es gibt keine Chance …«

Helen Foster erschien mit ihrem Ärzteteam auf der Bildfläche und brüllte: »Was zum Teu…«, ehe ihr ein Schwan ins Gesicht schnäbelte, woraufhin sie rückwärtstaumelte und über eine kleine Mauer kippte.

Ich warf mich kreischend vor Lachen über die Konsole.

Leon legte sich stumm die Hände über die Augen.

»Nun«, sagte ich, nur um ein bisschen Salz in die Wunde zu streuen. »Zum Glück haben sie ja alles ziemlich moderat ablaufen lassen.«

Leon stöhnte. »In ungefähr einer Minute wird jeder lebende Zeitpolizist hier aufkreuzen.«

Ich lenkte meine Aufmerksamkeit wieder auf Dr. Bairstow zurück, der anscheinend gerade einen Telefonanruf entgegennahm.

»Schnell«, sagte ich. »Können wir mithören, was er sagt?«

Leon probierte etwas herum, verstärkte einen der Lautsprecher und filterte die Geräusche bei anderen heraus. Dr. Bairstows Stimme, vertraut, aber blechern, war gerade so zu verstehen.

»Ridley, mein lieber Bursche, wie geht es dir …? Und Audrey …? Ach, das sind ja gute Nachrichten … Nein … Nein, die Belagerung von Tyros … Tyros … Nein, es geht nicht um diese Reifenfabrik, sondern um eine kleine Insel … Nein, nur eine unbedeutende Fehlberechnung … Ja … Nein … Soweit ich das beurteilen kann, gibt es überhaupt keine Verletzten … Tja, nein, so erstaunlich ist das eigentlich nicht … Nein, alles vollkommen unter Kontrolle … Welcher Krach? … Oh, nur ein paar Schwäne … Nein, etwas mehr als zwei … Ja, mehr als drei … Nahe dran … Ungefähr vierzig, würde ich sagen … Nun, augenscheinlich sind sie ein bisschen verärgert … Ridley, ich muss jetzt auflegen, einige Einsatzfahrzeuge kommen gerade durch die Tore. Eine ziemlich große Zahl, genau genommen. Sie wirken sehr entschlossen … Ja, Sonntagabend. Ich habe es nicht vergessen. Ich freue mich drauf.«

Er reichte den Hörer an jemanden weiter, den wir nicht sehen konnten, und machte sich daran, seine Gäste vom Balkon herunter in Sicherheit zu scheuchen. Gerade als er im Innern verschwinden wollte, drehte er sich um und schaute uns direkt an. Anscheinend war ich noch immer mit Schmerzmitteln vollgepumpt, denn einen Moment lang hätte ich schwören können, dass er tatsächlich lächelte. Dann verschwand er wieder in seinem Büro.

Ich grinste vor mich hin, und in diesem Augenblick rasten die ersten Rettungswagen die Einfahrt hoch unter einer Kakophonie von Lärm, mit blinkenden Lichtern und aufspritzendem Kies. Nur widerwillig schwenkte ich die Kamera weg von dem ganzen Drama und konzentrierte mich auf den Wald. Einer unserer Melder piepste.

»Da«, sagte Leon, und tatsächlich hasteten zwei Gestalten auf uns zu.

Ich wartete nicht auf den Befehl, sondern zog mich augenblicklich in die Toilettenkabine zurück und schloss die Tür hinter mir.

Ich hörte ein ganz kurzes Stimmengewirr. Eine Pause. Und dann wurde die Welt weiß.

Ich hätte nie gedacht, dass ich noch mal zurückkehren würde. Nicht nach dem, was mir da zugestoßen war. Ich erinnerte mich an das letzte Mal, als ich Troja gesehen hatte. Brennende Gebäude. Rauchschwaden. Der Geruch von verbranntem Fleisch. Die Schreie. Wenn ich meine Augen schließen würde, könnte ich dann immer noch hören, wie …?

Aber das war die Vergangenheit. Ein Jahr war es her, dass die Griechen die Stadt überrannt hatten. Nicht die gesamte Bevölkerung war getötet oder gefangen genommen worden, und die Überlebenden waren wahrscheinlich inzwischen wieder zurückgekehrt. Der Rauch in der Luft würde jetzt von Kochstellen stammen. Auf der anderen Seite des Olivenhains würde sich das befinden, was von der Taverne noch übrig geblieben war, die Helios' Familie geführt hatte. Würde er sich entscheiden, dort zu bleiben? Sein Vater und seine Schwester waren dort gestorben. Vielleicht war das nicht der beste Ort für eine Landung gewesen, aber er hatte darum gebeten. Weil es vertraut war. Weil es sein Zuhause war.

Ich machte die Tür zwei, drei Zentimeter auf. Helios stand mit dem Rücken zu mir. Er und Leon starrten auf den Schirm. Leon deutete auf etwas, und Helios nickte.

Ich blieb im Kloraum und redete mir ein, dass ich die beiden nicht stören wollte. Es war Leon gewesen, der alles aufs Spiel gesetzt hatte, um ihn zu retten. Sie waren Freunde geworden. Diese letzten Minuten sollten sie allein miteinander verbringen. Ich weiß, dass es feige war, und ich verachtete mich selbst dafür, aber ich schämte mich viel zu sehr dafür, was wir jetzt taten, um Helios in die Augen zu sehen.

Er war barfuß und trug ein einfaches T-Shirt und Shorts. Um das Maß vollzumachen, konnte er praktisch nichts mitbringen. Es ist nicht so vorgesehen, dass wir irgendetwas aus unserer Zeit in die Vergangenheit schaffen, aber ich sah sehr wohl, dass er ein kleines Bündel unter den Arm geklemmt hielt. Vermutlich ein bisschen was zu essen, zusammen mit einem Messer und vielleicht einer Decke. Und wenn das der Geschichte nicht gefiel, würde es haarig werden. Sollte sie es doch an uns auslassen. Helios traf an der ganzen Sache keine Schuld, und doch war er der Leidtragende.

Und was war mit Leon, der so leidenschaftlich für ihn gekämpft hatte? Der mich für Helios geopfert hatte? Ich sann über die stille Freundschaft nach, die im Laufe der Jahre zwischen den beiden entstanden war.

Plötzlich verschwamm die Welt um mich herum, und ich musste mich aufs Klo sinken lassen. Aus heiterem Himmel hörte mein Arm auf, leicht zu puckern, und begann stattdessen, heftig zu ziehen. Alles fühlte sich heiß und fest an. Genau genommen fühlte sich mein ganzer Körper glühend und angespannt an. Irgendetwas war nicht in Ordnung. Ich wischte mir den Schweiß von der Stirn und wartete darauf, dass Helios und Leon ihre Unterhaltung beendeten. Mein Arm würde sich einfach gedulden müssen.

Die beiden Männer gingen zur Tür und blickten sich an, während sie sich gegenüberstanden. Ihre Körpersprache verriet mir, dass dies ein endgültiger Abschied war. Ich versuchte, mich zu konzentrieren, denn Leon würde mich brauchen. Aber ich musste mich am Waschbecken festklammern und abwarten, bis mein Kopf aufhörte, sich zu drehen.

Ich fragte mich, was die beiden am wenigsten geschwätzigen Männer der Welt sich zum Abschied noch mit auf den Weg zu geben hatten.

*Nichts*, war die Antwort. Es war alles schon gesagt.

Sie schüttelten sich die Hände, die Tür öffnete sich. Helios trat hinaus. Die Tür schloss sich wieder.

Mühsam erhob ich mich und gesellte mich zu Leon, der vor dem Bildschirm stand. Ich sah zu, wie

Helios durch den Olivenhain auf den Steinhaufen zulief, der einst sein Zuhause gewesen war. Er blieb stehen, drehte sich um und sah zu uns zurück. Die Sonne stand hinter ihm, und ich konnte sein Gesicht nicht erkennen. Er konnte mich nicht sehen, aber er wusste, dass ich da war. Wir starrten einander an. Ich konnte den Blick nicht abwenden, und meine feuchten Augen hatten nichts mit dem gleißenden Sonnenschein zu tun.

Dann drehte sich Helios wieder zurück und ging davon.

Es war geschafft.

Sanft berührte ich Leon am Arm. »Alles in Ordnung?«

Er nickte.

»Was hat er gesagt?«

»Er hat dir – uns – für die Extrajahre gedankt, von denen er nie geglaubt hätte, dass er sie haben würde. Dann hat er uns Glück gewünscht. Danach hat er sich verabschiedet. Wir müssen los.«

Ich wandte mich vom Schirm ab und setzte mich still in eine Ecke, um nachzudenken. Ich wusste nicht, wie es bei Leon aussah, aber ich hatte meine Lektion gelernt. Nie wieder würde ich in den Lauf der Geschichte eingreifen. Die Regeln sind ganz klar. Keine Einmischung. Tu nichts, was den Gang der Geschichte verändern könnte. Der Preis ist immer ein Leben. Und wir hatten es so akzeptiert. Berufsrisiko. Der Preis, den wir für unseren Job bezahlen mussten. Aber dieses Mal war der Preis zu hoch. Viel zu hoch. Denn dieses Mal waren es nicht wir, die ihn zu bezahlen hatten.

Leon riss sich zusammen. »Computer – Sprung initialisieren.«

Und die Welt wurde weiß.

Leon brachte den ganzen Tag damit zu, am Pod herumzuwerkeln, und er sprach kein einziges Wort. Ich wusste nicht, wo wir uns befanden. Und auch nicht, an welchem Punkt der Zeitlinie. Ich wusste überhaupt nichts, denn ich schlief.

Am späten Nachmittag stand ich schwankend auf und kochte uns einen Becher Tee. Es fiel mir schwer, aber ich musste auf die Beine kommen und damit anfangen, wieder herumzulaufen. Inzwischen ging es auf jeden Fall schneller und war einfacher, die Teile an mir aufzuzählen, die nicht unerträglich schmerzten.

Mein rechter Fuß war in Ordnung.

Ich versuchte gerade, mit einer Hand meine Haare zu kämmen, als Leon sich hinter mir niederließ und sich den Kamm griff. »Dein Arm muss dir doch wehtun. Ich werde das machen.«

Er arbeitete sich durch all die zerzausten Stellen und flocht die Haare zu einem langen Zopf, band das Ende sorgfältig mit einem Stück Verbandszeug zusammen und beendete alles mit einem flüchtigen Kuss oben auf meinen Kopf.

Einen Moment lang konnte ich nicht sprechen, dann räusperte ich mich. »Nicht schlecht.«

»Nein, wirklich nicht, oder?«, sagte er bescheiden.

»Ich muss sagen, als ich noch jünger war, habe ich viele Stunden damit zugebracht, mich zwischen einer Laufbahn als Ingenieur und einer als Friseur zu entscheiden.«

»Was glaubst du, wann du die endgültige Wahl treffen wirst?«

Und weil er so nahe bei mir war und weil alles so furchtbar wehtat, erlaubte ich mir den Luxus, mich an ihn anzulehnen.

Ich schloss die Augen. Nur für eine Minute …

Dunkle Träume. Träume, die ich schon jahrelang nicht mehr gehabt hatte. Eine unbarmherzige Wiederholung meiner Vergangenheit. Und ganz gleich, wie schnell ich rannte oder zappelte oder mich herumdrehte, nie gab es einen Ausweg. Es hatte damals keinen gegeben, und es gab ihn auch jetzt nicht. Nichts verschwindet. Alles schlummert in einem und wartet nur darauf, dass man mal zu krank ist, um das Verdrängte länger im Zaum zu halten, und dann explodiert es unaufhaltsam in Gedanken und Bildern. Jedes Detail ist noch da, um genau betrachtet zu werden. Jede Erinnerung. Jede Furcht. Das ist das Problem, wenn man die Dinge in sich einschließt – sie bleiben immer frisch. Und wenn sie dann endlich herausplatzen, dann ist jede winzige, durch die Angst zusätzlich vergrößerte Tatsache noch immer in der Erinnerung präsent. All die Farben sind kräftig und glänzend. Jedes Bild ist scharf und voller Einzelheiten. Als ob es erst letzte Woche passiert wäre. Oder gestern. Oder gerade eben …

Und dann verschwimmt die Vergangenheit mit der Gegenwart. Die Gesichter ändern sich. Das, was mal tröstlich war und sich sicher angefühlt hat, ist plötzlich kein bisschen tröstlich und sicher mehr. Die Vergangenheit ist hier und überschwemmt mich. Es gibt keinen Ausweg. Es hat nie einen gegeben. Damals ist hier und jetzt. Jemand beugt sich über mich, während ich schlafe …

»Max. Wach auf!«

Ich zitterte. Das passte nicht, denn ich war schweißgebadet. Mein Arm pochte. Schatten schwirrten um mich herum. War ich wach? Die Vergangenheit drängte sich wieder heran und versuchte, mich davonzutragen, irgendwohin, wo ich nicht sein wollte.

»Max. Wach auf! Wach sofort auf!«

Ich schlug die Augen auf, und die Welt schmolz wieder zusammen zu einem kleinen Pod. »Warum schreist du mich denn an?«

»Weil du mir Angst machst.«

Schwach entgegnete ich: »Gibt keine Veranlassung dafür. Ich bin vollkommen in Ordnung«, und Leon fluchte. Er fluchte richtig kräftig, was er normalerweise nicht tat.

»Lass mich mal deinen Arm sehen.«

Er zog die Decke weg, und selbst ich konnte sehen, dass irgendjemand in der Nacht meinen Arm geklaut und ihn durch eine lilafarbene, glänzende Wurst ersetzt hatte. Eine zuckende, lilafarbene, glänzende Wurst.

»Ist das mein Arm?«

Schon gut, schon gut, ein bisschen Nachsicht mit mir, bitte.

Leon antwortete nicht, sondern wickelte ganz vorsichtig den Verband ab, um sich den Schaden anzusehen. Ich bin in Feldmedizin ausgebildet, und ich war mir verdammt sicher, dass ein Arm so nicht aussehen sollte.

Leon durchwühlte unseren Erste-Hilfe-Schrank und zog eine Spritze heraus.

»Was ist denn das?«

»Antibiotika. Eine große Menge davon. Halt still.«

»Nicht in diesen Arm«, jammerte ich wie ein Baby.

»Keine Sorge. Ich fang bei dem anderen an.«

Dann warf er die leere Spritze weg und lehnte sich zurück.

»Ich werde dir ein bisschen Wasser holen.«

»Ich habe aber gar keinen Durst.«

»Du musst was trinken. Nipp einfach dran.«

Ich tat, was er mir geraten hatte, was wohl so ziemlich zum ersten Mal vorkam, aber ich fühlte mich wirklich nicht allzu gut.

»Möchtest du ein bisschen Tee?«

Eigentlich nicht, aber wenn ich das zugäbe, würde er anfangen, sich ernsthafte Sorgen zu machen, und so nickte ich. Ich würde einfach vergessen, ihn zu trinken.

Er brachte ihn mir, und er war perfekt. Leon hatte daran gedacht, frische Zitronen zu besorgen, und so lagen gleich zwei Schnitze dabei, genau so, wie ich es gernhatte. Er setzte sich neben mich und half mir dabei, den Becher zu halten.

»Nur einen Schluck.«

Ich versuchte es.

»Und jetzt noch einen.«

Dann war er offenbar zufrieden und nahm mir den Becher aus der Hand. Ich schloss die Augen.

»Nein. Nicht wieder einschlafen.«

Er hatte recht. Schlafen war eine blöde Idee. Ich wollte nicht wieder diese Träume haben. Jedenfalls nicht, wo ich jetzt einen Zeugen dabeihatte.

Leon dimmte alles Licht herunter. Es war jetzt ganz still im Pod. Selbst die leisen Hintergrundgeräusche der Elektronik waren verstummt.

Er griff nach meiner gesunden Hand und rieb sanft mit dem Daumen über meine Knöchel.

»Also, wer ist Bär?«

O Scheiße. Ich hatte über Bär gesprochen.

Lange Zeit sagte ich nichts. Er wiederholte die Frage nicht, aber sie verschwand auch nicht von selbst.

*Also, wer ist Bär?*

Ich fragte mich, wie viel er wusste. Fragte mich, ob mein bisheriges Leben hier in dieser Welt dasselbe war wie meine Vergangenheit dort. Bei meinem Glück war es wahrscheinlich sogar noch schlimmer.

Ich weiß nicht, ob es die Infektion war, die sich in meinem Körper ausbreitete, das Fieber, das Wissen, dass ich sterben könnte, oder eine Kombination aus alldem. Es konnte sogar sein, dass irgendetwas in meinem Kopf nach all diesen Jahren des Schweigens beschlossen hatte, dass es Zeit wurde, die Geschichte von Bär zu erzählen.

Ich sprach in die kalte Dunkelheit hinein.

»Ich hatte einen Bären. Ich weiß nicht, wo er herkam oder wer ihn mir geschenkt hat, aber ich besaß ihn schon immer. Und nein, es war nicht der traditionelle Teddybär, ganz abgegriffen mit kahlen Stellen und einem fehlenden Auge. Ich passte auf ihn auf. Er war mein bester Freund. Wir erlebten zusammen Abenteuer. Wir flogen zum Mond und fanden heraus, dass er aus Käse bestand. Wir tanzten auf den Wellen zusammen mit den Meerjungfrauen. Wir lebten in ausgedachten Königreichen.« Plötzlich brach ich ab. »Ich … liebte meinen Bären.«

Aus der Dunkelheit kam kein Geräusch.

Sobald ich konnte, fuhr ich fort.

»An meinem neunten Geburtstag hatten wir eine Party. Danach war ich in meinem Zimmer und bereit, ins Bett zu gehen und Bär alles davon zu erzählen.«

Wieder machte ich eine Pause.

»Meine Mutter ließ mich nicht meinen Schlafanzug, den mit Captain Spaceman, tragen. Sie hatte mir ein langes weißes Nachthemd rausgelegt. Es war sehr hübsch, überall mit Blumen und Vögeln bestickt. Mir wäre Captain Spaceman lieber gewesen, aber ich stritt nicht herum. Sie sagte, dass ich es mögen würde. Sie sagte, ich sähe wie eine Prinzessin aus. Und Bär sagte ebenfalls, dass ich wie eine Prinzessin aussähe. Meine

Mutter kämmte meine Haare und band sie mit langen weißen Schleifen zusammen. Ich fragte sie, warum, und sie sagte, dass mein Vater mich in seinem Arbeitszimmer sehen wolle und dass ich hübsch aussehen solle, weil es mein Geburtstag sei. Sie verbrachte eine Ewigkeit damit, die Schleifen gleichmäßig zu binden. Sie sagte, es sei wichtig. Selbst Bär bekam eine weiße Schleife um den Hals.

Ich war sehr aufgeregt, weil ich das Arbeitszimmer meines Vaters mochte. Er hatte ein Skelett namens William dort, und wenn ich fünf Knochen richtig benennen konnte, bekam ich eine halbe Krone. Manchmal nahm er ein Buch zur Hand und zeigte mir Bilder. Er brachte mir das Schachspielen bei. Also freute ich mich und war aufgeregt. Ich nahm Bär in den Arm, und wir liefen die Treppe hinunter in sein Arbeitszimmer. Meine Mutter wollte nicht, dass ich Hausschuhe anzog, und der Fußboden war kalt.«

Ich brach ab. Mein Herz hämmerte, und ich spürte, wie mir der Schweiß über den Rücken strömte. Sprich es einfach aus, Maxwell.

»Sie machte die Tür auf. Aber sie sah mich nicht an, sondern sagte: ›Hinein mit dir. Er wartet schon auf dich.‹ Und dann ging sie weg.«

Ich holte zwei, drei Mal tief Luft, aber jetzt war es zu spät, um noch abzubrechen.

»Ich habe Bär nie wiedergesehen.«

Stille.

»Ich weiß nicht, was aus ihm geworden ist.«

Immer noch Stille.

»Er ist irgendwo da draußen. Verloren in der Dunkelheit. Das waren wir beide. Ich habe ihn nie wiedergefunden. Niemand hat mir geholfen. Meine Mutter hat mir einen anderen Teddy gekauft, aber ich habe ihn weggeworfen. Sie hat mir immer wieder gesagt, ich solle aufhören zu weinen, weil mein Vater sein kleines Mädchen lächeln sehen wollte, und dass ich immer für ihn lächeln sollte. Denn das wäre es, was ihm gefiele … Aber das tat ich nicht. Ich weinte um meinen Bären, und das machte ihn zornig. Jeder war wütend auf mich. Nur, weil ich meinen Bären verloren hatte und nicht lächeln wollte …«

Ich brach ab, denn in der Dunkelheit hörte ich ein leises Knacken.

»Was war das?«

»Blöder Becher«, sagte Leon leichthin. »Der Henkel ist einfach abgefallen.«

»Hast du dir wehgetan?«

»Nein.«

Wir beide saßen in der Dunkelheit. Und was jetzt?

Leise fragte ich: »Du bist auch böse, oder?«

»Ja. Ja, bin ich.«

Ich saß schweigend in der Dunkelheit und bedauerte jedes einzelne Wort. Es ist nie eine gute Idee, den Menschen bestimmte Dinge zu erzählen. Geteiltes Leid ist vervielfachtes Leid.

»Aber nicht auf dich, mein Schatz. Ich bin nicht böse auf dich. Aber ich bin böse wegen dem, was dir angetan wurde.«

»Du wirst doch niemandem …?«

»Nein. Ich werde niemals jemandem … von Bär erzählen.«

»Als ich klein war, hoffte ich immer, dass irgendjemand Nettes ihn gefunden hätte und dass es ihm gut ginge, selbst wenn das bedeuten würde, dass er mich vergessen hätte. Aber das war in Ordnung, wenn er nur glücklich war. Als ich älter wurde, begriff ich, dass mein Vater ihn danach einfach aufgehoben und in den Papierkorb geworfen hatte.« Ich lächelte schief. »Ich war viel wütender und weit weniger vertrauensselig zu diesem Zeitpunkt.«

»Und bist du jetzt wütend?«

»Nein. Normalerweise nicht. Meine Lehrerin in der Schule – du erinnerst dich an Mrs. De Winter? – zeigte mir, wie man sich den Zorn zunutze macht. Wie man sich fokussiert. Sie hat mir geholfen, es an die Universität von Thirsk zu schaffen und dann ins St. Mary's-Institut. Vielleicht war der Verlust von Bär der Preis, den ich für ein besseres Leben bezahlen musste.«

Seine Stimme in der Dunkelheit klang bitter.

»Ein besseres Leben? Du lügst in einem kaputten Pod, mitten im Nichts, verfolgt von Leuten, die dich vermutlich wie einen Hund zur Strecke bringen werden.«

»Hey, hör auf damit. Es könnte schlimmer sein.«

»Wie denn das? Wie könnte es wohl schlimmer sein?«

»Tja, also, ich könnte neben deinem Leichnam knien, spüren, wie mir das Herz mitten durchbricht, und wissen, dass ich dich niemals mehr wiedersehen werde. Ich weiß: Was auch immer mir zustößt – nichts, aber auch gar nichts kann je wieder so schlimm werden.«

Erschöpft brach ich ab.

»Ist alles okay? Kann ich dir irgendetwas bringen?«

»Mit mir ist alles völlig in Ordnung.«

»Du beklagst dich wirklich nie, oder?«

»Machst du Witze? Tief in meinem Innern ist ein ständiges, unablässiges Jammern zu hören.«

»Es wird wirklich alles wieder gut werden. Ich verspreche dir, dass wir hier rauskommen.«

Ich tätschelte seine Hand. »Ich weiß. Mach dir um mich keine Sorgen.«

»Natürlich mache ich das.«

»Es gibt keinen Grund dafür.«

»Ich sollte besser auf dich aufpassen.«

»Ich pass schon auf mich selber auf.«

»Ach ja? Und wie hat das bislang so geklappt?«

»Ich arbeite noch daran.«

Ich spürte, wie Hitze in mir aufstieg. In ungefähr einer Minute würde ich wieder in meiner eigenen Welt sein. Ich bewegte mich leicht und stellte fest, dass ich völlig verschwitzt war.

Dann bemerkte ich, wie Leon aufstand. Es klickte, und die Lichter gingen an. Na ja, zumindest ein Licht. Wir versuchten immer noch, Strom zu sparen.

Leon setzte sich an die Konsole und fing an, alles anzuwerfen.

»Was machst du denn da?«

»Ich bringe dich an irgendeinen sicheren Ort.«

»Es ist nirgends sicher. Nicht, solange ich noch dieses blöde Ding im Arm habe.«

»Ich habe eine Idee.«

»Du hast nicht vor, ihn abzuhacken, oder? Ich bin ja gerne bereit, fürs Team auch was einzustecken, aber das ist wohl doch ein bisschen zu viel verlangt …«

»Nein, ich werde dir nicht den Arm abhacken. Aber du bist hier nicht die Einzige, die brillante Ideen hat. Jetzt bin ich mal an der Reihe.«

Zweifelnd fragte ich: »Du hast eine brillante Idee?«

»Ja. Das ist nicht dein alleiniges Vorrecht. Ich kann das auch.«

»Tatsächlich? Ich dachte, du arbeitest in der Technischen Abteilung?«

»Und wir leisten mehr als nur einen geringen Beitrag. Sei still und hör zu. Ich werde dich zurück ins St. Mary's-Institut bringen.«

Mit Mühe richtete ich mich auf. »Nein.«

»Ich bringe dich für eine medizinische Behandlung zurück. Vielleicht stirbst du, wenn ich das tue, aber wenn ich es nicht tue, stirbst du auf jeden Fall.«

»Und das ist deine brillante Idee? Das hat keinen Sinn. Sie werden wissen, wo wir sind, sobald du die Tür aufmachst.«

»Nein, meine brillante Idee besteht darin, dass wir im Innern des großen Transporter-Pods landen, in TB2.«

»Warum?«

Er seufzte. »Ich versuche mal, es für die Historische Abteilung ganz einfach auszudrücken. Ich lande im

Innern von TB2, verlasse diesen Pod und schließe die Tür hinter mir. Jetzt bin ich in TB2 und kann die Tür aufmachen, weil die Tür zu diesem Pod hier ja zu ist. Es wird so etwas wie eine Luftschleuse sein. Solange eine Tür immer geschlossen bleibt, wird dir die Zeitpolizei nicht auf die Spur kommen können. Ich werde Helen holen, damit sie deinen Tracker entfernt, und zwar dieses Mal richtig. Dann werde ich den Tracker nehmen und ihn, wie verabredet, ins Innere des Vulkans werfen. Sie werden glauben, dass du beim Ausbruch draufgegangen bist, genau, wie wir es geplant haben. Wir werden beide frei und in Sicherheit sein. Und jetzt sei mal still. Ich muss das mit der Hand machen. Lass den Meister in Ruhe arbeiten.«

Ich schnaubte, und dann stellte ich fest, dass ich eigentlich doch gerne den Rest vom Tee trinken wollte.

Die geplante diskrete Landung im St. Mary's-Institut verlief ungefähr so gut wie alles andere bislang. Leon hatte sein Bestes versucht, war aber etwas unpräzise bei der Eingabe gewesen, sodass wir uns dreißig Zentimeter über dem Boden materialisierten und mit einem markerschütternden Aufprall auf den Boden des großen Transporter-Pods, TB2, krachten.

Eine einfühlsame und unterstützende Begleiterin, die sich darüber im Klaren war, was für einen anspruchsvollen Job Leon unter schwierigen Bedingungen erledigt hatte und wie müde und gestresst er war, hätte aus ihrem Nest von Decken heraus etwas Beruhigendes gezirpt und danach die Klappe gehalten.

»Bin ich die einzige Person in diesem Institut, die einen verdammten Pod vernünftig aufsetzen kann?«

Leon fuhr die Systeme runter. »Stehen wir in Flammen? Sind wir quer durch den Hangar katapultiert worden? Sind wir auf dem Dach gelandet? Nein. Nach deinem Standard war das eine perfekte Landung. Wie geht es deinem Arm?«

»Gut. Und jetzt?«

»Tja, wenigstens muss ich mich jetzt nicht mehr auf den Weg machen und Dieter suchen. Inzwischen dürfte sich halb St. Mary's draußen versammelt haben.«

Mit einem plötzlichen Anflug von Besorgnis sagte ich: »Pass auf dich auf, Leon. Die Zeitpolizei könnte immer noch hier sein.«

»Ich werde den Bildschirm anmachen, dann kannst du sehen, was draußen passiert. Bin in einer Minute wieder zurück. Mach ja nicht diese Tür auf.«

Er verschwand.

Und tauchte wieder auf.

»Sag nichts. Zu niemandem. Du bist viel zu krank zum Sprechen – verstanden?«

»Ja.«

Er seufzte erschöpft. »Was habe ich gerade gesagt?«

»Woher soll ich das wissen? Ich habe nicht zugehört.«

Und wieder verschwand er.

TB2 war unser großer Pod, darauf ausgelegt, eine große Zahl von Menschen oder besondere Geräte zu befördern; er konnte einen kleineren Pod also mühelos aufnehmen. Es gab genug Licht, sodass ich Leon erkennen konnte. Ich beobachtete ihn, wie er durch die Türen ging. Einmal schaute er zurück, um sich zu vergewissern, dass die Pod-Tür immer noch geschlossen war, dann ließ er die Rampe runter und war weg. Die Rampe fuhr wieder hoch, und ich war allein.

Unser Pod erschien mir mit einem Mal sehr leer.

Es kam mir so vor, als wenn ich ausgesprochen lange herumgelegen hätte, ohne eine Ahnung davon zu haben, was draußen vor sich ging. War Leon verhaftet worden? Hatte die Zeitpolizei zugeschlagen, kaum dass er TB2 verlassen hatte?

*Nein*, meldete sich eine selten gehörte Stimme der Vernunft. *Denn dann wären sie schon längst hier drinnen und hätten dich abgeknallt.*

Stimmt.

Ich wagte nicht, den Blick vom Bildschirm zu lösen. Immer wieder konnte ich spüren, wie Wellen von heißem, dumpfem Schmerz über mich hinwegspülten, und wusste, dass ich schon in ein paar Minuten wieder in Schatten versinken würde, und das konnte ich mir nicht erlauben. Ich musste hellwach bleiben. Also starrte ich auf den Bildschirm, als ob mein Leben davon abhinge, was es vielleicht auch tat, und versuchte, mir keine Sorgen zu machen. Ich konzentrierte mich darauf, still zu liegen, weil schon die kleinste Bewegung Stöße von glühend heißem Schmerz durch meinen Arm jagte.

Komm schon, Leon.

Ich merkte, wie mir der Schweiß den Rücken runterlief. Meine Kopfhaut kribbelte. Schon wieder war ich klatschnass. Ich riss gewaltsam meine Augen auf.

Komm schon, Leon.

Ich hätte schwören können, dass ich den Bildschirm nicht einen Moment lang aus den Augen gelassen hatte, aber mit einem Mal war der Pod voller Leute.

Ich sah Dr. Foster. Sie hatte kurze Haare, das stand ihr gut. Dann sah ich Schwester Hunter, die ein bisschen pummeliger war als die, an die ich mich erinnerte, aber die noch immer nach Babypuder roch. Das hatte ich ganz vergessen. Auch Dieter war da; groß und blond und mit verschränkten Armen bewachte er die Tür.

Draußen im TB2 bauten zwei weitere Ärzte eine Art behelfsmäßige Krankenstation auf. Ich sah zu Leon. Ich konnte nicht raus. Hatte er das vergessen?

Nein, hatte er natürlich nicht.

Hunter begann, ihre Sachen auszupacken. Helen kniete sich neben mich.

»Mein Name ist Dr. Foster. Ich will mir das nur mal ansehen.«

Ich zuckte zusammen. Dagegen konnte ich einfach nichts tun.

Vorsichtig schlug sie die Decke zurück. Der Verband fiel ganz von allein ab, und wir alle starrten auf meinen Arm.

Niemand sagte einen Ton.

Schließlich durchbrach Helen den Bann.

Beruhigend lächelte sie mich an. Sie war nett. Jetzt wusste ich, dass ich mich in einer anderen Welt befand. Oder dass ich im Sterben lag. »Es ist nicht ganz so, wie wir uns das wünschen, aber wir werden das sauber machen und dafür sorgen, dass Sie sich gleich besser fühlen.«

Ich hatte sie noch nie so leise sprechen hören. Sie schien sehr … beherrscht zu sein.

Dann wandte sie sich an Hunter und gab Anweisungen, immer noch im selben ruhigen Tonfall. Ich suchte mit den Blicken nach Leon, der in der Nähe stand.

Helen erhob sich steif und ging zu Leon, der noch etwas näher zu ihr trat, um ihr zuzuhören.

Sie war nicht gut auf ihn zu sprechen und knuffte ihn so hart, dass ich selbst stolz auf den Knuff gewesen wäre. Er schwankte richtig.

»Aua.«

Sie boxte ihn noch mal.

Ich versuchte, meinen Kopf zu heben.

Sie war fuchsteufelswild und funkelte vor Zorn. Einen Moment lang schien sie nach Worten zu ringen. Aber nur für einen Augenblick.

»Du Vollidiot! Du unfähiger Vollidiot! Von allen idiotischen, bekloppten, hirnlosen, unverantwortlichen … Ich hatte immer gedacht, dass du, von mir mal abgesehen, die einzige Person in diesem ganzen Institut bist, die mehr als nur eine einzige Gehirnzelle hat. Was zur Hölle hast du dir dabei gedacht? Lass es mich ganz einfach ausdrücken. Ich bin die Ärztin. Du bist der Ingenieur. Ich bin diejenige, die all die Jahre Medizinstudium hinter sich hat. Du hast das nicht. Bin ich jemals hier in den Hawking gerauscht, habe die Front einer Konsole abmontiert und mich mit einem Zweieinhalb-Kilo-Vorschlaghammer und einer gebogenen Büroklammer an der Elektronik zu schaffen gemacht?«

Klugerweise unternahm Leon erst gar keinen Versuch zu antworten, aber das stoppte sie nicht.

»Nein, bin ich nicht. Weil ich nicht das Geringste über Elektronik weiß, und du weißt nicht das Geringste über Medizin. Oder doch? Glaubst du ernsthaft, du könntest einen chirurgischen Eingriff vornehmen, in diesem … diesem …?« Sie wedelte mit dem Arm. »Sieh dir den Zustand dieses Pods an. Dieser Ort hier ist das Paradies für jede beliebige Infektion im Universum. Hast du vielleicht geglaubt, du könntest dir eine Ausgabe von ›Operieren für Dummies‹ schnappen und es einfach mal mit einem großen Eingriff probieren? Wie blöd bist du denn? Sieh dir doch mal an, was du angerichtet hast. Ein Tracker hat die Größe eines Reiskorns, Himmel noch mal. War es wirklich nötig, ihr den Arm vom Ellbogen bis zum Handgelenk aufzuschlitzen?«

Sie musste Pause machen, um Luft zu holen.

»Ich konnte ihn nicht finden«, sagte Leon zu seiner Verteidigung, sah aber zu, dass er sich in sicherer Entfernung zu Helen hielt.

Es gab dieselbe Art von Stille, die einem großen Vulkanausbruch vorangeht. Ich sollte das wissen, oder?

Helen strengte sich an, etwas ruhiger zu werden, und sprach mit einer Zurückhaltung in der Stimme, die beängstigend war.

»Natürlich hast du ihn, verdammt noch mal, nicht gefunden! Weil er, verdammt noch mal, nicht da ist! Weil du den falschen verdammten Arm aufgeschnitten hast.«

Ihre Worte hallten in dem beengten Raum wider. Ich unternahm eine riesige Anstrengung, aber ich hatte keine Chance. Ein Lachen stieg in mir auf, so unaufhaltsam wie ein wild gewordener Elefant auf einer Rutschbahn. Ich rollte mich zu einem Ball zusammen und konnte nicht mehr aufhören. Es war einfach so komisch. Sein Gesicht. Ihr Gesicht. All diese Anstrengung. Dieser Schmerz. All das Blut. Und dann war es der falsche verdammte Arm!

Ich lachte noch immer unkontrolliert, als irgendetwas Kaltes in meinen Handrücken geschoben wurde.

Ich erwachte einige Zeit später, blinzelte ein bisschen und schaute mich um. Ich lag in einem kleinen erleuchteten Bereich. Eine Oase in dem dunklen, hallenden Raum, der TB2 war. Soweit ich das sehen konnte, war ich allein. Ich konnte weder Leon noch seinen Pod entdecken, aber das bedeutete nicht, dass nicht beide irgendwo steckten. Das hoffte ich jedenfalls.

Mein rechter Arm war mit einem dicken Verband umwickelt und ruhte auf einem Kissen. Der andere Arm hatte ein winziges rotes Mal auf der Innenseite, kurz unter dem Ellbogen. Ich konnte es kaum erkennen. Eigentlich konnte ich ohnehin kaum etwas sehen. Ich schwebte, warm und behaglich, auf einer rosafarbenen flauschigen Wolke voller Frieden und Sicherheit. Es gab keine Schmerzen. Das war doch schon besser. Es ging bergauf. Die völlige Abwesenheit jeder Form von Bedrohung war eine willkommene Abwechslung.

Auch Leon war vollkommen abwesend. Ich hatte keine Ahnung, wie spät es war. Oder was für einen Tag wir hatten. Oder in welchem Jahr wir uns befanden. Wo steckte er? Sicherlich würde es nicht lange dauern, nach Pompeji zurückzukehren, die Tür aufzumachen, den erfolgreich entfernten Tracker rauszuwerfen und wieder zurückzuspringen. Minuten? Sekunden? Er musste hier irgendwo stecken.

Während ich noch darüber nachgrübelte, hörte ich, wie die Rampe heruntergelassen wurde. Er war wieder da.

Ich war ziemlich unvorbereitet auf die gewaltige Welle von – irgendetwas –, die mich atemlos machte. Ich hörte, wie Dr. Foster sagte: »Nur ein paar Minuten«, und dann betrat er meinen kleinen Lichtkreis.

Irgendwann in der Zwischenzeit hatte er geduscht, war aufs Klo gegangen, hatte sich rasiert und saubere Klamotten angezogen, und nun sah er einigermaßen vorzeigbar aus. Und erschöpft.

Wir starrten einander an. Ich erinnerte mich an die Handlungsanweisung, die ich erhalten hatte, und sagte kein Wort. Und das war auch gut, denn mir fiel sowieso nichts ein, was ich hätte sagen können. Ich versuchte zu lächeln, hatte aber wenig Erfolg. Bei Leon sah es noch schlimmer aus.

Mit einem Ruck wandte er sich ab und wanderte

ziellos durch den Pod, ehe er sich schließlich am Fußende meines Bettes aufbaute, Helens Notizpad zur Hand nahm und so tat, als würde er ihre Aufzeichnungen lesen.

Endlich sagte er, ohne mich anzuschauen: »Ich dachte, ich hätte dich verloren. Schon wieder.«

Ich sagte nichts.

»Helen meinte, du wirst bald wieder auf den Beinen sein. Im Augenblick bist du mit ziemlich starken Medikamenten vollgepumpt.«

Ich nickte, auch wenn er mich nicht sehen konnte.

Schließlich schaute er doch noch hoch. Mir fiel auf, dass seine Verbrennungen zu heilen begonnen hatten. Irgendwann zwischendurch musste Helen seine Wundauflagen erneuert haben.

»Der Tracker ist weg. Genau wie Pompeji. Dieter und ich haben meinen Pod so gut wie möglich zusammengeflickt, und ich bin zurückgesprungen. Überall lagen die Toten herum. Die Hitze war unerträglich. Der Berg spuckte noch immer Zeug in die Atmosphäre. Ich habe den Tracker auf die Straße geworfen, und er war beinahe augenblicklich unter einer Ascheschicht verschwunden. Ich weiß nicht, ob die Zeitpolizei immer noch da war. Ich weiß auch nicht, ob sie das Signal empfangen konnte, aber dein Plan wird trotzdem aufgehen. Die Männer hatten dich dort aufgespürt. Sie hatten dich dort gesehen. Dann gab es eine gewaltige Explosion, und dein Signal war verschwunden. Ob sie nun glauben, dass du tot bist oder nicht – sie können dich nicht mehr ausfindig machen. Niemand weiß, dass du hier bist, außer der medizinischen Abteilung, Dieter und Dr. Bairstow. Du hast dein Leben zurück.«

Ja, das hatte ich. Aber was sollte ich nun damit anfangen?

Ich streckte die Hand aus, die noch zu gebrauchen war, und Leon kam näher und setzte sich aufs Bett. Es war schön, ihn wieder so nahe bei mir zu haben.

»Egal. Was ich eigentlich sagen wollte, Max, ist, dass du jetzt in Sicherheit bist. Sie wissen nicht, dass du hier bist. In ein oder zwei Tagen können wir hingehen, wohin wir wollen.«

Er lächelte, und das sah genauso zittrig aus wie bei mir. »Das war ein ganz schöner Ritt, oder? Ganz wie in alten Zeiten.«

Ich nickte. Genau wie in alten Zeiten.

»Ich wollte dir sagen … Ich weiß, dass wir uns noch nicht so lange kennen und uns darauf geeinigt haben, die Dinge ganz langsam anzugehen … Aber ich wollte dir sagen …«

Gott, er war wirklich ein hoffnungsloser Fall.

Ich nahm seine Hand, legte sie mir an die Wange und hielt sie dort fest, und das war beinahe zu viel für uns beide.

»Lucy …«

Er streichelte mein Gesicht, dann beugte er sich vor und küsste mich ganz zart.

Meine Welt geriet ins Schwanken. Ich hoffte, dass das nichts mit den Medikamenten zu tun hatte.

»Ich habe dir so viel zu sagen, aber das kann alles

warten. Das Wichtigste ist, dass du jetzt in Sicherheit bist und dass sie dich nie wieder finden werden.«

Die Rampe senkte sich. Schnell. Ich hörte rennende Schritte. Dr. Foster wurde mit dem Rücken voran in den TB2 gestoßen. Irgendwo konnte ich Hunter schreien hören.

Zwei schwarz gekleidete Gestalten rückten näher, die Waffen auf Schulterhöhe im Anschlag, und suchten damit den Pod ab.

Hunter wurde hereingezerrt, und sie zappelte im Griff einer anderen Gestalt. Gerade in dem Moment, als ich hinsah, versetzte sie ihrem Gegner einen bösartigen Tritt. Der Getroffene jaulte auf und verpasste ihr einen Rückhandschlag, der sie zu Boden warf. Sie rappelte sich wieder auf, wutentbrannt und bereit, den Mann in Stücke zu zerreißen. Dieser zog seine Pistole, drückte Hunter gegen die Wand und hielt ihr die Mündung vor eines ihrer Augen. Die Botschaft war unmissverständlich.

Schweigen senkte sich über uns. Ich konnte hören, wie Hunter keuchend Luft holte. Sogar Helen hatte aufgehört zu schreien. Einige Sekunden lang bewegte sich niemand, dann hörte ich Schritte die Rampe heraufkommen.

Eine weitere schwarz gekleidete Gestalt betrat ganz in Ruhe den Pod und schaute sich um.

Dr. Foster schoss los, wurde aber sofort aufgehalten. Das brachte sie jedoch nicht zum Schweigen. »Ich protestiere. Dies hier ist eine notfallchirurgische

Abteilung. Es gibt hier sehr kranke Leute. Dr. Bairstow …«

»Ist festgenommen worden«, sagte der Mann leise. »St. Mary's untersteht jetzt meinem Befehl.«

Er ließ seinen Blick durch den Pod wandern.

»Das war ja mal ein lustiges Tänzchen«, sagte er. »Aber am Ende habe ich Sie doch gekriegt.«

Ich versteifte mich und war bereit, nach Kräften Widerstand zu leisten. Ich war mit Schläuchen, Kabeln und anderem medizinischen Gerät ans Bett gefesselt. Trotzdem hatte ich nicht vor, freiwillig zu gehen. Leon sprang auf die Beine, bereit, mich zu verteidigen, aber wir hatten es völlig falsch verstanden. Sie hatten es gar nicht auf mich abgesehen.

Worte tropften in die Stille.

»Leon Farrell, Sie stehen unter Arrest wegen …«

Weiter kam er nicht.

Leon durchquerte mit drei langen Schritten den Pod, brüllte »Tür« und war buchstäblich verschwunden.

Ich konnte mich nicht mehr zurückhalten. Keine Ahnung, welche Art von Waffen die Leute von der Zeitpolizei dabeihatten, aber wenig Hardware mag es, wenn eine Karaffe mit Wasser darübergeschüttet wird. Vor allem nicht, wenn die Karaffe selbst hinterherfliegt. Sie prallte am Helm des Mannes ab, richtete aber keinen Schaden an, doch das alles verschaffte Leon ein oder zwei wertvolle Sekunden. Ich spürte, wie sich der Druck veränderte, als sein Pod sprang. Wenn man sich die letzte Zeit so ansah, war ich überrascht, dass die

Männer von der Zeitpolizei mich nicht gleich dort, wo ich lag, abknallten.

Sowohl Dr. Foster als auch Schwester Hunter rissen sich von den Männern los, die sie gepackt hatten, und warfen sich buchstäblich zwischen sie und mich. Ungefähr eine Sekunde lang hing alles in der Schwebe, doch die Zeitpolizei hatte wichtigere Dinge zu tun.

Der Officer, der versucht hatte, Leon festzunehmen, bellte eine Reihe von Befehlen in eine Art Kom-Gerät. Seine Männer schwärmten aus. Ich konnte wieder Laufschritte hören, und dann wurde alles ganz still. Ich hörte ihn atmen. Er starrte mich an. Sehr lange Zeit. Ich wappnete mich für alles, was passieren würde. Sein Kom-Gerät quäkte, und gleich darauf marschierte er aus dem Pod.

Ich bemerkte, dass ich die Luft angehalten hatte.

Sie suchten die ganze Nacht nach Leon und stellten das gesamte St. Mary's-Institut auf den Kopf. Anfangs wunderte ich mich darüber, aber als drei Wachen auftauchten, zwei draußen vor der Tür und eine drinnen, begriff ich, dass sie davon ausgingen, Leon würde zu mir zurückkommen. Ich war ein Faustpfand.

Offenbar hatten sie ihn nicht gefunden. Es hätte mich auch überrascht, wenn es anders gewesen wäre. Selbst wenn er noch immer hier gewesen wäre – was nicht der Fall war –, hätte St. Mary's seinen Verfolgern jedes nur erdenkliche Hindernis in den Weg gestellt. Türen wären versehentlich verschlossen gewesen. Niemand hätte die Tastenkombination gekannt. Die Leute hätten die Flure blockiert und wären nur sehr langsam beiseitegegangen.

Ich lag die ganze Nacht da und lauschte den gebrüllten Befehlen, die durchs ganze Gebäude zu hören waren und schließlich vom Außengelände her ertönten. Der Morgen dämmerte, und sie hatten Leon immer noch nicht aufgetrieben. Natürlich hatten sie das nicht. Er war längst fort, und sie hatten keinerlei Möglichkeiten, ihn zu tracken. Sie würden ihn niemals fangen. Ich fragte mich, wohin er wohl gesprungen war.

Und ich fragte mich, ob er jemals zurückkommen würde.

# Neun

Ich schätze, ich hatte mich von der Vertrautheit dieser Welt einlullen lassen. Es schien wirklich nur wenige Unterschiede zwischen Leons und meiner eigenen Welt zu geben. Ja, ganz offenkundig gab es hier die Zeitpolizei. Und ja, in dieser Welt war ich tot, aber davon abgesehen schien alles ganz normal. Der Lauf der Geschichte war ziemlich derselbe und auch die Sprache, das Essen, die Kleidung … Und dann, ganz plötzlich, war alles anders.

Ich würde nicht so weit gehen zu sagen, dass ich geglaubt hatte, ich könnte einfach wieder da anknüpfen, wo ich aufgehört hatte. Aber ich war wirklich überhaupt nicht vorbereitet auf das Misstrauen und die offene Feindseligkeit, die mir im St. Mary's-Institut entgegenschlugen, und das tat weh. Und zwar weitaus mehr als die körperlichen Schmerzen, die ich bislang zu ertragen gehabt hatte – diese Zurückweisung traf mich bis ins Mark. Das hätte eigentlich nicht sein sollen, aber so war es eben; ich war viel verletzlicher, als ich es gewusst hatte.

Und ich war einsam. Leon war fort, und ich musste mich dem Ganzen allein stellen.

Als ich wieder aufwachte, sah ich Sonnenlicht und Schatten. Sie hatten mich umquartiert. Ich befand mich jetzt im Krankenflügel. Es spielte keine Rolle, in welcher Welt ich lebte – manche Dinge ändern sich wohl nie. Irgendwann wache ich immer auf der Krankenstation auf. Die Wände waren cremefarben gestrichen anstatt grün, aber es roch ganz genauso wie in meiner Welt – nach Desinfektionsmitteln, nach angesengtem Papier aus der Verbrennungsanlage, nach Bohnerwachs … Ich sah mich mal um. Sie hatten mich in die Isolierabteilung gebracht. Möglicherweise, weil es hier angenehmer war; sie war Patienten vorbehalten, die einen längeren Aufenthalt vor sich hatten und die vielleicht etwas Unangenehmes ausbrüteten. Am wahrscheinlichsten war aber, dass man mich hierher verlegt hatte, weil man in diesem Zimmer die Tür abschließen konnte.

Ich lag ganz still und lauschte, und ich konnte Atmen hören und Rascheln von Kleidung. Einmal schabte ein Stuhl über den Boden. Natürlich hatte die Zeitpolizei einen Wachposten zurückgelassen. Ich war ihre einzige Verbindung zu Leon Farrell. Sie warteten darauf, dass er zu mir zurückkäme. Wenn er allerdings jemals etwas so Dummes täte, wäre die Zeitpolizei das geringste seiner Probleme.

Ich schlug die Augen auf.

Ein Officer saß auf einem Stuhl an der Tür, ein Bein steif vor sich ausgestreckt.

Er hatte es geschafft. Er hatte Pompeji überlebt.

Officer Ellis. Der Mann mit dem verbrannten Bein. Natürlich, das ergab einen Sinn. Er konnte kaum laufen, und er war verletzt, also hatten sie ihn zum Wacheschieben im Krankentrakt abgestellt.

Sein Helm lag auf dem Boden neben seinem Stuhl. Es gab keine Spur von der großen Schallwaffe; nur eine kleine Handfeuerwaffe befand sich in einem Kletthołster am Oberschenkel. Ich versuchte, das beruhigend zu finden. Er saß mit verschränkten Armen da und schaute aus dem Fenster. Zu seinem Gesicht wollte der schonungslos kurze Haarschnitt, den sein Job von ihm verlangte, nicht so recht passen. Statt bedrohlich und düster auszusehen, wirkte er einfach nur wie ein kleiner Junge. Seine Ohren machten die Sache nicht besser, und man fragte sich unwillkürlich, warum in aller Welt so ein Knirps in einem Outfit der Zeitpolizei steckte.

Er drehte seinen Kopf und fing meinen Blick auf.

Keiner von uns beiden sagte ein Wort. Dann starrte er weiter aus dem Fester, und ich machte die Augen wieder zu.

Hunter weckte mich, weil ich ein Bad nehmen sollte. Offenbar musste das passieren, oder ich würde kein Frühstück bekommen.

Sie wandte sich an den Wachmann.

»Warten Sie draußen.«

Er schüttelte den Kopf. »Nein. Sie kann sich im Badezimmer umziehen. Lassen Sie dort die Tür offen.«

Sie funkelte ihn wütend an. Er blieb ungerührt. Vielleicht hatte er doch nicht den falschen Job.

Hunter befreite mich von allen Schläuchen und Kabeln, was einige Zeit in Anspruch nahm, und ich zuckelte ins Badezimmer.

Ich war ein bisschen überrascht, dass mich bislang niemand wirklich zu erkennen schien. Zugegebenermaßen hatten mich nur Dr. Foster, Hunter und Dieter zu Gesicht bekommen, aber sie kannten mich alle sehr gut, und niemand hatte ein Wort verloren.

Als ich mich im Spiegel betrachtete, verstand ich auch, warum.

Das Gesicht, das mich anstarrte, war nicht mein eigenes. Meine Haare waren dunkel und fleckig von Schweiß, Fett und Schmutz. Mein Gesicht hatte alle Farbe verloren – sogar meine Lippen waren blutleer. Die dunklen Schatten unter meinen Augen von den Strapazen schienen deren Farbe zu verändern, und ich hatte so viel Gewicht verloren, dass sich die Form meines Gesichts verändert hatte.

Kein Wunder, dass mich niemand erkannte. Ich erkannte mich selbst nicht wieder.

Das Bad war wunderbar. Hunter wusch mir die Haare. Sie brauchte drei Anläufe, bis das Wasser beim Ausspülen klar blieb.

Als ich wieder zurückkam, rosa und schrumpelig, saß Officer Ellis noch immer ruhig auf seinem Stuhl. Aber wenn er nicht die Gelegenheit beim Schopf gepackt und sich rings um mein Bett und unter meinem Kopfkissen auf die Suche nach irgendetwas

Verdächtigem gemacht hatte, dann war er der nutzloseste Officer, den es je gegeben hatte. Na ja, viel Glück dürfte er nicht gehabt haben, denn in dieser Welt waren nicht mal die Klamotten, die ich am Leibe trug, meine eigenen. Ich fragte mich, was passieren würde, wenn Leon niemals wieder zurückkäme.

Hunter hatte mir die Haare ausgekämmt und sie für mich geflochten. Sie waren schon beinahe trocken, als sie wiederkam, um die Sachen vom Frühstück abzuräumen. Das war der Moment, in dem sie bemerkte, dass der Zopf einen Stich ins Rötliche hatte. Hunter starrte mich eine Weile an, sagte aber nichts, griff nach dem Tablett und verschwand wieder.

Das konnte ja heiter werden.

Dr. Foster kam herein, überprüfte wahllos ein paar der Anzeigen, hämmerte irgendetwas in ihr Notizpad, starrte mich an und rauschte ebenfalls wieder hinaus.

Aber ich hatte nicht lange meine Ruhe. Ich erwartete, dass man mich befragen würde – was ihnen nicht das Geringste bringen würde, da ich entschlossen war, mich an Leons Anweisungen zu halten und nichts zu sagen. Schweigen ist immer die beste Verteidigung.

Ich erwartete die Zeitpolizei – zwei oder drei von ihnen, vielleicht. Guter Cop, böser Cop und einer für den Papierkram. Die Tür ging auf, und ich machte mich bereit. Aber nicht annähernd bereit genug, denn meine Besucherin war Bitch Barclay.

Die hatte ich ja völlig vergessen. In der viel zu kurzen Zeit, die Leon und mir zusammen vergönnt gewesen war, hatte er behauptet, dass Barclay meine Freundin sei. Eine Bemerkung, deren Wahrheitsgehalt mir schon damals ziemlich gering erschienen war. Barclay blieb im Eingang stehen. Die Nächste, die mich anglotzte; zum Glück hatte ich schon angefangen, mich daran zu gewöhnen. Ich setzte sorgfältig eine neutrale Miene auf. Keine Überraschung. Kein Willkommen. Keine Angst. Und ganz besonders: kein Schuldbewusstsein. Denn in meiner Welt hatte ich Isabella Barclay um die Ecke gebracht. Nicht in einem fairen Kampf oder in einem Akt der Selbstverteidigung; ich hatte ihr erst in den Rücken geschossen und dann in den Kopf. Meine einzige Verteidigung war, dass sie sich gerade auf den Weg gemacht hatte, Leon zu ermorden, der ohnmächtig und hilflos herumlag. Aber ich hätte ihr eine Chance geben können, vielleicht auch geben sollen. Ich hätte rufen können oder sie zu einem Zweikampf herausfordern sollen, aber ich hatte nichts dergleichen getan. Bevor man nun aber Mitleid mit ihr bekommt, sollte man daran denken, dass sie vier Männer zum Sterben in der Kreidezeit zurückgelassen hatte. Sie hatte sich auf die Seite des Bastards Clive Ronan geschlagen, als er in das St. Mary's-Institut eindrang. Vermutlich hatte sie nie eigenhändig jemanden getötet, aber sie hatte ganz sicher bei den Morden, den Vergewaltigungen und der Folter des Institutspersonals ihre Hände mit im Spiel gehabt.

Und deshalb hatte ich sie abgeknallt.

Nun stand sie also vor mir, und ihr Gesichtsausdruck war ein bisschen verwirrt, aber durchaus freundlich. Wie ich trug sie ihre roten Haare in einem Zopf über einer Schulter. Eine Möchtegernhistorikerin. Ich wartete ab, um zu sehen, was als Nächstes geschehen würde.

Mit einer ruckhaften Kopfbewegung gab sie Officer Ellis ein Zeichen, der daraufhin aufstand und aus dem Zimmer humpelte. Nun, das war interessant, aber ich hatte keine Zeit, darüber nachzudenken. Sie zog sich seinen Stuhl heran und setzte sich. Abgesehen von ihrem Mienenspiel sah sie kein bisschen verändert aus. Aber anstatt ihr übliches abfälliges Grinsen zur Schau zu stellen, sah sie jetzt eigentlich ganz freundlich aus.

Der Anfang lief gut.

»Hallo, kennen Sie mich?«

Da ich nicht vorhatte, mich in irgendeiner Form in ein Gespräch verwickeln zu lassen, reagierte ich überhaupt nicht.

Sie lächelte unsicher und versuchte es noch einmal.

»Mein Name ist Isabella Barclay. Erinnern Sie sich denn gar nicht an mich?«

Da sie immer noch keine Antwort bekam, machte sie weiter im Text. Dem Klang ihrer eigenen Stimme zu lauschen, nun ja, das war ihr noch nie schwergefallen.

»Sie sind hier im St. Mary's-Institut für historische Forschung, unmittelbar vor den Toren Rushfords. Ich bin die Leiterin der IT-Abteilung und die Stellvertreterin von Dr. Bairstow, dem Direktor. Er lässt sich entschuldigen, dass er nicht hier ist. Er ist momentan – indisponiert.«

Was hatte das zu bedeuten? War er tot? Wenn er in dieser Weise … indisponiert war, dann trug Barclay hier die Verantwortung, wenn man die Zeitpolizei nicht mitrechnete, was keine gute Nachricht war. Überhaupt keine gute Nachricht.

Sie fuhr fort. »Es tut mir leid. Ich wollte Sie nicht so anstarren. Sie müssen mir verzeihen, aber Sie sehen einer Freundin von mir, die kürzlich verstorben ist, so ähnlich, und ich bin immer noch ein bisschen … Was haben Sie gesagt, wie Sie heißen?«

Als offensichtlich wurde, dass ich nicht antworten würde, sagte sie: »Verstehen Sie mich? Sprechen Sie Englisch?« Und das wiederholte sie dann auf Französisch, Deutsch und Spanisch.

Ich schwieg in sehr vielen Sprachen.

Sie allerdings gab nicht auf.

»Können Sie mir verraten, wie Sie zu Ihren Verletzungen gekommen sind?«

Nö.

»Wir haben hier im St. Mary's-Institut nicht sehr häufig Gäste. Ich hoffe, man hat dafür gesorgt, dass Sie es behaglich haben?«

Stille.

»Sie sind hier behandelt worden, und natürlich behalten wir Sie gerne hier, bis Sie wieder genesen sind. Es gibt allerdings ein paar Leute, die ganz dringend mit Ihnen über den Mann sprechen wollen, der bei Ihnen gewesen ist – Leon Farrell? Falls Sie sich noch immer nicht so gut fühlen, dann frage ich mich, ob Sie nicht vielleicht doch lieber mit mir reden wollen.«

Verdammt noch mal wenig wahrscheinlich.

Sie schaute mich erwartungsvoll an.

Ich sagte nichts.

Plötzlich beugte sie sich vor und legte ihre Hand auf meinen halbwegs gesunden Arm.

»Bitte – sag es mir. Bist du Max? Bist du meine Freundin? Warum willst du mir das denn nicht verraten?«

Nun, also das stellte aber einiges auf den Kopf. Meine Identität bereitete ihr augenscheinlich Sorgen. In meiner Welt hätte Bitch Barclay auf meinem Grab getanzt.

Ich würde gerne behaupten, dass das der Moment war, in dem ich eine erste dunkle Ahnung hatte, aber das kann ich nicht. Ich war so verblüfft von dieser neuen Barclay, dass meine Gedanken völlig ungeordnet durcheinanderliefen. Ich klammerte mich an den einzigen Grundsatz in diesem neuen St. Mary's. Leon hatte mir aufgetragen, nichts zu sagen, und so sagte ich auch nichts.

»Max? Bitte, bitte, sprich doch mit mir. Gerüchte kursieren im St. Mary's. Jeder will es wissen. Bist du Madeleine Maxwell? Nick doch einfach.«

Und wieder – verdammt noch mal wenig wahrscheinlich.

Sie biss sich auf die Lippen. »Sieh mal, ich habe hier etwas für dich. Ich habe dir ein bisschen Schokolade mitgebracht. Deine Lieblingssorte.«

Sie legte mir zwei gigantische Schokoladentafeln auf den Schoß.

So also gerät man in die Falle. Der Instinkt drängt einen, sich zu bedanken. Dieser Drang ist bei den meisten fest verwurzelt. Uns wird beigebracht, angemessen zu reagieren. Und so hätte ich beinahe den Mund aufgemacht und »Danke« gesagt. Ich hatte sogar schon Luft geholt, um zu sprechen, hob jedoch meinen Blick einen winzigen Augenblick zu früh und sah, nur für einen kleinen Moment, den Ausdruck auf ihrem Gesicht …

Eine Sekunde später war er schon wieder verschwunden. Es hätte sein können, dass ich ihn mir nur eingebildet hatte. Vielleicht hatte ich zugelassen, dass mich ein tief eingebranntes Vorurteil überrumpelte. Möglicherweise hatte sie die Augen auch nur wegen der strahlenden Sonne zusammengekniffen. Aber so war es nicht gewesen. Ich hatte es gesehen, und sie wusste, dass ich es gesehen hatte. Das war kein Akt der Freundlichkeit. Das war eine Falle. Wir beobachteten einander. Kein Wort wurde gewechselt. Ich hatte keine Ahnung, welche Art von Beziehung sie zu der anderen Maxwell gehabt hatte, aber ich wusste genau, wie sich diese hier gestalten würde …

Sie lächelte und beugte sich vor. »Du siehst gar nicht so aus, als ob du es gemütlich hättest. Lass mich mal deine Kissen aufschütteln.«

Sie stand auf, zog mir das Kissen weg und hielt es in beiden Händen.

Hunter streckte ihren Kopf durch die Tür. »Irgendwas rausbekommen?«

Barclay schüttelte das Kissen auf und schob es sanft zurück unter meinen Kopf. »Nein. Sie kann, oder sie will nicht mit mir sprechen. Hat sie denn überhaupt was zu dir gesagt?«

»Nein, kein Wort. Zu niemandem. Vielleicht spricht sie kein Englisch.«

Barclay beendete das Herumgezupfe an den Kissen, richtete sich auf und sagte: »Na bitte. Ist das ein bisschen bequemer für dich?«

Beide schauten mich an. Ich konnte beinahe spüren, wie sehr sie wollten, dass ich etwas sagte.

Aber das würde auch weiterhin nicht geschehen.

Ich drehte den Kopf weg und schloss die Augen in der Hoffnung, dass dann alle verschwinden würden.

Ich hörte, wie die Tür geschlossen und dann wieder geöffnet wurde.

Barclay stand noch immer am Fußende meines Bettes, voller Mitgefühl und Sorge.

»Denk daran, ich werde nie weit weg sein.«

Die Wache trat ein, als sie das Zimmer verließ.

Ich sollte mir alles durch den Kopf gehen lassen, was ich gerade gehört hatte. Dies war nicht meine Welt. Ich durfte Leuten und Situationen nicht voreingenommen begegnen. Es war wichtig, die Menschen nicht mit den Maßstäben meiner eigenen Welt zu messen. Und das war schon der nächste Fehler; ich sollte immer daran denken, dass dies jetzt meine Welt *war*.

Bislang konnte ich sie nicht so richtig genießen.

Den Rest des Tages verbrachte ich mit geschlossenen Augen. Ich schlief nicht – ich ließ nur die Welt außen vor. Ich konnte Leon für seine Anweisung, nichts zu sagen, gar nicht dankbar genug sein. Es machte mein Leben leicht. Ich musste mir keine Lügen einfallen lassen und sie mir dann auch noch merken (immer ein Problem für mich). Ich brauchte einfach nur gar nichts zu sagen.

Natürlich konnte es nicht ewig so weitergehen. An diesem Abend kreuzte die Zeitpolizei auf. Drei von ihnen. Meine Wache verschwand. Ich war gar nicht erfreut, Officer Ellis gehen zu sehen.

Zwei der Männer bauten sich beiläufig bedrohlich an der Tür auf.

Der dritte, der versucht hatte, Leon festzunehmen, zog sich einen Stuhl heran und setzte sich.

Ich habe schon immer ein Problem mit Autoritäten gehabt – mit Eltern, der Schule, der Universität, Barclay, mit allen. Bis zu diesem Moment hatte ich nicht zu schätzen gewusst, wie geschickt Dr. Bairstow nicht nur mich, sondern auch all die anderen sozialen Außenseiter und Exzentriker im St. Mary's-Institut zu handeln wusste.

Dieser Mann war kein Dr. Bairstow. Ich bereitete mich darauf vor, störrisch zu sein.

Er sorgte dafür, dass die Stille anschwoll und mich ordentlich einschüchterte, was auch tatsächlich funktionierte. Barclay war leicht – ihr könnte ich noch jahrelang auf den Wecker gehen, aber dieser Mann war ein anderes Kaliber. Mein Herz hämmerte gegen meine Rippen. Ich hoffte, dass er es nicht hören konnte.

Er war klein, drahtig und hatte Augen in der Farbe der Nordsee an einem schlechten Tag.

»Mein Name ist Colonel Albay. Ich bin ein Mitglied der Zeitpolizei, und im Augenblick bin ich verantwortlich für diese Einrichtung. Um uns beiden eine Menge Zeit und Ärger zu ersparen, werde ich Ihnen gleich mitteilen, dass ich die Unschuld, die Sie mit großen Augen vortäuschen, als Schwindel erkenne. Unschuldige Menschen attackieren meine Officers nicht mit Wasserkaraffen. Ich werde Ihnen drei Fragen stellen. Wenn Sie sie nicht augenblicklich und umfassend beantworten, werde ich einen direkteren Weg verfolgen, um die Wahrheit herauszufinden. Es wäre gute alte Tradition, im gleichen Atemzug zu verkünden, dass keiner von uns beiden viel Freude daran haben wird. Aber diese Bemerkung trifft nicht zu. *Sie* werden nicht viel Freude haben. *Mir* wird es völlig egal sein. Wir sollten anfangen. Wie lautet Ihr Name?«

Zählen ist gut. Anscheinend räumt das Gehirn dieser Aufgabe den Vorrang ein. Es ist ein nützlicher Weg, ruhig zu bleiben. Wenn man jemandem rät: »Zähle bis zehn«, ist das eine gute Idee. Ich heftete meinen Blick auf meine Hände und begann, langsam zu zählen.

Bei fünfzehn sagte Albay: »Woher kennen Sie Leon Farrell?«

Ich begann wieder von vorn.

Exakt fünfzehn Sekunden später fragte er: »Wohin ist Leon Farrell verschwunden?«

Ich fing wieder bei eins an.

Bei fünfzehn begann er erneut: »Wie lautet Ihr Name?«

Er zeigte keine Emotionen und kannte kein Erbarmen. Wie eine Maschine. Alle fünfzehn Sekunden stellte er eine Frage. Dieselben drei Fragen, immer und immer und immer wieder.

Mein Herz schlug mir bis zum Hals. Ich spürte, wie sich der Schweiß in meinem Kreuz sammelte. Der Drang zu sprechen war überwältigend. Ich weiß nicht, wie der Mann das schaffte – er hob nie die Stimme oder machte irgendwelche bedrohlichen Bewegungen, aber ich war wirklich sehr, sehr eingeschüchtert.

Ich dachte sogar ernsthaft darüber nach, ihm alles zu erzählen, nur um mich aus dieser Situation zu befreien. Um dieser unterschwelligen Gewalt zu entkommen.

Die beiden Wachen standen reglos an der Tür und warteten auf einen Befehl. Und dann war da noch das Wissen, dass niemand eine Ahnung davon hatte, dass ich hier war. Niemand auf dieser ganzen Welt wusste, dass ich an diesem Ort war. Albay würde mit mir tun können, was er wollte. Ich wusste das. Und er wusste, dass ich das wusste.

Ohne eine Veränderung in seiner Stimmlage schickte er nach Dr. Foster. Sie erschien augenblicklich. Ich vermutete, dass sie draußen gewartet hatte. Ohne ein Wort zu sagen, kam sie zu mir ans Bett und fühlte meinen Puls. Er muss rasend schnell gewesen sein, aber sie sagte nichts.

»Es ist nicht mein Stil, meine Verdächtigen zusammenzuschlagen, Doktor. Meine Methoden sind subtiler. Ich verlange, dass sie ein paar medizinische Handgriffe vornehmen.«

Er hielt eine Spritze in die Höhe.

Scheiße! Scheiße, Scheiße, Scheiße!

Er wandte sich an mich. »Ihre Zeit läuft ab.«

Dr. Foster schüttelte den Kopf. »Das wird nicht funktionieren. Sie ist so mit Medikamenten vollgepumpt, dass sie nicht einmal mehr weiß, wer sie ist, ganz zu schweigen davon, wo und in welcher Zeit sie sich befindet oder was um sie herum passiert.«

Ach, wusste ich das nicht?

»Wir können auch immer noch die Manschette benutzen.«

Das klang gar nicht gut in meinen Ohren. Welche Manschette?

»Und noch einmal – sie würde gar nicht wissen, was sie da sagt. Und wir wissen auch noch gar nicht, ob sie sprechen kann.«

»Hat sie noch gar nichts gesagt?«

»Nein, nicht ein einziges Wort. Wir sind uns nicht einmal sicher, ob sie Englisch beherrscht.«

»Oh, sie versteht jedes Wort.«

»Tja, das chemische Gleichgewicht in ihrem Körper ist völlig aus dem Ruder gelaufen. Die Manschette wird vermutlich nicht funktionieren. Sie hat immer noch Phasen, in denen sie im Delirium ist.«

Das war mir neu. Ich lehnte mich zurück und versuchte, wie im Delirium auszusehen. Das war erstaunlich einfach.

»Wie lange, bis sie eingehender befragt werden kann?«

»Sieben Tage.«

»Sie haben drei.«

Colonel Albay stampfte aus dem Zimmer. Das musste man ihm lassen: Er hatte wirklich eine Vorliebe für dramatische Auftritte und Abgänge.

Zwei Tage später wurde mir gesagt, ich solle aufstehen. Man brachte mir einen Satz grauer Kleidungsstücke, die ich anziehen sollte. Die meisten vom Personal im St. Mary's-Institut trugen Jumpsuits. Die Historische Abteilung war in Blau gekleidet, IT in Schwarz, die Sicherheitsabteilung in Grün und die Techniker in Orange wie verurteilte Straftäter. Die Leute von der Verwaltung hatten an, was immer ihnen gefiel, und die Verrückten in der Abteilung Forschung und Dokumentation trugen weiße Kittel, Rüstungen, feuerfeste Anzüge, Rettungswesten oder eine Kombination aus alldem, abhängig von dem Projekt, an dem sie momentan gerade arbeiteten. Dr. Dowson, unser Bibliothekar und Archivar, der das Pech hatte, unmittelbar unter der Abteilung Forschung und Dokumentation zu arbeiten, trug gewöhnlich ein Jackett mit Lederflicken darauf und entweder einen Südwester, einen harten Hut oder eine Gasmaske, je nachdem, was gerade durch seine Decke herabkam.

Nur die Auszubildenden, die Untersten der Unteren, trugen Grau.

Ich war nicht so richtig begeistert von der Aussicht, die Krankenabteilung zu verlassen, die mir immerhin ein bisschen Sicherheit und den schwachen Schutz von Dr. Foster bot, aber ich konnte nicht für alle Ewigkeiten dort bleiben. Irgendwann würde ich mich der neuen Welt stellen müssen. Außerdem könnte ich vielleicht etwas Nützliches aufschnappen.

Meinen Anhang im Schlepptau – oder Officer Ellis, als der er vermutlich lieber bekannt sein wollte –, verließ ich die Station.

Kurz dachte ich daran, auf dem Weg zur Treppe die falsche Abbiegung zu nehmen in der Hoffnung, dass diese Unsicherheit Colonel Albay gemeldet werden würde. Ich musste alles, was ich über das St. Mary's-Institut wusste, aus dem Gedächtnis streichen, also den Grundriss und die Leute, die hier arbeiteten. Ich hatte mit niemandem hier gemeinsame Erfahrungen gemacht. Wir teilten keine Erinnerungen an Triumphe oder Katastrophen. Ich musste alles mit neuen Augen betrachten – mit den Augen einer Fremden.

Das St. Mary's ist schäbig und mitgenommen. Genauso wie die Bewohner, auch wenn im Moment niemand schäbiger und mitgenommener war als ich. Unterhalb der Schulterhöhe gab es hier nur sehr wenig Farbe. Die wunderbaren Eichenpaneele waren voller Dellen und abgeschabt. Überall hatten Leute ihre Namen eingeritzt. Der Parkettboden war abgetreten und an verschiedenen Stellen locker. Nur wenige Fenstervorhänge hatten rechts und links dieselbe Farbe. Der ganze Ort roch nach Bohnerwachs, Desinfektionsmitteln und feuchtem Gestein, und gelegentlich gab es noch eine Kopfnote, die von dem abhing, was die Abteilung Forschung und Dokumentation an diesem Tag gerade zusammenbraute.

Ellis gab mir von hinten einen Schubs, und ich setzte mich wieder in Bewegung.

Wir waren schon halb die Treppe hinuntergestiegen, als es mir plötzlich dämmerte. Es gab nur eine Person in diesem Gebäude, die sehr genau wusste, dass ich sprechen konnte. Ich blieb wie angewurzelt stehen, und Ellis marschierte geradewegs an mir vorbei, bis er endlich merkte, dass er mich verloren hatte, und sich umdrehte. Ich verharrte zwei Stufen über ihm, sodass wir uns Auge in Auge gegenüberstanden.

»Wird's bald?«, sagte er barsch und scheuchte mich mit einer Handbewegung weiter.

Ich zwang mich, ihn nicht als Verbündeten zu betrachten. Er zahlte einfach nur seine Schulden zurück, und nun waren sie beglichen. Ich konnte auf keine weiteren Gefälligkeiten mehr hoffen.

Am Fuß der Treppe wandte ich mich nach rechts ab in Richtung Hawking-Hangar, wo unsere Pods untergebracht waren. Ich wusste, dass er mir das nicht erlauben würde, aber ein Versuch konnte nicht schaden. Stattdessen aber zeigte er einfach nur nach links, und wir liefen den langen Flur hinunter, der den Hangar mit dem Hauptgebäude verband.

Die Sonne schien durch die Fenster herein und malte lange helle Lichtflecken auf den Boden. Wie immer hatte ich das Gefühl, von einer Welt in eine andere überzutreten. Vom Licht in die Dunkelheit. Aus der Wärme in die Kühle. Von damals ins Jetzt.

Am Ende des Korridors blieb ich stehen. Die große Halle lag vor mir, links davon die Küche und der Speisesaal. Mit großer Wahrscheinlichkeit würde die Halle voller Historiker sein, die sich auf ihre nächste Mission vorbereiteten, ihre Berichte schrieben, sich Dinge zuriefen, durcheinanderredeten und einfach ihrem Arbeitsalltag nachgingen. Plötzlich fühlte ich mich … ängstlich. Dies war mal meine Welt gewesen. Ich war die Verantwortliche dieser Abteilung gewesen, war ihre Leitende Missionschefin gewesen. Und jetzt? Was war ich nun? Eine Gefangene? Eine Ausgestoßene? Eine Verdächtige? Eine Verrückte?

Warum war ich hier?

Weil ich einen Job zu erledigen hatte und noch immer nicht herausgefunden hatte, worin er bestand.

Nein. Warum war ich *in diesem Moment hier*?

Weil der Colonel sehen wollte, was ich tun würde. Wie ich mich verhielt. Wie die Leute auf mich reagieren würden. Was einfach nur zeigte, dass er ein verfluchtes Stück cleverer war als ich, denn schon in den ersten zehn Minuten vermasselte ich alles.

Zuerst erkannte ich ihn gar nicht, was aber nicht meine Schuld war, denn ich hatte ihn noch nie stehen sehen. Mir war gar nicht klar gewesen, wie groß er war. Ich hatte ihn nur in seinem Rollstuhl sitzend kennengelernt, mit knochigen Schultern und Ellbogen. Aber seine Augen waren unverändert. Dieselben hellwachen Augen.

Während ich ihn noch anstarrte, hörte ich ihn sagen: »Hey, Prentiss, klopf-klopf.«

Es war David Sands.

In meiner Welt war er in einen Autounfall verwickelt gewesen und seitdem gelähmt. Dann war er mein Assistent geworden und kurz darauf gestorben, und zwar in meinen Armen, wo er nach Luft schnappte und immer noch versuchte, mir dumme »Klopf-klopf«-Witze zu erzählen. Und hier stand er, unmittelbar vor mir. Unverletzt, bei blühender Gesundheit, und er genoss sein Leben.

Er trug Zivilkleidung und ließ einen Schlüsselbund von einem Finger baumeln. Gerade wollte er nach Rushford fahren. Ich hörte ihn sagen: »Nein, ich kann nicht warten. Ich bin schon spät dran.«

Und er hatte es eilig, war auf dem Sprung. War dies der Tag, an dem er seinen Unfall hatte? War dies der Grund, warum ich hier war? Mrs. Partridge hatte große Stücke auf David Sands gehalten. Sie war am Boden zerstört gewesen, als er starb. Hatte sie mich hierhergebracht, damit ich den Unfall verhinderte?

Ich schaute mich nach ihr um, aber sie war nicht da. Dann starrte ich auf den Steinfußboden, auf die verschrammten Paneele ringsum an den Wänden, die alte Treppe aus Eichenholz auf der gegenüberliegenden Seite. Der Treppenteppich war dunkelrot statt grün, aber ansonsten war fast alles völlig identisch mit der Halle, die ich kannte. Die einzige Ausnahme war, dass sie hier irgendwann das Ärgernis der schlechten Beleuchtung überwunden hatten, indem sie ein großes Oberlicht in die Decke eingefügt hatten. So konnte ich den Himmel sehen, was zwar schön war, aber nicht mein augenblickliches Problem löste.

Was sollte ich nur mit David Sands tun?

Die Antwort darauf war: nichts. Wenn ich jetzt den Mund aufmachte, dann würde ich alles ruinieren und Gott weiß wie viele Leute in Gefahr bringen. Ich sollte ihn einfach gehen lassen. Vielleicht war das gar nicht der Tag, der sein Leben für immer veränderte. Es war sogar wahrscheinlich, dass das nicht der Tag war, der seinem Dasein eine völlig andere Wendung gab, aber durfte ich wirklich dieses Risiko eingehen? Wenn es der Tag war und ich nichts sagte … In einem Jahr wäre er tot, und ich wäre vielleicht in der Lage gewesen, es zu verhindern. Das bedeutete nicht, den Lauf der Geschichte zu verändern. Es war ja noch gar nicht passiert. Ich könnte dafür sorgen, dass es überhaupt nicht dazu kommen würde.

Wieder sah ich mich suchend nach Mrs. Partridge um.

Nichts. Sie war nicht hier. Ich fühlte mich sehr allein. Selbst ihr vertrautes, eisiges Starren wäre mir jetzt willkommen gewesen.

Ich machte einen Schritt vorwärts, und Ellis zog mich zurück.

»Hiergeblieben.«

Sands schlängelte sich durch die Trauben von Historikern in Richtung Tür. Mir blieben nur noch Sekunden. Was sollte ich tun? Würde ich damit klarkommen, wenn ich nichts unternahm? Wenn heute der Tag war …?

Ich bin Historikerin. Nun, jedenfalls war ich das mal. Ich bin dafür ausgebildet, Entscheidungen zu treffen. Es ist ganz leicht. In einer Krise kümmere dich immer um das Hier und Jetzt. Heb dir die Zukunft für später auf.

Geschwächt, wie ich war, versuchte ich, mich aus Ellis' Griff zu winden, aber er hatte meinen Arm gepackt und war nicht bereit, wieder loszulassen. David Sands war schon beinahe durch die Tür. Ich würde nicht mehr rechtzeitig zu ihm gelangen. In ein paar Sekunden würde er fort sein. Wenn ich irgendetwas tun wollte, musste es jetzt geschehen.

Wollte ich denn etwas tun? Würde ich wirklich das Risiko eingehen?

Natürlich würde ich.

Ich holte tief Luft.

»David Sands. Fahren Sie heute Nachmittag nicht nach Rushford.«

Die Worte hallten viel lauter in der Halle, als mir lieb war, und jeder hörte auf zu sprechen.

In der plötzlichen Stille wandten sich alle Köpfe mir zu.

Sands machte zwei, drei Schritte zurück in die Halle, einen verwunderten Ausdruck auf dem Gesicht.

»Was? Wer hat das gesagt?«

Es war zu spät für mich. Ich hatte die Brücken hinter

mir abgebrochen, jetzt konnte ich die Sache auch gleich ordentlich zu Ende bringen.

Ich riss mich von Ellis los und sagte etwas leiser: »Fahren Sie heute nicht nach Rushford.«

»Aber ich muss dorthin. Warum denn nicht?«

Ich sagte nichts.

»Warum nicht?«

Ich sagte immer noch nichts.

Jetzt wollte er der Sache auf den Grund gehen, das konnte ich an seinem Blick erkennen.

»Wer sind Sie?«

»Die Person, die Ihnen rät, heute nicht nach Rushford zu fahren.«

Mittlerweile starrten mich alle an. Köpfe wurden durch Türen gesteckt. Ich sah Schock, Überraschung, Ungläubigkeit, Verärgerung, aber nirgends ein Willkommen.

Es schien sehr viel Zeit zu vergehen, in der sich niemand bewegte.

David drehte sich wieder zur Eingangstür. Unentschlossen.

Ich sagte nichts.

Wieder fragte er: »Wer sind Sie?«

Ich sagte nichts.

Er drehte sich um und nahm Kurs auf den Ausgang. Ich verspürte eine Übelkeit erregende Verzweiflung. Für nichts und wieder nichts hatte ich alles aufs Spiel gesetzt.

Als er bei den Türen ankam, stieß er sie auf, zögerte und schaute dann wieder zurück.

Ich hielt seinem Blick stand.

Nichts passierte, abgesehen davon, dass mein Herz versuchte, aus meiner Brust zu springen. Dann, ganz langsam, schob David die Schlüssel zurück in seine Tasche. Eine riesige Welle der Erleichterung ließ meine Knie weich werden.

David starrte mich an. *Alle* gafften mich an.

Irgendetwas brachte mich dazu, den Blick zu heben.

Colonel Albay stand auf der Galerie und sah zu uns herunter.

Lächelnd.

Der Speisesaal war brechend voll. Im St. Mary's-Institut klang es immer wie bei der Fütterungszeit im Zoo. Manche Tiere haben möglicherweise bessere Manieren und kleineren Appetit, aber ansonsten gibt es keinen großen Unterschied.

Ich stand im Eingang, und der Lärm verebbte. Es war eine Schande, dass es kein Klavier gab, das aufhörte zu spielen. Niemand ließ mich aus den Augen. Da ich nichts Besseres zu tun hatte, starrte ich zurück.

Ich sah Dieter mit Polly Perkins von der IT-Abteilung beieinandersitzen, und beide starrten konzentriert auf einen Ausdruck, während sie aßen. Kein Anflug von Gefühlsregung zeichnete sich auf ihren Gesichtern ab. Mein Magen verkrampfte sich. Schiller und Van Owen saßen mit Roberts und Clerk an einem Tisch. Weiter hinten in der Ecke hatte die Sicherheitsabteilung drei Tische zusammengeschoben. Die Leute drehten sich auf ihren Stühlen um, um mich anschauen zu können.

Es gab Gesichter, die ich nicht kannte, aber die vertrauten Menschen waren alle da. Abgesehen von Peterson und Guthrie, die vermutlich immer noch zusammen mit Dr. Bairstow unter Arrest standen.

Um ein Haar hätte ich die Fassung verloren. Nur eine Sekunde lang war ich kurz davor, mich umzudrehen und wegzurennen. Dann schubste Ellis mich Richtung Speisenausgabe.

Da ich nur einen Arm zur Verfügung hatte, hatte ich einige Schwierigkeiten mit meinem Tablett. Falscher Hase – es musste Mittwoch sein. Ich tat mir eine ordentliche Portion auf. Mrs. Mack, Küchenchefin, sah mir schweigend zu, nahm mir dann den Teller ab und begann damit, einen Berg Gemüse draufzuladen. Entsetzt beobachtete ich sie. Es ist nie eine gute Idee, grüne Lebensmittel zu sich zu nehmen.

»Anweisungen der Ärztin«, sagte sie und reichte mir meinen Teller zurück.

Ich setzte mich mit Ellis an einen ruhigen Tisch am Fenster und beobachtete die anderen dabei, wie sie mich ignorierten. Niemand kam herüber, um sich danach zu erkundigen, wie es mir gehe. Oder mich zu fragen, wer ich denn sei. Ich starrte gegen eine Wand aus unverhohlener Feindseligkeit. Mühsam blinzelte ich die Tränen zurück und konzentrierte mich auf mein Essen. Das war in Wahrheit doch gar nicht meine Welt.

Aber wem machte ich was vor? Das war natürlich ganz und gar meine Welt. Denn während ich dabei war, mich sorgfältig um das Gemüse herum satt zu essen, rief draußen jemand eine Warnung, und ich hörte den wütenden Klang von Hufen im Galopp.

Mr. Markham auf einem Pferderücken war ein Anblick, der für sich allein schon seltsam genug war. Er hielt sich normalerweise fern von Pferden. Besonders, da diese, wann auch immer er in der Nähe war, dazu neigten, sich mit den Köpfen nach außen gedreht zusammenzurotten und enorme gelbe Zähne in seine Richtung zu blecken. Ob es inzwischen einen Waffenstillstand gegeben hatte, konnte ich nicht sagen. Vielleicht war das nur in meiner Welt passiert.

Ich rief mir wieder ins Gedächtnis, dass das jetzt meine Welt war.

Wie auch immer: Ross und Reiter galoppierten überstürzt über Mr. Strongs gehegten und gepflegten Südrasen. Der alte Turk war voll in seinem Element, hatte den knochigen Kopf nach vorn gestreckt und schnaubte wie eine Dampflok. Augenscheinlich hatte er nicht vor, in nächster Zeit haltzumachen. Seine riesigen Hufe schleuderten große Rasenstücke in die Luft. Ein aufgelöster Mr. Strong rannte hinter den beiden her, überzog sie mit haarsträubenden Flüchen und wedelte mit den Armen.

Was diese Sache aus dem Reich des ziemlich Normalen (für St. Mary's-Maßstäbe) heraushob, war die Tatsache, dass Markham, der ohnehin kein begnadetes Naturtalent beim Reiten war, verkehrt herum auf dem Pferd saß. In dieser Position hatte er keinerlei wie auch immer geartete Kontrolle über Turk. Er lag mit dem

Gesicht nach hinten über dem Rücken und umklammerte mit beiden Händen seinen (soll heißen: Turks) Schwanz und schrie in kläglichen Tönen um Hilfe. Da wir uns im St. Mary's-Institut befanden, bewegte sich niemand, obwohl immerhin zwei oder drei Leute sich herabließen, ihr Essen zu unterbrechen.

Turk, der es genauso wenig leiden konnte, wenn man ihm am Schwanz zog wie jedes andere Pferd der Welt, legte an Tempo zu. Markham legte beim Jammern zu. Mr. Strong hinter ihnen verstummte grimmig, war aber anscheinend wild entschlossen, bis zum bitteren Ende dranzubleiben.

Das Trio preschte über den Rasen und wurde zuletzt auf dem Weg nach Westen gesichtet, wo die drei, so stand zu vermuten, allesamt ins Meer stürzen oder Irland erreichen würden.

Die Sicherheitsabteilung begann damit, Wetten anzunehmen, ob man irgendeinen der drei je wieder zu Gesicht bekommen würde.

Officer Ellis saß da wie erstarrt, seine Tasse Tee auf halber Strecke zwischen Tisch und Gesicht.

»Was …?«

»Parther«, sagte ich hilfreich.

Er weigerte sich, wieder aufzutauen, und so versuchte ich es noch einmal.

»Parther. Großartige Reiter. Am besten bekannt für ihre taktischen Rückzüge. Sie taten so, als würden sie vom Schlachtfeld fliehen, und wenn ihre Feinde ihnen dann hinterherjagten, drehten sie sich, ohne das Tempo zu drosseln, auf ihren Pferden um, saßen dann mit den Gesichtern nach hinten und feuerten einen Pfeilhagel auf ihre glücklosen Verfolger ab. Daher auch der Ausdruck ›Parthisches Manöver‹. Damit das auch etwas brachte, mussten die Reiter natürlich über Fähigkeiten verfügen, von denen unser Mr. Markham nur träumen kann. Und selbstredend war auch die Mithilfe der Pferde erforderlich. Auf die kann unser Mr. Markham ganz sicher nicht bauen.«

Wie beiläufig fragte Ellis: »Woher wissen Sie denn, dass sein Name Markham ist?«

»Schwester Hunters fester Freund.«

»Im Ernst? Er gehört zu diesem hübschen blonden Mädchen?«

»Fürchte, ja.«

»Was glauben Sie: Werden sie wieder zurückkommen?«, fragte er und reckte den Hals für einen letzten ungläubigen Blick auf die drei.

»Oh, sicher. Sobald er Hunger bekommt«, sagte ich und ließ offen, wen ich damit meinte.

Nach einer Weile wurde es lauter, als die Leute ihre Gespräche wiederaufnahmen, zuerst nur langsam, und dann, zwei Minuten später, konnte man keinen klaren Gedanken mehr fassen. Ein ganz normaler Arbeitstag im St. Mary's-Institut eben.

Es war leichter, wenn ich aus dem Fenster starrte, und so tat ich das. Wie so viele Dinge hier war das Außengelände dem meiner Welt ähnlich, aber sie waren nicht identisch. Birken säumten den Südrasen anstatt Zedern, und man hatte Rosenbeete unter der Terrasse angelegt, aber ansonsten war alles ziemlich gleich. Mal abgesehen von dem riesigen Areal der Zerstörung rings um den See. Fast nur noch schwarze Stümpfe waren vom Schilf übrig. Das gesamte Ufer sah aus, als wäre es Lord Kitcheners Taktik der verbrannten Erde zum Opfer gefallen. Der Steg: nur noch eine Erinnerung. Die traurigen Überreste des schwarz-gelben Absperrbandes flatterten im Wind, und kein einziger Schwan war in Sicht. Gott weiß, wo die sich jetzt befanden. Vielleicht immer noch in der Bibliothek? Auf dem Dach? In Indien?

Ich war gerade bei den letzten Resten meines Mittagessens angekommen, als Isabella Barclay auf der Bildfläche erschien.

Sie hatte mir mal vorgeworfen, ich hätte ihr Leben gestohlen. Dass alles, was ich hatte, ihr gehören müsste. Nun, falls das wirklich wahr gewesen sein sollte, dann hatte sie alles wieder zurückbekommen. Jetzt war ich an der Reihe, trübsinnig und gereizt herumzusitzen und ihr zuzusehen, wie sie sich unterhielt und lachte, während sie quer durch den Speisesaal lief und mit allen ringsum liebevolle Beleidigungen und Scherze austauschte. Auf jeden Fall war sie ziemlich schnell in meine Schuhe geschlüpft.

Wieder versuchte ich, mir jede Voreingenommenheit aus dem Kopf zu schlagen.

Sie war nicht zum Essen hier, sondern trug einen Aktenordner in den Händen. Der gefürchtete Papierkram im St. Mary's-Institut. Sie war meinetwegen gekommen.

Um den Augenblick noch ein bisschen hinauszuzögern, stand ich auf und holte mir eine Kanne Tee.

Als ich zum Tisch zurückkehrte, war Ellis verschwunden.

Barclay tat so, als würde sie die Totenstille im Raum nicht bemerken, und schlug den Deckel ihres Ordners auf.

Betont lässig beschäftigte ich mich damit, mir Tee einzuschenken, und nutzte die Zeit, zu einem Schluss zu gelangen, was ich sagen und tun würde. Irgendetwas würde ich sagen müssen. Sie alle wussten, dass ich sprechen konnte. Wenn ich nichts von mir gab, dann würden sie Nadeln in mich hineinstecken, und dann würde ich keinerlei Kontrolle mehr über meine Äußerungen haben und mich auch hinterher nicht mehr daran erinnern, was ich ausgeplaudert hatte. Dass das geschah, konnte ich mir nicht leisten.

Ich fügte Zucker hinzu und rührte, während ich verzweifelt versuchte, mir einen Ausweg einfallen zu lassen, aber das Einzige, was mir nicht mehr aus dem Kopf ging, war das Bild von Markham und Turk. Das war typisch für das St. Mary's-Institut. Obwohl man sich mitten in einer Krise befand und die ranghöchsten Mitglieder unter Hausarrest standen, erledigte das Institut hier alles auf eigene Art und Weise. Vielleicht … sollte ich das auch so handhaben. Möglicherweise war jetzt der Zeitpunkt gekommen, in die Offensive zu gehen. Das sollte ich wirklich tun.

Aus irgendeinem Grund hatte Barclay beschlossen, die Angelegenheit vor aller Augen in Angriff zu nehmen. Versuchte sie, mich in der Öffentlichkeit bloßzustellen? Natürlich war genau das ihr Plan. Vielleicht war es an der Zeit, dass ich ein Zeichen setzte.

Sie nahm mir gegenüber Platz und lächelte mich freundlich an. Ich erinnerte mich daran, wie sie sich im Krankentrakt über mich gebeugt hatte. Mir war egal, was der Rest von St. Mary's über sie dachte. Sie bedeutete Ärger. So war das schon immer gewesen. In jeder Zeit. In jeder Welt.

»Ich muss noch ein bisschen Papierkram vervollständigen, also könnten Sie mich bitte mit ein paar Details versorgen, nur fürs Protokoll …«

Sie ließ den Satz nachklingen.

Nun, ich hatte schon heute Morgen gepatzt. Mal sehen, ob ich das nicht noch einmal hinbekam. Vielleicht war dies die Zeit, um zu sagen, wer ich war. Wenn ich es mir recht überlegte – sollten sie doch etwas bekommen, worüber sie sich richtig Sorgen machen konnten. Plötzlich fiel mir ein: Wenn sie sich hier im St. Mary's-Institut voll und ganz auf mich konzentrierten, dann würde Leon da draußen vielleicht eine Chance haben. Wo auch immer er steckte. Was auch immer er tat. Noch einmal spürte ich den heißen Windstoß in meinem Gesicht, so wie damals, als er gesprungen war. Als er mich verlassen hatte …

Barclays Stimme holte mich wieder zurück. »Können Sie mir bitte Ihren Namen nennen?«

»Maxwell.«

Ich sprach nicht lauter. Die Leute hören einem aufmerksamer zu, wenn man leise redet.

Ihre Hand zuckte. Ich hörte, wie sie schluckte.

»Und Ihr Vorname?«

»Doktor.«

Ich war wieder in der Schule, wo ich der Obrigkeit trotzte und die Grube, in der ich saß, mit jedem Wort tiefer grub. Wo ich meine eigene schlimmste Feindin war und jede Minute davon genoss.

»Tatsächlich?«, fragte sie in höflicher Ungläubigkeit. Ihr Blick wanderte an mir hoch und runter; sie ließ meinen noch immer ziemlich mitgenommenen Zustand auf sich wirken. Ich bin mir sicher, dass alle hier glaubten, ich sei ein abgerissenes rothaariges Weibsstück, das Leon irgendwo aufgegabelt hatte – was ja gar nicht so weit weg war von der Wahrheit, wenn man es genau betrachtete.

Irgendwo lachte jemand. Mir wurde sehr kalt.

»Nun«, sagte Barclay ebenso höflich wie ungläubig. Noch immer lächelte sie, sodass jeder sehen konnte, wie nett sie war, aber ihre Augen sprachen eine andere Sprache. »Dann wollen wir doch mal sehen, ob Sie diese Aussage auch belegen können, ja? Vielleicht können Sie mir ein paar persönliche Details verraten. Wie sieht es mit Ihren Qualifikationen aus? Haben Sie da etwas vorzuweisen? Irgendetwas?«

Ich holte tief Luft und sagte auf Latein: »Absolventin der Thirsk-Universität. L'Espec-College, Northallerton-Campus. Doktor in Alten Zivilisationen. Zusatzqualifikationen in Archäologie und Anthropologie. Fließend in Deutsch, Französisch und Latein. Passabel in Mittelenglisch und Griechisch. Ein bisschen Spanisch, Italienisch und Türkisch. Voll ausgebildet in Feldmedizin mit Krankenhauserfahrung. Einigermaßen vertraut mit dem mittelalterlichen Kampfstab, gut mit dem Bogen und verdammt gut mit der Handfeuerwaffe. Auf dem neuesten Stand, was Selbstverteidigung angeht, und geübt im Reiten im Damensattel.« Ich stellte meinen Becher ab. »Ich kann aus allem, was Sie mir vorsetzen, eine Waffe basteln, und sollte ein Beweis fällig sein, werde ich Sie liebend gern mit diesem Teelöffel töten.«

Meine Worte hallten im Raum nach. Ich konnte die Leute flüstern hören, als sie für diejenigen übersetzten, die kein Latein beherrschten. Ich hatte alles ins Rennen geworfen, außer rundheraus zu sagen, dass ich die Leitende Missionschefin gewesen war. Ich wusste, dass Barclay kein Latein sprach, aber ich wäre jede Wette eingegangen, dass sie eine sehr genaue Vorstellung von dem hatte, was ich gerade gesagt hatte. Sie bewahrte allerdings die Ruhe, und anstatt sich dabei beobachten zu lassen, wie sie hier verständnislos herumsaß, sammelte sie ihre Papiere zusammen und verließ den Saal.

Ich zitterte vor Wut. Und vor Angst. So saß ich ganz still, starrte aus dem Fenster, hielt meinen Tee in einer zitternden Hand und fragte mich, ob ich die Lage besser oder schlechter gemacht hatte.

Nach und nach leerte sich der Raum, als alle wieder an die Arbeit gingen, und ich blieb allein zurück.

Was war mit mir? Wohin sollte ich gehen? Sogar mein Bewacher hatte mich sitzen lassen. Ich schob den Stuhl zurück und schlenderte aus dem Speisesaal.

Ich hatte keine Ahnung, wohin ich unterwegs war und was ich tun sollte, wenn ich dort ankam.

Also mal wieder nichts Neues.

Ich lief durch die Halle. Es war ein vertrauter Anblick: Gruppen von Historikern drängten sich um Simulationstische oder Whiteboards, stritten, diskutierten, fuchtelten mit den Armen. Ich schnappte Gesprächsfetzen auf. Van Owen, die vermutlich inzwischen die Verantwortung trug, sagte: »Schöne Grüße an Professor Rapson. Kriegs-Wellensittiche – ja. Kriegs-Goldfische – ja. Kriegs-Elefanten? Nicht in einer Million Jahren.«

Manche Dinge änderten sich nie.

Mein Blick fiel auf etwas, und ich blieb abrupt stehen, machte zwei Schritte rückwärts und starrte auf ein Whiteboard, auf dem die Überschrift »Shrewsbury – 1403« zu lesen stand.

Ich las die Ziele, die mit Spiegelstrichen untereinander aufgeführt waren, und klopfte auf die Tafel. »Es gibt die Legende, dass die Straße hier in der Nähe *Federbett Weg* heißt, weil die Frauen dort ihre Federbetten auf die Straße gelegt hatten, damit die Verwundeten darauf ruhen konnten. Vielleicht sollten Sie das mal überprüfen«, sagte ich und ging weiter, ehe irgendjemand einen Kommentar abgeben konnte.

Ich suchte Unterschlupf in der Bibliothek, denn ich brauchte ein bisschen Ruhe und Frieden, ehe ich völlig die Fassung verlor.

Der sonnige Raum mit der hohen Decke sah genau so aus, wie ich ihn in Erinnerung hatte. Abgesehen von dem beißenden, chemischen Geruch von Putzmitteln, die vermutlich in direkter Verbindung zur kürzlich erfolgten Invasion von rund einem Dutzend oder mehr wütenden Schwänen mit Durchfall standen, welche in boshafter Absicht ihre kniehohen Visitenkarten zurückgelassen hatten.

Den Sirenenruf von Leick und ihrem Werk über das alte Mesopotamien ignorierte ich und nahm mir vor, mich wieder mal ein paar alten Lieblingen zu widmen. Da ich draußen keine solchen angetroffen hatte, suchte ich den Trost von vertrauten Freunden hier.

Ich zog *Stolz und Vorurteil* und *Jane Eyre,* einen Band mit Sherlock-Holmes-Kurzgeschichten und den ersten Harry-Potter-Roman heraus; den Abschluss bildete dann Tom Hollands *Persisches Feuer.* Das sollte mir die Stunden vertreiben, bis es Zeit für den Tee wurde. Ich machte einen Bogen um Thomas Hardy – wie es jeder tun sollte, und außerdem war ich so schon deprimiert genug. Auch ohne Dickens. Ich hatte Dickens noch nie gemocht und mich schlapp gelacht, als die kleine Nell starb.

Ich fand einen gemütlichen Sessel, verteilte die Bücher auf dem Boden rings um mich herum und machte es mir mit den Bennet-Schwestern gemütlich.

Dies war wohl ein Maßstab dafür, wie ernsthaft in Aufruhr mein Geist war. Ich hatte diese Geschichte schon etliche Male gelesen, aber aus irgendeinem Grund fand ich jetzt so viel falsch daran.

Da war Mr. Bennet, ziemlich ulkig, zusammen mit seiner Frau, der extrem albernen Mrs. Bennet – nur war sie das gar nicht, oder?

Es war so gedacht, dass wir über Mr. Bennets trockenen Witz und seine sanften, humorvollen Bemerkungen lachten. Aber dies war auch der Mann, der die Angelegenheiten seiner Familie so schlecht geregelt hatte, dass bei seinem Tod seine Frau und seine Töchter obdachlos und beinahe ohne einen Penny dastehen würden. In einer Zeit, in der es nicht vorgesehen war, dass eine hochgestellte Frau ihren eigenen Lebensunterhalt verdiente, wie sollten die Frauen da überleben?

Die Antwort darauf hielt Mrs. Bennet gewiss in der Nacht wach, und sie blieb ihr stets im Hinterkopf. Wer konnte die Mutter für ihre hektischen Anstrengungen tadeln, all ihre Töchter in den sicheren Hafen der Ehe zu lotsen, damit für ihre Zukunft gesorgt war, während Mr. Bennet, auf amüsante Weise unbekümmert, in der Bibliothek saß und las? Die arme Mrs. Bennet. Von Generationen von Leserinnen und Lesern verlacht. Ich fragte mich, ob Jane Austens Zeitgenossinnen und -genossen, die vermutlich ebenso wie Mrs. Bennet nur zu genau über das zu erwartende Schicksal der Bennet-Mädchen Bescheid gewusst hatten, ebenfalls gelacht hatten.

Verflucht noch eins, ich war heute ja wirklich ein kleiner Sonnenschein.

Ich ließ Elizabeth Bennet auf den Boden rutschen und griff stattdessen nach *Jane Eyre*.

Es war sehr still in der Bibliothek. Ich konnte hören, wie sich Dr. Dowson zwischen den Regalen hin und her bewegte, aber ansonsten war dieser Ort verlassen. Es gab keine Spur von meinen Wachen. Anscheinend brauchte ich sie nicht mehr, da ich eine Idiotin war und alles mitgeteilt hatte, was sie wissen mussten.

Seufzend blätterte ich wieder eine Seite um und hörte plötzlich jemanden neben meinem Ellbogen husten. Als ich hochsah, fiel mein Blick auf Dr. Dowson. Er nahm seine Brille ab und putzte sie.

»Ich habe mich gefragt … Normalerweise trinken wir ungefähr um diese Zeit unseren Tee. Wollen Sie sich vielleicht zu uns gesellen?«

Bei diesem unerwarteten Zeichen der Freundlichkeit hatte ich plötzlich einen Kloß im Hals.

Ich schluckte. »Ja, das würde ich gerne. Danke schön.«

»Dann kommen Sie doch bitte hier entlang.«

Ich sammelte meine Bücher zusammen und folgte ihm in sein Büro, einem kleinen Raum zwischen der Bibliothek und dem Archiv.

Professor Rapson war schon da. Genau, wie ich ihn in Erinnerung hatte, mit seinem vertrauten Einstein-Schopf und der Adlernase. Seine Augenbrauen waren seit dem Feuerschiff-Desaster immer noch nicht wieder nachgewachsen. Heute trug er einen weißen Kittel mit einem riesigen Brandfleck unmittelbar über seinem Herzen. Nur der Himmel wusste, was da wieder vorgefallen war.

Dr. Dowson winkte mich in das gemütliche Zimmer der beiden. »Andrew, hol mal die Crumpets raus! Wir haben einen Gast.«

»Prächtig. Prächtig. Willkommen, meine Liebe. Kommen Sie doch herein und setzen Sie sich.«

»Sie nehmen lieber den Stuhl am Feuer«, sagte Dr. Dowson. »Versuchen Sie, dafür zu sorgen, dass der alte Dummkopf nicht wieder die Möbel abfackelt.«

»Das kannst du nicht zählen, Octavius. Der Stuhl hat kaum gekokelt. Es zählt nicht, wenn es keine richtigen Flammen gibt, wie du weißt.«

Er spießte ein Gebäckstückchen auf eine lange Gabel und hielt sie vor das zischende Gasfeuer. »Ich werde toasten. Sie buttern.«

Ich nickte.

Dr. Dowson machte den Tee.

Irgendwann war die Sonne verschwunden, und jetzt prasselte Regen gegen die Scheiben. Es war ausgesprochen angenehm, hier zu sein, behaglich und warm, und mit zwei alten Freunden Hefeschnecken zu toasten. Natürlich stand jeden Augenblick zu befürchten, dass der Professor die Zuckerschale explodieren ließ.

Ich beobachtete die beiden, wie sie sich auf so engem Raum bewegten. Tassen, Untertassen und Teller wurden verteilt. Ich butterte genug Gebäck für ein kleines Land. Es war alles sehr friedlich. Der Klang von freundschaftlichem Geplänkel war seltsam beruhigend und vertraut. Wenigstens das hatte sich nicht verändert.

Endlich saß jeder von uns am kleinen Tisch, hatte einen Teller mit gebutterten Stückchen vor sich und eine Serviette.

Professor Rapson reichte mir meinen Tee und sagte, ohne mich anzuschauen: »Sollte man Leon Farrell je schnappen, dann wird er angeklagt werden, weil er jemanden aus seiner eigenen Zeit gerissen hat, und darauf steht die Todesstrafe. Dr. Peterson und Major Guthrie werden als Komplizen belangt werden. Dr. Bairstow als derjenige, der am Ende für alles verantwortlich ist, ist – vorübergehend, wie wir hoffen – von seiner Position als Direktor des St. Mary's-Instituts entfernt worden. Auch gegen Dr. Maxwell als Leitende Missionschefin wäre Anklage erhoben worden, aber sie ist verstorben. Zum jetzigen Zeitpunkt sind wir uns nicht sicher, ob der Colonel das glaubt oder nicht. Wenn er meint, dass Sie Max sind, wird er Sie erschießen. Wenn er meint, dass Sie nicht Max sind, wird er Sie vielleicht trotzdem erschießen. Eine Situation, in der Sie nicht gewinnen können, fürchte ich. Ein Stück Zucker oder zwei?«

»Drei, bitte«, sagte ich ruhig und hoffte, dass mein Gesicht nichts verriet.

Alte Sünden werfen lange Schatten. Wir hatten Helios zurückgebracht und waren trotzdem nicht in Sicherheit. Würden wir den Konsequenzen jenes Tages überhaupt je entkommen?

Als ich aus meinen düsteren Erinnerungen wieder auftauchte, stellte ich fest, dass die beiden mich beobachteten. Verschwunden waren die beiden vertrauten, sich gegenseitig aufziehenden Akademiker. Das waren nur die Gesichter, die sie der Welt zeigen wollten. Keiner von beiden war der schusselige Trottel, als der er erschien. Ich nehme an, dass ihnen diese Scharade eine Menge stilles Vergnügen bereitete.

Professor Rapson fuhr fort: »Sie sind in einer schwierigen Lage, aber Ihre feurige Verkündung heute im Speisesaal war vielleicht gar nicht so katastrophal, wie Sie denken. Sie sind Maxwell, daran habe ich gar keinen Zweifel.«

Er zwinkerte mir zu, und mit einem Mal war die Welt gar kein so unfreundlicher Ort mehr. »Natürlich ist es eine völlig andere Frage, *welche* Maxwell. Wenn Sie einen freundlich gemeinten Rat haben wollen, dann bleiben Sie dabei. Die Nachricht über Ihre mögliche Identität hat einige Verwirrung an richtiger Stelle hervorgerufen, und ich bin mir sicher, Sie wissen, wie Sie sich das zunutze machen können. Unsere Miss Barclay zum Beispiel war alles andere als erfreut, meinen Sie nicht? Man hätte doch gedacht, dass die Rückkehr von jemandem, dem gegenüber sie immer große Zuneigung zum Ausdruck gebracht hat, ein Anlass zur Freude sei. Sollte man meinen. Und doch …«

Er brachte den Satz nicht zu Ende, sondern starrte nachdenklich in seine Tasse.

»Ich bin mir sicher, dass Dr. Bairstow, während wir hier sprechen, damit beschäftigt ist, diese Enthüllungen in seinen Plan einzubeziehen.«

»Seinen Plan?«

Dr. Dowson bediente sich wieder am Gebäck. »Oh ja. Ich habe noch nie erlebt, dass Edward keinen irgendwie gearteten Plan parat hatte.«

Ohne seine Stimmlage zu verändern, fuhr er fort: »Oh, um Himmels willen, Andrew, sieh doch nur, was du angerichtet hast! Du wirst diesen Stuhl doch noch abfackeln, wenn du nicht vorsichtig bist.«

Er machte einen Satz vorwärts und riss dabei die Teekanne zu Boden. Der Tisch kippte um, und er und Dr. Rapson ergingen sich in einer Flut von gegenseitigen Beschuldigungen und Vorwürfen, und Officer Ellis, der unbemerkt in der Tür gestanden hatte, informierte mich darüber, dass der Colonel mich sehen wollte.

# Zehn

Was auch immer ich erwartet hatte – das jedenfalls nicht. Daran hatte ich keinen Gedanken verschwendet … Es war mir nie in den Sinn gekommen … Der Schock überwältigte mich beinahe. Die Welt verschwamm wieder, und ich wäre mit einem schrecklichen Krachen auf dem Boden aufgeschlagen, wenn Ellis nicht meinen heilen Arm gepackt und mich auf einen in der Nähe stehenden Stuhl dirigiert hätte. Alles um mich herum drehte sich in unerträglicher Weise, und einen Moment lang hing ich hilflos über einem Abgrund. Ich schnappte nach Luft und kämpfte verzweifelt gegen die übermächtige Panik an. Ich hätte nie gedacht … Warum sollte ich …?

Da war keine Mrs. Partridge.

Ich schaute ungläubig zu dem Platz, an dem ich sie erwartet hatte. Über so viele Dinge hatte ich mir den Kopf zerbrochen, aber das Einzige, was ich nie, wirklich nie in Betracht gezogen hatte, nicht einmal für einen kurzen Moment, war, dass es in dieser Welt keine Mrs. Partridge geben könnte. Um mich zu leiten. Um mir irgendeine Art von Hinweis zu geben. Um mich mit ihrem vertrauten, empörten, scharfen Blick zu führen.

Ihr Schreibtisch war von Rosie Lee besetzt, und man kann mir vertrauen: Ein unerwartetes Zusammentreffen mit Miss Lee sollte nicht auf der aktuellen To-do-Liste einer Kranken stehen.

Neugierig musterte sie mich. Sie war nicht groß, und ihre Haare wallten um ihren Kopf wie die Schlangen der Medusa. Ihr gut sitzendes Kostüm war ungewohnt, aber das einschüchternde Auftreten war so wie üblich.

»Dr. Bairstow ist im Moment nicht zu sprechen.«

»Habe eine Nachricht bekommen, dass ich mich bei Colonel Albay melden soll«, sagte Ellis und versuchte, sich an ihr vorbeizuschieben. Ich hätte ihm gleich sagen können, dass er seine Zeit verschwendete.

»Warum?«

Er schien verwirrt. Ich nehme an, die beiden trafen zum ersten Mal aufeinander. »Warum was?«

»Warum will der Colonel Sie sehen?«

»Woher soll ich das denn wissen? Ich will es allerdings herausfinden.«

Stille.

Er machte eine ungeduldige Bewegung. »Sollen wir reingehen?«

»Woher soll ich das wissen? Ich arbeite für Dr. Bairstow.«

»Vorläufig.«

Sie schnaubte. Er würde sich etwas anderes einfallen lassen müssen.

Ich weiß nicht, ob sie das mit Absicht tat, aber der kurze Wortwechsel der beiden hatte mir die Zeit verschafft, die ich brauchte. Ich setzte mich und blickte mich um.

Die abgewetzte Einrichtung war dieselbe. Alles war gleich, abgesehen von dem Schild an der Wand hinter ihr.

*Schlechte Planung Ihrerseits zählt bei mir nicht als Notfall.*

Das passte.

Ein Lämpchen leuchtete auf ihrem Telefon auf.

Sie rührte sich nicht.

Ich beobachtete sie und Ellis und ließ meine Blicke zwischen ihnen beiden hin und her wandern, während ich darauf wartete, was als Nächstes passieren würde.

Die Stille dehnte sich aus. Miss Lee war mal meine Assistentin gewesen. Ich hatte unsere täglichen Machtproben ziemlich anregend gefunden, aber es machte auch Spaß zu sehen, wie mal jemand anders alles abkriegte.

Ellis gab klein bei. »Sollen wir reingehen?«

Sie grinste zufrieden. »Offenbar schon.«

Ich erhob mich wieder und folgte Ellis.

Dr. Bairstows Raum sah so aus, wie ich ihn die ganze Zeit über in Erinnerung gehabt hatte.

Da waren der abgetretene Parkettfußboden und der quadratische verblichene Teppich. Er war mal rot und golden gewesen, aber das Muster war jetzt nur noch ganz an den Rändern erkennbar.

Der einzige Unterschied im Zimmer war, dass Dr. Bairstows Schreibtisch jetzt von diesem besonders sensiblen und sympathischen Menschen besetzt war – Colonel Albay –, während der Boss selbst am

Besprechungstisch etwas abseitssaß. Er mochte vielleicht unter Arrest stehen, aber der Colonel tat gut daran, ihn unter Beobachtung zu halten.

Ellis nahm meinen Arm, als wir hineinmarschierten. Es war ein bisschen spät, bei seinem Umgang mit mir jetzt den starken Mann zu markieren, aber ich konnte gut nachvollziehen, dass er den richtigen Eindruck machen wollte, und so taumelte ich ein bisschen und gab mein Bestes, so auszusehen, als würde ich äußerst grob behandelt.

Albay war damit beschäftigt, eine Akte durchzublättern und jenes Schauspiel abzuliefern, das bei in die Jahre gekommenen Managern so beliebt ist: *Ich bin viel zu beschäftigt, um mich mit Ihnen abzugeben, auch wenn ich Sie gerade herbeordert habe*. Er verschwendete seine Zeit. Ich hatte es mit Autoritäten aufgenommen, ehe er geboren worden war.

Ich löste mich aus Ellis' Griff und ging hinüber zu Dr. Bairstow, der aufstand, wie er es immer tat; denn selbst in einer Krise würde er niemals darauf verzichten, höflich zu sein.

Er stützte sich auf seinen Gehstock und streckte mir eine Hand entgegen. »Nett, Sie kennenzulernen.«

Und das wiederum verriet mir alles, was ich wissen musste. Ich erwiderte den Gruß: »Gleichfalls.«

Er hatte nicht vor, sich anmerken zu lassen, dass er etwas über meine Identität wusste, und ich sollte es ebenso handhaben.

Freundlich deutete er auf den Stuhl gegenüber. »Bitte nehmen Sie doch Platz.«

Colonel Albay bemerkte zu spät, dass ihm die Kontrolle über das Gespräch soeben aus den Händen genommen worden war.

»Ich bin Edward Bairstow. Ich vertraue darauf, dass meine Leute für Ihr Wohlergehen gesorgt haben.«

»Ja, haben sie in großem Maße getan, danke schön.«

»Haben Sie sich schon vollständig von Ihren Verletzungen erholt?«

»Beinahe. Ich …«

Wir wurden unterbrochen. Albay hatte begriffen, dass er sich zu uns gesellen musste, wenn er nicht vom Schreibtisch aus zu uns rüberbrüllen wollte. Manche Leute glauben, es wäre der große Schreibtisch, der Macht verleiht, aber es gibt Menschen wie Dr. Bairstow, die auch auf einer Orangenkiste sitzen könnten und trotzdem noch die mächtigste Person im Raum wären.

Albay drückte auf sein Gegensprechgerät.

Eine scheppernde Stimme meldete sich: »Was?«

Für einen winzigen Moment fing ich Dr. Bairstows Blick auf, dann sah er weg.

»Tee.«

»Und?«

»Tee.«

»Tee, und?«

Er knirschte mit den Zähnen. »Ich hätte gerne eine Tasse Tee.«

»Ich hätte gerne eine Tasse Tee – und?«

»Ich hätte gerne sofort eine Tasse Tee«, und damit kappte er in weiser Voraussicht die Verbindung, ehe Miss Lee weiterbohren konnte.

Es gelang mir, ein Lächeln zu unterdrücken, dann widmete ich Colonel Albay meine volle Aufmerksamkeit, denn auch wenn er ein Vollidiot war, war er doch ein gefährlicher Vollidiot.

»Also, Sie können sprechen?«

Ich sagte nichts, nur um ihn zu ärgern.

»Wie lautet Ihr Name?«

Ich sagte nichts.

Er wandte sich an Dr. Bairstow. »Wer ist diese Frau?«

Der Angesprochene zuckte mit den Schultern und sagte mit fester Stimme: »Ich habe keine Ahnung. Wir treffen uns gerade zum ersten Mal.«

»Sie behauptet, dass sie Dr. Maxwell sei.«

»Ich habe davon gehört.«

»Dr. Maxwell ist tot.«

»Ganz richtig.«

»Also, wer ist dann diese Frau?«

»Das haben Sie bereits gefragt, und ich habe schon darauf geantwortet.«

Er wandte sich an mich.

»Letzte Chance. Sind Sie Maxwell?«

»Sie haben doch gerade gesagt, sie sei tot.«

Er starrte mich einen Moment lang an, dann zuckte er die Achseln.

»Ich habe Sie herbestellt, um Ihnen mitzuteilen, dass morgen um 16 Uhr eine Anhörung angesetzt ist, um Ihre wahre Identität zu ergründen und Sie über die möglichen Anklagepunkte gegen Sie in Kenntnis zu setzen. Sie werden sich darauf vorbereiten, an einen Ort meiner Wahl zu springen.«

Dr. Bairstow rührte sich. »Nein. Das wird nicht geschehen. Die Statuten legen eindeutig fest, dass alle Untersuchungen in der jeweils eigenen Zeit durchgeführt werden. Sie selbst haben gesagt, dass es sich nur um eine Vorab-Anhörung handelt, bei der die Identität dieser Person festgestellt und entschieden werden soll, ob Anklage erhoben wird oder nicht. Es bringt keinerlei Nutzen, sie aus ihrer eigenen Zeit herauszureißen.« Er lächelte gehässig. »Geht es in der ganzen Angelegenheit nicht auch genau um dieses Thema?«

Eine Sekunde lang hing alles in der Schwebe. Die Stille breitete sich aus, als die beiden einander anstarrten. Ich saß mucksmäuschenstill, und dann …

Die Tür wurde krachend aufgestoßen, und Miss Lee trat ein, in den Händen ein Teetablett. Wenn ich noch irgendeinen Beweis dafür gebraucht hätte, dass dies nicht meine Welt war, dann diesen hier. Sie hatte mir in meinem ganzen Leben noch keinen Tee gebracht. Wenn überhaupt, dann war es andersherum gelaufen.

Sie knallte das Tablett auf den Tisch und begann einzuschenken. Dr. Bairstow erhielt Tasse und Untertasse. Ich erkannte das beste Geschirr. Der schlichte Becher für mich machte meinen niederen sozialen Rang deutlich. Der Tee von Colonel Albay blieb in der Kanne.

Dann reichte Miss Lee Dr. Bairstow eine zusammengefaltete Nachricht und drehte sich zum Gehen um.

Er klappte den Zettel auf und warf einen Blick zum Colonel, der sich seinen eigenen Tee eingoss.

In großen, roten Buchstaben, hatte sie ausgedruckt: NICHT DIESEN TEE TRINKEN.

Ich beobachtete, wie er die Botschaft wegsteckte und mit sich rang. Es war denkbar, dass sie einfach nur hineingespuckt hatte. Auf der anderen Seite: Hier ging es um Rosie Lee, und wer vermochte schon zu sagen, ob sie sich nicht etwas aus Professor Rapsons Schrank mit dem Totenkopf und den gekreuzten Knochen darauf besorgt hatte? Zwei Schlucke, und der Colonel könnte leblos auf dem Teppichboden liegen. Würde Dr. Bairstow die Chance beim Schopf packen? Andererseits: Was sollte er schon sagen?

Er seufzte. »Ich würde das an Ihrer Stelle nicht trinken, Colonel. Miss Lee mag eine Menge bewundernswerte Talente haben«, sein Tonfall machte uns klar, dass er hoffte, eines Tages eins davon zu entdecken, »aber sie schafft es nicht immer, den Kessel lange genug sprudeln zu lassen. Ich schätze, dies ist eine dieser Gelegenheiten.«

Der Colonel war nicht blöd. Er schob seinen Tee weg und sagte zu mir: »Sie werden sich morgen um 16 Uhr melden. Ich rate Ihnen, gut über Ihre Verteidigungsstrategie nachzudenken. Officer, Sie können diese Person hier abführen.«

Ich verbrachte den Abend auf der Krankenstation, vorgeblich tief in *Jane Eyre* versunken, während ich mir die Dinge durch den Kopf gehen ließ. Hin und wieder dachte ich daran, eine Seite umzublättern.

In dieser Nacht schlief ich gerade lange genug, um einen Traum zu durchleben, der mich nicht nur aus dem Bett trieb, sondern gleich auch aus dem Zimmer und nach unten. Wenn das mein letzter Tag werden sollte, dann hatte ich vor, möglichst viel für mein Geld rauszuschlagen. Und ich startete mit einem frühen Frühstück.

Die Zeitpolizei patrouillierte auf den Fluren, aber niemand hielt mich an.

Mrs. Mack hatte die Frühschicht und werkelte herum. Ich zögerte, denn ich hatte auf die sanftmütige Jenny Fields gehofft, die mir erlaubt hätte, mir selbst ein Schinkenbrötchen zu machen.

Mrs. Mack sah mich im Eingang stehen, und vielleicht standen mir die Schrecken meines Albtraums noch ins Gesicht geschrieben, denn sie musterte mich eine Weile und sagte dann: »Immer herein.«

Ich betrat die Küche und schaute mich um.

Mit einer Stimme, die keinen Widerspruch duldete, sagte sie: »Kakao«, und mit einem Schlag wusste ich, dass es genau das war, was ich mehr als alles andere haben wollte. Einen riesigen Becher mit schaumigem Kakao. Dick und süß, ein bisschen wie ich, eigentlich.

Sie nickte in Richtung ihres Büros.

»Ich bringe ihn gleich.«

Ihr Büro war klein und vollgestopft. Den Mittelpunkt bildete eine riesige, sehr fellige Katze, die tief und fest auf einer Ausgabe von *Regeln zum Umgang mit Mehl* schlummerte. Noch ein Unterschied. Mein Dr. Bairstow hatte immer verfügt, dass eine Organisation, zu der auch Mr. Markham zählte, sich nicht noch zusätzlich mit Haustieren belasten sollte.

Ich machte es mir gemütlich und vertrieb mir die Zeit damit, die Teile der Regeln zu lesen, die gerade nicht mit Katze bedeckt waren.

»Vortigern«, verkündete Mrs. Mack und stellte klappernd ein Tablett auf den Tisch. Zwei dampfende Becher und ein silbernes Kännchen zum Nachfüllen. Es zahlt sich immer aus, wenn man sich mit den Küchenkräften gut stellt.

Ich vermutete, dass es sich bei Vortigern um die Katze handelte. Rip Van Winkle wäre vielleicht passender gewesen.

Ich blies den Dampf weg und nippte am Kakao. Er schmeckte genau so, wie er sein sollte: heiß, kräftig und sehr schokoladig.

Schweigend saßen wir da, während das Gebäude rings um uns herum knackte. Irgendwo weit weg konnte ich schwach Schritte und Stimmen hören. Wachwechsel.

Natürlich wartete ich auf die Frage des Tages – Wer sind Sie? –, aber sie kam nicht. Ich schmiegte meine Hände um den Becher und leckte mir meinen Schokoladenschnurrbart ab.

Ohne mich anzusehen, sagte Mrs. Mack: »Ich weiß

nicht, wer Sie sind, aber ich sage Ihnen so viel: Wenn Sie nicht Maxwell sind, dann sollten Sie lieber lernen, sie zu sein. Denn wenn es etwas gibt, das dieses Institut im Moment ganz dringend braucht, dann irgendeine Art von Maxwell.«

Verblüfft starrte ich sie an.

Nach diesen Worten trank sie ihren Kakao schweigend aus.

Genau wie ich.

Ich hätte den Rest des Tages damit zubringen sollen, in Ruhe die Anhörung vorzubereiten, indem ich die voraussichtlichen Fragen durchging und meine Antworten einübte. So ähnlich wie bei einem Vorstellungsgespräch, auch wenn da eine erfolglose Bewerberin normalerweise nur ein Ablehnungsschreiben bekommt, nicht eine Kugel in den Schädel. Das ist es, was ich hätte tun sollen. Aber so lief es nicht. Überhaupt nicht.

Das Erste, was passierte, war, dass Barclay aufkreuzte. »Ich habe Ihnen ein Zimmer besorgt; vielleicht wollen Sie mitkommen und es sich mal anschauen.«

»Lohnt sich denn der Aufwand? Morgen um diese Zeit bin ich wahrscheinlich schon tot.«

Ihre Lider zuckten. »Kommen Sie trotzdem mit und werfen Sie mal einen Blick drauf.«

Ich rechnete nicht damit, wieder in mein altes Zimmer im Hauptgebäude zurückzukehren, und fragte mich, wer es jetzt bewohnte. Stattdessen erwartete ich, eines der Zimmer der Auszubildenden im ersten Stock des Mitarbeitertrakts zugewiesen zu bekommen. Diese waren in Ordnung, vielleicht ein bisschen klein, aber das war ich ja auch, und man konnte schließlich nicht behaupten, dass ich viel Zeug dabeihatte, womit ich einen Raum hätte zumüllen können.

Ich hatte sie unterschätzt.

Es gab eine ganze Reihe von kleinen Zimmern im Erdgeschoss. Sie waren nicht sehr komfortabel, und die winzigen Fenster waren vergittert und boten freie Aussicht auf die Müllcontainer und den Parkplatz. Mr. Strong hatte die meisten von ihnen zu Abstellkammern umfunktioniert.

Barclay hatte sich selbst übertroffen.

Mein Zimmer lag am Ende eines langen Flurs und stank fürchterlich nach dem Fußbodenreiniger, der hier zweifellos aufbewahrt worden war. Ein schmales Metallbett war an eine Wand geschoben worden. Eine windschiefe Kommode mit Schubladen stand auf der anderen Seite. Eine altmodische Röhrenlampe surrte und flackerte. Boden und Decke waren aus Beton. Das Badezimmer lag ein Stockwerk darüber. Turk und die anderen Pferde waren besser untergebracht.

Und jetzt wusste ich auch, warum sie sich diese Mühe gemacht hatte. Das war die Rache für das, was tags zuvor abgelaufen war. Tja, wenigstens mussten wir nicht mehr so tun, als wären wir Freundinnen.

»Dann lasse ich Sie mal allein, damit Sie sich hier einrichten können.«

Das würde nicht sehr lange dauern. Ich schaute mich um. Nie hätte ich gedacht, dass ich das mal sagen würde, aber ich vermisste wirklich den Krankentrakt. Und Dr. Fosters unsichtbaren, aber sehr realen Schutz – dass ich das mal sagen würde, hätte ich ebenfalls nicht erwartet. Mir wurde klar, dass diese Kammer nicht nur ausgesprochen unerfreulich, sondern auch entsetzlich abgelegen war. Alles konnte hier am Ende des Korridors geschehen. Zum Beispiel könnte ein Feuer ausbrechen. Und alle Fenster waren vergittert. Vielleicht würde ich gar nicht lange genug leben, um bei der Anhörung zu erscheinen.

Nun gut, jetzt hatte ich nichts mehr zu verlieren.

»Warum hast du es getan, Izzie?«

Ich traf irgendeinen Nerv bei ihr. Ihre Miene fror ein, und einen Moment lang war sie ganz woanders. Aber nur für einen Augenblick.

»Wir können dich nicht für alle Ewigkeit auf der Krankenstation lassen, oder?«

»Nein, ich meine, warum hast du Leon Farrell verpfiffen?«

Sie liebte ihn. Da war ich mir sicher. Sie hatte ihn schon immer geliebt. Sie musste vor Freude völlig aus dem Häuschen gewesen sein, als ich starb. Schließlich zog er auch noch nach Rushford, isoliert, allein und verletzlich. Sie hatte in den Startlöchern gestanden. Und dann kam ich und machte alles wieder zunichte.

Sie starrte mich an, und ich konnte sehen, wie sich ihre Lippen zum üblichen höhnischen Grinsen verzogen. Das passte schon eher zu ihr. Ich hatte *gewusst*, dass unter dieser lächelnden Fassade …

»Du weißt es nicht, oder? Du hast wirklich keine Ahnung.«

Ich hätte nicht fragen sollen. Ich hätte einfach weggehen sollen.

»Ach, was weiß ich denn nicht?«

Über unseren Köpfen flackerte das Licht. Schatten tauchten auf und verschwanden wieder.

»Ich habe Leon Farrell nicht gemeldet. Ich habe Madeleine Maxwell gemeldet. Es war Madeleine Maxwell, die hätte verhaftet werden sollen, nicht Leon. Er hat dich nur gedeckt. Das haben sie alle.«

»Warum? Was habe ich denn getan?«

Jetzt war jedes Vortäuschen passé. Ohne anwesende Zeugen legte Bitch Barclay so richtig los. Geifer spritzte ihr aus dem Mund, so heftig stieß sie ihre Worte heraus.

»Du verstehst es nicht, oder? Die großartige Maxwell. Nur dass du das gar nicht bist. Du bist nicht großartig und ganz sicher nicht Maxwell. Du bist nur ein ziemlich dummes Mädchen, das der ganzen Sache nicht gewachsen ist.«

Ich spürte, wie ich innerlich ganz steif wurde, aber es gab jetzt kein Zurück mehr. Ich tat so, als ob mich alles völlig kaltlassen würde, was nicht weiter von der Wahrheit hätte entfernt sein können, und sagte: »Du redest wie üblich Unsinn, Izzie. Was verstehe ich denn nicht?«

Das war ihr Moment, und sie griff zu. Sie spuckte die

Worte aus, von denen sie wusste, dass sie meine Welt zerstören würden.

»Es war nicht Leon, du dumme Kuh. Es war nicht Leon, der diesen Zeitgenossen aus Troja holte. Nur *eine* Person würde jemals so etwas Idiotisches tun.«

Meine Welt entglitt mir, aber ich musste trotzdem fragen.

»Und wer war es denn?«

»Du warst es. Sie. Maxwell. Maxwell hat das getan. Du bist dafür verantwortlich, weil du arrogant und eingebildet und selbstverliebt bist, und du denkst, du bist wunderbar und kannst alles tun, was du willst. Und alle anderen decken dich. Und dann bist du gestorben, also spielte es keine Rolle mehr, und ich dachte, wir wären jetzt sicher. Dass er über dich hinwegkommen würde. Eines Tages hätte er sich *mir* zugewandt. Aber dann bist du wieder aufgetaucht und hast alles ruiniert. Jetzt sind wir alle einem Risiko ausgesetzt. Mal wieder. Und du fragst dich, warum die Leute dich hassen?«

Wir alle haben eine Vorstellung von uns selbst. Ein Bild von uns, wie wir auf andere zu wirken hoffen. Meines beruhte auf meiner Arbeit. Ich sah mich selbst, wie ich wollte, dass andere mich wahrnehmen: als professionell, hart schuftend, hingebungsvoll, kompetent … Das Übliche eben. Dass das alles in einem einzigen Augenblick weggefegt wurde … Zu wissen, dass ich ein so schreckliches Verbrechen begangen hatte … Zu wissen, dass *ich* es gewesen war. Ich war diejenige, die es getan hatte. Ich hatte die Zeitlinie in Gefahr gebracht, St. Mary's, meine Kollegen … War Leon davongerannt? Vor mir? Meine Welt brach rings um mich herum zusammen.

Ich fühlte mich, als wäre ich in eine Wanne mit Eiswasser gestiegen. Der Schock nahm mir die Luft zum Atmen. Barclay hatte die Grundfesten meiner Welt weggetreten, und mit einem Schlag war ich nicht mehr die Person, für die ich mich gehalten hatte. Das Letzte, was ich in dieser Welt besaß – mein Selbstwertgefühl –, war mir entrissen worden.

Ich wusste nicht, was ich tun sollte. Ich wusste einfach wirklich nicht, was mir noch zu tun blieb. Was ich empfinden und was ich sagen sollte. Kein Wunder, dass Leon mir eingeschärft hatte, nichts zu sagen. Das war auch der Grund, warum Leon wollte, dass ich mich auf dem Klo versteckte. Damit er mit Helios sprechen konnte. Damit ich es nicht herausfand. Entdeckte, dass es in dieser Welt nicht Leon gewesen war. *Ich* war die Person, die die Zeitlinie in Gefahr gebracht und alles aufs Spiel gesetzt hatte.

Es war ein Gradmesser dafür, wie sehr ich mich inzwischen mit diesem Leben, das ich angenommen hatte, identifizierte. Ich fühlte mich ganz genauso verängstigt und beschämt und entsetzt, als hätte ich es wirklich selbst getan. Vielleicht sollte ich mich der Zeitpolizei stellen, mein Verbrechen zugeben und meine Strafe entgegennehmen. War das der Grund, weshalb ich hier war? Um der Zeitpolizei einen Sündenbock zu liefern?

Aber nein, das würde weder Peterson noch Guthrie

oder den Boss retten. Weit entfernt davon. Denn wenn ich schuldig war, waren sie es auch.

Was sollte ich nur tun?

Was *konnte* ich tun?

Ich weiß nicht, wie lange ich dastand, in Gedanken und Panik verloren, aber als ich wieder hochblickte, war Barclay verschwunden. Ich ließ mich aufs Bett fallen. Die Sprungfedern unter mir quietschten. Ich versuchte nachzudenken, aber immer dieselben drei Worte drehten sich in meinem Kopf. *Du warst es. Du warst es. Du warst es.* Ich weiß nicht, wie lange ich so dasaß. Das Licht oben an der Decke flackerte. Schatten tanzten. Die Zeit verging. Ich sollte mich auf diese Anhörung vorbereiten. Meine Verteidigung ausarbeiten. Nur dass ich gar keine hatte. Wenn ich Maxwell war, würden sie mich erschießen. Ebenso wie Guthrie und Peterson und den Boss. Und Leon, falls sie ihn denn jemals finden würden.

Und selbst wenn ich *nicht* Maxwell wäre – würde das irgendjemanden retten? Wer würde mir glauben, dass ich aus einer anderen Welt stammte? Ich konnte es nicht beweisen. Und man konnte auch keine Leiche ausgraben, da ich verbrannt und meine Asche verstreut worden war. Keine modrige Erde für mich. Nur ein kleiner Stein mit meinem Namen.

Es ging mir nicht um mich. Da ich jetzt wusste, was ich getan hatte, war ich mir gar nicht mehr so sicher, ob ich überhaupt überleben wollte. Mal angenommen, ich wäre nicht hergekommen …

Ich war so versunken in meiner eigenen finsteren Welt, dass ich die leisen Schritte auf dem Gang überhaupt nicht hörte. Als eine Stimme erklang, bekam ich beinahe einen Herzanfall.

»Einen schönen guten Tag, Dr. Maxwell.«

Die Stimme hatte die majestätische Würde von Jahrtausenden.

Ich war nicht in der Stimmung dafür.

»Verschwinden Sie, Mrs. Partridge.«

Vielleicht konnte ich sie ja dazu bewegen, mich diesmal endgültig sterben zu lassen.

»Ich kann sehen, dass Sie außerordentlich bekümmert sind, aber es gibt wirklich keinen Grund dafür, unhöflich zu sein.«

Sie war wie für eine Schlacht gekleidet, ihr dunkles Haar war um ihren Kopf geschlungen und wurde von silbernen Nadeln gehalten. Eine lange, elegant drapierte Robe fiel ihr bis auf ihre Füße, die in Sandalen steckten. In einer Hand hielt sie eine Schriftrolle. Anscheinend war dies eine offizielle Angelegenheit.

Ich erhob mich, um mich ihr zu stellen. Meine Stimme zitterte vor Emotionen, aber ich hätte nicht sagen können, welches Gefühl überwog. Ich kam mir vor wie ein Dampfkochtopf, bereit, jede Minute zu explodieren und das halbe Gebäude dabei mit einzureißen.

»Haben Sie mich deshalb hierhergebracht? Um die Schuld auf mich zu nehmen und Ihnen dabei zu helfen, die Zeitpolizei abzuschütteln? Soll ich für etwas geopfert werden, das ich nicht getan habe? Ich bin in Azincourt gestorben, und da dachten Sie sich, Sie könnten mich ja hierherbringen, und ich wäre so dankbar für ein paar zusätzliche Wochen am Leben, dass ich alles auf mich nehmen würde? Nun, ich werde Ihnen mal was sagen, Mrs. Partridge, ich bin nicht Ihre Marionette. Es ist mir egal, was Sie von mir verlangen – ich werde es nicht tun. Sie werden sich schon eine andere Maxwell von irgendwoher besorgen müssen. Das sollte ja kein Problem sein – Sie scheinen einen unerschöpflichen Vorrat zu haben.«

Ich hatte noch mehr zu sagen, aber dazu kam es nicht mehr. Das Licht an der Decke flackerte wie verrückt. Schatten huschten überall durch den Raum. Ich hatte es endlich geschafft. Ich hatte Mrs. Partridge wütend gemacht.

Wir starrten einander an. Ich würde keinen Fußbreit zurückweichen. Sie könnte Stürme und böse Omen heraufbeschwören und die Erde beben lassen, und es würde ihr nicht das Geringste nützen. Denn in dieser Welt hatte ich etwas so Entsetzliches getan, dass ich nicht damit leben konnte, und wenn sie mich vom Antlitz der Erde fortwischen würde, dann würde sie mir damit einen Gefallen tun.

»Machen Sie nur weiter«, kreischte ich. »Machen Sie weiter, es kümmert mich nicht. Tun Sie das Schlimmste, das in Ihrer Macht liegt, und zwar jetzt gleich, denn ich bin fertig mit Ihnen.«

Mir war gar nicht klar gewesen, dass sie so groß war. Sie musterte mich lange genug, um die ersten Fünkchen Furcht bei mir aufflackern zu lassen. Dann war alles still.

»Meine Güte«, sagte sie unbekümmert. »Ich denke, wir sollten uns setzen, was meinen Sie?«

Ich habe keine Erinnerung daran, dass ich mich bewegt hätte, und ich hatte das auch gar nicht vorgehabt, aber da war ich, saß auf dem Bett und lauschte den Vögeln, die an einem wunderschönen Nachmittag draußen zwitscherten.

»Ich denke, wir müssen einander auf Vordermann bringen. Soll ich den Anfang machen?«

Danach stand mir überhaupt nicht der Sinn. »Um vier habe ich eine Anhörung, auf die muss ich mich konzentrieren.«

»Na, dann bleibt Ihnen ja noch ungefähr eine Stunde.«

»Ich muss irgendeine Art von Verteidigungsstrategie entwickeln.«

»Ich bin mir sicher, Ihnen wird schon etwas Erfolgversprechendes einfallen, das tut es doch immer.«

Ich gab es auf. Außerdem wäre es schön, ein paar Antworten zu bekommen.

»In Ordnung. Sie fangen an.«

»Die Zeitpolizei muss aufgehalten werden. Wenn nicht, wenn das St. Mary's-Institut nicht seine Unschuld beweisen kann, dann werden Menschen sterben. Dr. Bairstow, Peterson, Guthrie, Sie selbst – all die Menschen, von denen St. Mary's abhängt. Wenn all diese Leute entfernt werden, wird der Weg für einen neuen Direktor freigemacht, und wir beide wissen, wer das sein wird. Die Ereignisse, die Sie mit so viel Mühe in Ihrer eigenen Welt verhindert haben, werden hier stattfinden, weil es niemanden gibt, der sich denen entgegenstellt.«

»Aber wie können wir sie stoppen?«, fragte ich. »Wir sind schuldig. Ich bin schuldig.«

Wieder einmal stand ich kurz vor einer Panikattacke.

»Nein«, sagte Mrs. Partridge, und sie klang ein bisschen ärgerlich. »Das sind Sie nicht.«

»Aber ich kann es nicht beweisen. Niemand wird mir glauben. Ich habe so gut wie zugegeben, wer ich bin. In der Öffentlichkeit. Vor versammelter Mannschaft. Jeder glaubt, ich sei Maxwell.«

Jetzt war sie wirklich sauer. »Sie *sind* Maxwell.«

Zurück auf Anfang: Ich war verwirrt. Immer nur ein kurzer Weg für mich.

»Aber wie soll das was helfen? Wenn ich Maxwell bin, dann werden sie mich wegen Helios erschießen. Wenn ich nicht Maxwell bin, werden sie mich erschießen, weil ich eine Anomalie bin.«

»Ich bin mir sicher, dass Ihnen alles klar werden wird, wenn Sie sich die Zeit nehmen, gründlich nachzudenken.«

Ich war mir verdammt sicher, dass das nicht der Fall sein würde.

»Wenn ich mich selbst ausliefere – werden sie dann die anderen gehen lassen?«

»Das bezweifle ich.«

»Aber warum bin ich dann hier? Soll ich geopfert werden, damit Sie die Zeitpolizei abschütteln können?«

»Ganz sicher nicht. Was hat Sie denn nur auf diese Idee gebracht?«

»Oh, ich weiß auch nicht. Vielleicht die Tatsache, dass ich verletzt und krank war, gejagt wurde, halb erfroren bin, erschossen wurde, wieder gejagt wurde, wieder angeschossen wurde, im Schlamm versunken bin, in Asche versunken bin, krank geworden bin … Ein ziemlich straffes Programm, aber es bleibt immer noch Raum für die eine existenzielle Frage: Warum zur Hölle bin ich hier? Um Himmels willen, Mrs. Partridge, was soll ich Ihrer Meinung nach tun? Geben Sie mir doch irgendeinen Hinweis!«

»Das kann ich nicht. Sie müssen Ihren eigenen Weg gehen.«

»Welchen Weg?«

Stille.

»Vielleicht«, sagte ich bitter, »sollte ich einfach zulassen, dass sie mich umlegen.«

»Sie sind in dieser Welt schon einmal gestorben. Versuchen Sie es nicht ein zweites Mal.«

»Aber soll ich denn nicht sterben? Ist das nicht der Grund, warum ich hier bin? Ich werde exekutiert, um Ihnen die Zeitpolizei vom Hals zu schaffen.«

»Im Gegenteil: Sie sollen Ihr Bestes tun, um am Leben zu bleiben.«

»Warum?«

»Um die Wahrheit zu berichten.«

»Sie meinen, behaupten, dass ich Maxwell sei.«

Wieder sagte sie: »Sie *sind* Maxwell.«

Stimmt.

Sie fuhr fort. »Sie machen das alles viel schlimmer, als es sein sollte. Ich bin mir sicher, wenn Sie gründlich darüber nachdenken, dann werden Sie sehen, wie klug es ist zuzugeben, wer Sie sind.«

Das bezweifelte ich. Aber mir kam ein Gedanke.

»Haben Sie mich getötet? Als eine Bestrafung für das, was ich mit Helios getan habe?«

Sie lächelte, aber ohne Freude. »Ich habe nicht die Gelegenheit dazu bekommen.«

Ich lehnte mich erschöpft zurück.

»Trinken Sie das, das wird Ihnen vielleicht helfen.«

Was sie mir gab, war wirklich das Schlimmste, was ich je getrunken hatte, und ich hatte mich schon mal mit üblem Sekt zugeschüttet, noch dazu in Pikkoloflaschen. Es hatte ein Weilchen gedauert, und ich hatte ungefähr vier Kisten davon gebraucht. Im Anschluss hatte ich mir gewünscht, ich hätte früher die Reißleine gezogen. Jetzt nahm ich einen tiefen Schluck von etwas, das mir beinahe die Birne wegpustete. Ich brauchte eine Weile, um mich davon zu erholen, und als meine Augen nicht mehr tränten, war Mrs. Partridge auf dem Weg zur Tür hinaus.

Ich schlug ihre Anweisungen in den Wind und geriet in Panik.

»Warten Sie. Sie haben mir immer noch nicht gesagt, was ich tun muss.«

Sie wandte sich zu mir um.

»Denken Sie immer daran: Wir können die Vergangenheit nicht ändern. Aber wir können die Zukunft ändern.«

Damit war sie verschwunden, und Officer Ellis war zurück, der mir mitteilte, dass es an der Zeit sei.

# Elf

Eine Zeit ruhiger Kontemplation wäre schön gewesen.

Eine Zeit, in der ich in der Lage gewesen wäre, innezuhalten und einen Moment lang nachzudenken. Mir durch den Kopf gehen zu lassen, was mir soeben mitgeteilt worden war. Was ich tun sollte. Was ich sagen sollte.

Aber natürlich nicht.

Ich weiß nicht, was in dem Getränk gewesen war, das Mrs. Partridge mir verabreicht hatte. Ich weiß nur, dass ich mich, als ich Ellis zurück ins Gebäude folgte, so fühlte, als könnte ich die ganze Welt erobern. Zum Teufel mit Herkules – ich hätte alle zwölf Aufgaben vor dem Mittagessen erledigt und es anschließend mit dem Minotaurus aufgenommen. Während ich einen Kopfstand machte und dabei *Gott schütze den König* pfiff.

Mein Gefühl der Unbesiegbarkeit überdauerte den ganzen Weg durchs Gebäude und schaffte es sogar in die große Halle hinein. Diese war brechend voll, was ein bisschen überraschend war, denn ich hatte irgendetwas im Keller vermutet. Mit Elektroden und ohne Zeugen. Auf der anderen Seite war das Schweigen, das sich ausbreitete, als wir eintraten, weder freundlich noch einladend. Genauso wenig wie die räumliche Aufteilung.

Eine unbekannte Frau saß mit dem Rücken zur Treppe an einem Tisch, sodass sie zu den Haupttüren blickte. Gekleidet war sie in die schwarze Uniform der Zeitpolizei, was nicht sehr vertrauenerweckend war. Sie war ungefähr im Alter von Dr. Bairstow, und die Sonne, die durch das Oberlicht hereinfiel, ließ das Silber in ihrem Haar aufblitzen. Sie schaute nicht hoch, als wir eintraten, sondern schrieb weiter. Ihre Hand bewegte sich langsam, aber gleichmäßig über das Blatt.

Rechts von ihr saßen Colonel Albay und ein Officer, den ich nicht kannte, an einem kleinen Tisch, auf dem sich elektronische Geräte stapelten.

Dr. Bairstow, Peterson und Guthrie saßen allein in der ersten Reihe, flankiert von Wachen, und der Rest vom St. Mary's hatte in den Reihen dahinter Platz genommen. Miss Lee saß an einer Seite, ein Notizpad vor sich auf dem Tisch. Sie würde Protokoll führen.

Am bedrohlichsten war ein einzelner Stuhl, der isoliert in der Mitte des Raums stand, unmittelbar unter dem Glasfenster im Dach. Na ja, immerhin würden sie mich sitzen lassen.

Ellis gab mir einen kleinen Schubs. »Los, weiter.«

Langsam lief ich durch die Halle. Wie viele Male war ich schon hier drinnen gewesen, zum Arbeiten, Streiten, Präsentieren oder wenn ich ein Missionsbriefing gab oder bekam? Ich hätte nie gedacht, dass es so weit kommen würde.

»Sie können sich setzen«, sagte Albay, und ich ließ mir alle Zeit der Welt, nur um ihn zu ärgern, verrückte den Stuhl ein Stückchen, schaute mich um, merkte mir, wo die Menschen mit den vertrauten Gesichtern saßen, strich meine Kleidung glatt und machte es mir bequem. Ich beging nicht den Fehler, nach jemandem Ausschau zu halten, der mir hätte Mut machen oder mich unterstützen können. Ellis nahm hinter mir Aufstellung.

Schweigen breitete sich aus. Die Frau schrieb immer weiter. Wir hatten noch nicht einmal angefangen. Was, um Himmels willen, konnte sie jetzt schon aufschreiben?

Das Hüsteln und Scharren verstummte langsam, und es wurde vollkommen still. Vermutlich geschah das zum ersten Mal an diesem Ort, wo sonst Historiker arbeiten. Ich starrte auf meine Füße. Was mich anging, konnten sie sich so viel Zeit lassen, wie sie wollten.

Endlich legte die Frau von der Zeitpolizei ihr Schreibgerät zur Seite und sah hoch.

»Guten Tag. Lassen Sie uns die Vorstellungsrunde hinter uns bringen. Mein Name tut nichts zur Sache. Ich habe zugestimmt, den Vorsitz bei dieser Anhörung zu übernehmen, deren Ziel, soweit ich es verstanden habe, darin besteht, die Identität dieser Person hier vor uns zu klären. Gestatten Sie mir, meine eigenen Referenzen zu nennen. Ich habe vor vielen Jahren für das St. Mary's-Institut gearbeitet, ehe ich ausgeschieden bin und eine Stelle bei der Zeitpolizei angenommen habe. Man hatte wohl das Gefühl, dass mir diese Tatsache

Zugang zu beiden Lagern verschafft, und jeder Sorge vorbaut, ich könnte voreingenommen sein. Sollte jemand irgendwelche Zweifel an meiner Eignung haben, dann möge er sie jetzt vorbringen. Schweigen wird als uneingeschränkte Zustimmung gewertet.«

Sie ließ einen aufmerksamen Blick durch den Raum wandern. Stille. Guter Gott, sie war eine weibliche Version von Dr. Bairstow. Ich fragte mich, in welcher besonderen Inkarnation vom St. Mary's-Institut sie gearbeitet hatte, und war einfach nur dankbar, dass es nicht in meiner gewesen war.

»Rechts von mir sitzt Colonel Albay, der die heutige Anhörung leiten wird. Nach meinem Kenntnisstand ist diese Anhörung Teil einer größeren Untersuchung bezüglich der angeblichen Entfernung eines Zeitgenossen aus seiner eigenen Zeit?«

Er nickte.

»Ja, Frau Präsidentin.«

»Ich gehe davon aus, dass alle Zeugen, die aufgerufen werden sollen, bereits anwesend sind?«

»Ja, Ma'am.«

»Zu meiner Linken befindet sich die Person, die im Zentrum der heutigen Befragung steht. Guten Tag. Wie ich gehört habe, haben Sie Ihren schlechten Gesundheitszustand noch nicht vollständig überwunden. Geht es Ihnen so weit gut?«

»Ja, danke schön, Frau Präsidentin.«

»Colonel, Sie werden die gesundheitliche Verfassung der Zeugin berücksichtigen und Ihre Befragung entsprechend anpassen.«

Er stand auf.

»Ma'am, ich habe vor …«

»Da bin ich mir sicher. Ich warne Sie einfach nur, keinen Grund für spätere Berufungen zu liefern.«

Das brachte ihn zum Schweigen.

»Ich bin Ihnen zu Dank verpflichtet, Ma'am.«

Sie nahm ihren Stift und begann wieder zu schreiben.

»Sie können anfangen.«

Und los.

»Frau Präsidentin, diese Zeugin hat sich als feindselig und unkooperativ erwiesen. Mir wurde mitgeteilt, dass jede Gabe von Medikamenten kontraindiziert wäre, und aus diesem Grund, wenn Sie keine Einwände erheben, habe ich vor, die Wahrheitsmanschette zum Einsatz zu bringen.«

Schon wieder diese verfluchte Manschette. Ich hatte Ellis extra nicht danach gefragt, weil ich es gar nicht wissen wollte.

Der unbekannte Officer trat zu mir, in den Händen eine Kiste, aus der er eine Metallmanschette zog, ungefähr zwanzig Zentimeter lang mit einem eingebauten LED-Display. Eine Menge gelber Lämpchen blinkte.

»Bitte nennen Sie die Wirkungsweise dieses Gerätes für das Protokoll.«

»Frau Präsidentin, dies ist eine Wahrheitsmanschette. Sie kann keine falschen Ergebnisse liefern. Eingebaute Sensoren überwachen die Reaktionen eines Körpers auf gestellte Fragen. Antworten, die nicht der Wahrheit entsprechen, bewirken ein rotes Blinken. Fortgesetzte Antworten, die nicht wahrheitsgemäß sind, führen dazu, dass die Manschette auf eine Art und Weise reagiert, die weitere unwahre Antworten verhindert.«

Verfluchte Hölle.

Überall im Raum rutschten die Leute hin und her, aber niemand stand auf und sagte: »Das können Sie nicht tun.«

Ich nahm mir vor: Wenn Leon je zurückkehrte, dann würden er und ich mal ein Wörtchen reden. Ungefähr eine Stunde lang. Wahrscheinlich länger.

Colonel Albay erhob sich. Er hatte keine Unterlagen vor sich liegen, verschränkte die Hände hinter dem Rücken und wandte sich an mich.

Meine Gedanken liefen in alle Richtungen. Ich musste sie unbedingt bündeln. Konzentrier dich, Max. Was willst du sagen? Zugeben, nicht aus dieser Welt zu stammen? Würde das ausreichen, um diejenigen zu befreien, die mit mir zusammen angeklagt waren? Ich bezweifelte das, aber wer würde mir überhaupt glauben?

Oder sollte ich sie überzeugen, dass ich tatsächlich Maxwell war? Was sollte das bringen?

Ich wünschte mir wirklich, wirklich sehr, dass ich Schweigen als Option nicht ausgeschlossen hätte. Dann entdeckte ich David Sands in der dritten Reihe hinten, am Leben und bei bester Gesundheit, der zwischen Schiller und Roberts saß, und ich bereute nichts. Mir würde schon etwas einfallen. Eine Stimme in meinem Hinterkopf sagte mir, dass das lieber schnell geschehen sollte, denn Albay legte los.

»Frau Präsidentin, dies ist eine ganz einfache Angelegenheit. Es gibt augenblicklich drei Menschen, die angeklagt sind, beim Entfernen einer Person aus ihrer eigenen Zeitlinie behilflich gewesen zu sein. Ein vierter ist aus dem Gewahrsam geflohen und deshalb heute nicht anwesend. Wenn es sich allerdings, wie ich vermute, bei dieser Frau hier um Madeleine Maxwell handelt, dann war sie die Initiatorin und damit die Hauptverantwortliche.«

»Soweit ich weiß, ist Madeleine Maxwell tot.«

»Ich vermute, dass das in Wahrheit nicht der Fall ist. Ich glaube, ich kann beweisen, dass diese Person hier Dr. Maxwell ist. Und wenn dem so ist, dann muss das Gericht ihre Aussage hören.«

»Dies ist kein Gericht, Colonel.«

Er winkte ab. Es spielte keine Rolle. Und er hatte recht. Wenn er meine Identität erst nachgewiesen hatte, dann hatten wir alle nur noch einen kurzen Weg und ein rasches Lebewohl vor uns.

»Nun, das scheint eine leicht zu klärende Angelegenheit zu sein, Colonel. Ich nehme an, dass DNA-Proben verfügbar sind.«

»Das sind sie, Ma'am.«

»Und das Ergebnis?«

Er zögerte.

»Nahe dran. Sehr nahe.«

»Wie nahe?«

»Sehr nahe.«

»Nahe genug?«

Wieder zögerte er.

»Ich frage noch einmal: Nahe genug?«

»Die Ergebnisse sind nicht eindeutig.«

»Inwiefern?«

»Weder beweisen sie, noch widerlegen sie, dass es sich um Madeleine Maxwell handelt. Die Proben sind nicht identisch. Sie weisen allerdings eine große Ähnlichkeit auf.«

»Sagen Sie gerade, dass diese Frau nicht ganz Madeleine Maxwell ist?«

»Ich sage, dass sie es ist und dass die Proben irgendwie manipuliert worden sind. Die Ergebnisse sind gerade so stark verzerrt, dass Zweifel bestehen.«

Helen plusterte sich erbost auf. Ich räumte dem Colonel keine großen Chancen ein, falls er ihr zufällig mal allein über den Weg laufen würde.

»Wie können sie denn verzerrt sein? Ihre eigenen Leute haben die Ergebnisse bestätigt.«

»Ich weiß nicht, wie – ich weiß nur, dass sie es sind.«

»Das reicht mir nicht, Colonel.«

»Ich bin überzeugt, Ma'am, dass diese Frau, die heute vor uns steht, Madeleine Maxwell ist. Man hat gehört, wie sie es selbst zugegeben hat.«

»Dann beweisen Sie das, Colonel, und hören Sie auf, unsere Zeit zu verplempern.«

Auf ein Nicken von Albay hin schob sein Officer die Manschette über meinen rechten Unterarm. Der Mann hatte einige Mühe, sie zu schließen. Die Schwellung war immer noch nicht vollständig abgeklungen. Er versuchte vergeblich, die Schelle zusammenzudrücken. Obwohl es wehtat, verspottete ich ihn, weil ich dumm bin und weil es ja auch immer eine glorreiche Idee ist, jemanden anzustacheln, der einem gerade Schmerzen zufügt.

Die Vorsitzende machte sich nicht mal die Mühe, hochzuschauen.

»Nehmen Sie den anderen Arm, Colonel.«

»Ma'am, die Ergebnisse sind viel genauer, wenn …«

»Dann warten Sie ab, bis der Arm ausgeheilt ist. Ich kann die Anhörung gerne vertagen.«

Er biss die Zähne zusammen und nickte.

Die Manschette glitt mühelos über den anderen Arm. Der Officer schloss sie mit einem Klicken. Das Ding war sehr schwer. Und sehr kalt.

Ich würde gerne behaupten, dass ich irgendeinen Plan hatte. Dass ich alles gründlich durchdacht hatte und mit einem sorgfältig ausgeklügelten Vorgehen am Start war, das ein erfolgreiches Ergebnis sichern würde. Ja, das würde ich wirklich gerne sagen.

Auf der anderen Seite hatte mir Mrs. Partridge aufgetragen zu improvisieren, und wer war ich, dass ich ihr nicht gehorchen würde?

Irgendjemand sprach mit mir.

»Verzeihung, ich war mit den Gedanken woanders. Wiederholen Sie das bitte.«

Albay runzelte die Stirn und fragte sarkastisch: »Soll ich vielleicht lauter sprechen?«

»Nein. Nicht nötig. Manchmal höre ich einfach nur nicht zu.«

Die Anzeigen auf der Manschette leuchteten grün. Irgendjemand lachte.

»Ich werde damit anfangen, dass ich Ihnen ein paar einfache Fragen stelle, damit die Manschette sich richtig kalibrieren kann.«

Ich machte eine unbekümmerte Geste. »Lassen Sie sich ruhig Zeit. Ich sitze hier ganz bequem.«

Es gab ein Murmeln am Tisch. Der namenlose Officer veränderte einige Einstellungen an seinem Gerät, und los ging es.

»Könnten Sie die nächsten Fragen bitte *nicht* wahrheitsgemäß beantworten?«

»Mit Vergnügen.«

»Wie alt sind Sie?«

»Hundertacht Jahre.«

Es war ziemlich besorgniserregend, dass das rote Licht ein oder zwei Sekunden brauchte, bis es aufflackerte.

»Danke sehr. Welche Farbe hat Ihr Haar? Bitte antworten Sie der Wahrheit entsprechend.«

»Ein flammengeküsstes Kastanienbraun.«

Das rote Licht blinkte.

Ich seufzte. »Rot.«

Grünes Licht.

Die Präsidentin schaute hoch. »Die Manschette scheint wunderbar zu funktionieren, Colonel. Bitte fahren Sie fort.«

Ich wartete angespannt, die Erinnerung an mein letztes Verhör noch lebhaft in Erinnerung.

Er kam gleich zur Sache: »Haben Sie einen Zeitgenossen mitgenommen, als Sie auf Mission in Troja waren?«

Irgendetwas in meinem Kopf ruckelte sich zurecht; ich hörte auf, mich selbst zu bemitleiden, und konzentrierte mich. Plötzlich hatte ich das Gefühl, meinen Weg klar vor mir zu sehen. Was die Frage der Identität anging, stand ich auf dünnem Eis, aber was das Herausreißen von Zeitgenossen anging, konnte ich eine blütenreine, strahlende Unschuld an den Tag legen. Denn natürlich hatte ich das nicht getan. Ich war es nicht gewesen. Plötzlich gab es wirklich eine Möglichkeit, dass ich die ganze Show hier und jetzt beenden konnte. Heute. Denn, und das war so sicher wie das Amen in der Kirche, ich konnte mir kein Gerichtsverfahren leisten. Wenn ich unter Drogen gesetzt würde, dann wusste Gott allein, was ich sagen würde. Hier und heute hatte ich immerhin ein bisschen die Kontrolle über alles.

Wenn ich jedoch zu unbekümmert antwortete, dann konnte Albay misstrauisch werden. Ich musste dafür sorgen, dass er sich auf die Entfernung eines Zeitgenossen konzentrierte, und hoffen, dass er in der ganzen Aufregung über seine Jagd vergaß, genau zu klären, wer ich war. Ein Kinderspiel. Ich konnte immer noch spüren, wie das flüssige Feuer von Mrs. Partridge durch meine Adern strömte.

»Letzte Warnung, Colonel.«

»Ich bitte um Verzeihung, Ma'am. Ich wünschte einfach, ich könnte dem Gericht ein bisschen Zeit ersparen.«

»Die Vorsitzende dieser Anhörung erinnert Sie noch einmal daran, dass dies kein Gericht ist.«

»Also gut. Ihren Namen, bitte.«

Ich wollte mich auf kein Kräftemessen mit Colonel Albay einlassen, also richtete ich meine Antworten an Dr. Bairstow in der vordersten Reihe. Was mich betraf, so hatte er hier das Sagen. Und ich konnte sehen, dass es den Colonel wurmte, also war es in jeder Hinsicht richtig.

»Maxwell.«

Wir alle sahen das grüne Licht.

Die Stille, die Albay folgen ließ, war schwer zu ertragen. Als ich meine Sitzposition ein bisschen veränderte, merkte ich, dass mein T-Shirt schweißnass war.

»Sind Sie Madeleine Maxwell?«

»Nein.«

Rot. Klar und deutlich und ohne jedes Blinken.

Und drei Sekunden später – ein scharfer Schmerz. Nicht lange. Nicht wild. Aber das alles konnte noch kommen, wenn ich nicht anfing, die Wahrheit zu erzählen.

»Aua«, sagte ich und warf dem Colonel einen empörten Blick zu. »Das tat weh.«

»Das sollte es auch. Sind Sie Madeleine Maxwell?«

Ich schüttelte den Kopf und glaubte, dass das vielleicht sicherer war. War es nicht. Dieses Mal war der Schmerz schon etwas stärker. Ich konnte nicht verhindern, dass ich zischend den Atem einsog. Und diese Bastarde hatten die Manschette an meinem kaputten Arm befestigen wollen …

Ich schaute hinüber zu Dr. Bairstow, dessen Gesicht wie versteinert war. »Sie foltern hier die Leute?«

Mit Nachdruck antwortete er: »*Wir* tun das nicht, nein.«

»Die Zeugin möge ihre Bemerkungen auf die Anhörung beschränken«, sagte Albay.

»Die Zeugin ist im Moment ziemlich angepisst.«

»Die Zeugin möge daran denken, dass dies eine offizielle Anhörung ist.«

»Die Zeugin kann das wohl kaum vergessen.«

»Können wir bitte fortfahren, Colonel.«

»Natürlich, Ma'am. Sind Sie Madeleine Maxwell?«

»Nein.«

Rot.

Ein brennendes, scharfes Stechen. Unwillkürlich fuhr ich von meinem Stuhl hoch. Nur mit Mühe bewahrte ich die Fassung. Ich hätte ihm die Eier abreißen können.

»Arbeiten Sie augenblicklich für das St. Mary's-Institut, oder haben Sie das jemals getan?«

»Ja.«

Grün.

Es gab ein Raunen.

»Wäre es nicht leichter, Colonel, wenn Sie es der Zeugin gestatten würden, eine Aussage zu machen und sie dann dazu zu befragen? Im Moment scheint das nirgendwohin zu führen.«

Unwillkürlich wanderte mein Blick zu Dr. Bairstow, dessen Gesicht plötzlich einen »Willkommen in meiner Welt«-Ausdruck hatte. Er bemerkte, dass ich ihn beobachtete, und bekam seine Züge sofort wieder in den Griff.

Ich setzte mich auf meinem Stuhl anders hin.

»Mein Name ist Maxwell. Ich habe in Rushford gelebt, zusammen mit dem Mann, der als Leon Farrell bekannt ist. Eines Tages tauchte aus dem Nichts eine Gruppe bewaffneter Männer auf und griff uns an. Zu keinem Zeitpunkt haben sie sich identifiziert oder uns irgendeine Erklärung gegeben. Wir sind entkommen, und seitdem sind wir von einer Bande inkompetenter Schlägertypen verfolgt worden, deren mangelnder Respekt gegenüber der Zeitlinie und den jeweiligen Zeitgenossen vor Ort atemberaubend war.«

Ich holte tief Luft. Eine unbezähmbare Wut kochte in mir hoch. Ich stand auf und drehte mich zu Albay, denn man kann diese Art von Dingen nicht im Sitzen erledigen.

»Sie haben wahllos mit einer Schallwaffe gefeuert, während wir auf einem gefrorenen Fluss standen. Sie haben das Eis beschädigt, Sie Hornochse. Dass Sie nicht für die *Große Frostmarktkatastrophe von 1683* verantwortlich waren, war ein Wunder. Es befanden sich Hunderte von Menschen auf dem Eis. Männer, Frauen, Kinder, und Sie haben sie alle einem Risiko ausgesetzt. Wenn die ins Wasser gestürzt wären, wären sie innerhalb von Sekunden gestorben. Sie hätten den Lauf der Geschichte unwiderruflich verändert.

Und dann noch einmal in Theben. Die Vibrationen Ihrer Schallwaffe haben jedes Krokodil in einem Radius von fünf Meilen aufgescheucht. Wissen Sie denn nicht, wie die untereinander kommunizieren? Sie hatten Glück, dass die Menschen praktisch alle beim Festival waren. Wenn die Ufer voller Fischer gewesen wären, Familien, Menschen beim Wasserholen und beim Baden, wenn dort saufende Tiere gewesen wären, dann hätte das wieder eine Unmenge Leben gefordert, und auch das wäre Ihrer unüberlegten Verantwortungslosigkeit zuzuschreiben gewesen.«

Ich sagte nichts über Pompeji. Es war nicht nötig, Ellis in Schwierigkeiten zu bringen.

»Ma'am, wenn man mich nach meiner Meinung fragt, und ich hoffe sehr, dass das eines Tages geschehen wird, dann würde ich sagen, dass der Schaden, den diese Officers angerichtet haben, während sie wie verrückt die Zeitlinie hoch- und runtermarschiert sind, weitaus größer ist als das Verbrechen, das sie angeblich untersuchen. Ein Verbrechen, das, wenn ich das hinzufügen darf, von allen Angeklagten energisch zurückgewiesen wird und für das es keinerlei Beweise gibt außer der Einbildungskraft der Zeitpolizei. Warum präsentieren sie diesen Zeitgenossen nicht? Wo steckt die Frau? Oder der Mann?«

Ich sah mich gespielt suchend in der Halle um. »Oh! Das stimmt. Nicht hier! Wie seltsam! Das einzige Beweisstück, das den Fall glasklar belegen könnte, können sie nicht beibringen. Weil es nicht existiert. Frau Präsidentin, ich möchte gerne zu Protokoll geben, dass das Verhalten der Zeitpolizei meiner Meinung nach ungeheuerlich gewesen ist. Verachtenswert. Unprofessionell. Unbedacht. Dumm. Während diese Männer danach trachten, jene zu bestrafen, die sie verantwortlich machen für ein gar nicht erfolgtes Fehlverhalten, sind sie durch die Geschichte getrampelt, haben die Zeitlinie in Gefahr gebracht und unzählige Leben gleich mit dazu. Die Zeitpolizei ist eine Schande, Frau Präsidentin, und ich fordere, dass sie den strengsten Beschränkungen unterworfen wird, die möglich sind.«

Ich ließ mich wieder auf meinen Stuhl fallen. Irgendjemand weiter hinten begann zu klatschen, und langsam fand der Beifall überall in der Halle ein Echo.

Ich versuchte, mir die Befriedigung, die ich empfand, nicht anmerken zu lassen. Denn ich konnte zwar leugnen, dass ich Maxwell bin, bis ich blau im Gesicht war, aber nach einem solchen Ausbruch würde mir das niemand mehr glauben.

Auf einen Wink von Colonel Albay hin brachten die Mitglieder der Zeitpolizei ihre Waffen in Anschlag und machten unmissverständlich deutlich, was sie erwarteten. St. Mary's wurde langsam wieder ruhig, aber irgendetwas hatte sich verändert.

Colonel Albay stand da, leicht gerötet und mit einem Ausdruck auf dem Gesicht, von dem ich mir dringend wünschte, dass er Triumph verriet. Der Mund des Colonels war zu einem grimmigen Strich zusammengepresst. Ich hoffte – ich hoffte inständig –, dass mein Ausbruch ihm die Munition geliefert hatte, die er zu brauchen glaubte, um mich endgültig fertigzumachen.

Ich drehte mich um und sah die Präsidentin an, die immer noch schrieb. Ich kämpfte um mein Leben und um das von Guthrie, Peterson und vom Boss, und sie schrieb immer weiter. Als sie den Kopf drehte, bemerkte sie, dass ich sie anstarrte. Ziemlich ruhig und ohne irgendeine besondere Betonung sagte sie: »Die Zeugin wird jetzt die Wahrheit sagen.«

Ich nickte. In der Tat würde die Zeugin jetzt die Wahrheit sagen. Denn endlich – und lange genug hatte es gedauert – hatte unser Colonel Albay zugelassen, dass der Triumph sein Urteilsvermögen überlagerte. Er war kurz davor, einen Fehler zu machen. Er stand in einiger Entfernung zu mir, aber selbst von hier aus konnte ich seine plötzliche Aufregung spüren. Jetzt, so dachte er, hatte er freie Fahrt.

»Ma'am, ich denke, es ist inzwischen für jeden in diesem Raum offensichtlich geworden, dass dies Madeleine Maxwell ist. Ihre Vertrautheit mit dem St. Mary's-Institut und seiner Arbeitsweise macht das sehr deutlich. Die anderen behaupten, Madeleine Maxwell sei tot und praktischerweise eingeäschert, und so meinen sie, sie könnten den Konsequenzen für ihre Taten entkommen. Aber das werde ich nicht zulassen. Ma'am, ich bin bereit auszusagen, auch unter Eid, wenn das nötig ist, dass diese Frau, die hier heute vor uns steht, Madeleine Maxwell ist.«

»Sind Sie sich da absolut sicher?«

»Ja, Ma'am. Ohne Zweifel ist das Madeleine Maxwell. Dies ist die Frau, die während einer Mission nach Troja einen Zeitgenossen aus seiner eigenen Zeit gerissen hat. Die Strafe dafür ist der Tod.«

Die Vorsitzende wandte sich an mich. Es herrschte vollkommene Stille. Das Einzige, was sich bewegte, waren die Staubpartikel, die im Sonnenlicht tanzten, das durch das Oberlicht hereinfiel.

Ich spürte, wie mir der Schweiß über den Rücken lief. Mein Arm puckerte. Meine Brust schmerzte. Ich hatte furchtbare Kopfschmerzen und vermutete, dass Mrs. Partridges Hexentrank langsam nachließ. Jeden Augenblick konnte ich zusammenbrechen.

Die Zeugin war angewiesen worden, die Wahrheit zu sagen.

Klar und deutlich sagte die Vorsitzende: »Bitte nennen Sie Ihren Namen.«

»Madeleine Maxwell.«

Grün.

Niemand bewegte sich.

»Sie werden sich Zeit lassen, um über Ihre Antwort auf die nächste Frage nachzudenken und dann wahrheitsgemäß auszusagen. Haben Sie letztes Jahr, als Sie auf einer Mission in Troja waren, jemanden, *irgendjemanden*, aus seiner eigenen Zeitlinie geholt?«

Ich hob die Manschette, sodass jeder sie sehen konnte, und ließ meine Stimme durch die Halle dröhnen.

»Nein, das habe ich nicht. Mein Name ist Madeleine Maxwell. Ich war die Leitende Missionschefin im St. Mary's-Institut, und ich habe noch nie, noch kein einziges Mal, jemanden aus seiner eigenen Zeit gerissen.«

Grün. Die ganze Anzeige. Jedes Licht leuchtete grün.

Riesiger Jubel brandete auf.

Die Präsidentin wartete, bis sich der Lärm wieder gelegt hatte.

»Hat irgendjemand, Ihres Wissens nach, je einen Zeitgenossen aus seiner Zeitlinie geholt?«

Scheiße. Sie hatte die falsche Frage gestellt. Denn in meiner Welt, ja, da hatte Leon genau das getan. Würde ich jetzt, wo ich schon so weit gekommen war, doch noch alles vor die Wand fahren?

Ich holte tief Luft und hielt wieder die Manschette hoch. Mein Herz hämmerte. »Meines Wissens und meiner Überzeugung nach hat niemand der hier Anwesenden mich jemals dabei gesehen, wie ich einen Zeitgenossen aus der Zeit gerissen habe.«

Das war zwar nicht ganz das, was sie gefragt hatte, aber das schien niemandem aufzufallen.

Die Manschette leuchtete grün, und wieder gab es Jubel.

»Hat Major Guthrie oder Dr. Peterson Ihnen je dabei geholfen oder es geduldet oder war in irgendeiner Form daran beteiligt, einen Zeitgenossen aus seiner Zeitlinie zu entfernen?«

Scheiße! Scheiße, scheiße, scheiße. Wie sollte ich das nur formulieren?

»Weder Major Guthrie noch Dr. Peterson haben mir je dabei geholfen, einen Zeitgenossen aus seiner eigenen Zeitlinie zu holen.«

Grün. Endlich. Niemand schien die Verschiebung bemerkt zu haben.

*Frag nicht nach Leon. Frag mich nicht nach Leon. Frag mich nicht nach Leon.*

»Hat nach Ihrem Kenntnisstand Chief Farrell je dabei geholfen oder es gebilligt oder war je auf irgendeine Weise daran beteiligt, einen Zeitgenossen aus seiner eigenen Zeitlinie zu entfernen?«

Und die Antwort darauf war natürlich *Ja*.

Nachdenken, Max.

»Um Zeit zu sparen, Frau Präsidentin, sage ich hier und jetzt aus, dass ich nicht nur niemals jemanden aus seiner Zeitlinie geholt habe, sondern dass auch niemand aus diesem Institut mir je dabei geholfen hat oder es billigend in Kauf genommen oder mir in irgendeiner Form dabei geholfen hat.«

Ein bisschen verworren, aber die Manschette verstand den Zusammenhang.

Grün.

Der Lärm war ohrenbetäubend.

Colonel Albay stand mitten im Chaos, den Kopf tief in Gedanken gesenkt.

Die Präsidentin erhob sich, und es wurde still.

»Diese Anhörung ist beendet. Die Zeugin ist entlassen.«

Albay war entsetzt. »Frau Präsidentin? Nein. Es gibt noch Vorwürfe, die aufzuklären sind.«

»Colonel, es gibt keine Vorwürfe, die aufgeklärt werden müssen. Sie haben unmissverständlich behauptet, dass Sie diese Zeugin für Dr. Madeleine Maxwell halten. Und sie hat zugegeben, dass das zutrifft. Sie glaubten, diese Zeugin habe ein Kapitalverbrechen begangen, und haben eine Verurteilung deswegen angestrebt. Außerdem haben Sie drei Kollegen und den augenblicklichen Direktor der Komplizenschaft bezichtigt. Die Befragte hat eindeutig ihre Unschuld bewiesen. Und wenn sie unschuldig ist, dann ihre Kollegen ebenso. Die Manschette lügt nicht, Colonel Albay. Das haben Sie selbst behauptet. Es liegt eindeutig ein Fehler vor. Ich entschuldige mich bei allen Leidtragenden. Diese Anhörung ist beendet.«

»Nein«, presste Albay wütend hervor. »Ich weiß, dass dieses Verbrechen stattgefunden hat. Ich weiß nicht, wie sie es angestellt haben, Frau Präsidentin, aber wir sind getäuscht worden. Ich bestehe darauf, dass man dieser Angelegenheit nachgeht.«

»Colonel, Sie können die Leute nicht so lange wegen eines Verbrechens beschuldigen, bis sie es nicht mehr aushalten und sich schuldig bekennen. Das sieht das Gesetz nicht vor.«

»Aber trotzdem, Ma'am. Ich bestehe darauf.«

Er wandte sich an mich. »Wenn Sie so unschuldig sind, warum sind Sie denn weggerannt?«

»Wir sind vor dem weggerannt, was Sie uns antun wollten. Sie haben sich nicht ausgewiesen. Sie hätten jeder sein können. Wir haben einfach nur Männer mit Waffen gesehen, die wild in alle Richtungen feuerten und Chaos stifteten, wo auch immer sie auftauchten.«

»Sie hätten etwas sagen können. Im Krankentrakt – dort hätten Sie alles erklären können.«

»Zu krank zum Sprechen«, schaltete sich Dr. Foster ein, die sich mit der Schulter voran einen Weg durch die Menge bahnte. »Ich habe es Ihnen doch gesagt. Bei mehreren Gelegenheiten. Sie wollten nur nicht zuhören.«

Er sah sich immer wieder um. Er war reingelegt worden. Er wusste, dass er reingelegt worden war. Er wusste nur nicht, wie.

»Geben Sie es auf, Colonel. Irgendjemand hier …« Ich sah nicht zu Barclay. »Irgendjemand hat Sie für eigene Zwecke missbraucht. Sie sind getäuscht worden. Sie sollten Ihre Bemühungen darauf konzentrieren, die Person ausfindig zu machen, die dafür verantwortlich ist, dass Sie Ihre Zeit verschwendet haben.«

Ich machte eine Pause für den Fall, dass er diese Gelegenheit nutzen wollte, um Barclay umzulegen, aber bedauerlicherweise geschah das nicht.

Albay wollte sich nicht kampflos geschlagen geben. »Wir sind die Zeitpolizei, und Sie sind …«

Dr. Bairstow mischte sich ein.

»Die Zeitpolizei hat sich als leicht zu manipulieren erwiesen, als rücksichtslos in ihren Handlungen und unbedacht, was die Konsequenzen angeht. Sie haben jede Glaubwürdigkeit zerstört, die Sie in dieser Organisation genossen haben. Die Konsequenzen werden schwerwiegend sein. Frau Präsidentin, wenn Sie bitte …«

Sie stand vor den Versammelten. Alle Augen waren auf sie gerichtet.

»Sieben Direktoren des St. Mary's-Instituts haben die Zeitpolizei ins Leben gerufen, und den Statuten nach werden sieben Direktoren gebraucht, um sie wieder aufzulösen. Seit dem Tod von Dr. Maxwell war das St. Mary's-Institut nicht in der Lage, sieben Direktoren zusammenzubringen, aber nun, da eindeutig und vor

Zeugen geklärt worden ist, dass dies zweifellos Madeleine Maxwell ist, ist das Problem gelöst.«

Also war ich nur ein kleines Rad im Getriebe – es ging gar nicht um mich. Es ging nicht einmal um Helios. Es ging ausschließlich um die Auflösung der Zeitpolizei. Mrs. Partridge war nicht die Einzige, die mich für ihre eigenen Zwecke eingespannt hatte.

»Sind Sie Madeleine Maxwell?«

»Ja«, sagte ich müde. »Das bin ich.«

»Die Manschette sagt, dass sie die Wahrheit spricht. Die Manschette, die Sie selbst einsetzen wollten, Colonel.«

Man muss sich immer vor Leuten in Acht nehmen, die weiß vor Zorn werden. Das ist nie ein gutes Zeichen. Und der Colonel war jetzt ganz weiß. »Ich werde das nicht zulassen. Ich werde nicht zulassen, dass diese Kriminellen ihrer Bestrafung entgehen. Die Zeitpolizei …«

»… gehört der Vergangenheit an.« Die Präsidentin wedelte mit ihren Papieren. »In diesem Dokument finden sich die neuen Statuten. Die Zeitpolizei wird aufgelöst, sobald wir alle sieben Direktoren beisammenhaben.«

»Sie haben keine sieben Direktoren an einem Ort, und das werden Sie auch nie haben. Das wird nicht geschehen. Und während Sie auf das Scheitern zusteuern, habe ich hier einen Job zu erledigen. Die Gefangenen werden einer gründlicheren Befragung unterzogen. Sergeant, bringen Sie sie zu den Pods.«

Es war also noch nicht vorbei. Ich spannte meine

müden Muskeln an. Keine Ahnung, was um alles in der Welt ich vorhatte.

Aus den Augenwinkeln sah ich, wie Markham ein Signal gab, und unser eigenes Sicherheitsteam schritt ein. Und sie waren nicht die Einzigen. Ganz St. Mary's war aufgesprungen.

Colonel Albay lächelte unangenehm. »Sie sind alle unbewaffnet.«

Dr. Bairstows Lächeln war sogar noch unangenehmer, als er mit klarer Stimme sagte: »Wie wenig Sie doch meine Organisation kennen.«

Überall in der Halle zogen die Leute ihr eigenes privates Arsenal hervor. Das Sicherheitsteam verfügte über Taser. Mrs. Mack schwenkte ihre Kampfkelle. Ich griff nach meinen Haarnadeln. Eine davon in jedem Auge würde jeden Gegner langsamer machen. Wie das Sprichwort so sagt: Es ist nicht viel, aber der Gedanke zählt.

Dr. Bairstows Stimme klang schneidend wie ein Peitschenhieb. »Verlassen Sie mein Institut und nehmen Sie Ihre Schläger mit.«

Eine Sekunde lang … hing alles in der Schwebe. Die Zeitpolizei war zahlenmäßig unterlegen, aber bewaffnet. Würde sie es auf einen Kampf ankommen lassen? Wenn ja, würden Menschen sterben.

Die Präsidentin sagte leise in die Stille hinein: »Es ist vorbei, Colonel. Akzeptieren Sie, dass Sie Ihre Kompetenzen überschritten haben. Und gehen Sie, solange Sie noch können.«

»Es ist noch nicht vorbei. Ich werde kämpfen. Sie

alle werden zu gegebenem Zeitpunkt noch zur Verantwortung gezogen werden.«

»Colonel, hier war nie etwas. Sie haben – gründlich – gesucht und nichts gefunden. Es ist offensichtlich, dass Sie auf der Grundlage von Informationen agiert haben, die nicht nur nicht richtig waren, sondern auch noch persönlich motiviert. Ganz sicher wird es eine Untersuchung hinsichtlich Ihrer Quelle geben. Sie haben sich benutzen lassen. Sie haben die Grenzen Ihres Aufgabenbereichs überschritten. Akzeptieren Sie das und gehen Sie weiter.«

Er sah sich in der Halle um. Ich wusste, nach wem er Ausschau hielt. Ich mochte vielleicht gerade nicht gut aussehen, aber ich wäre jede Wette eingegangen, dass ich nicht halb so krank aussah wie Isabella Barclay.

Leise sagte er: »Wir werden zurückkommen«, und es war nicht klar, mit wem von uns er eigentlich sprach.

# ZWÖLF

Früher hätte ich in der Bar gefeiert, genau wie alle anderen auch. Vielleicht hätte ich mir einen Drink oder auch sechs genehmigt, vermutlich hätte ich sehr laut mit meinen Kollegen Scherze gemacht, nicht immer lustig, und beinahe mit Sicherheit hätte mir später jemand ins Bett helfen müssen. Wir wären am nächsten Morgen aufgewacht, hätten ein sehr schonendes Frühstück zu uns genommen und dann mit dem Tag weitergemacht.

Jetzt allerdings, mit verschwommenem Blick und mit Beinen, die mich kaum noch tragen wollten, machte ich mich gleich auf den Weg Richtung Bett. Ich hatte gerade noch genug Kraft, das Bettende vor die Tür zu schieben, um jedweden nächtlichen Besucher abzuhalten, und schlief sofort ein.

Am nächsten Tag erwachte ich erst spät, gönnte mir eine ausgedehnte Dusche und ging zum Frühstück. Oder Mittagessen – ich bin ziemlich flexibel in der Bezeichnung meiner Mahlzeiten.

Ich machte mir eine Kanne Tee, nahm mir ein Schinkenbrötchen mit Ei und steuerte denselben Tisch an wie tags zuvor. Irgendjemand hatte eine Ausgabe der örtlichen Tageszeitung liegen lassen, so aufgeschlagen, dass ein Bericht über einen zwei Tage zurückliegenden Autounfall auf der Umgehungsstraße von Rushford zu sehen war. Offenbar war es ein Wunder, dass niemand ernsthaft verletzt worden war.

Irgendjemand hatte etwas daruntergekritzelt.

»Klopf-klopf.«

»Wer ist da?«

»Will.«

»Will wer?«

»Will dir ›Danke‹ sagen.«

Ich strich über die Seite und lächelte.

Nachdem ich gegessen hatte, war ich ziemlich gespannt, was als Nächstes passieren würde. Ich schlenderte zur Bibliothek und war mir sicher, dass Dr. Bairstow früher oder später nach mir schicken lassen würde. Mein Plan war, nach Rushford zurückzukehren, denn ich machte mir Sorgen um Leons Wohnung und seine Werkstatt, nachdem die Zeitpolizei durchgetobt war. Ich hoffte, dass Dr. Bairstow mir eine halbe Krone für den Bus leihen würde.

Die Bibliothek war an diesem Morgen verlassen. Dem dumpfen Lärm in der Ferne nach zu urteilen waren alle Historiker in der Halle bei der Arbeit. Dr. Dowson eilte rein und raus und winkte mir ab und an aufmunternd zu. Es war alles sehr friedlich und angenehm.

Ich starrte aus dem Fenster, fragte mich, was aus mir werden sollte, und dachte natürlich kein bisschen an

Leon, als Miss Lee auftauchte und verkündete, dass Dr. Bairstow mich gerne sehen wolle. Ihr Tonfall ließ mich vermuten, dass er die Wahl zwischen meiner Wenigkeit und Lepra gehabt und ich nur mit denkbar knappstem Vorsprung gewonnen hatte.

Ich folgte Rosie Lee zu Dr. Bairstows Büro.

Er begrüßte mich freundlich, aber neutral, und wir setzten uns.

»Sie sehen heute Morgen ein bisschen bleich aus, Dr. Maxwell. Fühlen Sie sich in Ordnung nach dem gestrigen Tag?«

»Ja, sehr sogar, danke. Ein bisschen müde, aber nicht der Rede wert.«

Er richtete die Akten auf dem Schreibtisch neu aus. Ich entschied mich, die Initiative zu ergreifen.

»Ich bin wirklich sehr dankbar für Ihre Gastfreundschaft, Dr. Bairstow, aber ich denke, ich sollte so schnell wie möglich nach Rushford zurückkehren. Ich mache mir Sorgen um Leons Wohnung.«

»Ich glaube nicht, dass das ein kluger Schachzug wäre, Dr. Maxwell. Ich bin mir sicher, dass wir die Zeitpolizei nicht zum letzten Mal gesehen haben, und dank deren Bemühungen ist Ihre Wohnung zurzeit nicht bewohnbar. Es tut mir leid.«

Ich saß niedergeschlagen da. Mal kurz rekapitulieren: kein Zuhause, keinerlei Besitz, keine Identität, keinen Job, kein Geld, kein Leon …

Normale Menschen in meinem Alter haben gewöhnlich Häuser gekauft, Hypotheken aufgenommen, sie haben Arbeitsplätze, Autos, Familien, Haustiere – ich hatte nichts. Ich hatte sogar noch weniger als das, womit ich vor all diesen Jahren hier angefangen hatte. Ich besaß nicht einmal die Kleidung, in der ich augenblicklich vor Dr. Bairstow saß.

»Ich habe stattdessen einen Vorschlag für Sie. Wir haben vor Kurzem einen Auftrag reinbekommen, von dem ich glaube, dass er Ihnen zusagen könnte. 14. Jahrhundert, London. Southwark, um es genau zu sagen, das Gasthaus *Tabard Inn*. Eine eingehende Untersuchung der mittelalterlichen Pilgerreise nach Canterbury. Vielleicht können Sie sogar einen Blick auf Chaucer selbst werfen. Sie und Dr. Peterson. Würde Sie das interessieren?«

Ich lächelte. »Das ist ein Test, nicht wahr? Nachdem ich vor einer Weile im Speisesaal den Mund nicht halten konnte. Ich soll meinen Worten Taten folgen lassen?«

»Wenn es Ihnen nichts ausmacht, dann ja.«

»Und werde ich wieder zurückkommen?«

»Entschuldigung, ich verstehe nicht.«

Aber das tat er sehr wohl. Er wusste haargenau, was ich meinte.

»Tja, es ist doch jetzt alles vorbei, oder? Alle sind vom Haken. Und wenn Sie mich loswerden würden, dann wäre die Hauptverdächtige der Zeitpolizei, falls diese weiterermittelt, bei einem unglücklichen Unfall im 14. Jahrhundert ums Leben gekommen. Wie traurig. Trotzdem vermutlich Glück im Unglück, meinen Sie nicht? Natürlich wird Leon es schlecht verkraften, aber er muss ja inzwischen schon dran gewöhnt sein.«

O mein Gott. Hatte ich das gerade wirklich gesagt? Ich fragte mich, ob ich vielleicht ein bisschen verrückt geworden war.

Die Zeit verrann, wie sie es nun mal so tut. Draußen konnte ich irgendwo einen Rasenmäher hören. Das dürfte Mr. Strong sein, der den Südrasen raspelkurz stutzte. Der angenehme Duft von frisch geschnittenem Gras wehte durchs Fenster herein, und wir starrten einander noch immer an. Wieder schoss mir durch den Kopf, dass ich wirklich in Azincourt hätte sterben sollen.

»Es tut mir leid, dass Sie das so empfinden. Es war nicht meine Absicht …« Dr. Bairstow brach ab. »Vielleicht wird es Zeit, dass wir alle unsere Karten auf den Tisch legen. Und um mit gutem Beispiel voranzugehen, werde ich anfangen. Sie sind sich offenbar über die Zeitpolizei und ihre Funktion im Klaren. Leon hat Ihnen sicherlich davon berichtet. Sie werden wissen, dass Leon und ich aus der Zukunft stammen. Dass wir zurückgereist sind, um das St. Mary's-Institut zu gründen und zu leiten. Es zu beschützen.«

Ich nickte.

»Die Zeitpolizei ist weit in der Zukunft entstanden, um eine sehr reale Bedrohung zu bekämpfen. Sie ist in verschiedenen Inkarnationen des St. Mary's-Instituts aufgetaucht, die allesamt freiwillig der Satzung zustimmten. Anfänglich haben wir keine Probleme mit ihr vorausgesehen. Damals. Doch als die Bedrohung verschwunden war, verschwand die Zeitpolizei nicht etwa ebenfalls. Und schließlich wurde sie selbst zur Bedrohung. Das wissen Sie aber alles, nehme ich an?«

Wieder nickte ich.

»Ich habe Leon losgeschickt, um jede Inkarnation des St. Mary's-Instituts aufzusuchen. Das ist schwierig, und es ist gefährlich. Ich weiß nicht, wie lange er fort sein wird. Sein Auftrag ist, jeden Direktor davon zu überzeugen, die Anwesenheit der Zeitpolizei in seinem Institut zu verbieten. Notfalls sogar eine Rebellion anzuzetteln, wenn es sein muss. Ich hoffe, dass die Zeitpolizei überall, die Zeitlinie hoch und runter, aus dem St. Mary's-Institut vertrieben wird, noch während wir hier miteinander sprechen. Natürlich werden einige Direktoren leichter zu überzeugen sein als andere. Und inzwischen wird sicher ein Kopfgeld auf Leon ausgesetzt worden sein.«

Leon hatte mich also nicht verlassen. Er war nicht weggelaufen und hatte mich sitzen lassen. Die entsetzliche, dunkle Angst, die in mir gelauert hatte und die ich nicht einmal mir selbst gegenüber eingestanden hatte, schrumpfte und verebbte. Einen Augenblick lang, nur für einen Moment, schwebte mein Herz. Und dann krachte es wieder auf den Boden.

Dr. Bairstow starrte aus dem Fenster.

»Es ist sehr wahrscheinlich, dass er nie mehr zurückkommen wird.«

»Er könnte schon tot sein?«

»Ja, möglicherweise.«

»Und wir werden es nie erfahren.«

»Wenn die Zeitpolizei jemals wieder hier auftaucht, dann werden wir wissen, dass er es nicht geschafft hat. Wir werden uns auf dieses Ereignis vorbereiten. In der Zwischenzeit und nach Rücksprache mit meiner ranghohen Belegschaft sind wir zu dem Schluss gekommen, dass Sie eine Zeit lang im 14. Jahrhundert sicherer aufgehoben sein könnten als hier im St. Mary's. Trotzdem ist es eine echte Mission mit einem ernsthaften Zweck. Ich hoffe sehr, dass Sie zusagen werden.«

Draußen zog dröhnend der Motorrasenmäher vorbei. Wir sprachen darüber, dass Leon sterben könnte und über das Ende des St. Mary's-Instituts, und draußen ging das Leben seinen Gang.

Nun war ich an der Reihe.

»Mein Name ist wirklich Madeleine Maxwell, aber ich bin nicht *Ihre* Madeleine Maxwell. Ich habe wirklich im St. Mary's gearbeitet, aber nicht in Ihrem. Ich wurde zur Stellvertretenden Direktorin ernannt und habe mir Azincourt als letzten Sprung ausgesucht. Es ist alles schiefgelaufen, und ich habe mir eine tödliche Brustverletzung zugezogen, wie Dr. Foster Ihnen wohl berichtet hat. Ich bin zu Boden gegangen, und als ich meine Augen wieder aufmachte, lag ich blutend auf Leons Teppich in Rushford.«

Meine Stimme zitterte, und zu meinem Entsetzen stellte ich fest, dass ich gleich vor Dr. Bairstow zu weinen anfangen würde. Mühsam sprach ich weiter. »Ich weiß nicht, warum ich hier bin. Oder wie ich hierhergekommen bin. Ich weiß nicht, was passiert. Ich …«

Meine Stimme versagte. Ich konnte nicht fortfahren, aber er war Dr. Bairstow, und Dr. Bairstow verstand immer.

»Sie sind hier, ganz allein, an einem Ort, der vertraut und feindselig zugleich ist. Sie sind um Ihr Leben gerannt. Sie sind erschöpft und verletzt. Sie haben nicht die Chance bekommen, sich von Leon zu verabschieden, und jetzt haben Sie gerade erfahren, dass Sie ihn vielleicht nie wiedersehen werden. Ich kann mir nur mit Mühe vorstellen, wie isoliert und verängstigt Sie sich in diesem Augenblick fühlen müssen. Bitte erlauben Sie mir, dass ich Ihnen helfe.«

Er reichte mir eine Schachtel mit Taschentüchern und stellte sich eine Weile taktvoll ans Fenster, während ich mich wieder sammelte.

Fünfzehn Minuten später hatte ich den Missions-Auftrag angenommen.

Es gibt nichts Gutes am 14. Jahrhundert. Es fing an mit der Schlacht von Bannockburn und der demütigenden Niederlage von Edward II. durch die Schotten. Nach einer desaströsen Herrschaft wurde er von seiner Frau gestürzt. Geschah ihm ganz recht. Was für ein Idiot heiratet eine Frau, die als die Wölfin von Frankreich bekannt ist?

Das Land steckte mitten im Hundertjährigen Krieg mit Frankreich. Wie gewöhnlich hatte England gut angefangen und dann stark nachgelassen.

Edward III. wurde senil. Sein Enkel, der unberechenbare Richard II., der sich auf eine lange Regentschaft als Minderjähriger eingelassen hatte, wurde schließlich ebenfalls gestürzt. Das Jahrhundert endete mit seiner Gefangennahme und Ermordung.

In der Zwischenzeit litt das Land unter mehrmaligem Auftreten des Schwarzen Todes, was in über 20 Millionen Toten in ganz Europa gipfelte. Ein Drittel der Bevölkerung fiel der Seuche zum Opfer. Ganze Dörfer wurden von der Pest ausgerottet und gerieten vollkommen in Vergessenheit, bis die Luftfotografie ihren Siegeszug antrat und die traurigen Umrisse unter der Erde dokumentierte.

Die gewaltige Dezimierung der Bevölkerung bedeutete, dass es nicht genug Menschen gab, um das Land zu bestellen, ganz gleich, wie viel man ihnen bezahlen wollte. Der Preis für Brot ging durch die Decke, und es kam zu weiteren Aufständen. Das Feudalsystem konnte dem Druck nicht standhalten und begann zu bröckeln. Bauern trotzten ihren Herren und verließen die Ländereien, die ihre Vorväter bestellt hatten, oder sie begannen, ihre Arbeitskraft für Geld anzubieten. Das waren die ersten zaghaften Anfänge von Pachtbauern.

Die sozialen Unruhen führten zum Bauernaufstand um Wat Tyler. Das Gefühl, dass Gott sie verlassen hatte, mündete in religiöse Unruhen. Selbst das Wetter war grässlich.

Es war definitiv keine gute Zeit zum Leben.

Und man rate jetzt mal, wohin wir unterwegs waren.

Ich wurde von der Garderobe ausgestattet. Sie gaben mir dort ein langes Unterkleid aus Leinen mit weiten Ärmeln und ein dickes braunes Wollkleid mit einem leichteren und kürzeren Überwurf, den man darübertrug. Ich schlüpfte in weiche Lederschuhe. Das übliche Wortgeplänkel unterblieb. Mrs. Enderby reichte mir ein Viereck aus Leinen, und alle beobachteten schweigend, was ich damit anstellen würde.

Ich seufzte. Alles war ein Test.

Das Haar hatte ich mir bereits geflochten und hochgesteckt. Ich verdrehte das Stoffstück, wand es mir eng um den Kopf und schob die Enden unter die Haare. Kein Spiegel, und alles war trotzdem in weniger als fünf Sekunden erledigt.

Normalerweise hätte ich das traditionelle Arsenal der Historiker gehortet, bestehend aus Betäubungswaffe und Pfefferspray, aber nicht bei dieser Mission. Ich zuckte ein paar Mal die Schultern, damit sich alles richtig legte, lief einige Schritte, um zu sehen, ob die Schuhe bequem waren, befestigte ein abgewetztes ledernes Täschchen an meinem Gürtel, überprüfte mein Aussehen im Spiegel an der Tür und sagte: »Vielen Dank an alle«, wie ich es immer tat. Dann ließ ich sie allein, damit sie daraus machen konnten, was sie wollten.

Peterson wartete vor Pod drei auf mich. Er war ebenfalls in Braun gekleidet. Außerdem trug er einen Umhang, einen Stab und einen Pilgerhut mit breiter Krempe.

Ich sah hoch zum Gerüst. Eine Reihe schweigender Leute starrte zu uns herunter. Es gab keine Beleidigungen, keine wenig hilfreichen Ratschläge und keine Witze, die nur dann lustig waren, wenn man im St. Mary's-Institut arbeitete.

Schweigend musterten wir uns. Ich würde mir nicht erlauben, an das letzte Mal zu denken, als Tim Peterson und ich zusammen unterwegs gewesen waren.

Er legte sich seinen Umhang über den Arm.

»Irgendetwas, das ich wissen sollte?«

»Wie zum Beispiel was?«

»Tja, welche Sprache werden wir sprechen?«

Manchmal bin ich selbst meine schlimmste Feindin.

»Oh, das ist leicht. Was die Straßen angeht: Da wird Mittelenglisch gesprochen. Die Kirchenvertreter sprechen Latein. Diejenigen, die sozial höhergestellt sind, werden Mittelfranzösisch sprechen. Denk immer daran, dass die meisten Wörter ein *e* am Ende haben, das man auch aussprechen muss, wenn das Folgewort mit einem Konsonanten beginnt. Außer natürlich, wenn dieser Konsonant ein *h*, *w* oder *y* ist. Wenn das Wort danach mit einem Vokal anfängt, dann ist das *e* stumm. Jeder Buchstabe in einem Wort muss ausgesprochen werden. Im Zweifelsfall denk daran, dass das *ph* in *Banane* immer stumm ist. Irgendwelche Fragen?«

Dieter unterbrach die ziemlich unerfreuliche Stille, indem er uns zur Eile antrieb.

»Dann leg los«, sagte Peterson zu mir, zeigte auf die Konsole und verstaute sein Gepäck.

Ich fühlte mich stark an meine erste Mission

erinnert, als wir nach London, in die Westminster-Abbey gesprungen waren. Bei jener Gelegenheit hatte ich alles erledigt, während Peterson scheinbar eingeschlafen war. Dies hier fühlte sich ähnlich an, auch wenn ich jede Wette eingegangen wäre, dass er mich dieses Mal nicht aus den Augen lassen würde.

Auch das war also ein Test, aber ich würde mich von Peterson nicht drängen lassen. Langsam ließ ich mich auf den Sitz vor der Konsole sinken und las die Anzeigen. Alles schien mehr oder weniger am richtigen Ort zu sein. Ich legte einige Schalter um, und nichts flog in die Luft.

Dieter gab mir die Koordinaten, und ich tippte sie ein, ließ mir aber viel Zeit damit. Beide Männer beobachteten jede meiner Bewegungen. Als ich fertig war, lehnte ich mich zurück und ließ sie alles noch einmal überprüfen.

Sie blickten sich an und nickten.

»Du kannst den Sprung nicht initialisieren«, sagte Peterson. »Du hast keine Autorisation für diesen Pod. Oder irgendeinen anderen Pod. Also solltest du besser verdammt gut aufpassen, dass mir nichts passiert, denn wenn ich tot bin, wirst du nicht einmal mehr in den Pod reinkommen. Behalte das immer im Hinterkopf.«

Auf keinen Fall würde ich mich einschüchtern lassen. »Das letzte Mal, als ich mit dir unterwegs war, hast du beinahe einen Arm verloren. Versuch bitte, dieses Mal ein bisschen vorsichtiger zu sein. Es hat Ewigkeiten gedauert, dein Blut aus meinen Haaren zu waschen.«

Mir gefiel die Vorstellung, dass ihn das für eine Weile zum Schweigen bringen würde.

Dieter sah uns beide gleichermaßen finster an und verließ den Pod.

»Computer – Sprung initialisieren.«

Und die Welt wurde weiß.

Southwark.

Ein Rotlichtviertel oberhalb des Flusses von London. Heimat der Diebe, Schurken, Prostituierten und Politiker. Und jetzt auch der Historiker. Ja – aller Abschaum versammelte sich hier.

Wir parkten irgendwo im Dreieck zwischen dem *Gryne Dragon*, der St. Savyor's-Kirche und *The Bolles Hede*, spazierten durchs Chayne-Tor und hinaus auf die pulsierende High Street.

Und sie pulsierte wirklich.

Peterson blieb stocksteif stehen wie ein Auszubildender, also war offensichtlich *ich* gefragt.

In säuerlichem Ton sagte ich: »Du hättest besser ein Klemmbrett mitbringen sollen«, und zog ihn an eine Wand, damit wir uns orientieren konnten.

Links von uns führte die High Street bis zur London Bridge. Wir befanden uns im Jahr 1383. Exakt 300 Jahre in der Zukunft würde ich mich nur ein paar Hundert Meter den Fluss aufwärts befinden, der Zeitpolizei aus dem Weg gehen und mir den Arsch abfrieren. Heute aber war Sommer. Die Sonne knallte von einem wolkenlosen Himmel. Das könnte sogar eine ganz angenehme Mission werden, dachte ich.

Rechts von mir wurde die Straße breiter und führte zum St. Margaret's-Hügel. Unmittelbar vor mir stand der Pranger, zum Glück unbesetzt. Andererseits ließ das natürlich viel Raum für Historiker auf Abwegen.

Der Markt war nur ein bisschen weiter die Straße rauf. Die Menschen schoben sich an uns vorbei, beladen mit Körben voller Waren. Zwei Männer zogen einen Handkarren voll mit Rinderköpfen und -hufen. Eine Wolke von Fliegen kreiste darüber. Nur ein wenig abseits pries ein Mann aus voller Kehle den schmackhaften Inhalt seiner Töpfe an und hämmerte auf einen davon mit einem Holzlöffel ein, nur für den Fall, dass irgendjemand noch Zweifel hatte. Aufgerollte Seile lagen vor einem Krämer, sorgfältig übereinandergestapelt, um begutachtet zu werden. Ein Huhn rannte vorbei und gackerte aufgebracht, dicht verfolgt von zwei lachenden Kindern.

Die Straße verschwand unter Dreck, Gemüseabfällen und Dung – menschlichem und tierischem. Eine Hundemeute stritt sich wegen etwas, das in die Gosse geworfen worden war und lila und wabbelig aussah.

Der Gestank war … gewaltig.

Dies hier war die Dover Road, die nach Süden durch Canterbury führte, und so wäre sie auch an jedem normalen Tag belebt gewesen. Heute aber war Markttag. Zusätzlich dazu waren Hunderte von Menschen auf dem Pilgerweg zum Grab von St. Thomas, oder sie kamen von dort zurück; durstige Matrosen auf Landgang, deren Schiffe nicht weit entfernt vor Anker lagen; junge Männer, die eine gute Zeit verbringen wollten und sie in den vielen Pubs und Gasthäusern fanden, die die Straße säumten; Damen, die vermutlich pro Minute abrechneten – es war ein einziges Chaos. Dann und wann stolperte eine Gruppe Trunkenbolde aus einer der vielen Schenken; sie taumelten durch die Menschenmenge, sangen, brüllten und machten die Dinge nur noch schlimmer. Man konnte sein eigenes Wort nicht verstehen. Man konnte nicht einmal seine eigenen Gedanken verstehen. Die Menschen brüllten einander an, Vieh und andere Tiere blökten, bellten und gackerten, so laut sie konnten. Irgendwo konnte ich hören, wie ein Amboss klirrte. Ein Pferd wieherte, und ein anderes antwortete.

*The Tabard,* ein beliebter Startpunkt für die Pilgerfahrt nach Canterbury, lag die Straße hoch auf der linken Seite.

Ich zeigte in die Richtung, rief Peterson zu »Hier entlang!«, und wir machten uns auf den Weg.

Aber wir kamen nie dort an.

Wir bekamen auch Geoffrey Chaucer nie zu sehen.

Peterson und ich hatten mitten auf der Straße einen Riesenstreit, und dann fing er sich die Pest ein.

Aber davon abgesehen, sage ich mal, war diese Mission ein Riesenerfolg.

Er packte mich am Arm.

»Nur eine Warnung. Ich habe ernst gemeint, was ich über den Zutritt zum Pod gesagt habe. Du hast keinen. Wenn du also vorhast, loszupreschen und mich hier zurückzulassen, kannst du es gleich wieder vergessen.«

Ich hatte so die Nase voll von alldem. »Was für ein Zufall – ich wollte gerade dasselbe zu dir sagen.«

»Was?«

»Tja, bin ich nicht deshalb hier? Oh, ich glaube nicht, dass du mich offen ermorden würdest – du wirst mich nicht *tatsächlich* töten, oder? Aber in einer Minute werde ich mich umsehen, und du wirst verschwunden sein, und dann werde ich zurück zum Pod laufen, und der wird auch weg sein, und wenn Leon auftaucht, dann werdet ihr alle traurig gucken und ihm vorlügen, dass es hier einen tragischen Unfall gegeben habe. Ist das nicht der Plan? Es gibt gar keinen so großen Unterschied zwischen euch und der Zeitpolizei, oder?«

Ich habe keine Ahnung, was Peterson durch den Kopf schoss. Sein Gesicht verriet nichts. Der harte Griff an meinem Arm erzählte allerdings seine eigene Geschichte. Er stieß mich zurück gegen die Wand. Und dann, mitten während einer Mission, ehe wir uns noch richtig orientiert hatten und deshalb am verletzlichsten waren, und während das halbe vierzehnte Jahrhundert uns im Vorbeidrängen mit Flüchen belegte, klärten wir die Sache. Dort, an Ort und Stelle.

»Was soll das denn bitte bedeuten?«

Die Worte strömten aus meinem Mund. All die Dinge, die ich nie hatte sagen wollen. All die Dinge, die nicht hätten ausgesprochen werden sollen.

»Sind das nicht deine Anweisungen? Ein sauberes Ende für ein schmutziges Problem. Und kein Blutvergießen. Sehen wir doch den Tatsachen ins Gesicht: Wenn du jetzt wegläufst, könnte ich nichts dagegen unternehmen, oder? Ich verstehe nicht, warum du dir nicht die Mühe gespart und einfach die Tür aufgemacht und mich rausgeworfen hast.«

Ich glaubte nichts davon ernsthaft, aber ich hatte alles so satt. Das war Tim Peterson, um Himmels willen. Ich hatte eine plötzliche, schmerzhafte Vision von ihm, als ich ihn das letzte Mal gesehen hatte …

»*Das* denkst du? Du glaubst, ich würde …? Du bist nicht Maxwell. Es ist mir egal, was du behauptest. Sie würde niemals denken … niemals glauben …«

Ich schlug seinen Arm weg.

»Tja, na dann gut. Ich bin *nicht* Maxwell. Bist du jetzt glücklich? Verschwinde einfach, Peterson. Na los doch. Sieh mal, ich drehe dir den Rücken zu, damit es leicht für dich ist. Keine Sorge, ich habe keinen Tracker. Niemand wird mich je finden. Du kannst dir nach Belieben eine Geschichte ausdenken.«

Ich drehte mich um und stapfte davon, so voller Zorn, dass ich keine Ahnung hatte, wohin ich eigentlich wollte. Ich drängelte mich durch die Menschenmenge, den Weg zurück, den wir gekommen waren, bis ich plötzlich merkte, dass ich instinktiv in Richtung Pod unterwegs war. Ohne nachzudenken, bog ich nach rechts ab und fand mich in einer schmalen Gasse wieder, die zwischen zwei Gasthäusern entlangführte.

Mit einem Schlag war der Straßenlärm verschwunden. Dieser Ort sah nie das Sonnenlicht. Es war hier kühler, und die Steine waren feucht. Die Mauern hatten grüne Flecken, selbst mitten im Sommer. Ich konnte meine eigenen Schritte hören und fühlte mich sehr allein.

Was zur Hölle tat ich hier eigentlich? Von all den dummen, unverantwortlichen …

Ich wirbelte herum und trottete durch die Gasse zurück, und ich hoffte, Peterson jeden Augenblick wiederzufinden. Er war groß genug, um die Menge zu überragen. Ganz besonders mit diesem Hut. Ich spähte die High Street hoch und runter. Sicherlich steckte er hier irgendwo. Er war doch wohl nicht wirklich zurück zum Pod gegangen und hatte mich hier zurückgelassen. Ich war hier die Dumme, nicht er.

Und da war er. Mein Blick fiel kurz auf ihn, unübersehbar mit seinem Pilgerhut, wie er *The King's Head* verließ. Da er eine Historikerin suchte, war er so schlau, an Orten anzufangen, die alkoholische Erfrischungen anboten. Ich konnte sehen, wie er besorgt die Straße in beide Richtungen absuchte. Ich rief seinen Namen, aber meine Worte gingen im alltäglichen Lärm von Southwark im 14. Jahrhundert unter.

Es war ziemlich schwierig, die Straße zu überqueren, aber schließlich kam ich atemlos und zerzaust auf der anderen Seite an und rannte durch eine Gasse hinter ihm her.

Alles ging so schnell.

Ich öffnete den Mund, um seinen Namen zu rufen. Zwei Gestalten traten aus den Schatten. Einer hob einen Knüppel. Es gab ein Übelkeit erregendes Geräusch, und Peterson fiel um wie ein gefällter Baum. Die Männer beugten sich über ihn.

Ich schrie: »Hey«, und schoss wie eine Rakete die Gasse hinunter. Wenn die Ganoven es darauf angelegt hätten, dann wären kurz darauf schon zwei von uns ohnmächtig gewesen, aber das taten sie nicht. Sie grapschten sich Petersons Tasche – was ihnen nicht besonders viel nützen würde, da diese genauso leer wie meine war – und stürmten davon.

Ich ließ mich neben Peterson auf die Knie fallen, zutiefst besorgt, was ich zu sehen bekommen würde, und ich betete verzweifelt zum Gott der Historiker, dass mein Begleiter nicht tot war. Er durfte nicht tot sein. Nicht Tim Peterson. Ich denke, man kann mir zugutehalten, dass meine ersten Gedanken ihm galten. Erst viel später dämmerte mir, was für ein Problem ich selbst gehabt hätte, wenn er tot gewesen wäre.

War er aber nicht.

Noch nicht, jedenfalls. Er hatte eine Beule am Hinterkopf, aber als ich sie sanft abtastete, bewegte sich nichts. Sein Schädel war also intakt. Sein Gesicht allerdings war weiß, und sein Atem ging abgehackt und schwer. Ich versuchte, nicht in Panik zu geraten, hob meine Stimme und rief um Hilfe. Und wieder. Und wieder.

Ich weiß nicht, warum ich das tat. Ganz sicher würde es bei diesem Lärm auf der Straße niemand hören. Aber es kam anders. Eine kleine Gestalt, die einen Korb mit Blattgemüse umklammerte, tauchte am anderen Ende der Gasse auf.

Ich nahm Petersons Stab zur Hand und stand auf, zu allem bereit, aber es war nicht nötig.

Ein zerlumpter Augustinermönch mit den traurigen Überresten einer weichen braunen Tonsur und einem noch traurigeren, weicheren, brauneren Gesicht stellte seinen Korb ab und kniete sich hin, um sich die Sache anzusehen.

Er untersuchte die betreffende Stelle, so wie ich es getan hatte, lauschte auf die Atmung, wie ich es getan hatte, und stand dann auf.

»Mein Kind, kannst du mich verstehen?«

Er sprach Englisch mit starkem Akzent, sodass ich kaum ahnte, was er meinte. Da kam mir eine Idee. Ich sagte auf Latein: »Ja, Bruder. Ich flehe dich um Hilfe an.«

Wenn er erstaunt war, verbarg er es gut. »Warte hier. Ich bin gleich wieder da. Keine Sorge – sie werden nicht zurückkommen.«

Ich umklammerte meinen Stab. »Ja, das sollten sie besser lassen.«

Er hastete davon und ließ seinen Korb zurück.

Ich stellte sicher, dass Petersons Atemwege frei waren, und vergewisserte mich noch einmal, dass er keine weiteren Verletzungen davongetragen hatte. Zwar hatte ich nur den einen Hieb gesehen, aber er könnte sich auch den Arm oder sein Schlüsselbein gebrochen haben, als er stürzte.

Der Mönch kehrte nur ein paar Minuten später zurück und zog einen flachen Handkarren hinter sich her.

Gemeinsam hievten wir Peterson darauf. Der Mönch zog, ich schob. So zuckelten wir durch die Gasse und kamen bald an einem breiten sonnigen Platz raus, an dessen gegenüberliegender Seite ein Bauwerk zu sehen war, das wie eine Kirche aussah.

Plötzlich wurde ich ganz aufgeregt, denn ich wusste, wo wir waren. Dies war das berühmte St. Thomas-Krankenhaus, benannt nach Thomas Becket. Es würde dort sauber und sicher sein. Zum ersten Mal waren wir, in übertragenem Sinne, auf den Füßen gelandet.

Nein, waren wir nicht.

Für uns heute ist es schwierig, die Wichtigkeit der Religion für die mittelalterliche Psyche zu begreifen. Noch mehr für Heidinnen wie mich. Ich hatte keinen Gedanken daran verschwendet.

Aber man wollte Peterson dort nicht aufnehmen.

Sie teilten mir das sehr freundlich mit, und mir wurde versichert, dass er sofort Zugang bekäme, sobald er in der Lage wäre, sich zur Kirche zu bekennen.

Vergeblich dichtete ich Peterson einen katholischen Glauben an und versprach, dass er sich dazu bekennen würde, sobald er das Bewusstsein wiedererlangt hätte. In der gleichen Art und Weise, wie moderne Krankenhäuser das Einschleppen von multiresistenten Keimen befürchten, fürchteten die mittelalterlichen Krankenhäuser die Verunreinigung durch die Sünde. In ihrer Welt waren Körper und Seele miteinander verbunden, und die Seele war der wichtigere Teil. Reinige die Seele, und der Körper würde folgen. Der erste

Schritt war das Bekenntnis. Es tat ihnen sehr leid, aber sie könnten ihn vorher nicht hineinlassen. Ich bat und bettelte. Ich weinte sogar ein bisschen. Sie waren voller Mitleid, aber nicht zu bewegen. Und während all das vonstattenging, lag Peterson mit weißem Gesicht auf der Schubkarre und rührte sich nicht.

Ich war außer mir. Was sollte ich nur mit ihm tun? Ich konnte ihn nirgends hinbringen. Es gab keine Verwandten, die Unterstützung hätten anbieten können. Ich konnte ihn nicht mal zum Pod schaffen, weil dieser mir keinen Zugang gewähren würde. Ich säße draußen fest, mit einem ohnmächtigen Mann in meiner Verantwortung, und man kann mir glauben: Sobald die Nacht hereinbrechen würde, wäre das hier für keinen von uns beiden ein guter Ort.

Und mit ihm auf einem Karren durch die Gegend zu schaukeln – na ja, das würde ihm auch nicht gerade guttun.

Der kleine untersetzte Mönch fand einen annehmbaren Kompromiss.

Es gab einen alten Schuppen hinter dem Küchengarten, der momentan leer stand. Der Mönch wollte eine Matratze und eine Decke bringen. Es gab auch einen Brunnen dort. Der Mönch wollte sich auch darum kümmern, dass etwas Essen herübergeschickt würde.

Alle stießen einen Seufzer der Erleichterung aus. Ich wischte mir die Nase am Ärmel ab, und wir rumpelten mit Peterson auf dem Wagen durch die Reihen der Bohnen- und Erbsengewächse zu einem alten hölzernen Verschlag neben drei prächtigen Komposthaufen.

Auf den kleinen Mönch war Verlass. Wir legten Peterson auf eine alte Strohmatratze und deckten ihn mit groben braunen Decken zu.

Er lag da wie tot. Ich versuchte, nicht in Panik zu geraten.

Der kleine Mönch lächelte mich an.

»Ich bin Bruder Anselm, Kind. Wie lautet dein Name?«

Im Zweifelsfall immer den Namen des herrschenden Königs oder der Königin nennen. Wir hatten das Jahr 1383. Edward III. war König, und seine Frau war Philippa von Hainault.

»Ich bin Philippa. Philippa von Rushford. Dies ist mein Ehemann Thomas.«

Er lächelte. »Ein glücklicher Name. Sorge dich nicht, er wird eingelassen werden, sobald er aufwacht, und ich bin mir sicher, dass das schon bald der Fall sein wird. Ruhe und Erholung sind alles, was er im Augenblick braucht. Da drüben an der Mauer gibt es einen Brunnen. Ich werde nach der Vesper zurückkommen, und ich bin zuversichtlich, dass er mit Gottes Hilfe bis dahin wach sein wird.«

Ich nickte.

»Danke, Bruder.«

»Danke nicht mir, mein Kind. Danke Gott, der deine Not gesehen und meine Schritte zu dir gelenkt hat.«

»Das werde ich, Bruder.«

Nachdem er uns allein gelassen hatte, fühlte ich Petersons Puls, überprüfte seine Atmung, steckte die Decken um ihn herum fest, setzte mich in den offenen Türeingang und sah hinaus zu dem großen grauen Steingebäude hinter dem Küchengarten.

Dies also war das berühmte St. Thomas-Krankenhaus, benannt nach dem Märtyrer Thomas Becket, der vor mehr als zweihundert Jahren in der Kathedrale von Canterbury ermordet worden war. Ich sollte das wissen, denn ich bin dabei gewesen. Ebenso wie Peterson.

Wenn ich ihn doch nur ins Krankenhaus hätte bringen können, dann hätte er ein Bett, saubere Laken, gutes Essen und einen sicheren Ort, bis er das Bewusstsein wiedererlangen würde. Stattdessen lag er auf dem Boden irgendeines Gartenschuppens, der nach Erde, Dung und nassen Säcken müffelte und in dem es vermutlich auch Ratten gab.

Er hatte sich noch kein bisschen bewegt. Und auch noch keinen Ton von sich gegeben. Ich überprüfte noch einmal seinen Puls, aber es gab nichts, was ich tun konnte, außer darauf zu warten, dass er wieder wach wurde.

Die nachmittäglichen Schatten wurden länger. Die Stunde der Vesper war gekommen. Durch die offene Tür konnte ich den Gesang hören, der durch den Garten und den Sonnenschein des Spätnachmittags zu uns wehte.

Ich dachte, Bruder Anselm würde einen Dienstboten oder eine Schwester schicken, aber er kam selbst und brachte eine Schale mit sämiger Gemüsebrühe und einen Kanten Brot. Ich aß, während er Peterson noch einmal untersuchte.

»Hat er sich bewegt?«

»Ganz wenig vor ungefähr einer Stunde. Und sein Atem geht leichter.«

»Ja, das ist richtig. Morgen werde ich einen Wickel machen. Dann ist er vielleicht schon wach.«

»So Gott will« sagte ich, denn langsam hatte ich den Bogen raus.

»In der Tat.«

Er setzte sich auf den nackten Boden und sah mich an. Ich hoffte, dass er nur darauf wartete, die Schüssel zurückzubekommen, aber ich wusste, dass er neugierig war. Wie ein Vogel. Tatsächlich erinnerten mich seine glänzenden Augen, gekoppelt mit der Angewohnheit, Fragen zu stellen und dann mit schief gelegtem Kopf auf die Antwort zu warten, an einen kleinen braunen Spatzen. Nur dass er in schäbiges Augustinerschwarz gekleidet war. Er roch durchdringend nach muffigem Stoff, Erde und Weihrauch.

»Du sprichst Latein, mein Kind?«

Ich nickte und achtete sorgfältig darauf, ein paar leichte Fehler einzubauen. »Mein Vater hatte mit den Mönchen des Großen Krankenhauses in Norwich zu tun. Als mein Bruder starb, brachte er mir alles bei, damit ich ihm helfen konnte. Und nachdem mein Vater starb, half ich meinem Ehemann.«

»Ah. Dann kannst du auch lesen?«

Ich schüttelte den Kopf. Ich würde mich nicht in die

tiefen Gewässer der Frauenbildung vorwagen. »Aber«, sagte ich stattdessen stolz, »ich kann meinen Namen schreiben.«

»Nun, das ist ausgezeichnet, mein Kind. Dein Ehemann – ist er ein Pilger?«

»Ja.« Ich wischte die Schale mit dem restlichen Brot sauber und steckte es mir in den Mund. »Er will zum Schrein von St. Thomas reisen und eine Fürbitte sprechen. Diese letzten Jahre waren nicht gut für uns. Die Pest kommt immer wieder.«

»Das tut sie in der Tat, mein Kind. Aber Gott und die Heiligen hören jedes Gebet. Schenke ihnen dein ganzes Vertrauen, und alles wird gut.«

Ich nickte eifrig. Sein schlichter Glaube schien wie das Licht eines Leuchtturms von ihm auszustrahlen, und einen Moment lang glaubte sogar ich, dass alles gut werden würde.

»Ihr werdet heute Nacht hier sicher sein. Die Tore sind in der Dunkelheit geschlossen. Keiner wird hierherkommen. Ich aber kehre morgen nach den Lobgesängen zurück, und zweifellos wird dein Ehemann dann wach sein. Ich muss dich aber warnen, denn es wird eine Zeit dauern, bis er sich gut genug für den Pilgerweg fühlt. Ihr solltet lieber nach Rushford zurückgehen und warten, bis er sich erholt hat.«

»Ja, ich verstehe, Bruder. Ich danke dir für Speise und Unterkunft. Und Gott dem Herrn natürlich«, fügte ich schnell hinzu.

»Amen«, sagte er und verschwand.

Ich denke immer, eine Historikerin zu sein ist ungefähr so, wie Rosie Lee um einen Gefallen zu bitten. Beides sind Beispiele dafür, wie Optimismus über die bittere Erfahrung triumphiert. Ich richtete mich einigermaßen bequem für die Nacht ein und war zufrieden, an der Seite von Peterson in der beißend riechenden Dunkelheit zu liegen und Ruhe und Frieden zu genießen. Ich war auch dankbar für die Gelegenheit, darüber nachzugrübeln, warum mein Leben im Moment eine einzige Katastrophe war und aus nichts als Chaos und Durcheinander bestand.

Nicht lange allerdings.

In der ersten Stunde war alles gut, aber als der Mond über den Himmel wanderte und die Eulen in der Nähe riefen, wurde Peterson ruheloser. Zunächst passierte nicht viel mehr, als dass sein Atem kurz stockte. Dann wieder. Ich richtete mich auf und lauschte darauf, wie er immer unregelmäßiger und stoßweiser Luft holte. Ich legte ihm die Hand auf die Stirn, und sie war heiß. Daraufhin befreite ich ihn von den Decken und wischte ihm das Gesicht mit Wasser ab, das ich aus dem Brunnen geschöpft hatte, legte ihm dann ein feuchtes Tuch auf die Stirn. Nichts brachte was, und als der Morgen näher rückte, ging es ihm immer schlechter. Ich wusste, dass Fieber immer am schlimmsten ist, wenn die Sonne auf- oder untergeht, und ich hoffte, dass es bei Peterson mit dem anbrechenden Tag nachlassen würde. Dass er seine Augen aufschlagen, kurz fluchen und ein bisschen schlafen und sich dann mit ein wenig Glück gut genug fühlen würde, damit ich ihn zum Pod führen und wir ins sichere St. Mary's zurückspringen könnten.

Wie die meisten meiner Pläne ging auch dieser ganz und gar nicht auf.

Als die Sonne sich am Himmel zeigte, konnte ich einen richtigen Blick auf Peterson werfen. Er glühte vom Fieber und murmelte vor sich hin. Ich dachte, ich sollte ihm das Gesicht und die Hände mit kaltem Wasser abreiben, um ihm ein bisschen Erleichterung zu verschaffen, und das war der Moment, in dem ich sie sah. Rings um sein linkes Handgelenk und ein Stück den Unterarm hoch – kleine rote Flohbisse.

Angewidert starrte ich sie an.

Diese verfluchte Matratze! Diese verfluchte, verdammte Strohmatratze! Heimat für jede Form von Viehzeug der Gegend, besonders von Flöhen. Und so nahe an einem Fluss! Brutstätte für Flöhe, die Krankheiten übertrugen. Ganz bestimmt. Infizierte Flöhe von infizierten Ratten. Wie hatte ich nur so unglaublich dumm sein können? Warum hatte ich diese bescheuerte Matratze nicht sofort durch die Tür nach draußen befördert, sobald Bruder Anselm uns den Rücken zugekehrt hatte? Und diese elendigen Decken gleich mit dazu.

Peterson musste in der Nacht halb zu Tode gebissen worden sein. Wie hoch standen die Chancen, dass er die Pest kriegen würde? Hör auf, in Panik zu geraten, Maxwell, und denk nach.

Bestimmt war Tim mit allen Impfungen auf dem Laufenden. Im St. Mary's-Institut verging kaum ein Monat, ohne dass sie uns mit irgendetwas piksten. Beulenpest war für die moderne Welt nicht so bedrohlich, auch wenn jedes Jahr noch immer eine kleine Anzahl Menschen daran starb. Aber mit Antibiotika bekam man sie normalerweise gut in den Griff, und wir hatten Antibiotika. Haufenweise. Im verdammten Pod. Den ich nicht betreten konnte.

Beruhige dich. Er war ein fitter, gesunder, ziemlich normaler, moderner Mann, stark genug, um eine Infektion zu überwinden. Nein, das war er nicht. Er war ein Mann mit einer Kopfverletzung und Fieber.

Hör auf damit. Vielleicht hatten diese Flöhe gar keine Krankheiten übertragen. Doch, hatten sie bestimmt. Wir waren im 14. Jahrhundert. Die Pest war jedermanns ständiger Begleiter. Und neben uns befand sich ein Krankenhaus. Die Chancen standen mehr als hoch, dass irgendjemand auf ebendieser Matratze hier an der Pest gestorben war. Da man hier nichts von Infektionen wusste, würden sie die Matratze einfach für den nächsten Patienten verwenden, und das war Peterson.

Also gut, es gab Dinge, die ich tun konnte.

Ich rollte Peterson herum und zog die Matratze unter ihm hervor. Dann brachte ich sie nach draußen und ließ sie in möglichst großer Entfernung liegen.

Danach zog ich ihn aus bis auf seine Unterhose, schaffte seine Klamotten ebenfalls nach draußen und schüttelte sie wie verrückt aus, und schließlich nahm ich Peterson noch einmal genauer in Augenschein. Er hatte weitere Bisse um die Fußknöchel. Mich überfiel ein siedend heißer Gedanke, und ich suchte mich selbst ab. Jawohl. Zwei oder drei Bisse um den rechten Knöchel. Nicht kratzen, Maxwell.

Ich suchte jeden Zentimeter von ihm ab – und ich meinte wirklich *jeden* Zentimeter, denn ich suchte an seinem Körper nach jenen kleinen tödlichen Anzeichen der Pest – den unheilverkündenden, dunklen Stellen, die dem Schwarzen Tod den Namen gegeben haben.

Als ich nichts fand, lehnte ich mich mit einem erleichterten Seufzen zurück. Keine Verfärbungen, keinerlei irgendwie geartete Wunden auf der Haut und, was am wichtigsten war, keine Anzeichen einer Schwellung in der Achselhöhle und an der Leiste. Vielleicht war das nur ein einfaches Fieber, das im Zusammenhang mit dem Schlag auf den Kopf stand. Vielleicht hatten wir ja so viel Glück.

Ich hatte mich gerade so schön in einen völlig unbegründeten Optimismus hineingesteigert, als Peterson aufwachte.

Er öffnete die Augen, konnte aber den Blick nicht fokussieren und schloss die Lider wieder.

Ich saß schweigend da, und ein paar Minuten später schlug er die Augen wieder auf. Dieses Mal blieben sie geöffnet. Leise sagte ich: »Hey.«

Er machte ein Geräusch.

Ich tunkte meine Finger ins Wasser und benetzte

damit ganz sanft seine Lippen. Durstig leckte er die Tropfen weg. Seine Blicke wanderten durch den kleinen Schuppen und blieben einen Moment lang an mir hängen, dann konnte er die Lider nicht länger offen halten, aber ich war zufrieden. Er war aufgewacht.

Bruder Anselm würde schon bald hier sein. Ich ging zur Tür, um auf ihn zu warten, und schaute hinaus in den grünen Garten. In der Luft hing der Geruch von frisch umgegrabener Erde. Reihen von Zwiebeln, Erbsen und Bohnen führten von links nach rechts. Hier und dort konnte ich den gebeugten schwarzen Rücken von Mönchen sehen, die langsam im Sonnenschein ihre Hacken schwangen. Links flatterte Wäsche an zwei Leinen sanft in der Brise. Drei Schwestern legten Matratzen aus, damit sie in der Sonne auslüften konnten, weil sie der tiefsten Überzeugung waren, dass Sauberkeit mit Frömmigkeit einherging. Jeder hier erfüllte seine Aufgaben in einer Atmosphäre ruhiger Gelassenheit. Selbst die kleinen braunen Spatzen, die über die frisch aufgeworfene Erde hüpften, sangen ein fröhliches Lied. Die Mönche hatten ihr Bestes getan, ihre Welt so anzulegen, wie sie glaubten, dass Gott es für uns vorgesehen hatte. Die Aussicht, die nächsten Tage in völliger Sicherheit hier zu verbringen, war verlockend, aber ich konnte nicht zulassen, dass Peterson keine Behandlung bekam. Sobald er das nächste Mal aufwachte und sich gefahrlos bewegen ließ, würde ich ihn ins St. Mary's-Institut zurückbringen, vielleicht schon morgen um diese Zeit.

Ich saß in der Sonne und machte mir Sorgen.

# DREIZEHN

Es ging unbeschreiblich schnell. Ich hatte Berichte darüber gelesen, dass Leute am Morgen noch ihr Tagwerk begonnen hatten und zur Teezeit tot waren. Die Menschen kippten auf der Straße um und starben im Fallen. Die meisten waren innerhalb von vierundzwanzig Stunden tot. Bei der Pest war es so: Je länger man durchhielt, desto mehr stieg die Chance zu überleben.

Ich weiß nicht, wie lange ich dagesessen hatte, als ich plötzlich ein Geräusch hinter mir hörte, mich von der friedvollen Szene vor mir löste und mich einem Bild aus meinen schlimmsten Albträumen zuwandte.

Peterson warf sich hin und her, rot von der Hitze in ihm und verschwitzt. Sein Haar klebte an der Stirn, sein ganzer Körper zitterte vom Fieber. Er zappelte wild mit Armen und Beinen; er schien keinerlei Kontrolle mehr über sie zu haben, und es war offensichtlich, dass jeder Moment ihm schlimme Schmerzen bereitete. Jedes Mal, wenn ich die Decken über ihm ausbreitete, zerrte er sie wieder weg und wurde immer aggressiver. Seine Augen waren weit aufgerissen, zuckten aber wild von einer Seite zur anderen. Er hatte keine Ahnung, wer ich war. Ich glaube kaum, dass er mich überhaupt sah.

Unser Glück war aufgebraucht.

Mit hämmerndem Herzen tastete ich seine Achselhöhlen ab. Da war nichts. Keine Schwellung.

Dann überprüfte ich seine Leistengegend. Und da war sie. In der Falte ganz oben an seinem Bein. Eine Beule. Noch ziemlich klein, aber sie sah schon fest und entzündet aus.

Mir blieb fast das Herz stehen. Ich spürte, wie sich die Welt von mir zurückzog. O Gott, Peterson hatte die Beulenpest. Den Schwarzen Tod, der durch Europa tobte und beinahe jeden auf seinem Weg tötete. Die Pest war um 1348 in England angekommen, und da es ihr dort gefiel, würde sie Hunderte von Jahren nicht mehr verschwinden.

Ein Geräusch an der Tür ließ mich herumfahren. Bruder Anselm stand dort, ein dunkler Schatten vor der Sonne.

Ich erhob mich und streckte meine Hände abwehrend in seine Richtung.

»Komm nicht herein, Bruder«, sagte ich schnell. »Du darfst nicht eintreten.«

Er ignorierte mich und kam näher, um sich die Sache genauer anzusehen, und sein erfahrener Blick nahm alles in sich auf. Leise fragte er: »Wie lange schon?«

»Ungefähr eine Stunde.«

Ich sah das Mitleid in seinen Augen.

»Du musst für ihn beten, mein Kind.«

Ich nickte. Das würde ich. Wahrscheinlich wäre das

effektiver, als ihn dazu zu zwingen, seinen eigenen Urin zu trinken, oder als lebendige Schweine in zwei Hälften zu teilen und sie auf die infizierten Stellen an seinen Körper zu binden. Mir war eiskalt vor Furcht, denn in dieser Welt waren die Heilmittel so entsetzlich wie die Krankheiten, und ich war hilflos. Ich konnte überhaupt nichts für ihn tun.

Dann riss ich mich zusammen. Doch, konnte ich. Es gab immer irgendetwas zu tun. Selbst wenn man nur dafür sorgte, dass andere sich fernhielten. Das konnte Peterson wenigstens eine kleine Chance eröffnen.

»Bruder, du solltest gehen. Du kannst nichts mehr tun. Gott wird entscheiden, was hier geschieht.«

Ich hatte recht, aber der Mönch zögerte trotzdem im Eingang. Er war ein guter Mann.

»Du weißt, dass ich die Tür zumachen muss.«

»Ja.«

»Und dass ich sie abschließen werde.«

»Verstehe.«

Jetzt war ich auf mich gestellt. Ganz sicher würden sie Tim nun nicht mehr im Krankenhaus aufnehmen.

»Ich werde jeden Tag kommen.«

Das würde er. Instinktiv wusste ich, dass er das tun würde.

»Ich werde für seine Seele beten.«

»Danke.«

»Und für deine.«

Tja, es wurde auch Zeit, dass das jemand tat.

»Danke, Bruder.«

Er trat einen Schritt zurück und zog die Tür hinter

sich zu. Dann konnte ich hören, wie der Riegel vorgelegt wurde.

Jetzt musste ich allein klarkommen.

Es war angenehm schummrig in dem kleinen Schuppen. Trotzdem fiel aber ausreichend Sonnenlicht durch die Wand aus groben Brettern, um es hell genug zu machen. Auch durch die Decke drangen einige Strahlen hindurch. Wenn es zu regnen beginnen würde, hätten wir allerdings ein Problem.

Ich machte mir ein Bild von meinen Ressourcen. Ein paar Gartengeräte lehnten an einer Wand. Haufen leerer Säcke türmten sich in einer Ecke, zusammen mit einigen langen Seilschnüren, die zu einem großen Ball aufgerollt waren. Petersons ausgezogene Kleidung, sorgfältig zusammengefaltet, lag in der Nähe. Mir standen seine zwei Decken, seine Stiefel und der Hut, sein Stab und das kleine Messer, das er in einem der Stiefel aufbewahrte, zur Verfügung. Aus einer versteckten Tasche in seinem Umhang förderte ich wasserfeste Streichhölzer zutage, einen Kompass und ein kleines Pfefferspray.

Ein Eimer mit Wasser stand an der Tür und eine kleine Holzschale. Plötzlich fiel mir auf, dass Bruder Anselm uns nichts zu essen dagelassen hatte. Wir könnten beide schon in ein paar Stunden tot sein. Vielleicht wollte man sich nicht die Mühe machen, uns mit Nahrung zu versorgen.

Nicht dass ich Gelegenheit gehabt hätte, etwas zu essen. Ich verbrachte die ganze Zeit damit, Peterson abzukühlen. Als ich ihm etwas zu trinken einflößen wollte, schlug er mir die Schale aus der Hand. Kurz darauf schien er einzunicken. Ich wusste nicht, ob ich ihn schlafen lassen oder lieber wach und bei Bewusstsein halten sollte. Da er solche Schmerzen hatte, ließ ich ihn in Ruhe und versuchte nur, seinen Kopf und die Hände zu kühlen und zuzusehen, wie die Schwellung immer größer wurde. Ich konnte nicht glauben, wie schnell die Beule wuchs. Wenn ich für eine Sekunde woandershin blickte und dann wieder zurücksah, schien sie sich vergrößert zu haben. Sie sah bösartig und schmerzhaft aus. Ich wusste: Wenn sie aufplatzte, dann gäbe es eine Chance, dass Tim sich wieder erholen würde. Und er hatte auch nur diese eine Beule. Außerdem war er mit Sicherheit gegen praktisch alles unter der Sonne geimpft worden. Und er war stark. Ich redete mir ein, dass er das überleben konnte …

Er war in einem grausamen Kreislauf gefangen. Das Fieber machte ihn ruhelos. Jede Bewegung bereitete ihm Höllenqualen. Der Schmerz schürte die Schwellung, die wiederum das Fieber ansteigen ließ. Und so ging es immer weiter.

Stunden vergingen. Ich saß neben ihm, beträufelte seine Lippen mit Wasser und überdachte meine Optionen.

Als er vor Schmerzen zu schreien begann, traf ich eine Entscheidung.

Ich stand auf und zog mich aus, dann legte ich das Unterkleid aus Leinen beiseite und schlüpfte wieder in das Überkleid und den Umhang. Mithilfe von Petersons Messer schnitt und riss ich das Kleid in Streifen, um Verbandsmaterial zu haben. Ich füllte die Schale mit Wasser und hielt sie bereit. Dann nahm ich den Sack, zerschnitt auch den und legte die Streifen zusammen mit Seilstücken auf einen Haufen. Sowohl der Sack als auch die Schnüre waren mit etwas wasserfest gemacht worden, das wie Teeröl roch und von dem ich hoffte, dass es gut brennen würde.

Ich hockte mich hin und probte alles im Kopf, ging es mehrere Male durch und achtete darauf, dass ich alle Dinge, die ich brauchte, griffbereit hatte, denn wenn ich erst angefangen hatte, würde es kein Zurück mehr geben.

Ich zündete ein kleines Feuer an, pustete vorsichtig in die Flammen und gab kleine Streifen von dem Sack dazu. Es sollte kein großer Brand werden, nur eine kleine Flamme. Gerade genug, um ein Messer zu sterilisieren und die besudelten Verbände zu verbrennen.

All das kostete Zeit, und als ich Peterson das nächste Mal ansah, schien er in tiefe Bewusstlosigkeit gesunken zu sein. Ich war mir nicht sicher, ob das ein gutes Zeichen war oder nicht, hoffte aber inständig, dass ich nicht zu lange gewartet hatte, zog seine Shorts runter und legte sie zur Seite.

Und los ging's.

Ich hielt das Messer ein paar Sekunden lang in die Flammen, empfahl uns jedem Gott, der mir einfiel, und spreizte vorsichtig Petersons Bein ab.

Die Schwellung war riesig und hässlich. Sie hatte ungefähr die Größe eines Golfballs und saß, wie man sich denken kann, in der Leistengegend. In den letzten paar Minuten hatte sie sich von Rot zu Lila verfärbt. Ich konnte sie beinahe puckern sehen. Peterson war still geworden, was nichts Gutes erahnen ließ. Getrocknete Spucke klebte in seinen Mundwinkeln, vermischt mit Blut von den Stellen, wo er sich die Lippen vor Schmerzen aufgebissen hatte. Sein Atem war unregelmäßig. Plötzlich packte mich eine fieberhafte Eile. Tu es jetzt, ehe es zu spät ist.

Ich wusste noch immer nicht, ob ich das Richtige machte oder nicht, aber ich setzte die Messerspitze sorgfältig in die Mitte der Beule. Peterson zuckte, und ich hätte das Messer beinahe fallen lassen. Mach schnell, Maxwell. Tu es jetzt.

Und dann stach ich das Messer in die Beule. Peterson kreischte, und ein gewaltiger Schwall einer heißen, dicken, gelbbraunen Flüssigkeit ergoss sich über meine Hand. Ich warf das Messer weg, griff mir den ersten Verbandstreifen von meinem Vorratshaufen und begann, alles wegzuwischen. Dabei behielt ich Peterson besorgt im Auge. Nach seinem anfänglichen Schrei war er jetzt besorgniserregend still. Aber noch hatte er einen Puls, und das reichte mir.

Ich drückte und wischte und drückte und wischte.

Der Gestank war furchtbar. Die Farbe der austretenden Flüssigkeit verdunkelte sich zu Braun. Schließlich quoll Blut hervor. Ich machte weiter, denn jetzt gab es keinen Weg mehr zurück, erinnerte mich daran, wie mir Hunter mal erzählt hatte, dass das Geheimnis bei jeder infizierten Wunde darin bestand, nicht aufzuhören, bis das reine Blut floss. Dann konnte man beinahe sicher sein, dass alles ausgespült war.

Auf der anderen Seite war das Petersons Leiste, und in diesem Bereich gab es einige größere Arterien – ganz zu schweigen von seinem durchaus bemerkenswerten besten Stück. Ein weiterer Einsatz des Messers verbot sich also.

Ich arbeitete immer weiter, wischte und tupfte und warf die verschmutzten Verbandstreifen ins Feuer, begann schon, mir Sorgen zu machen, dass mir das Material ausgehen könnte, als ich es sah. Ein unschöner, klebriger Klumpen aus Blut und Eiter.

In meinen Augen brannte der Schweiß. Ich blinzelte heftig, um klare Sicht zu bekommen, denn ich durfte mir jetzt keinen Fehlgriff erlauben. Vorsichtig nahm ich das Messer und benutzte nur die Spitze, um die Verdickung sanft freizulegen. Sie löste sich ziemlich leicht, und plötzlich kam Blut. Hellrotes Blut.

Meine Erleichterung war überwältigend. Ich nahm einen sauberen Tupfer und presste ihn mit beiden Händen kräftig auf die Stelle. Peterson murmelte und bewegte sich, aber ich ließ nicht los. Er würde es einfach aushalten müssen.

Endlich nahm ich die Hände hoch, löste vorsichtig das Verbandsstückchen ab und sah mir die Sache an. Ein kleines Blutrinnsal quoll sacht hervor, aber nichts, weswegen man sich Sorgen hätte machen müssen.

Ich ersetzte die Wundauflage durch eine saubere und versuchte sie, so gut es ging, festzubinden. Es ist eine ungünstige Gegend bei einem Kerl – einfach zu viele knubbelige Teile.

Dann hockte ich mich auf die Fersen, wusch mir sehr gründlich die Hände und versuchte, wieder regelmäßiger zu atmen.

Peterson lag den restlichen Tag über wie ein betäubter Ochse herum. Ich ließ ihn schlafen, und als ich meinen schmerzenden Rücken und meine tauben Beine dazu bringen konnte, sich wieder zu bewegen, räumte ich die unübersehbaren Spuren meines blutigen Handwerks weg, wusch mich von Kopf bis Fuß, so gut ich konnte, trank eine Menge Wasser und säuberte Peterson so akribisch wie ein Politiker, der seine Beliebtheitswerte studiert.

Ich wurde vom Geräusch des Riegels unterbrochen, der weggeschoben wurde. Bruder Anselm sagte mir, dass draußen Essen stünde.

Vorsichtig öffnete ich die Tür und spähte hinaus. Der Mönch wartete gut drei Meter entfernt.

»Wie geht es deinem Ehemann?«

»Besser.«

Er sah ein bisschen überrascht aus. Ich glaube, er dachte, ich würde mir das nur ausdenken, um entkommen zu können. Oder dass ich mir selbst etwas vormachte.

»Nein, Bruder. Die Beule ist aufgeplatzt, und sein Fieber ist gesunken. Er schläft jetzt.«

»Gott sei gepriesen, das sind wirklich gute Neuigkeiten. Aber du musst gut auf ihn aufpassen.«

»Das werde ich tun, Bruder. Danke schön für das Essen.«

»Und du, mein Kind, wie fühlst du dich?«

»Bislang gut, Gott sei Dank.«

»Du weißt, dass ich dich nicht gehen lassen kann.«

»Ja, das verstehe ich.«

»Es ist beinahe sicher, dass du die Krankheit ebenfalls bekommen wirst.«

»Vielleicht auch nicht, Bruder. Meine Eltern sind beide an der Pest gestorben, als ich noch klein war, und da habe ich mich ebenfalls nicht angesteckt.«

Er nickte. »Ich habe davon gehört. Wenn man als junger Mensch überlebt, überlebt man manchmal auch später im Leben. Das Unglück deiner Eltern könnte deine Rettung sein.« Er zögerte. »Ich bete für dich.«

Ich lächelte. »Danke.«

Und das meinte ich. Es war so gut, einmal jemanden auf meiner Seite zu wissen.

Obwohl ich im 14. Jahrhundert gestrandet war, mit einem von der Pest heimgesuchten Peterson, im Visier der Zeitpolizei und verrückt vor Sorge um Leon, war es der friedlichste Abend seit sehr langer Zeit. Es gab keinen Vulkan. Keine Krokodile. Das Wetter war angenehm. Niemand kam nahe genug, um mich zu erschießen.

Ich aß das Brot und den Käse auf, den Bruder Anselm mir dagelassen hatte, und kaute vorsichtig, denn mittelalterliches Brot ist voll von mittelalterlichen Steinchen, und ich konnte zu allem Überfluss nicht auch noch einen abgebrochenen Zahn brauchen.

So saß ich neben Peterson da, mit dem Rücken an die Wand gelehnt. Er war noch nicht über den Berg. Das Fieber war zwar gesunken, hatte ihn aber sehr geschwächt; ergo konnte er trotzdem noch an einer Infektion oder irgendeiner anderen unschönen Krankheit des 14. Jahrhunderts draufgehen. Ich versuchte, ihm ein paar Schlucke Wasser einzuflößen, und hob seinen Kopf an, um ihm beim Trinken zu helfen. Seine Augen waren offen, aber er erkannte mich nicht und bekam auch sonst nichts um ihn herum mit. Er konnte noch immer sterben.

Und wieder mal war ich eine Historikerin, die jemandem beim Sterben zusah.

Solange das Licht noch ausreichte, untersuchte ich ihn erneut. Ich entdeckte keine weiteren Schwellungen. Sein Körper fühlte sich viel kühler an, und sein Puls war langsamer und kräftiger. Ich pulte die Auflage ab und sah mir die Wunde genau an. Sie sah gut aus, aber nur um ganz sicherzugehen, senkte ich den Kopf, um daran zu riechen.

Eine sehr schwache Stimme wollte wissen, was zur Hölle ich da trieb.

Einen Moment lang konnte ich nicht richtig sprechen und räusperte mich. »Ich sehe nach, ob sich etwas entzündet hat. Mach die Augen zu, wenn du damit ein Problem hast.«

»Sie sind zu … Macht aber keinen Unterschied. Ich kann immer noch hören, … wie du wie ein Schwein schnüffelst, … das nach Trüffeln sucht.«

»Vertrau mir, wenn ich da unten welche finde, gehören sie dir.«

Er gab keine Antwort und schien wieder eingeschlafen zu sein.

Ich folgte seinem Beispiel.

Der Tag war lang gewesen.

In der Nacht wachten wir beide mehrmals auf. Ich half Tim, ein bisschen Wasser zu trinken. Das führte zu Problem Nummer zwei. Nun, eigentlich Nummer eins.

»Ich werde die Schüssel holen.«

Er war zu schwach, um es selbst zu verrichten. Ich half ihm ein bisschen.

Trotz meiner größten Anstrengung gelang es ihm, mich anzupinkeln. Nicht zum ersten Mal. Wir beide starrten zur Decke hoch. Ich suchte nach irgendetwas, das ich hätte sagen können. »Hast du schon Urlaub gehabt?«, schien mir irgendwie unpassend.

Im Ton höflicher Konversation erkundigte er sich: »Wie geht es jetzt deinem Arm?«

»Gut. Ich hatte ihn völlig vergessen. Was macht dein Kopf?«

»Gut. Ich hatte ihn völlig vergessen.«

Es war, als würde man ein Wasserreservoir abfließen lassen, und dauerte auch ungefähr genauso lange.

Endlich sagte Tim mit müder, dünner Stimme: »Du solltest das nicht für mich tun müssen.«

»Du solltest dankbar sein, dass du das nicht für *mich* machen musst. Wir haben nicht alle Außenröhren. Stell dir mal vor, wie schwierig das bei mir mit der Fließkontrolle und dem genauen Zielen werden würde.«

»Oh … ekelhaft.«

»Ganz genau. Dein Problem ist, dass du nie mitkriegst, wenn du es gut getroffen hast.«

Er wandte seinen Blick von meiner hilfreichen Hand ab.

»Du hast recht.«

Hinterher verstaute ich sein gutes Stück, nahm die Schüssel und stand auf.

»Wohin geht du?«, fragte er plötzlich alarmiert.

»Ich bring nur die Pisse weg.«

Er war wach, als Bruder Anselm am nächsten Morgen klopfte.

Ich rief eine Antwort, und der Mönch öffnete vorsichtig die Tür.

Ein breiter Sonnenstrahl durchflutete den kleinen Schuppen. Peterson blinzelte in der plötzlichen Helligkeit und versuchte, seine Augen mit der Hand abzuschirmen.

Rasch sagte ich: »Mein Ehemann, das ist Bruder Anselm, dessen Güte wir unser Leben verdanken. Und Gott dem Herrn natürlich.«

Bruder Anselm stand strahlend im Eingang. »Lobt Gott für seine Güte. Das ist wahrlich ein Wunder. Und du, mein Kind, bist wohlauf?«

»Ja, in der Tat, Bruder.«

»Und die Schwellung?«

»Ist verschwunden. Das Fieber ist sehr schnell gesunken. Ich habe die Wunde sauber gehalten.«

»Lass mich mal sehen.«

Er kniete neben Peterson, der ein weiteres Mal die Demütigung über sich ergehen lassen musste, dass jemand in seinem Schritt schnupperte.

»Alles wirkt so, wie es sein sollte.« Er zögerte. »Du verstehst aber, dass noch immer das Risiko besteht …«

Ja, ich war immer noch ein Pestrisiko. Außerdem war das Letzte, was wir jetzt brauchten, dass Peterson im Krankenhaus aufgenommen wurde. Wenn seine Genesung weiter fortschritt, dann würde ich morgen nach dem Handkarren fragen und ihn zurück ins St. Mary's-Institut bringen, wo er eine angemessene Behandlung bekommen würde. Sie würden uns im Pod unter Quarantäne stellen und uns dort an Ort und Stelle versorgen, aber das würde kein Problem sein.

Mit ernster Miene nickte ich.

Bruder Anselm verschwand, um Essen und sauberes Verbandszeug zu holen.

Peterson verschlief den Großteil des Tages.

Bruder Anselm sah regelmäßig bei uns vorbei, und jedes Mal erkundigte er sich nach meinem Wohlbefinden. Ich denke, meine hartnäckige Weigerung, Krankheitssymptome zu entwickeln, sorgte für einige Verwunderung bei ihm. Mich verwunderte es ebenfalls. Die einzige Erklärung, die mir einfiel, war: Mein

Körper war wegen meines entzündeten Arms noch immer so mit Antibiotika vollgepumpt, dass er die hässlichen mittelalterlichen Pestkeime hatte abwehren können. Mit jeder Stunde, die verging, schien es weniger wahrscheinlich, dass ich noch krank werden würde. Nicht dass mich das vor einer schonungslosen Quarantäne bei unserer Rückkehr bewahren würde.

An diesem Abend nahm Peterson ein bisschen Suppe zu sich und konnte sie bei sich behalten. Ein guter Historiker lässt sich nicht unterkriegen. Er bestand darauf, selbstständig zu essen, und so half ich ihm nur mit dem Löffel und machte ihn hinterher sauber, wobei ich über seine schlechten Essmanieren meckerte. Er klagte über meine katastrophalen Fertigkeiten als Krankenpflegerin.

Wir bereiteten uns auf die dritte Nacht vor.

Die Frage kam aus der Dunkelheit.

»Wer bist du? Ganz ehrlich?«

Ich seufzte und setzte mich hin. »Nun, ich werde es dir erzählen, weil du immer noch sterben könntest, und dann bräuchte ich dich später nicht umzubringen. Ich bin Max, aber nicht deine Max. Deshalb konnte ich der Zeitpolizei die Wahrheit sagen. Ich lag bei meiner letzten Mission im Sterben und bin hier wieder aufgewacht. Ich bin keine hochstapelnde Betrügerin oder ein Ersatz oder eine Kopie. Ich bin ich. Und du bist nicht mein Peterson. Und es ist auch nicht mein St. Mary's. Und dies hier ist auch nicht mein 14. Jahrhundert. Die meiste Zeit über weiß ich überhaupt nicht, was gerade geschieht. Und Leon ist nicht da. Aber davon abgesehen ist alles super.«

Wieder kämpfte ich gegen eine drohende Panik an, die sich so ähnlich anfühlte wie Schwindelgefühle in großer Höhe.

Er zupfte an meinem Kleid. »Hey, komm zurück.«

»Entschuldige.«

»Wohin ging deine letzte Mission?«

»Nach Azincourt.«

Es gab eine Pause. »War ich auch da?«

»Ja.«

»Dann erzähl mir, … was dort geschehen ist.«

In so wenigen Worten wie möglich berichtete ich ihm vom Angriff auf den Tross, seiner Verwundung und meinen Mühen, ihn zurück zum Pod zu schaffen. Ich beschrieb, wie ich ihm auf den Kopf geschlagen, ihn unter ein Gebüsch gerollt und unsere Verfolger weggelockt hatte. Es war ein nackter Tatsachenbericht, der mich einige Mühe kostete, und danach gab es ein langes Schweigen.

Endlich flüsterte Tim: »Ich weiß nicht, was ich sagen soll.«

Ich zuckte in der Dunkelheit die Achseln.

Gerade wollte ich mich wieder hinlegen, als er weitersprach: »*Ich* habe dich gefunden, weißt du das?«

Zuerst verstand ich ihn nicht. Dann dämmerte es mir.

»Ich dachte, Leon hätte mich gefunden.«

»Nein. Er hatte versucht, dich ans Telefon zu kriegen. Hinterher sagte er, er habe gleich gewusst, dass etwas nicht stimmt. Dann hat er bei mir im Büro angerufen und mich gebeten, mal kurz bei dir reinzuschauen und mich zu vergewissern, dass du schon auf dem Weg zu eurem Treffen wärst. Ich trat durch die Tür … und da lagst du auf dem Fußboden.« Er versuchte zu lachen. »Du hattest noch die Unterlagen zur Mission *Berühmte Attentate* in der Hand.«

Ich sagte nichts. Er musste es laut aussprechen.

»Dein Gesicht war leuchtend rot. Ich wusste es sofort … Kohlenmonoxid … Dann habe ich dich nach draußen auf den Flur geschleift. Markham lief gerade vorbei. Wir haben alles versucht, was in unserer Macht stand. Helen kam und tat, was sie konnte. Alle wussten, dass es schon viel zu spät und alles völlig sinnlos war, aber wir machten trotzdem weiter. Und dann kam Leon.«

Er brach ab. Ich fragte mich, ob ich ihn davon abhalten sollte weiterzureden. Aber er musste das laut aussprechen.

»Es war schlimm für uns, aber für ihn … Sein Leben hörte einfach auf. Das konnte man an seinem Gesicht sehen. Für ihn blieb die ganze Welt stehen. Und setzte sich nie wieder richtig in Bewegung. Oh, er schien zu funktionieren, aber als du gingst, ging ein großer Teil von ihm mit dir. Und er war nicht der Einzige. Dr. Bairstow war am Boden zerstört. Mrs. Mack und Mrs. Enderby haben geweint. Und was Kal anging … Es war eine furchtbare Zeit für jeden.« Er versuchte zu lachen. »Natürlich vor allem für dich.«

Ich versuchte, auch zu lachen. »In meiner Welt war es Leon, der starb.«

»Erzähl mir davon …«

Und das tat ich. Abgesehen von Mrs. Partridges Rolle in der ganzen Sache, berichtete ich ihm alles. Bis zu dem Moment der Anhörung.

Nach langem Schweigen half ich ihm dabei, noch ein paar Schlucke Wasser zu trinken.

»Wir haben dich nicht sehr gut behandelt, oder?«

»Na ja, was solltet ihr schon denken? Ihr habt gesehen, dass ich tot war. Jeder musste glauben, dass ich eine Art Hochstaplerin bin. Oder dass Leon den Verstand verloren und einfach irgendein Mädel aufgegabelt hatte, das zufälligerweise wie ich aussah. Ich mache euch keine Vorwürfe.«

Mit einer Ausnahme vielleicht.

»Trotzdem, Max …«

»Tja, du hast recht. Im Augenblick ist mein Leben nicht so toll. Aber jedes Mal, wenn ich aufgeben will, dann erinnere ich mich an den Tag, als ich in den Pod kam und Leon Farrell tot auf dem Boden ausgestreckt liegen sah. Ich weiß, wie schlimm die Dinge auch immer sein mögen, sie werden nie wieder so entsetzlich sein.« Ich grinste in der Dunkelheit: »Und außerdem, ob es dir gefällt oder nicht: Jedes Mal, wenn du mich siehst, wirst du dich daran erinnern, dass du nur meinetwegen noch am Leben bist. Weil ich nämlich absolut verdammt wunderbar bin.«

»Und auch so bescheiden, was man nicht vergessen darf.«

»Als ob ich dich das je vergessen lassen würde.«

Und so redeten wir weiter. Und schliefen. Und

unterhielten uns. Eine Menge wurde gesagt, auch wenn nicht alles ausgesprochen wurde.

Ich erwachte früh.

Meine Schätzung, nach der Peterson in zwei Tagen kräftig genug sein würde, um zurück zum Pod zu gelangen, erwies sich bei Weitem als zu optimistisch. Bruder Anselm weigerte sich, die Schubkarre zu bringen, und selbst ich musste zugeben, dass Peterson nicht annähernd wohlauf genug war, um bewegt zu werden. Das Fieber war zwar gesunken, die Schwellung verschwunden, und seine Wunde heilte, aber er war besorgniserregend schwach. Er hatte enorm an Gewicht verloren, und dabei war er auch vorher schon eher dürr gewesen. Ich konnte seine Wangenknochen deutlich unter seiner gelblichen Haut sehen, die sich viel zu straff über sein Gesicht zu spannen schien.

Er schlief viel, und auch wenn er sich wirklich Mühe gab, bei jeder Mahlzeit ein paar Happen zu sich zu nehmen, konnte er weder seinen Mangel an Appetit noch seine Lethargie verbergen. Ich sagte mir, dass es nichts bringen würde, ihn ins St. Mary's-Institut zu schleppen, damit er da eine ordentliche Behandlung bekäme, wenn der Weg dorthin ihn umbringen würde.

Bruder Anselm war nach wie vor fasziniert von Petersons Genesung, und er kam ein oder zwei Mal am Tag, um mich eingehend über die Behandlung auszufragen. Am Ende erzählte ich ihm, dass ich mal gesehen hätte, wie ein Pferd mit einem geschwollenen Bein auf ähnliche Art und Weise behandelt worden war, und einfach nur nachgeahmt hätte, was ich beobachtet hatte. Er schien amüsiert. Peterson weniger.

Nach vier Tagen aber war Bruder Anselm bereit, den Karren zu holen. Ich erzählte ihm, dass wir eine sehr kleine Hütte hinter *The Bolles Hede* hätten, und als ihm klar wurde, dass ich nicht vorhatte, Peterson von jetzt auf gleich zurück nach Rushford zu verfrachten, nickte er.

Ein Teil von mir bedauerte, dass wir abzogen. Es war ein ruhiger, friedlicher Ort, das Essen war gut und reichlich, und ich mochte Bruder Anselm. Aber tief im Innern machte ich mir Sorgen, dass Peterson doch noch sterben würde. Dass sein Zustand sich verschlechtern könnte oder dass er sich die Pocken oder etwas anderes Schlimmes einfangen würde. Ich war für ihn verantwortlich. Wenn das eine normale Mission gewesen wäre, dann hätte ich ihn mit Antibiotika vollgepumpt und zurück ins St. Mary's gebracht. Sie hätten uns sicher im Pod gelassen, aber ihn zurückzubringen, das wäre die einzige vernünftige Entscheidung gewesen.

Als ich das Peterson gegenüber fallen ließ, lachte er und sagte, wenn ich über *die einzige vernünftige Entscheidung* sprach, wüsste er spätestens jetzt, dass ich nicht die richtige Maxwell sein konnte.

Er weigerte sich empört, sich auf den Karren zu legen, und so fuhren wir ihn aufrecht sitzend wie die personifizierte Engelsgeduld auf einem Grabmal durch den Garten, die Gassen hindurch hinaus auf die staubige High Street.

Draußen vor dem Pod machten wir halt. Peterson rutschte vom Karren und stützte sich an der Tür ab.

Wir alle sahen einander an.

Peterson streckte seine Hand aus. »Danke, Bruder. Ich bedaure, dass ich kein Geld habe, um dich für deine Fürsorge zu entlohnen. Aber wenn ich nach Rushford zurückkomme, werde ich voller Dankbarkeit für die Armen spenden.«

Und das tat er auch. Er machte keine große Sache daraus, aber er schickte später einen großzügigen Scheck an die freie Klinik in der St. Stephen's Street.

Bruder Anselm nickte, offensichtlich sehr zufrieden.

Ich betrachtete die untersetzte kleine Gestalt, die vor mir stand, die Hände in die Ärmel ihres ausgebesserten Gewandes gesteckt. Still und unaufgeregt tat er jeden Tag sein Bestes. Unbesiegbar in einem Glauben, den ich nicht verstehen konnte, schlug er Schlachten für seinen Gott. Manche gewann er. Die meisten verlor er. Ich fühlte ein leises Bedauern, dass wir ihn verlassen mussten.

Peterson wandte sich taktvoll ab.

»Ich lese große Sorgen in dir, mein Kind. Dein Leben ist niedergedrückt von Zweifel und Furcht. Ich sage dir, vertraue auf Gott, der dich liebt, und alles wird gut werden. Verschwende nicht die Zeit, die dir geschenkt ist, damit, dir über Ereignisse den Kopf zu zerbrechen, die du nicht kontrollieren kannst. Wenn du Gott nur lässt, so wird er alles richten. Hab einfach nur ein bisschen Vertrauen.«

Ich schluckte schwer und nickte. Nur einen Moment lang war ich um Worte verlegen.

Plötzlich sagte Bruder Anselm lebhaft: »Ich muss meine Pflichten erledigen. Schaut bei mir vorbei, wenn ihr zurückkommt, um eure Pilgerreise zu beenden.«

»Das werden wir tun«, sagte ich, obwohl ich genau wusste, dass wir ihn nie wiedersehen würden.

»Gottes Segen sei mit euch, meine Kinder.«

»Amen«, sagte Peterson.

Wir sahen dem Mönch hinterher, als er mit seinem Karren wieder auf die High Street einbog und die Menschenmenge ihn verschluckte.

Mir gefiel der Gedanke, dass er ein langes und nützliches Leben führen würde, zufrieden im Dienste Gottes, an den er so bedingungslos glaubte. Aber es gibt keinerlei Aufzeichnungen von ihm, weder von seinem Leben noch von seinem Tod. Das weiß ich ganz genau, weil ich danach gesucht habe.

Der vertraute Pod-Geruch begrüßte uns – heiß gelaufene Elektronik, feuchter Teppich, abgestandene Luft, Klo und Kohl. Selbst in dieser Welt roch es nach Kohl!

Peterson sah zu schwach aus, um auf einem der Sitze Platz zu nehmen, und so ließ ich ihn vorsichtig auf den Boden sinken und ging allein zur Konsole. »Der Sprung ist fertig eingegeben. Du musst nur noch die Initialisierung starten.«

Er nickte. »Nur eine Minute noch.«

»Was ist das Problem?«

Er wand sich. »Ich wollte nur sagen …«

»Nicht nötig. Wenn du bitte die Güte hättest …«

Wir setzten so sanft wie eine Feder in der Sommerbrise auf, wenn man Peterson glauben wollte. Oder wie ein schwerfälliger Dickhäuter, wenn man auf mich hören würde.

»Du hast Syphilis«, sagte ich und starrte auf den Schirm. »Wer hätte das gedacht?«

»Pest! Ich habe die Pest! Um Himmels willen, lauf nicht rum und sag den Leuten, ich hätte Syphilis. Und bitte sag mir, dass du den Unterschied kennst.«

»Also, ich habe dich wegen Syphilis behandelt, und jetzt geht es dir besser. Ergo – hattest du Syphilis.«

»Du meinst … das ganze Herumkriechen zwischen meinen Beinen, und dabei hattest du, verdammt noch mal, keine Ahnung, was du da tust?«

»Na, hör mal, du undankbarer Sack. Meine Fürsorglichkeit, so unsanft sie auch ausgefallen sein mag, wird dir in liebevoller Erinnerung sein, wenn dich erst Dr. Foster in die Mangel nimmt. Sie wird dir jedes Antibiotikum spritzen, das der Menschheit bekannt ist, und ein paar davon werden sicherlich noch in der Erprobungsphase stecken. Bist du bereit für die Dekontamination? Ich werde sie mindestens zweimal durchlaufen lassen.«

Er nickte, und ich bediente das Dekontaminationssystem. Das kalte blaue Licht flackerte, und ich spürte, wie sich die Haare an meinen Armen aufrichteten.

»Und noch mal.«

Die Lampe surrte.

»Mach es noch mal«, sagte er. »Je schwerer wir es hier drinnen haben, umso weniger werden wir draußen leiden.«

»Ich glaube, du unterschätzt die medizinische Abteilung«, erwiderte ich und startete das Dekon-Licht ein weiteres Mal.

Drei Mal so kurz aufeinanderfolgend bewirkte die Dekontamination, dass wir uns beide ein bisschen krank fühlten, aber es war halt nötig. Wir taten das nach jeder Mission. Dr. Bairstows Prozedere ist da unerbittlich. Auf keinen Fall sollten wir jemals etwas Unschönes aus der Vergangenheit mitbringen. Außer uns gegenseitig natürlich.

»Okay«, sagte ich. »Dann wollen wir mal.« Ich aktivierte die Kom-Verbindung. »Bitte um Aufmerksamkeit. Code Blau. Code Blau. Code Blau. Hier ist Pod drei, wir melden Code Blau. Autorisation Maxwell. Fünf, null, Alpha, neun, acht, null, vier, Bravo. Ich wiederhole. Code Blau. Code Blau. Code Blau. Dies ist keine Übung.«

Ich war hier gar nicht autorisiert, aber ich denke, die Botschaft war klar. Ich ließ das Mikro offen und schaltete die Innenkameras an, sodass man draußen sehen konnte, was hier drinnen passierte. Dann ging ich zu Peterson und setzte mich neben ihn auf den Boden.

»Wie fühlst du dich?«

»Nicht allzu schlecht, aber ein bisschen verstrahlt von diesem verdammten Licht.«

»Ja, ich habe dir eine ganz schöne Dosis verpasst. Jetzt bist du bestimmt annähernd steril.«

»Wie bitte?«

»Wenn ihr beiden fertig seid«, ertönte Dr. Fosters Stimme, »dann benennt bitte die Art der Kontamination.«

Ich machte eine Geste in Richtung Peterson. Er war der Patient.

»Syphilis«, sagte er.

»Wie bitte?«

»Pest! Ich meine die Pest! Ich habe die Pest! Hör auf zu lachen, Max.«

In der nächsten Stunde hatten wir allerhand zu tun. Ganz oben auf der Liste stand, die elendigen, Krankheiten übertragenden Flöhe loszuwerden, die wir beinahe mit Sicherheit mitgeschleppt hatten.

Auf Anweisung von Dr. Foster half ich Peterson dabei, sich auszuziehen, und schob ihn in die Dusche. Während er da drin war, kramte ich sein Messer heraus und machte mich, nicht ohne Bedauern, ans Werk. Nach ein paar Minuten fielen zwei lange rote Zöpfe auf den Boden.

»O mein Gott«, sagte Peterson, als er wieder rauskam. »Ich kann nicht glauben, dass du das gemacht hast. Dr. Bairstow wird durchdrehen.«

»Aber sein Zorn wird sich nicht gegen mich richten. Ich werde ihm sagen, dass du mich dazu gezwungen hast.«

Dem Protokoll entsprechend warf ich alles in den

Verbrenner – meine Haare, unsere Klamotten, alles, duschte dann ebenfalls und ließ mir das warme Wasser über meinen traumatisierten Schopf rinnen.

Fünf Minuten später war ich in ein Handtuch gewickelt wieder zurück.

Der Hawking-Hangar draußen war wie ausgestorben. Wahrscheinlich hatte Dieter in Windeseile alle rausgeworfen. Ich konnte sehen, wie bewaffnete Wachen mit Schutzanzügen in einem Halbkreis in Stellung gingen. Ihr Job bestand darin, alles und jeden beim Versuch zu erschießen, ohne medizinische Freigabe den Pod zu verlassen.

Wir warteten.

»Hast du dieses Jahr etwas Nettes erlebt?«, erkundigte sich Peterson und band sich reichlich prüde sein Handtuch um die Taille.

»Mal nachdenken. Ich war auf einem Frostmarkt in London. Habe einen kurzen Blick auf Echnaton geworfen. Pompeji war auch gut.«

»Wirklich? Wir wollen später im Jahr auch nach Pompeji.«

»Tja, wenn du mich da siehst, wink mir doch mal zu.«

Sie verpackten uns in Plastikanzüge und fuhren uns zum Krankentrakt. Da war ich also mal wieder auf der Isolierstation.

»Nett«, sagte Peterson und schaute sich um. »Besser als das nach alten Socken stinkende Elend bei den

Männern da drüben. Da kriegt mich definitiv niemand rein. Gott weiß, mit was man von da wieder rauskommt.«

Sowohl Hunter als auch Dr. Foster waren entsetzt, als sie Petersons Leistengegend sahen.

»Ein Mann kann nie zu gut bestückt sein«, sagte er mit einem Grinsen, das aber rasch verschwand, als sie ihm mitteilten, welche Spitzen ihn gleich noch erwarten würden.

Auch von meinem Gesicht war jedes Feixen wie weggewischt, als ich feststellte, dass ich die Nächste in der Reihe war. Vergeblich protestierte ich, dass ich gar nicht Syphilis gehabt hätte. Pest! Verflucht. Die Pest!

Wir durften keinen Besuch empfangen, aber die Leute standen Schlange, um durch das Fenster in der Tür zu spähen, auf uns zu zeigen und zu lachen. Sie hätten uns ja wenigstens ein paar Erdnüsse zuwerfen können.

Irgendjemand hängte eine Liste mit berühmten Leuten auf, die an Syphilis gelitten hatten:

Hitler
Mussolini
Ivan der Schreckliche
Bonaparte
Cesare Borgia
Casanova
Lord Darnley
Leitender Missionschef Peterson

Ich lachte, aber ich war doch ein bisschen verletzt, dass mein eigener Name nicht auftauchte. Unsere Beziehungen hatten sich verbessert, aber noch standen wir nicht auf vertrautem Fuß. Wenn dein Name auf dem Ausdruck der Syphiliskranken auftaucht, weißt du, dass du akzeptiert bist.

Wir schrieben unsere Berichte und schickten sie an Dr. Bairstow, der jeden Morgen pünktlich um 9.30 Uhr bei uns aufkreuzte und uns anstarrte. Es lag nicht in seiner Natur, zu lächeln und einen zu ermutigen, also konnten wir nur annehmen, dass er kam, um allen übrig gebliebenen Pesterregern Angst einzujagen. Bei uns gelang ihm das jedenfalls.

Ich entwickelte nichts. Ich glaube nicht, dass jemand damit gerechnet hatte, aber es war ein wunderbarer Vorwand, um mich ein paar Tage lang unter Verschluss zu halten. Mir machte das nichts aus, und Peterson war ein guter Gesellschafter, solange nicht Leute kamen, die seine unteren Regionen inspizieren wollten. Ich riet ihm, falls das so weitergehen sollte, Besichtigungsgebühren dafür zu verlangen.

»Ich könnte das nächste Nationaldenkmal werden«, sagte er begeistert. »Geöffnet jeden Sonntagnachmittag. Tee mit Sahne für eine halbe Krone.«

Ziemlich boshaft antwortete ich: »Da ist nichts Monumentales an dir, du Zwerg«, und ließ ihn wütend schimpfen.

Eines Nachts konnte ich nicht schlafen. Die Erleichterung und die Hochstimmung, die ich empfunden hatte, weil ich Peterson mehr oder weniger unbeschadet wieder zurückgebracht hatte, hatten sich gelegt, und nun machte sich die Angst vor der Zukunft in meinen Gedanken breit.

Ich lag im Dunkeln und starrte zur Decke empor. Peterson schnarchte leise in der Ecke. Kurz dachte ich darüber nach, aus dem Bett aufzustehen und ihn an der Schulter zu rütteln, aber gerade als ich die Bettdecke wegschob, grunzte er, schnarchte laut auf und drehte sich um.

In der wunderbaren Stille glaubte ich, ein schwaches Geräusch vor der Tür gehört zu haben. Ein dunkler Schatten erschien vor dem Fenster, und er war zu groß für Hunter. In dem Moment, als ich mich etwas aufrichtete und auf einen Ellbogen stützte, öffnete sich die Tür einen Spalt; eine dunkle Gestalt schlüpfte herein und schloss die Tür leise hinter sich.

Ich griff nach der guten alten Wasserkaraffe und machte mich darauf gefasst, um mein Leben zu kämpfen.

Da hörte ich ein Flüstern im Dunkeln. »Mach nicht das Licht an.«

»*Leon?*«

»Pst. Weck nicht Peterson auf.«

Aufgeregt fragte ich: »Hast du schon mal versucht, Peterson aufzuwecken? Was machst du denn hier?«

»Nur eine Minute …«

Er zog die Vorhänge auf, und fahler Mondschein fiel ins Zimmer. Leon tastete sich voran zu meinem Bett und ließ sich schwer fallen. »Autsch. Was ist das denn?«

»Meine Füße. Wo hast du gesteckt?«

»Bei Edward.«

»Nein, ich meine …«

»Ich weiß, was du meinst, aber ich darf es dir nicht erzählen. Ich bin zurückgesprungen, um Bericht zu erstatten und neue Anweisungen zu bekommen. Ich kann nicht lange bleiben. Eigentlich sollte ich überhaupt nicht hier sein.«

»Was ist denn los?«

»Das darf ich nicht sagen.«

»Und warum bist du dann hier?«

»Ich wollte dich sehen.«

»Wir sitzen hier im Dunkeln«, sagte ich trocken.

Ich spürte, wie er sich bewegte, die kleine Nachttischlampe neben dem Bett ging an, und da war er – ausgezehrt, mit eingefallenen Wangen und mit einer halb verheilten Platzwunde auf dem Nasenrücken, die eine Narbe zurücklassen würde. Er trug einen leichten Körperschutz, hatte sich einen Blaster über die Schulter gehängt, und zwei Handfeuerwaffen waren auf den Klettverschlüssen an einem seiner Oberschenkel befestigt. Er sah wie ein harter Kerl aus, der wusste, was er tat, aber trotzdem völlig erledigt war. Wieder einmal hatte ich das Gefühl, dass große Dinge geschahen und ich nur ein sehr kleines Rädchen im Getriebe war.

Wir sahen einander an, und ich bemerkte vorwurfsvoll: »Du bist verschwunden und hast die ganzen Jaffa-Kekse mitgenommen.«

»Auf den Straßen erzählt man sich, dass du dich an Petersons Leistengegend zu schaffen gemacht hast.«

»Wenn du dich dann besser fühlst: Keiner von uns beiden hat das sonderlich genossen.«

»Dann hast du keinen guten Job gemacht. Und hattest du nicht mal Haare?«

»Das ist der neueste Post-Pest-Look. Erzähl mir was.«

»Ich war zurück in der Zukunft. Um da Sachen zu machen. Leute zu treffen. Jetzt gerade sollte ich dort sein.«

Meine Kehle wurde eng. Mit einiger Mühe fragte ich: »Wirst du dort bleiben?«

Er legte seine Hand auf meine. »Nichts wird mich davon abhalten, zu dir zurückzukommen.«

Ich blinzelte die Tränen weg.

»Wie lange kannst du hier sein?«

»Ich sollte überhaupt nicht hier sein.«

»Es ist … so gut, dich zu sehen.«

»Dich auch.« Er räusperte sich. »Ich … ähem … Ich habe dir etwas mitgebracht.«

Er reichte mir eine kleine Pappschachtel. Sie war sehr leicht.

»Was ist das?«

»Das ist für dich. Und jetzt muss ich los.« Er stand auf.

»Warte. Bleib noch ein bisschen länger …«

»Das kann ich nicht.«

»Nur, während ich das hier aufmache …«

Ich klappte die beiden Kartonflügel auf und spähte hinein.

Dann konnte ich mich nicht mehr bewegen. Keinen

Finger. Ich glaube, ich hatte auch vergessen, wie man atmet.

Ein kleines braunes Gesicht lächelte zu mir hoch.

Ich hob ihn so furchtbar vorsichtig heraus. Ich weiß, dass Teddybären heutzutage dafür gemacht werden, die geballte Aufmerksamkeit kleiner Kinder zu überleben – oder auch eine Atomexplosion. Aber ich hatte solche Angst, das wertvolle Ding kaputtzumachen.

Ich erinnerte mich an die Umstände, unter denen ich meinen Bären das letzte Mal gesehen hatte …

Und Leon, der alles wusste und für den nichts davon wichtig war, sagte sanft: »Das ist Bär 2.0. Ein Geschenk für dich. Von mir. Kein Zurückblicken mehr, Lucy.«

Ich streichelte das Samtfell. Befühlte die weichen Lederpfoten. Sein Lächeln zerrte an meinem Herzen.

Ich murmelte: »Ich weiß nicht, was ich sagen soll.«

»Du musst gar nichts sagen.«

»Danke.«

»Eine Ehre und ein Privileg.«

»Nein. Nein, das sollte es nicht sein. Wenn ich an das denke, was ich getan habe … An die Fehler, die ich gemacht habe. Ich habe verurteilt, als ich Mitgefühl hätte zeigen sollen. Ich habe meinen Leon für das, was er getan hat, aus meinem Leben gestrichen. Ich kann nicht anders als denken – wäre er noch am Leben, wenn ich nicht …? Ist er buchstäblich an einem gebrochenen Herzen gestorben?«

»Nein. Man kann nicht an einem gebrochenen Herzen sterben. Vertrau mir.«

»Als wir über Helios sprachen – in dieser Nacht im Pod –, da wolltest du mir etwas sagen.«

Er zögerte. »Du weißt, was die andere Max getan hat, nicht wahr?«

»Ja, das weiß ich.« Ich erwähnte nicht, dass es Barclay gewesen war, die es mir unter die Nase gerieben hatte. »Hast du deiner Max deswegen Vorwürfe gemacht? So wie ich es bei meinem Leon getan habe?«

»Nein, natürlich nicht. Das hat keiner gemacht, denn niemand war in Troja sicher. Dem kleinen Burschen wären entsetzliche Dinge angetan worden, und sobald er für niemanden mehr von Nutzen gewesen wäre, hätten die Griechen ihm die Kehle durchgeschnitten und wären ohne ihn weitergezogen. Die andere Max hat ihn vor diesem Schicksal bewahrt, und ich habe sie dafür geliebt. Ich werde nie vergessen, dass du mir voll und ganz vergeben hast, als du dachtest, dass *ich* es getan hätte, und ich habe ihr auch verziehen.«

Ich nickte, auch wenn er mich im schummrigen Licht kaum erkennen konnte.

»Wird die Zeitpolizei hierherkommen?«

»Nicht, wenn es nach mir geht.«

»Kannst du sie denn draußen halten?«

»Das versuche ich. Viele Menschen bemühen sich darum. Und zu wissen, dass du hier bist … Glaub mir, wenn die Männer hier auftauchen, dann nur über meine Leiche. Aber das wird nicht passieren.«

»Warum bist du denn hier?«

»Um Dr. Bairstow Bericht zu erstatten und weitere Anweisungen zu erhalten.«

»Was denn zu berichten?«

Er zögerte.

»Leon?«

»Das Datum.«

»Welches Datum?«

»Das Datum, das sie für ihren Angriff festgelegt haben.«

»Also kommen sie doch hierher?«

»Nicht, wenn ich es verhindern kann.«

In plötzlicher Panik griff ich nach ihm.

»Leon ... Du musst dich vorsehen. Dir darf nichts zustoßen.«

Er legte seine Hände um meine. »Mein Schatz, ich muss dir das jetzt sagen. Ich weiß, dass wir uns vorgenommen haben, die Dinge langsam anzugehen, um uns besser kennenzulernen, aber uns läuft die Zeit davon. Deshalb sage ich dir, nur für den Fall, dass wir uns niemals ... Für den Fall, dass einem von uns beiden etwas zustößt ... Ich weiß, dass wir vereinbart haben ... Aber ich kann den Gedanken nicht ertragen, dass du nie erfahren hast, was ich fühle. Dir gegenüber. Was uns betrifft. Es ist alles in Ordnung – du musst nichts sagen. Wenn du nicht ... Ich meine, ich würde es verstehen ...«

Ich konnte nicht aufhören zu weinen.

»Leon ... nimm mich mit. Lass mich an deiner Seite kämpfen. Wenn wir untergehen, dann gemeinsam.«

»Das kann ich nicht tun, mein Schatz. Und dazu wird es auch nicht kommen. Ich werde sie aufhalten, das verspreche ich dir. Ich verspreche dir, dass dir nichts passieren wird.«

Ich schob die Bettdecke weg und stand auf.

»Leon …«

Ich schlang meine Arme um ihn.

Er stand einen Moment lang reglos da, und dann erwiderte er meine Umarmung nicht nur, sondern presste mich fest an sich. Seine Schutzausrüstung tat mir weh. Sicher würde es blaue Flecke geben, die ich am nächsten Morgen erklären müsste, aber das alles spielte jetzt keine Rolle. Es schien nichts mehr zu sagen zu geben, und so versuchten wir es auch gar nicht erst. Die Zeit war knapp, und ich glaube, wir konnten es beide nicht ertragen, sie mit Abschiedsworten zu verschwenden. Lange standen wir so da. Der Lichtfleck in Fensterform wanderte langsam durchs Zimmer, und keiner von uns bemerkte es. Keiner bewegte sich. Keiner wollte sich rühren. Ich sog ihn in mir auf. Er streichelte mir sanft über den Rücken. Ich hob die Hand und legte sie ihm auf die Wange. Er küsste die Innenfläche und bog meine Finger darüber, damit der Kuss sicher aufbewahrt würde.

»Ich muss los«, sagte er ganz leise. »Versuch, nicht noch mehr Haare zu verlieren.«

»Bring das nächste Mal Jaffa-Kekse mit.«

Etwas Federleichtes streifte meine Wange, und dann war Leon fort.

Ich knipste das Licht aus und saß in der Dunkelheit. Verzweifelt versuchte ich, Peterson nicht aufzuwecken, aber ich war alles andere als erfolgreich, denn ich hörte, wie er sich bewegte, und im nächsten Augenblick saß er neben mir auf dem Bett.

»Hey«, sagte er und legte einen Arm um mich.

Ich gab mir alle Mühe, nicht wie ein Nebelhorn zu klingen.

Nach einer Weile putzte ich mir die Nase und sagte mit belegter Stimme: »Glaubst du, Leon wird zurückkommen?«

»Gott, ich hoffe nicht. Ich bin praktisch mit dir im Bett. Und ich habe nur Shorts an. Du trägst nur ein T-Shirt und siehst nicht gerade angezogen aus.«

Ich öffnete den Mund zu einer Antwort, aber in diesem Moment kam Hunter rein, um zu sehen, woher der ganze Lärm stammte. Wir mussten eine ihrer Universal-Strafpredigten über uns ergehen lassen, und danach rollte ich mich um Bär 2.0 zusammen und versuchte, etwas Schlaf zu finden.

# Vierzehn

Am nächsten Tag durften wir Besuch empfangen. Markham, Schiller, Van Owen und Roberts kamen als Erste durch die Tür und brachten Geschenke für Peterson mit. Und sie hatten auch mich nicht vergessen – sie hatten Schokolade für mich dabei, was nett von ihnen war.

Sie wollten alles hören. Schiller und Van Owen setzten sich auf Petersons Bett. Roberts schnappte sich den einzigen Stuhl, und Markham lehnte sich gegen das Fußende meines Bettes.

»Na, dann erzähl uns mal, wie du dir die Syphilis eingefangen hast.«

»Die Pest«, brüllte Peterson. »Es war die verdammte Pest, sage ich euch. Ich hatte in meinem ganzen Leben noch keine Syphilis.«

Niemand hörte ihm zu.

»Musste Maxwell dir wirklich eine deiner Glocken abhacken? Welche von beiden war es denn?«

»Die Maxwell, die da drüben am Fenster liegt – was glaubst du denn?«

»Zieht ihn nicht auf«, sagte Schiller. »Er hat großem Schrecken gegenübergestanden.«

»Ihr habt ja keine Ahnung«, sagte Peterson und wühlte in der Schachtel mit Leckereien, die man ihm überreicht hatte.

»Vertraut mir, ihr wisst nichts über großen Schrecken, bis ihr Max erlebt habt, die sich mit einem Schweizer Armeemesser im Einzugsbereich eurer Kronjuwelen zu schaffen macht, und bis ihr dabei den Ausdruck in ihren Augen gesehen habt.«

Alle Blicke wanderten zu mir.

»Ja, aber es gibt auch einen Trost für dich. Beim nächsten Mal, wenn du eine Schwellung im Schritt hast, weißt du selber, was zu tun ist.«

Es herrschte nachdenkliches Schweigen.

»Richtig«, sagte Markham. »Die andere Maxwell wusste auch nie, wann man die Klappe halten sollte.«

Einige Tage später wurden wir aus der Krankenabteilung zurück in die Gefangenschaft entlassen. Peterson war weiß und wacklig auf den Beinen, aber pestfrei. Und auch ohne Syphilis. Hunter hatte ihm eine entsprechende Bescheinigung ausgestellt, die er stolz jedem vorzeigte, der fragte. Und auch jedem, der nicht fragte.

Ich glaube, alle hatten aufgehört, darauf zu warten, dass ich auch noch krank würde. Wie gewöhnlich war ich eine Niete darin, die Erwartungen anderer Leute zu erfüllen.

An unserem letzten Morgen brachte man uns unsere Kleidung. Ich kam aus dem Badezimmer und fand ein vollständiges Set blauer Klamotten auf meinem Bett vor. Kein Grau mehr, sondern richtiges, echtes Historiker-Blau. Zärtlich streichelte ich darüber.

Peterson stand hinter mir und sagte leise: »Habe ich mich schon bei dir bedankt …?«

Ich drehte mich um und lächelte ihn an. »Eine Ehre und ein Privileg, Dr. Peterson.«

Er streckte seine Hand aus. »Tim«, sagte er, »mein Name ist Tim.«

Mein Herz jubilierte. Ich war so stolz wie beim ersten Mal, als ich die blaue Kleidung ausgehändigt bekommen hatte, damals, in der anderen Welt.

Wir ernteten Applaus, als wir zu Mittag auftauchten. Tim zeigte überall sein Zertifikat herum.

»Syphilisfrei, meine Damen. Bitte bilden Sie eine anständige Reihe. Nicht drängeln, bitte.«

Ich saß zum Essen bei ihm und Dieter, und wir waren gerade fertig, als irgendjemand sagte, dass Dr. Bairstow mich sprechen wolle.

Ich seufzte. Was denn jetzt schon wieder?

Und da war sie endlich und thronte hinter dem Schreibtisch in Dr. Bairstows Vorzimmer. Gerade, als ich alle Hoffnung hatte fahren lassen, sie jemals wieder zu Gesicht zu bekommen.

Ich blieb wie angewurzelt stehen. Peterson prallte von hinten gegen mich.

Mit verhaltener Stimme sagte ich: »Guten Tag.«

Sie nickte hoheitsvoll. »Guten Tag.«

Ich starrte sie an. Sie fuhr in aller Seelenruhe damit fort, Missionsunterlagen zusammenzutackern.

»Ähm … Ich glaube, Dr. Bairstow will uns sehen …«

In diesem Moment öffnete der Boss seine Tür.

»Ah. Einen guten Tag Ihnen beiden. Darf ich Ihnen Mrs. Partridge vorstellen, meine neue persönliche Assistentin?«

»O mein Gott«, entfuhr es Peterson. »Hat Colonel Albay Miss Lee bei seinem Rückzug abgeknallt?«

Eine Möglichkeit, die man ernsthaft in Erwägung ziehen musste.

»Miss Lee ist in ihre alte Position als Assistentin des Leitenden Missionschefs zurückgekehrt.«

Der Leitende Missionschef wurde blass. »Wie bitte?«

Ich spürte einen Anflug von Mitleid mit ihm. Hatte ich auch schon alles durch, und ich hatte lange meine Wunden geleckt.

»Über all das können wir später noch reden. Mrs. Partridge, darf ich Ihnen Doktor Maxwell und Doktor Peterson vorstellen?«

»Hallo«, sagte Peterson, dem man offenbar nie beigebracht hatte, nicht mit Fremden zu sprechen. »Ich bin Peterson.« Er streckte seine Hand aus.

Mrs. Partridge stand mit fließender, anmutiger Bewegung auf. Ihre Nägel waren makellos lackiert. »Wie geht es Ihnen? Ich bin Mrs. Partridge.«

»Nett, Sie kennenzulernen, Mrs. Partridge. Willkommen im St. Mary's-Institut.«

»Danke schön«, sagte sie und erwiderte sein Lächeln. Immer lächelte jeder Peterson an. Er strahlte zurück.

Nun schaute sie mich an.

Manchmal kann ich einfach nicht anders.

»Ja. Willkommen hier in St. Mary's. Nett, Sie kennenzulernen, Mrs. Peacock.«

»Partridge«, sagte sie emotionslos.

»Wirklich? Sind Sie sicher?«

»Ziemlich, ja.«

»Partridge?«

»Ja.«

»Nicht Peacock?«

»Nein.«

»Ich hätte schwören können …«

»Nein.«

»Oh. Na gut. Nett, Sie kennenzulernen, Mrs. … Partridge.«

»Gleichfalls, Dr. Murphy.«

Ich öffnete den Mund, aber Dr. Bairstow war in seinem Büro verschwunden, und Peterson schob mich ihm hinterher.

Mrs. Partridge folgte uns hinein und schloss hinter sich die Tür.

Wir nahmen am Besprechungstisch Platz. Major Guthrie, Professor Rapson und Dr. Dowson, Dieter und Dr. Foster waren schon da.

Keine Barclay.

Einen kurzen Moment lang fragte ich mich …

»Miss Barclay nimmt heute Nachmittag nicht an der Konferenz teil?«

»Sie hat heute anderweitige Verpflichtungen, aber

sie ist voll eingebunden in all meine Pläne für die Zukunft.«

»Dr. Peterson, wie geht es Ihnen?«

»Erfrischend pestfrei, Sir.«

»Sorgen Sie dafür, dass es so bleibt.«

»Ja, Sir.«

Nun nahm Dr. Bairstow mich ins Visier.

»Das 14. Jahrhundert hat sich als nicht passend für unsere Ziele erwiesen, Dr. Maxwell. Ich schlage deshalb vor, dass wir Sie für absehbare Zeit hier bei uns behalten.«

»Wie lange wird das sein, Sir?«

Seine Züge verhärteten sich.

»Nicht sehr lange, fürchte ich.« Er straffte die Schultern und ordnete seine Papiere neu. »Allerdings sind wir noch nicht fertig. Den Informationen zufolge, die aus sicherer Quelle stammen (er meinte Leon), ist die Situation wenig erfreulich. St. Mary's wird angegriffen werden. Jede Version von unserem Institut, jede Inkarnation. Auch wir werden uns verteidigen müssen. Vielleicht bis zum Tod. Ich weiß, dass wir das vorhergesehen haben. Dass wir uns schon seit einiger Zeit darauf vorbereiten. Aber jetzt ist dieser Augenblick gekommen. Eine bewaffnete Streitkraft wird versuchen, in sehr naher Zukunft die Kontrolle über St. Mary's an sich zu reißen.«

»Aber das ist doch eine Polizeitruppe«, sagte ich, und selbst in meinen eigenen Ohren klang das dumm. »Gibt es denn gar keine Richtlinien, an die sie sich zu halten hat?«

»Die gab es mal, ja, aber das ist ein Kampf bis zum Äußersten. Nur *eine* Organisation wird überleben. St. Mary's wird die ganze Zeitlinie hoch und runter angegriffen werden und wird sich verteidigen. Wenn die Zeitpolizei nicht aufgehalten wird, dann wird sie früher oder später bei uns auftauchen.«

»Sie können uns doch nicht töten, Sir«, sagte ich. »Für die sind wir Zeitgenossen.«

Er lächelte traurig. »Es könnte bereits feststehen, dass wir alle in der berühmten Schlacht um St. Mary's getötet wurden, sodass die Zeitpolizei deshalb gar keine andere Wahl hatte.«

»Sir, ich denke, ich sollte mich der Zeitpolizei stellen.«

»Oh, ich glaube nicht, dass ich das zulassen kann, Dr. Maxwell. Von allen hier anwesenden Personen sind Sie die Einzige, die in Wirklichkeit nicht daran beteiligt war, einen Zeitgenossen aus seiner eigenen Zeit zu reißen. Davon abgesehen wird es unserem langfristigen Ziel, die Zeitpolizei aufzulösen, nicht dienen, wenn wir Sie, Dr. Maxwell, oder irgendeinen anderen von uns ausliefern. Colonel Albay ist ein unangenehmer und skrupelloser Mann, der sich von nichts aufhalten lässt, wenn er seine Pflicht erfüllt. Und die, die ihm nachfolgen werden, werden gewiss noch skrupelloser und unangenehmer sein. Es ist unser aller Pflicht zu verhindern, dass das je geschehen wird.«

»Aber, Sir …«, sagte ich. Wann eigentlich hatte ich damit angefangen, ihn »Sir« zu nennen?

»Zu unterschiedlichen Zeiten in der Zukunft kämpft

das St. Mary's-Institut darum, die Kontrolle durch die Zeitpolizei abzuschütteln. Kämpft um sein Überleben. Das Mindeste, was wir hier tun können, ist, eine gute Show abzuliefern. Für Leon Farrell.«

Plötzlich stockte mir der Atem, und ich erinnerte mich an das, was er gesagt hatte. Wenn die Zeitpolizei zurückkäme, wäre Leon tot.

»Ja, hier geht es um mehr als uns, Max. Wenn die Zeitpolizei hier wirklich auftaucht, dann haben wir keine Chance. Aber wir wollen kämpfend untergehen.« Er seufzte. »Sie werden diese Institution natürlich umbenennen müssen, denn es wird dann nicht mehr länger das St. Mary's sein.«

Schweigend saßen wir um den Tisch herum. Schließlich gab sich Dr. Bairstow einen Ruck und sprach weiter.

»Wir alle spielen eine wichtige Rolle in dieser Sache. Nach unseren Leuten und unseren Pods ist unser Wissen unser größtes Pfand. Professor, bitte arbeiten Sie mit Doktor Dowson zusammen. Fangen Sie an, alles zusammenzupacken. Absolut alles. Wenn die ganze Sache schiefgeht, dann will ich für diese Leute nichts zurücklassen, aber wir können auch nichts an die Universität von Thirsk schicken. Das ist der erste Ort, an dem sie suchen werden. Deshalb muss alles in den Pods verstaut werden, und die Pods selbst werden mit zwei bis drei Aufpassern an unsere versteckten Außenplätze geschickt werden. Ich will, dass das Institut im Laufe dieser Woche geräumt wird.

Das gesamte nicht notwendige Personal wird evakuiert. Mir liegt jedes einzelne Mitglied dieses Instituts am Herzen, und ich will niemanden davon unnötig in Gefahr bringen. Sie müssen an einen sicheren Ort gebracht werden.

Das Gebäude muss wie eine Festung verstärkt und verteidigungsbereit gemacht werden. Major Guthrie, Sie haben, soweit ich weiß, für eine solche Eventualität Pläne vorbereitet. Bitte zeigen Sie mir die Unterlagen nach diesem Meeting. Doktor Foster, ich denke, ich muss Ihnen nicht sagen, welche Vorbereitungen Sie treffen sollen. Schaffen Sie alles an, was Sie benötigen. Mrs. Partridge, morgen um 11 Uhr wird es eine Vollversammlung geben, bei der jeder anwesend zu sein hat. Gibt es irgendwelche Fragen?«

Wir geben stets unser Bestes, aber ich glaube, man darf getrost behaupten, dass die Dinge nicht immer nach Plan laufen. Wir alle versammelten uns am nächsten Tag pünktlich für weitere Instruktionen. Als der Boss seinen Auftritt hatte, war es totenstill im Raum. So ziemlich zum ersten Mal.

Wir gingen langsam und unmissverständlich alles noch einmal durch. Ich sah mich um. Die Gesichter der Leute waren ernst. Es wurde nicht herumgealbert. Dr. Bairstow hatte die volle Aufmerksamkeit aller. Als er damit anfing, Anweisungen zum Zusammenpacken zu geben, tippte jeder wild auf seinem Notizpad herum. Als er dann dazu überging, die Evakuierungspläne vorzustellen, war allerdings sofort klar, dass er seine Zuhörerschaft verloren hatte.

Er ging weiter ins Detail, und das war der Moment,

in dem er sich zum ersten Mal einer offenen Meuterei gegenübersah. Ehrlich gesagt hatte ich immer erwartet, dass ich mal für so etwas verantwortlich sein würde, aber dieses Mal kam alles aus heiterem Himmel. Er kämpfte sich durch die Liste mit den Namen derer, die evakuiert werden würden, als die kleine Mrs. Enderby von der Garderobe aufstand, und ab dann ging alles den Bach runter.

»Nein«, sagte sie.

Der Boss ratterte sogar noch zwei weitere Namen runter, ehe er registrierte, was sie gesagt hatte.

»Was haben Sie gesagt?«

»Ich habe Nein gesagt.«

»Nein wozu?«

»Nein, ich werde nicht gehen.«

Er hielt sich tapfer. »Es tut mir leid, wenn ich versehentlich den Eindruck erweckt habe, dass es hier noch Spielraum für Diskussionen geben könnte.«

»Ich werde nicht gehen.«

Einen Moment lang schien er völlig perplex, und ich vermute, dass auch das ein erstes Mal war. »Mrs. Enderby …«

»Es tut mir leid, Dr. Bairstow, aber ich werde nicht gehen. St. Mary's ist mein Zuhause. Ich lebe hier schon genauso lange wie Sie. Ich war eines der Gründungsmitglieder. Ich werde nicht abhauen und das Institut und Sie allein dem gegenübertreten lassen, was auch immer da kommen mag. Ich glaube an das, was ich hier tue, und ich werde mit allem, was in meiner Macht steht, dafür kämpfen.«

Es herrschte atemlose Stille.

Ein Stuhl quietschte. Mrs. Mack erhob sich. »Ich werde auch nicht gehen. Und ehe Sie etwas sagen, ich war im Juli und August 68 in Cardiff, und ich habe zwei Jahre später bei den Monmouth-Aufständen mitgekämpft. Ich habe beinahe mit Sicherheit mehr Nahkämpfe erlebt als die Frischlinge von Major Guthrie da drüben, und auch wenn es mir sehr leidtut, dass ich mich so gegen Sie auflehnen muss, Sir – ich werde nicht gehen.«

Wow! Und noch ehe ich das richtig hatte sacken lassen, stand die junge Jenny Fields auf, umklammerte den Stuhl vor sich und sagte atemlos: »Ich bin nicht sehr tapfer, und ich habe noch nie jemanden erschossen, aber ich werde auch nicht gehen.«

Dr. Dowson und Professor Rapson versuchten beide, als Erster auf die Beine zu kommen, und kamen sich dabei in die Quere. Sie funkelten einander an und sagten gleichzeitig: »Ich auch nicht.«

Der Professor fügte hinzu: »Tut mir leid, Edward.«

Vermutlich war es die höflichste Meuterei in der gesamten Geschichte der Menschheit.

Dr. Bairstow rang sichtlich um Fassung.

»Major Guthrie!«

»Nein, bedaure, Sir, aber ich werde *definitiv* nirgendwohin gehen.«

Das Gelächter löste die Spannung.

»Major, bitte sorgen Sie dafür, dass jedes St. Mary's-Mitglied, das freiwillig hierbleibt, vollständig in Ihre Pläne integriert wird.«

»Mit Vergnügen, Sir.«

Der Boss stand lange da und blickte auf seine Füße. Die Stille dehnte sich immer weiter. Ich beobachtete, wie der Staub in den Sonnenstrahlen tanzte, die durch das Oberlicht hereinfielen.

Endlich fand er Worte: »St. Mary's dankt Ihnen für Ihren Dienst. Und ich ebenfalls.«

Alle setzten sich wieder.

»Ich muss Ihnen allerdings mitteilen, dass es nur geringe Chancen gibt, dass wir das überleben.« Er lächelte schwach. »Wir sind nicht in Mafeking. Niemand wird uns zu Hilfe kommen. Wir sind komplett auf uns gestellt. Wir können es nicht mal wagen, Unterstützungen aus anderen Inkarnationen des St. Mary's-Instituts zu erbitten, denn die werden selbst alle Hände voll zu tun haben. Auch nicht von der Armee oder der Regierung. Es ist von größter Wichtigkeit, niemanden je erfahren zu lassen, dass die Dinge in der Zukunft so schrecklich schieflaufen werden, denn St. Mary's würde sonst über Nacht aufgelöst werden. Deshalb können wir keinerlei Einmischung von außen riskieren. Es gibt nur uns. Sie sind meine Freunde. Einige von Ihnen sind schon seit vielen Jahren meine Freunde. Es wäre falsch von mir, Sie in etwas zu führen, ohne Ihnen klar zu verstehen zu geben, wie verschwindend gering unsere Chancen auf ein Überleben sind.«

Wieder stand Mrs. Mack auf. »Wann kann ich meine Waffe holen?«

Am Ende entschlossen sich nur drei Leute, nicht zu bleiben. Sie verließen das Institut noch in derselben Nacht. Weitere vier meldeten sich freiwillig, um die Pods zu begleiten.

Was mich anging, verschwammen die nächsten drei Tage. Peterson war mit Professor Rapson unterwegs, um ihm dabei zu helfen, die Garderobe auszuräumen, genau wie die Abteilung Forschung und Dokumentation und alle Arbeitsräume auf diesem Flur. Ich wurde der Bibliothek und dem Archiv zugewiesen. Die ausgebildeten Kräfte übernahmen das Verpacken und Stapeln, und ich schleppte Karton für Karton den langen Flur – der sehr schnell immer länger und länger wurde – bis zum Hawking-Hangar hinunter. Dort wurden die Archivkisten vorsichtig im dafür vorgesehenen Pod verstaut.

Techniker wuselten überall wie orangefarbene Ameisen herum. Die Leute von der IT-Abteilung machten Back ups und fuhren alles runter, und jeder einzelne Schritt erwies sich als ausgesprochen langwierig. Ich konnte Barclay erkennen, wie sie herumstolzierte und Anweisungen bellte.

Ich hatte mich auf einer Kiste niedergelassen, vordergründig, um einen Schluck Wasser zu trinken, und beobachtete sie. Wie immer verriet ihr Gesicht nichts; all ihre Energie schien sie darauf zu konzentrieren, unsere IT-Systeme sicher herunterzufahren. Sie bewegte sich von Gruppe zu Gruppe, zeigte hin und wieder auf einen Bildschirm oder gab ein paar Ratschläge. Unter dem Arm trug sie ein Klemmbrett, und sie hatte eine ernste Miene aufgesetzt. Nicht ein einziges Mal schaute sie in meine Richtung.

Es gab aber auch unbeschwertere Momente in der gedrückten Stimmung, die überall herrschte. Gerade standen wir um den Simulationstisch vom Boss herum und überlegten uns, wo wir jeweils Position beziehen würden, als nach einem kurzen Klopfen, das man fast nicht so nennen konnte, Mrs. Mack hereinrauschte – eine Frau mit einer Mission –, dicht gefolgt von Jenny Fields mit einer Pappschachtel und einem peinlich berührten Gesichtsausdruck.

Der Boss richtete sich auf und fragte ein bisschen überrascht: »Guten Morgen. Wie kann ich Ihnen helfen?«

»Oh, gut, dass Sie alle hier sind. Sie können alle helfen. Ich brauche bitte Kondome. So viele wie möglich.«

Wir starrten sie an.

Mit schneidender Stimme sagte sie: »Bitte jetzt gleich, wenn alle so freundlich wären.«

Wir starrten sie an.

»Ich weiß, dass zumindest einige hier Anwesende welche dabeihaben müssen, und ich brauche so viele, wie ich kriegen kann.«

Wir starrten sie an.

Peterson gab sich einen Ruck und kehrte in die Realität zurück. »Ähm … Ich denke, es gibt Automaten in der …«

»Die habe ich alle schon«, sagte sie und deutete mit einem kurzen Zucken ihres Kopfes in Richtung Jenny mit ihrer Pappschachtel. »Ich brauche mehr. Die da reichen vielleicht nicht.«

Wir starrten sie an.

Man glaubt gar nicht, welche Bilder in meinen Gedanken durcheinanderpurzelten.

Nach einem langen Augenblick zog Dieter seine Geldbörse heraus und warf zwei auf den Tisch. »Zwei«, sagte er.

Peterson grinste. »Ich sehe deine zwei und erhöhe um eins«, womit er drei auf den Tisch legte. Dann schienen ihm plötzlich Bedenken zu kommen, und eilig nahm er zwei wieder zurück. Mrs. Mack funkelte ihn an, und widerstrebend rückte er sie erneut raus.

Markham durchkramte endlos seine Taschen und seinen Geldbeutel und förderte schließlich eine ordentliche Handvoll zutage. Eine große, vielfarbige, noppige Handvoll. »Oh, Mr. Markham, noch viel vor, was?«, sagte Peterson voller Bewunderung.

Nach einer kurzen Pause, die sich allerdings ziemlich lang anfühlte, legte auch der Boss zwei dazu. Eine mehr als respektvolle Stille senkte sich. Jeder wich den Blicken der anderen aus. Mrs. Mack zog von dannen.

Ich hörte den Boss murmeln: »Manchmal frage ich mich, was da in der Küche so vor sich geht«, und wir setzten unsere Besprechung fort.

Den Pods Lebewohl zu sagen, das fiel allen schwer. Sie würden zu unserer Außenstelle springen, einem abgelegenen Ort, dessen genaue Lage ein streng gehütetes Geheimnis war. Der Boss versuchte, Dr. Dowson dazu zu bringen, sie zu begleiten, vorgeblich deshalb, weil er unser Archivar war, aber natürlich auch, weil er beinahe siebzig Jahre auf dem Buckel hatte. Er weigerte sich zu gehen, und am Ende lenkte der Boss ein.

Das ganze Institut versammelte sich im Hawking-Hangar. Ich stand mit dem Rest von St. Mary's auf dem Gerüst und sah zu, wie still und leise ein Pod nach dem anderen verschwand und all meine Erinnerungen mitnahm. Schließlich war der ganze riesige Hangar leer. Dieter sah aus, als hätte er seine gesamte Familie verloren, und ich nehme an, dass es auch genauso war. Polly Perkins weinte. Ich fragte mich, ob ich die Pods je wieder zu Gesicht bekommen würde. Ob irgendeiner von uns sie jemals wiedersehen würde.

Wir wurden in Teams aufgeteilt.

Ich war in Markhams Team, zusammen mit Professor Rapson und Dr. Dowson (vermutlich, damit wir die Feinde zu Tode diskutieren konnten), Peterson und Mrs. Partridge. Als Position wurde uns das untere Ende der Treppe zugewiesen. Von dort aus konnten wir den Eingang des langen Flurs zum Hawking-Hangar und die Vordertüren überwachen. Weller, Evans und Clerk gaben uns vom ersten Treppenabsatz aus Rückendeckung. Major Guthries Team war ringsum auf der Galerie aufgestellt. Dieters Team sollte sich draußen vor dem Hawking-Hangar aufbauen. Helen überwachte den Krankentrakt, und die Zivilangestellten wurden überall im Gebäude als Reserve verteilt.

Alles war zugemacht, abgeschlossen, verrammelt, versperrt, verbarrikadiert und mit versteckten Sprengfallen und allem versehen, was uns sonst noch so eingefallen war. Wenn die Zeitpolizei nicht schwere Munition dabeihatte, dann führten die einzigen Wege hinein durch den Hawking-Hangar oder den Haupteingang. Wir gingen davon aus, dass unsere Angreifer nicht riskieren wollten, den Hangar zu zerstören, und so konzentrierten wir uns vornehmlich auf die Haupttüren.

»Denkt immer daran«, sagte Guthrie bei unserem Briefing, »ihr seid nur für euren jeweiligen Bereich zuständig. Achtet auf alles, was um euch herum geschieht; wenn ihr euch jetzt mal umseht, werdet ihr feststellen, dass jedes Team von anderen Deckung bekommt. Macht euch mit eurer Umgebung und euren zugewiesenen Zielgebieten vertraut. Feuert nur, wenn ihr eine freie Sichtlinie habt. Fuchtelt nicht mit euren Waffen herum. Vertraut auf eure Kollegen rechts und links von euch. Vertraut auf diejenigen hinter euch.«

Wir verbrachten Stunden vor Ort. Zuerst war es ein einziges Chaos, und wir waren in größerer Gefahr, wenn wir hinter unseren Freiwilligen standen als vor ihnen, aber das bekamen wir in den Griff. Wir hatten nichts Ausgeklügeltes vor – einfach nur auf die Mitte des Körpers zielen und den Abzug betätigen. Einzelne Schüsse. Diejenigen unter uns mit mehr Erfahrung gaben sich alle Mühe, ihr Wissen an die anderen weiterzugeben. Wir machten Übungen, in denen wir die

Waffen mit geschlossenen Augen auseinandernahmen und wieder zusammensetzten. Dasselbe galt fürs Nachladen. Mrs. Partridge wurde zur hauptamtlichen Nachladerin ernannt. Sie war fix, akribisch und geschickt. Mir gab es ein sicheres Gefühl, sie in der Nähe zu wissen.

Nach und nach begann alles, sich zu fügen. Unsere zuversichtliche Stimmung war sehr ermutigend, auch wenn ich sehen konnte, dass Guthrie sie nicht teilte, auch nicht Markham oder sonst jemand mit Erfahrungen im Nahkampf. Wir waren auf uns gestellt und würden es mit besser ausgerüsteten, skrupellosen, professionellen Truppen zu tun bekommen, die bereits bewiesen hatten, dass sie keinerlei Rücksicht kannten, wenn sich ihnen irgendwer oder irgendwas in den Weg stellte. Wir würden alle draufgehen.

Aber wir sind das St. Mary's-Institut, und noch waren wir nicht tot.

Ich saß auf den Stufen und blickte versonnen hinunter in die Halle. Es war mal wieder ein sehr langer Tag gewesen. Die Nacht war angebrochen. Nur ein paar Lichter brannten noch. Wachen waren aufgestellt worden, und die meisten Leute legten sich noch ein bisschen aufs Ohr. Das kleinste Geräusch hallte laut in diesem leeren Gebäude.

Wie lange ich dort gehockt hatte, weiß ich nicht, ganz allein mit meinen Gedanken, aber selbst die harten Holzstufen waren behaglicher als meine enge, kleine Betonzelle, und ehrlich gesagt war ich auch einfach viel zu müde und unglücklich, um mich zu bewegen.

Ich hörte unregelmäßige Schritte näher kommen, und als ich den Blick hob, stand Dr. Bairstow vor mir. Ich bemühte mich, meine steifen Glieder zum Aufstehen zu zwingen, und sagte: »Guten Abend, Dr. Bairstow.«

Er ließ eine Weile den Blick auf mir ruhen und sagte dann: »Ich frage mich, ob Sie mir für einen Moment Gesellschaft leisten wollen.«

Gespannt und verdutzt folgte ich ihm in sein leeres Büro.

Er zog eine Schublade auf und holte eine Flasche und zwei Gläser heraus. Dann schenkte er großzügig ein und reichte mir ein Glas.

Er stand in der Dunkelheit mit dem Rücken zu mir und schaute aus dem Fenster.

Seine ersten Worte überraschten mich. »Wir können hier nicht gewinnen. Ich überwache das Ende vom St. Mary's-Institut, wie wir es kennen. Ganz gleich, was das Personal dazu gesagt hat, ich hätte jeden wegschicken sollen.«

»Wenn ich Ihnen da kurz widersprechen darf, Sir …«

»Das Wort *kurz* passt nie zu irgendeiner Ihrer Äußerungen, Dr. Maxwell. Das Wort *ausschweifend* ist eine viel passendere Beschreibung.«

»Nun, Sir, eigentlich ist das Wort *überzeugend* am treffendsten für meine Argumente, aber sei es, wie es will, Sie sollten darüber nachdenken. Jeder hier hat sich freiwillig gemeldet. Sie haben doch Mrs. Enderby gehört. Sie hat gesagt, dass sie an das glaubt, was wir hier tun. Wir alle sind von dem überzeugt, was wir hier machen, Sir. Einige von uns sind der Meinung, dass es eine Ehre und ein Privileg ist, die Gelegenheit zu bekommen, etwas so Wichtiges wie das St. Mary's-Institut zu verteidigen. Ich persönlich sehe mich da in guter Gesellschaft.«

»Und ich mich auch, Dr. Maxwell, in der allerbesten Gesellschaft. Mit ein oder zwei bemerkenswerten Ausnahmen hätte ich mir keine besseren Menschen um mich herum aussuchen können. Deswegen ist es ja eine umso größere Verschwendung, denke ich. Wenn ich die Planungen, die Anstrengungen und die Opfer, die wir bringen, betrachte … Und nicht nur die unseres Instituts hier.«

»Sir, wenn es leicht wäre, würde es jeder tun. Es macht keinen Spaß, wenn es nicht schwer ist.«

Er drehte sich vom Fenster weg und sah mich im schummrigen Licht an. Ich konnte sein Gesicht noch immer nicht erkennen.

Still saß ich da und schaute in seine Richtung, und ich hatte das Licht von Mrs. Partridges Vorzimmer hinter mir, sodass auch Dr. Bairstow mein Gesicht nicht sehen konnte.

Ich dachte darüber nach, was das alles für ihn bedeutete. Das war sein Institut, seine Welt. Das war der Höhepunkt von allem, wofür er gearbeitet hatte. Er hatte es von Grund auf aufgebaut. Er hatte seine Zukunft aufgegeben, um zurückzuspringen und das St. Mary's-Institut zu gründen. Er hatte die Zeitlinie hoch und runter für die gute Sache gekämpft, und er würde nicht zulassen, dass ihm das irgendjemand wegnahm. Er würde nicht still und leise in der Nacht verschwinden. Er würde bis zum letzten Atemzug Widerstand leisten.

Genau wie wir.

Ich sagte nichts. Um uns herum kam das St. Mary's-Institut zur Ruhe, und die letzten Geräusche erstarben. Die Stille war sehr, sehr schwer.

Als ich meine Stimme wieder unter Kontrolle hatte, fragte ich: »Was hat Leon gemeldet, als er hier war?«

»Leon zufolge … übermorgen. Der Angriff soll übermorgen um fünf Uhr früh erfolgen.« Sein Gesicht lag noch immer im Schatten. »Wenn sie kommen …«

»Hier geht es um viel mehr als nur um Helios, oder?«

»Ja. Es tut mir leid, Max, dass Sie da hineingeraten sind. Sie und Leon verdienen …«

»Das muss es nicht, Sir. Manche Dinge sollten einfach nicht sein.«

Er holte tief Luft und schenkte mir nach.

Ich wechselte das Thema. »Sir, ich habe Ihnen noch gar nicht dafür gedankt, dass Sie mich aufgenommen haben.«

Mit sanfter Stimme sagte er: »Ich denke, dass zwischen so alten Freunden wie uns, Max, kein Dank nötig ist.«

Nach einem schmerzhaften Atemzug fragte ich: »Wird die Zeitpolizei kommen?«

Ich sah ihn direkt an, und er erwies mir die Ehre, diesen Blick zu erwidern.

»Ja. Es tut mir leid, aber ich glaube, sie wird kommen.«

Ich wusste, was er damit sagte. Wenn sie käme, dann deshalb, weil Leon es nicht geschafft hatte. Es würde bedeuten, dass all die anderen St. Mary's-Institute sie nicht hatten aufhalten können und dass Leon tot war.

# Fünfzehn

Mitternacht.

Team Markham hatte am Fuß der Treppe Stellung bezogen, unmittelbar hinter der großen Barrikade. Wir überprüften uns gegenseitig, befestigten Riemen und klopften uns auf die Helme. Mrs. Partridge stapelte die Ersatzmunition. Ich kontrollierte meine Waffen – zwei halbautomatische 9-mm-Pistolen mit 30 Kugeln und einen Breitblaster, voll aufgeladen. Da Major Guthrie sich nie eine Situation vorgestellt hatte, in der ganz St. Mary's in der Schusslinie stehen würde, hatte er nicht genug Ausrüstung für jeden. Oberste Priorität hatte offenbar die Abteilung Sicherheit. Nun, ich hatte ein paar Teile einer Schutzausrüstung und einen Helm, aber kein Nachtsichtgerät.

Ich stand unten an der Treppe, sammelte mich und vergewisserte mich, wer wo stand; checkte noch einmal meine zugewiesenen Zielgebiete und die Umgebung. Peterson neben mir sorgte dafür, dass er seine Waffen von seinen Klettverschlüssen lösen konnte, ohne sich zu verhaken und an etwas hängen zu bleiben.

Als wir zufrieden waren, setzten wir uns und machten es uns bequem.

Und dann warteten wir.

Würden sie kommen?

Ich konnte Atemgeräusche hören und hin und wieder ein Rascheln von Kleidung, wenn jemand in der Nähe seine Position veränderte. Das Gebäude um uns herum knackte und wurde still.

Wir saßen schweigend da, während die Zeit ins Land ging. Jede Stunde, in der die Zeitpolizei nicht kam, bedeutete, dass Leon noch am Leben war. Dass er noch immer irgendwo da draußen war. Wir schafften es durch die Stunden nach Mitternacht. Dann 3 Uhr morgens. Dann 4 Uhr.

Rings um mich herum dösten die Leute. Markham schnarchte. Ich wagte nicht, die Augen zu schließen. Peterson saß reglos neben mir. Einige Zeit zuvor hatte ich gesehen, wie er die Chance genutzt hatte, ein paar Worte mit Helen Foster zu wechseln. Sie standen etwas voneinander entfernt und sagten nichts, hielten sich aber an den Händen. Nach einem kurzen Blick in ihre Gesichter hatte ich wegschauen müssen.

Gegen halb fünf begann die Sonne darüber nachzudenken, sich zu uns zu gesellen, und noch immer war niemand aufgetaucht. Ich redete mir ein, dass es bald hell werden würde und dass die Zeitpolizei bestimmt keinen Angriff bei Tageslicht wagen würde. Dass sie nicht kommen würde. Dass Leon Erfolg gehabt hatte.

Hier und da gab es leises Murmeln, oder irgendjemand richtete seine Ausrüstung neu aus, aber ansonsten warteten wir schweigend. Ich überprüfte meine Sachen zum x-ten Mal.

Mrs. Partridge wartete knapp hinter uns mit Bergen von Nachschubmunition. Dr. Dowson und Professor Rapson hatten sich auf einer Seite von mir zurückgezogen und flüsterten in der Dunkelheit aufgebracht miteinander.

Ich drehte mich etwas schwerfällig zu ihnen um und zischte: »Was gibt es denn?«, brach ab und starrte ungläubig auf ihre bunt zusammengewürfelten Massenvernichtungswaffen. Was ich erblickte, sah aus wie ein Flammenwerfer, der augenscheinlich aus einer alten Handspritze an einer Art Milchkanne und einem Industriesauger gebaut worden war, eine selbst gemachte Armbrust, Krähenfüße, ein halbes Dutzend Molotowcocktails und etwas, das wie ein Vickers-Maschinengewehr aus dem Ersten Weltkrieg wirkte.

»Was ist denn das alles?«

»Unterstützung«, sagte Professor Rapson, und kurz fragte ich mich, ob es zu spät war, noch um Versetzung in ein anderes Team zu bitten. Die Chancen standen ziemlich gut, dass dieses hier beim Beschuss durch die eigenen Leute draufgehen würde.

»Aber nur als allerletzten Ausweg«, sagte ich warnend und sann darüber nach, ob mir mehr Gefahr von hinten als von vorn drohen würde.

»Verstanden«, antworteten sie fröhlich. Markham rollte mit den Augen.

Peterson drehte sich zu mir. »Ich wette, du wünschst

dir gerade, dass du einfach in Azincourt geblieben wärst.«

»Ich bin bereit zuzugeben, dass es möglicherweise Vorzüge gehabt hätte, die ich damals übersehen habe. Was ist mir dir? Bedauerst du etwas?«

»Also, ich wollte immer mal nach Karthago. Und nach Waterloo. Die Thermopylen wären auch gut gewesen. Es tut mir leid, dass ich all das verpasst habe.«

»Ja, mir auch. Also, wenn wir hier jemals rauskommen sollten, vielleicht könnten du und ich …?«

»Gute Idee. Wir machen ein Picknick. Wenn das nicht ein prima Titel für ein Buch wäre. *Picknick an den Thermopylen*.«

Es gab eine Pause.

»Ich bin froh, dass wir das hier zusammen durchstehen, Tim.«

»So sind wir eben. Immer gemeinsam. Durch dick und dünn.«

»Krankheit und Sünde.«

»Niederlage und Sieg.«

In meinem Geist sah ich eine andere Krankenstation. Einen anderen Tim.

Traurig lächelte ich. »Ein letztes Abenteuer …«

Das waren tapfere Worte, aber wir hatten wirklich keine Chance. Das waren nicht die Thermopylen, wo tausend entschlossene Herzen eine überwältigende Übermacht aufhalten konnten. Und das war auch nicht Azincourt, wo brillante Taktik und eiserne Nerven die Schlacht entschieden hatten. Dies war das

St. Mary's-Institut, wo eine Handvoll Leute, unzureichend bewaffnet, ein baufälliges, altes Gebäude verteidigten. Einige gut platzierte Granaten würden das Dach zum Einstürzen bringen, und dann müsste die Zeitpolizei nur noch die Überlebenden einsammeln und ihre eigenen Leute etablieren, und schon wäre der Sieg komplett. Sie würde alles bekommen.

Wenn sie denn käme.

Und wenn sie käme, dann nur, weil Leon versagt hatte. Irgendwo, in einer weit entfernten Zeit, von der ich nie etwas erfahren würde, wäre er in einem Kugelhagel ums Leben gekommen … Er wäre für etwas gestorben, an das er geglaubt hatte, und die strahlend helle Flamme, die das St. Mary's-Institut gewesen war …

Nein. Hör auf damit.

Ich dachte an Leonidas von Sparta. Er wusste nicht, dass die Zukunft der westlichen Welt auf seinen Schultern ruhte, aber er ließ sich nicht davon abhalten, sein Schwert zu ziehen, sich breitbeinig hinzustellen und sich dem gesamten Persischen Reich zu widersetzen.

Unsere Vorfahren am Tor der Tränen wussten nicht, dass sie die direkten Urahnen von praktisch jedem auf dem Planeten waren – sie hatten einfach ihre kleinen Flöße gebaut, waren an Bord gegangen und dann ins Unbekannte aufgebrochen.

Die Geschichte funkelte von den Berichten über die Männer und Frauen, die ohne einen Gedanken an eine Belohnung oder an Ruhm standhaft geblieben waren und ruhig ihre Pflicht erfüllt hatten. Ich würde meinen Vorfahren in nichts nachstehen.

Wir kauerten in der Dunkelheit und warteten auf die Zeitpolizei.

Wenn sie denn käme.

Sie kam.

All die Heath-Robinson-Maschinen, die ringsherum im Gebäude installiert worden waren, gingen gleichzeitig los und verkündeten die Ankunft der Mächte der Finsternis draußen vor dem Gebäude.

Meine Welt blieb stehen, und einen Moment lang konnte ich mich nicht mehr bewegen. Denn ich hatte Leon verloren. Schon wieder. Wir würden unsere zweite Chance nicht bekommen. All unsere Pläne … All diese geflüsterten Gespräche in dem dunklen, kalten Pod … Damals, als wir große Hoffnungen hegten …

Ich sah hinunter auf die Waffe in meiner Hand, und ich spürte, wie sich alles von mir wegbewegte. Peterson, der wusste, was die Ankunft der Zeitpolizei für mich bedeutete, legte mir kurz die Hand auf die Schulter und holte mich wieder zurück ins Hier und Jetzt.

Ich nickte und schluckte etwas Riesiges und Schmerzhaftes in meiner Kehle hinunter.

Und dann ging es ans Eingemachte.

Da Major Guthrie nicht anwesend war, sprach Markham ein paar Worte, um die Truppe einzuschwören. »Okay, Leute, zuhören. Jetzt ist es so weit. Wir wissen alle, was wir zu tun haben. Wenn wir uns auf das besinnen, was wir geübt haben, dann wird uns nichts passieren. Unsere Aufgabe besteht darin, die Vordertüren und die Treppen so lange wie möglich zu halten. Es wird Lärm und Chaos geben, und ihr werdet Angst haben, aber das ist in Ordnung, denn wir sind das St. Mary's, und niemand ist so gut in Lärm und Chaos wie wir. Major Guthrie schätzt, dass wir der Zeitpolizei ungefähr eins zu sechs unterlegen sind …«

Rings um mich herum fuhren die Köpfe mit einem Ruck hoch, und Peterson sagt: »Oh …«

»Also, was ich sagen will: Der Erste, der seine sechs umgelegt hat, zieht sich zurück und setzt schon mal den Kessel auf.«

Es herrschte ein verblüfftes Schweigen, dann lachte jemand, und Mrs. Partridge (wunderbare Frau) winkte mit dem Arm und sagte: »Milch und zwei Stückchen Zucker, bitte.« Noch mehr Gelächter, und dann war es plötzlich so weit.

Eine Stimme donnerte draußen durch einen Verstärker: »Dr. Bairstow, hier spricht die Zeitpolizei. Sie leiten dieses Institut nicht mehr länger. Bitte weisen Sie Ihre Leute an, die Waffen niederzulegen und sich zu ergeben.«

Mein Kom-Gerät knisterte. Dr. Bairstow übertrug seine Antwort an uns alle.

»Guten Morgen, Dr. Bairstow hier. Unsere Pods und unser Archiv sind entfernt worden. Sie werden nichts von uns bekommen. Sie sollten jetzt abziehen, solange Sie noch können.«

»Mitglieder vom St. Mary's. Wir wissen, dass Sie auf

Anweisung Ihres Direktors handeln. Lassen Sie nicht zu, dass er Ihre Leben aufs Spiel setzt. Legen Sie Ihre Waffen nieder und kommen Sie aus dem Gebäude. Wir wollen Ihnen nichts tun.«

Stille.

»Dr. Bairstow, wir haben mehr Waffen und mehr Leute als Sie. Es gibt für Sie keine andere Option, als sich auf der Stelle zu ergeben.«

Nun folgte eine lange Pause, und dann sagte Dr. Bairstow: »Also gut, ich bin bereit, über die Modalitäten einer Aufgabe zu verhandeln.«

Ein Raunen lief durchs Gebäude.

»Es gibt keine Modalitäten. Strecken Sie einfach die Waffen, kommen Sie aus dem Gebäude und warten Sie auf weitere Anweisungen.«

»Es tut mir schrecklich leid; ich scheine Ihnen versehentlich einen falschen Eindruck vermittelt zu haben. Es war Ihre Kapitulation, über die ich diskutieren wollte.«

Kaum hatte er diese Worte ausgesprochen, als die ganze Welt explodierte. Die Vordertüren gingen zu Bruch. Irgendjemand, ich denke, es war Guthrie, brüllte: »Feinde an den Toren! Viel Glück euch allen.« Und das war's.

Wir kauerten hinter unseren Barrikaden und eröffneten das Feuer. Jeder lieferte eine glänzende Vorstellung ab. Wir überzogen die Angreifer mit einem unablässigen Sperrfeuer, und niemand gelangte durch die Türen. Ich schoss immer weiter, bis mein Magazin leer war, reichte es zum Nachladen nach hinten, griff nach meiner zweiten Waffe, und alles ging von vorn los. Und wieder. Und wieder. Und wieder.

Schließlich schrie Guthrie: »Feuer einstellen!« Stille senkte sich wie ein Bleigewicht auf uns herab.

Ich schüttelte meinen Kopf, um das Klingeln aus den Ohren zu bekommen.

Von draußen konnte ich Schüsse hören und auch aus dem Hawking-Hangar. Wir nutzten die Pause und veränderten ein bisschen unsere Positionen. Mrs. Partridge reichte mir zwei vollständig geladene Waffen. Ich vergewisserte mich, dass mein ungenutzter Blaster immer noch in Reichweite war, bog meine Finger und Arme und ließ die Schultern kreisen.

Markham drehte den Kopf und fragte flüsternd: »Alle in Ordnung?«

»Ja.«

»Ja.«

»Ich glaube schon.«

»Sag das nicht so, Andrew. Dies ist eine Militäroperation. Du musst dich bemühen, deine Informationen mit äußerster Geschwindigkeit und Präzision zu übermitteln. So wie ich.«

Ich fragte: »Dann sind Sie also in Ordnung, Dr. Dowson?«

»Oh, ja, ja, meine Liebe. Ging mir nie besser.«

Ich wich Markhams Blicken aus.

Wir schafften es nicht, sie aufzuhalten. Ich weiß nicht, wie wir je hatten glauben können, dass das möglich sein würde. Dieters Team zog sich geordnet aus dem Hawking-Hangar in die Halle zurück. Markham und ich rückten vor, um ihnen so viel Deckung wie möglich zu geben, während die anderen Teams dasselbe für uns taten.

Ich feuerte, bis mein Kopf vom Schusslärm schmerzte. Meine Hände taten weh. Hin und wieder reichte mir Mrs. Partridge eine nachgeladene Waffe. Ich hatte nicht bemerkt, dass sie sich mit uns zusammen nach vorn bewegt hatte. Aber wenn ich so darüber nachdachte, dann hätte es mich mehr überrascht, wenn es anders gewesen wäre.

Über Kopfhörer bekam ich Gesprächsfetzen mit.

»Evans! Rechts. Rechts von dir!«

»Ritter ist getroffen worden.«

»Gib mir Deckung! Beweg dich nach vorn.«

»Zieh ihn weg! Zieh ihn weg!«

Langsam, aber sicher schaffte Dieter seine Leute fort. Kurz erhaschte ich einen Blick auf ihn, wie er jemanden stützte, dessen Gesicht ich nicht sehen konnte.

Markham klopfte mir auf die Schulter und bedeutete mir mit einer Geste, dass ich mich ebenfalls zurückbewegen solle. Mrs. Partridge war schon weg. Die Barrikaden waren an ein paar Stellen aufgemacht worden, und Dieter und sein Team schleppten die Verwundeten hindurch. Die anderen Teams weiter oben feuerten unablässig, und so drehte ich mich um, duckte mich und rannte zurück zur Treppe. Ich drängte mich durch die Lücke und wurde von Professor Rapson gepackt, der mich weiterzog. Dr. Dowson verschloss die Barrikade wieder.

Mrs. Partridge kniete vorgebeugt neben Ritter, die Hände fest auf eine entsetzliche Wunde in der Brust gepresst. Ihre Unterarme waren bis zu den Ellbogen voller Blut, die Hände versanken tief in seiner Brust. Ich konnte nicht mal sehen, ob er noch am Leben war. Das restliche Team verteilte sich, um sich den anderen auf der Galerie und im oberen Geschoss anzuschließen.

Ich drehte mich um, suchte mir ein freies Schussfeld, und in der nächsten Minute tauchten die Zeitpolizisten bereits im zerstörten Eingangsbereich auf. Sie ballerten auf ihrem Weg wild um sich. Ich weiß, dass Angst Zahlen größer erscheinen lässt, aber ich hatte das Gefühl, dass sie uns eindeutig mit mehr als sechs zu eins überlegen waren. In nächster Zeit würde ich nicht zu meinem Tee kommen.

Meine Waffe war so heiß, dass ich sie beinahe nicht mehr anfassen konnte. Schweiß lief mir in die Augen und ließ mich nur noch verschwommen sehen. Obwohl ich mir wirklich alle Mühe gab, zitterten meine Handgelenke und Unterarme vor Anstrengung. Mein Mund war so trocken, dass ich kaum noch schlucken konnte. Patronenhülsen flogen um mich herum und landeten klirrend auf dem Boden.

Nach Augenblicken, die mir wie die ganze Eiszeit vorkamen, ließ das Feuer nach. Ich reckte den Hals, um zu sehen, warum. Ja, wir hatten sie aufgehalten, aber die Eindringlinge mussten ihren Vorteil nur einfach immer weiter ausspielen. Bestimmt war es nur eine Frage der Zeit. Ich warf einen Blick auf Mrs. Partridges beinahe aufgebrauchten Munitionsvorrat. Sie schüttelte den Kopf.

Ich überprüfte meine Waffen. Beide waren leer. Mein Blaster war immer noch aufgeladen, aber das würde nicht lange so bleiben.

Aus irgendeinem Grund war die Zeitpolizei durch die Türen zurückgewichen. Zogen sie sich zurück? Es konnte doch wohl nicht so einfach gewesen sein?

Die ganze Halle war voll von Hülsen, Teilen der Barrikaden, Gipsstücken und zerbrochenem Holz. Dicker blauer Qualm stach mir in die Augen und kratzte in meiner Kehle. Die ganze Welt roch nach Kordit, brennendem Holz und Staub. Ich hatte entsetzlichen Durst.

Ich rollte mich herum, sodass ich auf dem Rücken lag, um wieder Luft zu kriegen, und starrte hinauf durch das Oberlicht in den anbrechenden Tag. Wir waren hier noch nicht einmal eine Stunde zugange. Es kam mir wie Jahre vor.

Dann, ganz plötzlich, war die Zeitpolizei wieder zurück. Ich hörte Guthries Stimme eine Warnung rufen.

»Eindringlinge!«

Kugelhagel durchschnitt die Halle. Gips brach ab und zerfiel augenblicklich zu Staub. Die wunderbaren alten Holzgeländer gingen kaputt. Tödliche Holzsplitter schossen quer über die Galerie. Der Lärm war ohrenbetäubend. Ich hatte keine Ahnung, was für eine Art Waffe das war, aber was auch immer die Feinde ins Visier nahmen, zerbarst in einem Schauer von Tod und Zerstörung. Rings herum auf der Galerie konnten sich die Leute nicht bewegen. Genau wie ich waren sie komplett festgenagelt.

»Schwerer Beschuss! Schwerer Beschuss. Schutz suchen!«

Es war nicht nur hier in der Halle. Unter mir konnte ich spüren, wie das Gebäude bebte. Die Feuertüren öffneten sich. Die Zeitpolizei war in den Hawking-Hangar vorgedrungen.

Ich spürte eine riesige Enttäuschung, denn ich hatte erwartet, dass wir länger durchhalten würden. Wir hatten uns so angestrengt. Aber auch wenn ich selbst mich keineswegs mit einem Haufen teeverrückter Historiker anlegen würde, ließ sich die Tatsache doch nicht leugnen, dass wir Amateure waren. Die Zeitpolizei würde einfach über uns hinwegrollen, genau wie die Perser am Ende die Spartaner überrollt hatten, alles dank des verräterischen Bastards Ephialtes.

Warum nur dachte ich immerzu über die Spartaner nach?

Mir fiel auf, dass die Schussgeräusche langsam abebbten. Ich riskierte einen raschen Blick. War uns die Munition ausgegangen?

»Aufgepasst«, sagte Guthrie in meinem Ohr. »Die gesamte Zivilbelegschaft zieht sich zurück. Dies ist kein Vorschlag. Gebt eure Waffen und überschüssige Munition weiter und bringt euch in Sicherheit. Dies ist ein Befehl.«

Ich spürte die Bewegung um mich herum eher, als dass ich sie sah. Alle reagierten zögernd auf die Anweisung, und ich konnte es ihnen nicht verdenken. Sie wurden für den großen Showdown aus dem Weg geschafft. Ich selbst wäre nicht gegangen, und ich war überrascht, dass sie es so schweigend hinnahmen. Zumindest von Professor Rapson hätte ich gemurmelten Protest erwartet, aber einer nach dem anderen zog sich in den Schatten zurück und verschwand.

Guthrie war wieder zu hören. »Wir können darauf warten, dass wir in Stücke gehauen werden, oder wir können so viele wie möglich mit in den Untergang ziehen. Aufladen. Wir bewegen uns in dreißig Sekunden.«

Das letzte Aufbäumen vom St. Mary's.

Ich dachte zurück an den Tag, als ich das erste Mal die Auffahrt dieses anderen St. Mary's-Instituts hochgelaufen war, damals, vor all diesen Jahren. Ich hätte nie geglaubt, dass meine Tage so enden würden, in einer fremden Welt, gefangen in anderer Leute Krieg, kurz davor, in meinen Stiefeln zu sterben.

Markham neben mir rammte seine letzte Kugel an ihren Platz und grinste mich an. Ich drehte den Kopf zu Peterson. »Immer noch nichts, was du bedauerst?«

»Nein«, sagte er und überprüfte, ob seine Betäubungswaffe noch an seinem Gürtel hing. »Und du?«

Ich dachte nicht an Leon. Wenn er tot war, spielte ohnehin nichts mehr eine große Rolle. »Nein«, sagte ich und beließ es dabei.

Die Barrikaden lagen in Trümmern. Jetzt gab es nichts mehr, was die Zeitpolizei davon abhalten konnte hereinzustürmen; wir würden sie nicht stoppen können. Das Beste, was wir noch tun konnten, war ein letzter, glorreicher Abgang. Typisch St. Mary's. Wenn wir geliefert sind, heulen wir nicht rum und rennen auch nicht weg – wir richten Schaden an.

»In Ordnung«, sagte Guthrie. »Auf mein Kommando. Geradewegs die Treppe runter – dann fächert euch zu beiden Seiten der Halle auf und schießt die Bastarde nieder, sobald sie durch die Türen kommen. Sind alle so weit?«

Peterson klopfte mir auf den Helm und ich auf den von Markham. Dann nahm ich meinen Blaster zur Hand. Wir richteten uns in der Hocke auf und waren startklar.

»Bereithalten«, sagte Guthrie. »Los!«

Ich sprang auf, machte einen Schritt nach vorn und krachte mit voller Wucht auf den Boden, weil jemand nach meinem Knöchel gegriffen hatte. Mindestens zwei Leute trampelten über mich hinweg. »Was zum Teufel ...?«

Ich rollte herum und hätte beinahe Mrs. Partridge den Kopf weggepustet. Warum war die denn immer noch hier? Und warum zur Hölle hing sie an meinem Knöchel?

Wir starrten einander an, während die anderen an uns vorbeistürmten.

Ich versuchte, mein Bein wegzuziehen, verzweifelt

darauf aus, die anderen Leute in ihren letzten Momenten nicht im Stich zu lassen. »Lassen Sie mich los.«

Sie schüttelte den Kopf und machte eine Geste.

Ich sah nur den allerkleinsten Hauch einer Bewegung im Dämmerlicht auf der anderen Seite der Galerie. Bitch Barclay. An die hatte ich ja keinen Gedanken mehr verschwendet. Was hatte sie vor? Konnte alles Mögliche sein. Sie konnte eine Nachricht überbringen. Oder sich neue Munition besorgen. Oder sich eine bessere Position suchen. Oder sogar türmen.

Nein, sie machte nichts davon. Jetzt wusste ich auch, warum ich die ganze Zeit an die Spartaner und an Verrat gedacht hatte. Sie stellte sicher, dass sie als Gewinnerin aus der Sache hervorging, egal, was den anderen zustieß.

Ich zögerte.

Weiter unten in der Halle hörte ich den Schlachtruf »St. Mary's.«

Ian Guthrie führte den Angriff an und schoss auf dem Weg, was das Zeug hielt. Markham war Schulter an Schulter mit ihm. Peterson, Van Owen, Dieter, sie waren alle da. Niemand hielt sich im Hintergrund. Mein Herz brach fast vor Stolz und Trauer. Der Lärm war überwältigend. Wie die *Thunderchild* bei H.G. Wells, so ging St. Mary's gerade aus allen Rohren feuernd unter. Ich sollte da unten bei ihnen sein. Es würde nicht den geringsten Unterschied machen, aber darum ging es auch nicht.

Wieder strampelte ich. »Lassen Sie mich los.«

Ich musste ihr wehgetan haben, aber sie gab mein Bein nicht frei.

Über den Krach hinweg hörte ich sie ganz klar. »Sie wollen wissen, warum Sie hier sind. Sie sind hier für die *Gerechtigkeit*.« Sie sagte es mit so viel Nachdruck und Betonung, wie sie immer von der *Geschichte* sprach.

Jetzt? Jetzt verriet sie es mir …?

Sie löste ihre Umklammerung und kroch zurück in die Schatten, ehe ich etwas antworten konnte. Ihre ruhige Annahme, dass ich meine Kollegen und Freunde aufgeben würde, um in ihrem Sinne zu handeln, war atemberaubend. Für wen hielt sie mich eigentlich?

Ich war die Person, die Isabella Barclay unschädlich machen konnte – genau dafür hielt sie mich.

Als Prentiss an mir vorbeirannte, hielt ich ihr meinen Blaster hin, weil ihr Bedarf dafür größer war als meiner. Sie schnappte sich ihn und war verschwunden.

Ich bewegte mich über die Galerie, immer an der Wand lang, kletterte über Überreste des Geländers, über zerschmetterte Türen und Deckenverkleidung und Stücke vom Putz. Als ich hinab in die Halle blickte, konnte ich sehen, dass es dort nichts für mich zu tun gab. Meine Anwesenheit hätte nichts, aber auch gar nichts verändert.

Die Zeitpolizei strömte durch die Vorhalle herein.

Ich sah etwas in einem hohen Bogen durch die Luft segeln, und mit einem Krachen, das in meinen Ohren schmerzte, wurde Ian Guthrie nach hinten geschleudert. Er knallte mit einem gewaltigen Aufprall gegen eine Wand und blieb sehr still liegen. Dieselbe Art von Stoß streckte Evans nieder und ließ ihn unter einem Schuttberg verschwinden.

Markham war auf der anderen Seite des Raums dem Schlimmsten entgangen und sprang nun mit einem Satz eine riesige schwarze Gestalt an. Er wurde mühelos beiseitegewischt. Ich sah gerade noch, wie drei weitere Zeitpolizisten auf ihn losgingen.

Peterson kam am weitesten und erreichte beinahe die Türen, bevor irgendetwas ihn herumwirbeln und zu Boden stürzen ließ.

Ich musste mich in Bewegung setzen. Für niemanden dort unten konnte ich noch irgendetwas tun, aber hier oben …

Ich versuchte, Geschwindigkeit und Unauffälligkeit unter einen Hut zu bekommen, und schlüpfte in den Arbeitsbereich von Forschung und Dokumentation. Einige der Verwundeten waren hier hineingeschafft worden. Hunter kümmerte sich um einen von ihnen und schrie jemand anders gleichzeitig Anweisungen zu. Als sie mich sah, wurde sie blass und fragte: »Markham?«

Ich fand keine Worte, also nickte ich nur stumm. Sie hätte es ohnehin nur allzu bald herausgefunden.

All diese alten Räume hatten Verbindungstüren. Ich durchquerte die Garderobe und kam schließlich auf dem kleinen Gang raus, der zum Büro vom Boss führte.

Unter mir konnte ich Schüsse hören, schreiende Menschen und das Krachen einer weiteren Explosion. Ich zögerte und kämpfte immer noch mit dem Gefühl, dass ich eigentlich dort unten sein sollte, Seite an Seite mit dem Rest vom St. Mary's, um mein Institut zu verteidigen, während einer nach dem anderen zu Boden ging.

*Du verteidigst doch gerade dein Institut,* sagte die blöde Stimme in meinem Kopf. *Irgendetwas stimmt nicht. Hör auf, dir ins Hemd zu machen, und finde heraus, was es ist.*

Im Büro von Mrs. Partridge war niemand. Nackte Regalböden, freigeräumte Tische. Mit der ihr eigenen typischen Gründlichkeit hatte Mrs. Partridge sogar den Papierkorb ausgeleert. Ich bewegte mich so leise, wie ich nur konnte, und schlüpfte durch die Tür.

Barclay quatschte. Natürlich. Sie quatschte, verdammt noch mal, immer. Dr. Bairstow stand an seinem Schreibtisch vor dem Fenster. Kampfgeräusche drangen durch den Fußboden herauf. Warum war er hier, anstatt bei seinen Leuten?

Einer der großen Blaster war hinter ihm gegen die Wand gelehnt, gerade außer Reichweite. Der Boss war in voller Kampfmontur, und dem Ausdruck auf seinem Gesicht nach zu urteilen war er nicht in der Stimmung, Gefangene zu machen.

Ich schob mich weiter in den Raum hinein, denn ich wollte unbedingt sehen, was hier vor sich ging, und ich hoffte, dass ich in den Schatten nicht auffallen würde.

Eine weitere Explosion ließ irgendwo hinter mir Teile der Decke einstürzen. Ich hörte, wie Gipsstücke auf den Boden prasselten, aber ich wagte es nicht, meine Augen von der Szene vor mir abzuwenden.

Barclay hatte eine Waffe auf den Boss gerichtet. Hinter ihr stand die Tür des Safes weit offen. Was auch immer hier ablief – ich kam zu spät.

Während ich zusah, griff sie in den Safe und drehte etwas. Ein kleines Paneel glitt zur Seite. Konzentriert versuchte sie, Dr. Bairstow in Schach zu halten und gleichzeitig das an sich zu bringen, was im Safe lag.

Der Boss stand vollkommen regungslos da. Ich sah, wie seine Blicke zu seinem Blaster huschten. Auch Barclay war das nicht entgangen, und mit schneidender Stimme sagte sie: »Nein. Beide Hände flach auf den Schreibtisch.«

»Was tun Sie da, Miss Barclay?«

»Ach du lieber Himmel. Wonach sieht es denn aus?«

»Es sieht aus, als wenn Sie sich die Situation zunutze machen wollen, um Ihren lang gehegten Plan in die Tat umzusetzen, die Kontrolle über dieses Institut an sich zu reißen.«

»Gut. Und?«

»Und was?«

»Wollen Sie denn nicht sagen: *Nur über meine Leiche* oder irgendetwas ähnlich Idiotisches und Dramatisches?«

»Nein.«

»Schande«, sagte sie. »Komm rein, Maxwell.«

Ich rührte mich nicht.

»Komm weiter rein – oder ich erschieße ihn auf der Stelle, anstatt noch zu warten.«

Langsam trat ich in die Mitte des Raums. Ich hatte nichts dabei – keine Waffe und keinen Plan, aber ich würde Dr. Bairstow diese Sache nicht allein durchstehen lassen. Wenn ich ihm irgendwie ein paar entscheidende Momente verschaffen konnte, dann würde ich das mit Freuden tun. Es konnte mir nicht gleichgültiger sein, was mit mir passieren würde, aber es interessierte mich sehr, wie es mit Dr. Bairstow und dem St. Mary's-Institut weiterging. Wenn ich nur irgendwie dieses Miststück mitnehmen könnte …

»Waffe auf den Boden.«

»Ich bin unbewaffnet«, sagte ich, und jetzt bedauerte ich, dass ich meinen Blaster weitergereicht hatte. Stattdessen hob ich die Hände hoch.

»Stell dich da drüben hin. Genau da drüben. Ans Fenster.«

Ich gehorchte.

»Und jetzt werde ich den Datenstick rausholen. Das könnt ihr nicht verhindern. Danach muss ich mich nur noch entscheiden, ob ich euch beide jetzt gleich umlege oder erst später.«

Gar nicht, wäre meine erste Wahl.

»Gib's auf, Izzie. Du wirst niemals lebend aus diesem Gebäude kommen.«

»Ich habe gar nicht vor, das Gebäude zu verlassen. Während alle anderen es unten ausfechten, bin ich hier oben und bewahre Dr. Bairstow heldinnenhaft davor, ermordet zu werden. Ich habe dich dabei ertappt, wie du versuchst, entscheidende Daten zu entwenden, die unseren entlegenen Außenposten betreffen.

Tapfer habe ich mich dazwischengeworfen. Wir mussten kämpfen. Die Waffe ging los, und tragischerweise hast du auf diese Weise Dr. Bairstow getötet. Ich habe sie dir abgenommen, und im Gerangel habe ich dich dann erschossen. Wer will mir schon einen Vorwurf machen? Ich werde eine Heldin sein. Sollte die Zeitpolizei sich durchsetzen, werde ich durch den Besitz dieser Informationen mehr als nützlich für sie sein. Sollte St. Mary's gewinnen, habe ich gekämpft, um Dr. Bairstow vor jemandem zu verteidigen, den das halbe Institut immer noch für eine Hochstaplerin hält. In beiden Fällen werde ich zur Direktorin des St. Mary's-Instituts ernannt werden. Was spitze sein wird, aber nicht halb so klasse, wie euch beide umzubringen.«

Dr. Bairstow hob den Kopf.

»Was haben wir Ihnen denn nur angetan, Isabella? Soweit ich weiß, haben wir Sie hier mit offenen Armen aufgenommen. Sie waren eine von uns, und doch haben Sie uns seit Jahren hintergangen. Durch Sie hat die Zeitpolizei überhaupt erst erfahren, dass Maxwell ins St. Mary's zurückgekehrt ist.«

Ihr Gesicht verzog sich. Ob absichtlich oder nicht, er hatte einen Nerv bei ihr getroffen.

»Sie ist nicht Maxwell. Maxwell ist tot. Warum will das keiner glauben? Wir alle haben ihre Leiche gesehen, um Himmels willen. Sie ist tot, sage ich Ihnen.«

Die Waffe schwenkte in meine Richtung. »Ich weiß nicht, wer du bist, aber du bist nicht Maxwell. Du bist nur eine Streunerin, die Leon irgendwo aufgegabelt hat, als er Augen für mich hätte haben sollen.«

Der Kampflärm unter uns schwoll auf doppelte Lautstärke an. Ich musste die Sache hier rasch zu einem Ende bringen. Da unten starben Menschen. Ich musste Bitch Barclay provozieren und so dazu anstacheln, etwas Dummes zu tun. Und während sie auf mich schoss, konnte Dr. Bairstow sie mit etwas Glück umlegen. Nicht mein Lieblingsplan, aber besser als nichts.

Müde sagte ich: »Ach, wir sind doch nicht wieder bei *der* Sache, oder? Er hat kein Interesse, Izzie. Das hast du selbst gesagt. Er wäre lieber mit irgendeiner Streunerin auf der Straße unterwegs als mit dir. Das würde jedem so gehen.«

Ich sollte mich wirklich um eine Stelle im Friedenskorps bewerben.

Sie war zu wütend, um etwas zu antworten. In ihrer Welt sollte ich um mein Leben betteln, und das tat ich nicht. Ich machte weiter.

»Du verschwendest deine Zeit. Wenn ich im Raum bin, wird er dich niemals eines Blickes würdigen. Du könntest nackt zu seinen Füßen liegen, und er würde einen Schritt über dich hinweg machen, um zu mir zu kommen.«

»Halt den Mund!«

»Sie hat recht, Isabella«, sagte Dr. Bairstow recht ruhig für einen Mann, der in einem Zimmer mit zwei fauchenden Rotschöpfen festsaß. »Tatsächlich will auch das St. Mary's-Institut Sie nicht. Betrachten Sie Ihre Anstellung hiermit als beendet.«

Barclays Waffe fuhr wieder herum, und ihre Augen flackerten gefährlich. »Das werden wir ja sehen. Sie sind kurz davor, einen unglücklichen Unfall zu erleiden, und Maxwell wird umkommen, weil ihr das Gesicht weggepustet werden wird.«

»Und du wirst zur Direktorin des St. Mary's-Instituts ernannt, und Leon wird in deine Arme sinken«, unterbrach ich sie. »Und niemand wird je erfahren, was für eine doppelzüngige, elendige, verabscheuungswürdige, verräterische Schlampe du in Wahrheit bist. Und schon immer warst.«

»Wenn ich Sie wäre, Isabella, würde ich nicht davon ausgehen, dass mich die Zeitpolizei in ihre Reihen aufnimmt. Das letzte Mal, als diese Leute hier waren, schienen sie nicht sonderlich begeistert von Ihnen.«

»Sie werden sich das schon anders überlegen, wenn ich denen das hier gebe.«

Sie wedelte mit dem Stick. Auf dem die Koordinaten unseres entlegenen Außenpostens verzeichnet waren. Und damit der Aufenthaltsort unserer Pods. Und unseres Archivs. Alles, was die Zeitpolizei brauchte, um von vorn anzufangen. Sie konnte uns einfach auslöschen und woanders neu anfangen.

»Er ist verschlüsselt«, sagte ich verzweifelt.

Sie grinste. »Und ich bin die Leiterin der IT-Abteilung. Ohne das alles – ohne eure Pods und euer Archiv, existiert das St. Mary's nicht. Wir nehmen uns alles und gründen das Institut an anderer Stelle neu. Unter der Leitung von jemandem, der das wahre Potenzial der Zeitreise zu schätzen weiß.«

Diese Worte hätte sie wirklich nicht aussprechen sollen. Sie wirkten wie ein rotes Tuch auf den Bullen im Innern von Dr. Bairstow. Er machte eine unbedachte Bewegung.

Barclay fuhr zusammen und feuerte, denn sie hatte selbst genau so einen Schrecken bekommen wie alle anderen, und auf diese Entfernung konnte nicht einmal sie danebenschießen.

Dr. Bairstow krümmte sich auf dem Boden.

Ich hätte mit einem Sprung dort sein können, aber einen fatalen Augenblick lang konnte ich mich überhaupt nicht bewegen.

Sie hatte Dr. Bairstow umgelegt!

Er lag auf der Seite, sein schlimmes Bein verdreht unter ihm, und umklammerte noch immer seinen Gehstock.

Ich konnte einfach nicht glauben, was sie getan hatte. Ich hatte mir einfach nicht vorstellen können, dass sie Dr. Bairstow erschießen würde.

Sie offenbar auch nicht, denn sie stand mit offenem Mund da, starrte auf den reglosen Körper zu ihren Füßen, und ihre Augen waren vom Schock weit aufgerissen.

Ich versuchte, mir den Vorteil zunutze zu machen, und sagte mit sanfter Stimme: »Ja, es ist gar nicht so leicht, jemanden aus so großer Nähe zu töten, nicht wahr, Izzie? Viel leichter, es aus einiger Entfernung zu tun.« Ich sah mich im Zimmer um. »Eine Schande, dass es hier kein Gasfeuer gibt.«

Sie riss ihre Blicke von dem bewegungslosen Dr. Bairstow los.

»Wie bitte?«

»Du weißt schon – Gasfeuer. Man zündet sie an, und dann strahlen sie Hitze ab.«

Sie starrte mich an.

»Oder in einigen Fällen zündet man sie an, und dann geben sie Kohlenmonoxid von sich. Normalerweise natürlich nicht. Gewöhnlich muss man zuerst ein Vogelnest tief in den Schornstein hineinschieben, und dann einen Eimer voll mit Zweigen und Schotter und Ruß draufschütten. Wenn das getan ist, kann man sich zurücklehnen, auf kälteres Wetter warten und seinen gramvollen Gesichtsausdruck einüben. Oh – und natürlich noch die Batterie aus dem Detektor entfernen. Es wäre alles eine ganz schöne Zeitverschwendung, wenn man das zu tun vergäße.«

Sie war ja vorher schon blass gewesen, aber jetzt war ihr Gesicht grau. Ihre Hand, mit der sie die Waffe hielt, zitterte unkontrolliert. Würde sie mir vielleicht versehentlich das Gesicht wegschießen?

Selbst über den Lärm unten hinweg konnte ich ihr Flüstern hören. »Wer bist du? Um Himmels willen, wer bist du?«

Eine Stimme, die nicht meine eigene war, antwortete: »Ich bin die *Gerechtigkeit*, und ich bin deinetwegen hier.«

Sie tat einen Schritt zurück, unternahm dann einen verzweifelten Versuch, sich wieder zu fangen, riss die Blicke von Dr. Bairstow los, schluckte schwer und straffte die Schultern.

»Ich weiß nicht, wovon du da sprichst. Ich habe nichts dergleichen getan.«

»Doch, hast du. Und ich bin auch nicht die Einzige, die das weiß.«

Sie hatte sich jetzt wieder besser unter Kontrolle.

»Ach wirklich? Du versuchst also, dein Leben zu retten, indem du behauptest, wenn dir irgendetwas zustößt, wird diese andere Person zu den Behörden gehen? Na, viel Glück damit. Du hast keine Beweise. Es gibt keine Beweise.«

»O Gott, Izzie, konzentrier dich mal einen Augenblick, ja? Ich bin es. Ich kümmere mich einen Scheiß um irgendwelche Autoritäten. Und ganz sicher sind mir irgendwelche Beweise egal. Genau wie dieser anderen Person. Und das solltest du wissen: Wenn mir irgendetwas passiert, dann wird sie zu dir kommen. Lautlos. Aus der Dunkelheit. Und du wirst sie nicht kommen sehen. Du wirst nie etwas darüber erfahren.«

Die Worte schoben sich zwischen kalten, steifen Lippen hervor. Leise, tödliche, kleine Worte von einer leisen, tödlichen, kleinen Stimme, die trotzdem wunderbar über den Lärm von unten hinweg zu hören war.

Barclay wich einige Schritte zurück, bis sie in eindeutig sicherer Distanz zu mir stand. Sie hatte die besseren Karten, und das wusste sie auch. Die Daten, die sie in den Händen hielt, waren unbezahlbar. Sie könnte sich damit den Weg aus jeder Situation freipressen, und das würde sie auch tun. Angefangen mit der Forderung, als Direktorin des neuen St. Mary's ernannt zu werden. Die ersten Schritte auf dem Weg nach Gott-weiß-wohin. Es ging nicht länger um Leon. Oder um mich. Oder um die andere Maxwell. Nicht einmal um die Zeitpolizei. Barclay musste aufgehalten werden.

Unter uns tobte die Schlacht um das St. Mary's weiter. Hin und wieder erschütterten gedämpfte Explosionen den Boden unter meinen Füßen.

Ich sagte: »Lass mich nach Dr. Bairstow sehen«, und bewegte mich langsam auf ihn zu. Sie hob ihre Waffe. »Bleib sofort stehen.«

Ich tue nicht oft, was man mir sagt, aber ich war neben seinem Schreibtisch, und genau dort wollte ich sein. Von hier aus gab es eine schwache Hoffnung darauf, dass ich sie erwischen würde.

Wir starrten einander an. Alles andere rückte langsam in den Hintergrund.

Ich holte tief Luft, um mich zu beruhigen, denn ich musste jetzt alles richtig machen.

»Also, Izzie – was nun?«

»Was dich betrifft? Nichts.«

Und in diesem Moment erstarb alles Schlachtgetöse mit einer letzten Explosion, die den Raum erbeben ließ. Die Stille danach war ohrenbetäubend. Und beängstigend. Mir fiel nur ein einziger Grund ein, warum alles zum Stillstand gekommen sein konnte.

St. Mary's war erledigt.

# SECHZEHN

Kurz bevor man stirbt, so sagt man, sieht man noch einmal sein ganzes Leben an sich vorbeiziehen, aber da ich viel zu konzentriert auf Barclay war, verpasste ich das.

»Nimm den Helm ab.«

Ich blinzelte. »Warum? Wozu?«

»Ich will sehen, wie sich dein Gehirn an der Wand da verteilt. Ich will sehen, wie dein Gesicht auseinanderfliegt. Ich will sehen, wie dir dieses dumme, eitle, selbstgefällige Lächeln aus der Visage gewischt wird. Und zwar für alle Zeiten. Also nimm deinen Helm ab.«

Sie bebte ganz buchstäblich vor Zorn. Vielleicht aber auch vor Furcht. Sie sollte sich lieber umdrehen und den Raum verlassen. Jetzt sofort. Ich war viel zu beschäftigt mit Dr. Bairstow, um sie davon abzuhalten. Sie sollte jetzt wirklich lieber gehen.

Das war es, was sie tun sollte. Sie aber hatte vor, den Augenblick für persönliche Rache zu nutzen, und das ist immer ein Fehler. Wie ich schon öfter gesagt habe: Keine hämische Freude – einfach nur schießen.

Langsam hob ich die Arme und fummelte an meinem Helm herum, um ihn abnehmen zu können.

Schließlich zog ich ihn vom Kopf, nahm mir die Zeit, um erleichtert zu seufzen, wischte mir mit dem Unterarm über die verschwitzte Stirn, drehte mich ein Stück zur Seite, um ihn auf den Schreibtisch zu legen, wirbelte auf dem Absatz herum und schleuderte ihn in Barclays Richtung.

Und traf nicht.

Sie feuerte im selben Moment, und ihre Kugel grub sich in die Wand neben mir. Ich spürte den Luftzug, als sie an meiner Wange vorbeiflog. Verflucht noch mal! Wenn ich gewusst hätte, dass Barclay eine so gute Schützin war …

Ich machte einen Satz auf sie zu.

Aber ich war viel zu weit entfernt und konnte sie nicht erreichen. Ich würde dort an Ort und Stelle sterben im Wissen, dass ich alles verloren hatte.

In diesem Augenblick schwang Dr. Bairstow seinen Stock und erwischte Barclay in den Kniekehlen. Sie sackte nach vorn und griff instinktiv nach dem Tisch, um sich abzustützen, wobei sie die Waffe fallen ließ. Ich warf mich auf sie. Wir krachten beide auf den Boden und kämpften, kämpften um unser Leben.

Ich hatte sie schon einmal getötet. Und sie mich. Bislang stand es also unentschieden. Jetzt ging es in die Verlängerung.

Ich rammte ihr meine Faust ins Gesicht und spürte, wie Knochen splitterten. Ihre und meine. Sie zielte auf meinen Bauch, genau unterhalb des Brustkorbs – kurze, harte Boxhiebe, jeder einzelne davon mit großer Präzision auf exakt dieselbe Stelle. Ich spürte den Schmerz in meinen Nieren aufflammen, überall in meinem Rücken …

Plötzlich machte sie eine ruckartige Bewegung, und ich flog durch die Luft, rollte mich ab und rappelte mich unter Schmerzen wieder auf. Ich konnte nicht aufrecht stehen, aber dafür konnte sie nicht ordentlich sehen. Blut lief ihr aus der Nase und aus dem Mund. Ihre Augen begannen bereits zuzuschwellen.

Meine Hand war ein Ball aus pulsierendem Feuer.

Ein Kampf von Angesicht zu Angesicht war wirklich nicht Barclays Ding. Sie sah an mir vorbei und hielt nach einem Ausweg Ausschau. Nein, tat sie nicht, sie suchte nach ihrer Waffe. Wir entdeckten sie beide im selben Moment.

Barclay versuchte, zu ihr zu gelangen, und ich stolperte und stürzte auf sie, was ihr die Luft aus der Lunge gepresst haben musste, denn plötzlich wurde ihr Körper schlaff. Ich packte ein großes Büschel ihres blöden roten Haars und knallte ihr verbeultes Gesicht aufs Parkett. Sie kreischte auf vor Schmerz. Dann stemmte ich ihr mein Knie in den Nacken, beugte mich vor, löste die Waffe aus ihrer Faust und klatschte sie gegen meinen Klettverschluss am Bein.

Schließlich rollte ich mich von Barclay runter und erhob mich mit wackligen Knien.

»Hoch mit dir.«

Sie stöhnte irgendetwas Unverständliches, und ich trat ihr kräftig gegen das Knie.

»Aufstehen.«

Sie heulte. Große blutige Blasen quollen schaumig aus ihrer Nase. Blut lief ihr übers Kinn. Ihr Kiefer schien nicht mehr die richtige Form zu haben. Ich hatte hier wohl wirklich mächtig Schaden angerichtet.

Bei mir selbst war die Lage aber nicht besser. Meine Hand sah wie ein lilafarbener aufgeblähter Fußball aus und fühlte sich auch genauso an. Ein Feuerring umgab meine Hüfte. Jedes Mal, wenn ich Luft holte, durchfuhr ein scharfer Schmerz meine Rippen.

Ich überließ Barclay eine Minute sich selbst und beugte mich unter Schmerzen über Dr. Bairstow.

»Sir?«

Er war sehr weiß. Ich starrte ihn besorgt an, aber ich konnte kein Blut sehen. Seine Kevlar-Weste hatte das Schlimmste verhindert, doch der Boss war aus allernächster Nähe getroffen worden. Auch im besten Fall wären seine Rippen gebrochen.

Seine flatternden Lider hoben sich.

»Verschaffen Sie … mir … mehr Zeit.«

»Das werde ich tun, Sir.«

Ich nahm den wertvollen Datenstick und drückte ihn Dr. Bairstow in die Hand. Er schloss seine Finger darum, und etwas Farbe kehrte in sein Gesicht zurück.

Dann schob ich seinen Blaster in Reichweite und verließ ihn, um herauszufinden, was anderswo passierte.

Und um ihm etwas Zeit zu verschaffen.

Ich musste Barclay hochhelfen. Ich war nicht gerade zimperlich, aber soweit ich das beurteilen konnte, war ihre Schwäche echt. Also zerrte ich sie durch die Tür hinaus, drückte ihr die Waffe in den Nacken, und auf diese Weise legten wir den kurzen Weg zur Galerie zurück und blickten nach unten.

Die Schlacht um das St. Mary's war vorbei.

Die Menschen lagen dort, wo sie zu Boden gefallen waren. Mein Herz krampfte sich zusammen. Sie konnten doch nicht alle tot sein? Ich vergaß Barclay, vergaß alles. Ich stand auf der Galerie und starrte hinunter in die Ruinen des St. Mary's-Instituts.

Die Halle war zerstört. Überall brannten kleine Feuer. Schmauchspuren überzogen die Wände. Der Putz an der Decke war voller Einschusslöcher und von herumfliegenden Geschossteilen angesengt. Haufenweise zersplittertes Holz lag herum. Der Großteil des Geländers rings um die Galerie war einfach nicht mehr da.

Überall lagen Körper herum. Ich vergaß, dass dies ein anderes St. Mary's war. Dies waren Menschen, die ich gekannt hatte. Menschen, mit denen ich gearbeitet hatte. Menschen, die ich geliebt hatte.

Ich drehte den Kopf hin und her und sah Ian Guthrie, der wie eine kaputte Puppe an einer Wand zusammengesackt war, das Kinn auf der Brust und merkwürdig verletzlich aussehend.

Dieter lag dort, wo er umgefallen war. Seine Augen waren offen, aber ich war mir sicher, dass er nicht wusste, wo er war. Markham war halb unter einem Berg von Schutt und Glasscherben begraben. Was ich von seinem Gesicht erkennen konnte, war nur eine blutige Maske.

Da war überall so viel Blut. In hohen Bogen war es gegen die Wände gespritzt und sammelte sich jetzt in Lachen auf dem Boden. Leute waren durchgelaufen, und blutige Fußabdrücke überzogen im Zickzack den Boden.

Professor Rapson und Dr. Dowson lagen so, wie sie gekämpft hatten – Seite an Seite. Der Professor umklammerte immer noch die Überreste seiner selbst gemachten Armbrust. Dem Anblick nach zu urteilen waren ihm die Bolzen ausgegangen, und er hatte die Armbrust als Knüppel benutzt. Dr. Dowsons blutverschmierter Morgenstern war ihm aus der Hand gefallen und lag neben ihm. Selbst jetzt noch machte er schwache Bewegungen, um ihn aufzuheben.

Unser Hausmeister, Mr. Strong, lag in der Nähe. Er hatte sich dem Rückzugsbefehl, der an die Zivilbelegschaft ergangen war, widersetzt. Seine berühmte Frisur, bei der er seine verbliebenen Haare über den ansonsten kahlen Kopf kämmte, war völlig hinüber. Lange graue Strähnen waren ihm übers Gesicht gefallen, und er lag ganz still da. Er war ein alter Mann, und er hatte sich seine Orden von früher angesteckt und war gekommen, um für das St. Mary's-Institut zu kämpfen. Während er reglos dalag, senkte sich langsam der Staub und bedeckte die leuchtenden Farben der Ordensbänder an seinem Revers. Es hatte den Anschein, dass er St. Mary's mit irgendwelchen Gartengerätschaften hatte verteidigen wollen.

Eine schmutzstarrende und wutschnaubende Dr. Foster überwachte den Abtransport der Verletzten. Hunter kniete neben jemandem, den ich nicht sehen konnte, versorgte eine Wunde und schrie über ihre Schulter hinweg, dass sie mehr Verbandszeug bräuchte.

Eine Gestalt, die Peterson sein konnte, lag zusammengesunken da, ohne sich zu rühren.

Ich sah Perkins, Clerk und Prentiss ohne ihre Helme, die gegen eine Wand gestoßen und gezwungen worden waren sich hinzuknien. Sie waren dreckig, besiegt und wütend.

All dieser Mut. Der Kampfgeist. All die Sturheit. Alles verschwunden.

Die Zeitpolizei trat die Türen auf und zog Leute herein, die die Hände in die Luft streckten. Alle wurden in der Halle zusammengetrieben. Jeder, der nicht ohnmächtig war, war mit Fußtritten in eine kniende Position gezwungen worden, die Hände hinter dem Kopf.

Irgendetwas fehlte.

Noch während ich hinsah, schaute Colonel Albay mit abgesetztem Helm und schweißüberströmtem, dreckverschmiertem Gesicht zu mir hoch.

»Dr. Maxwell! Bitte gesellen Sie sich doch zu uns. Ist das eine Geisel? Wie nett, aber das ist keine Party, bei der man was mitbringt, wissen Sie?«

Er war mir lieber gewesen, ehe er einen Sinn für Humor entwickelt hatte.

»Bitte sehen Sie sich auf der Treppe vor.«

Das war kein Scherz. Ein Mangel an Munition war

hier und heute nicht das Problem gewesen. Wir sind St. Mary's. Wir können eine brandgefährliche Schusswaffe aus zwei Klopapierrollen und einem Gummiband machen. Ich erinnerte mich an das Sammelsurium von Ausrüstungsgegenständen hinter Dr. Dowson und Professor Rapson. Sie hatten sich außerdem bei mittelalterlichen Abwehrtechniken ausgetobt, und zwar mit einigem Erfolg, wie es aussah. Die Stufen glänzten. Das Einölen von Treppen und Rampen war ein bekannter mittelalterlicher Kniff. Einfach, aber effektiv. Den Flecken auf ihren Uniformen nach zu urteilen musste eine ganze Reihe von Zeitpolizisten die Stufen runtergekracht sein.

Zwei von ihnen beförderten mit Tritten selbst gemachte Krähenfüße auf eine Seite der Halle. Diese Krähenfüße bestanden aus zwei oder mehr Nägeln, die auf eine solche Weise ineinander verdreht waren, dass immer eine bösartige Spitze nach oben zeigte. Nichts, worauf man landen wollte, wenn man gerade auf einem Ölfleck ausgerutscht war.

Und der dritte Teil dieser gottlosen Dreifaltigkeit: Sand. Man erhitzte damals eimerweise Sand – etwas, das St. Mary's jederzeit zum Feuerlöschen bereithielt – und kippte ihn über die Zinnen auf die Angreifer darunter.

Wie jeder weiß, der schon mal ein Sandwich am Strand gegessen hat, dringt Sand überallhin vor. In die Haare, den Kragen hinab, unter die Schutzkleidung. Das ist bei kochend heißem Sand nicht anders, und er speichert die Hitze und lässt sich nicht abschütteln.

Er setzt sich in alle Falten und Ritzen, und selbst wenn er abkühlt, scheuert er immer noch und treibt seine Opfer in den Wahnsinn. Manchmal frage ich mich, ob Professor Rapson seine Ausbildung in den Kreisen der Hölle durchlaufen hat.

Für einen kurzen Moment überrollte mich eine Welle von Stolz. Wir hatten es mit einer überlegenen Truppe aufgenommen, und wir hatten ihnen wirklich was für ihr Geld geboten. Ihnen steckte der Kampf in den Knochen. Wir hatten uns bis zur letzten Waffe, die uns noch zur Verfügung stand, zur Wehr gesetzt. Ich schätze, der Professor hatte sogar einen Plan, wie man die Bodenplatten herausreißen und ebenfalls schleudern konnte.

Aber wir waren besiegt worden …

Es war ein Zeichen dafür, wie umfassend der Sieg war, dass Albay sich nicht mal die Mühe machte, eine Eskorte zu mir zu schicken. Es gab nichts auf der Welt für mich zu tun, das ihn in irgendeiner Form bedrohen würde. Wenn ich Widerstand leistete, würde er einfach jemanden schießen lassen.

Da mir keine andere Wahl blieb, stieß ich Barclay vor mir her. In Anbetracht ihres Verhältnisses zur Zeitpolizei in der Vergangenheit war sie vermutlich genauso wenig scharf aufs Hinuntergehen wie ich, denn als wir am Kopf der Treppe ankamen, brach sie einigermaßen dramatisch zusammen.

Ich seufzte. Nichts als Ärger.

Mein Fuß war noch nie ein Körperteil, über den

ich viel Kontrolle gehabt hatte, und so machte er eine dieser unabsichtlichen Trittbewegungen, die Barclay die Treppe runterkugeln ließ. Sie blieb auf dem Absatz liegen, und da sie ja schon so weit gekommen war, erschien es mir unfair, ihr nicht auch noch beim Rest behilflich zu sein. Ihr Kopf prallte auf jeder einzelnen Stufe mit einer Art dumpfem Knallgeräusch auf. Ihre Arme und Beine schlackerten schlaff herum. Ich meinte, ich hörte etwas knacken. Mit verdrehten Gliedmaßen blieb sie am Fuß der Treppe liegen. Wenn sie nicht schon oben ohnmächtig gewesen wäre, dann wäre es spätestens unten so weit.

Langsam folgte ich ihr, und sofort wurde mir meine Waffe abgenommen.

»Und wo steckt Dr. Bairstow?«

Mit dumpfer Stimme antwortete ich: »Hier irgendwo«, und schaute mich ziellos um.

»Muss ich Ihnen wirklich sagen, was passiert, wenn Sie mich noch einmal anlügen?«

»Sie hat ihn erschossen.«

Er nickte, und zwei Officers machten sich auf den Weg in Dr. Bairstows Büro. Ich wünschte den beiden im Geiste viel Glück; immerhin hatte Dr. Bairstow einen Blaster.

Die Besatzer sicherten die Räume und sammelten Waffen ein. In einer Ecke des Raums stellte jemand eine Reihe von transportablen Scheinwerfern auf.

Ich fragte mich, wie es im Hawking-Hangar aussehen mochte und ob noch irgendetwas davon übrig war. Ich fragte mich auch, ob es Dr. Bairstow gelungen war zu entkommen. Das hoffte ich bei Gott, denn ich wollte wirklich nicht, dass er das hier sehen musste. Als ich mich im besiegten St. Mary's umschaute, musste ich heftig blinzeln, um die Tränen zurückzuhalten.

Die Scheinwerfer gingen an und tauchten die Halle in gleißendes Licht, ließen dafür jedoch alles andere in tiefe Schatten versinken. Ich sah mir die Gruppe von Menschen an, die zusammengetrieben worden war, und plötzlich wusste ich, was fehlte. Oder besser gesagt: *wer* fehlte. Wo steckte die Zivilbelegschaft? O mein Gott. War sie bereits weggeschafft worden? Ich hatte plötzlich das schmerzhafte Bild vor Augen, wie sie in ein vergittertes Fahrzeug geladen wurden, geschockt und verletzt, und – ja, wohin eigentlich? – gebracht wurden. Und zu welchem Zweck?

Krampfhaft starrte ich auf den Boden, und in mir stieg hilflose Wut und Verzweiflung auf, während ich mir die Tränen verbot.

Und dann begann es zu schneien.

Ich weiß! Ich dachte dasselbe. Aber ich schwöre, es begann zu schneien. Die Luft war voll von feinem weißem Puder, der sacht durch die Halle schwebte und sich lautlos auf jede waagerechte Oberfläche legte. Ich spähte nach oben ins Dämmerlicht und konnte dunkle Gestalten sehen, die sich gefährlich über die spärlichen Überreste der Galerie beugten und weißen Staub ausschüttelten.

Und während ich das noch in meinem Kopf klarzukriegen versuchte, kam etwas aus der Dunkelheit auf mich zugesegelt, landete vor meinen Füßen und platzte. Und genauso weiter drüben. Und dort auch. Ich sah hoch. Über unseren Köpfen schleuderte Mrs. Mack massenhaft fette Kondome nach unten in die Halle, und man kann mir glauben, dass das kein Satz ist, von dem irgendjemand geglaubt hätte, dass er mal gesagt werden würde. Intimgummis ploppten rings um uns herum auf, gingen dabei kaputt und verteilten noch mehr Wolken von diesem weißen Staub.

Colonel Albay und ich starrten auf das Geschehen, dieses eine Mal in Ungläubigkeit vereint. Ich sah an mir selbst hinab: über und über mit einer dünnen Schicht Mehl bestäubt.

Mehl? Wollten wir die Zeitpolizei vielleicht zu Tode backen?

Dann sausten meine Gedanken zurück zu dem Tag, an dem ich in Mrs. Macks Büro gesessen und zugesehen hatte, wie ihre Katze, Vortigern, in tiefem Schlummer auf einer vollgehaarten Ausgabe der *Regeln zum Umgang mit Mehl* gelegen hatte, und sofort wusste ich, was als Nächstes passieren würde. Mehlstaub ist eine der explosivsten Substanzen, die es gibt. Sogar noch explosiver als Kohlenstaub.

Guthrie hatte die konventionelle Verteidigung geleitet. Als er damit durch war, hatte der Professor getan, was er am besten konnte, und improvisiert. Und als er am Ende damit war, schlug die Stunde der Zivilbelegschaft. Verstohlen hielt ich nach etwas Ausschau, wohinter ich Schutz suchen konnte.

Rings um mich herum unterbrachen die Mächte der

Finsternis das Zusammentreiben des Personals und blickten sich verwirrt um. Ich konnte sehen, wie einer der Zeitpolizisten sein Kom-Gerät hob. »Ich denke, es ist Mehl. Nein, keine Ahnung, Sir. Ja, verstanden.« Er winkte seine Männer vorwärts. Sie befanden sich inzwischen in ziemlich großer Zahl in der Halle. Alle sahen sich um und schauten zu, wie das Mehl herunterrieselte.

Langsam schob ich mich rückwärts nach hinten, aus der Gefahrenzone.

Denn Mrs. Partridge stand reglos oben auf der Treppe. Sie war schmutzig und voller Ruß. Ihre Arme waren bis zu den Ellbogen hinauf blutig, und ihr Haar fiel ihr offen über den Rücken. Plötzlich dachte ich an die Furien, jene erbarmungslosen, gnadenlosen Göttinnen der Vergeltung, die ihre Opfer bis ins Grab und darüber hinaus verfolgten. Sie stand unter dem gläsernen Oberlicht und hielt etwas Zylindrisches in den Händen. Keine Schriftrolle, dieses Mal, nein, einen Silvesterknaller.

Rings herum in der Halle erstarrte alles. Eine halbe Hundertschaft der Zeitpolizei glotzte ungläubig zu ihr nach oben, und dann fiel bei allen der Groschen.

Colonel Albay neben mir hob seine Waffe. Ich packte seinen Arm, zog ihn mit aller Gewalt nach unten und schrie Mrs. Partridge zu: »Tun Sie es. Nun tun Sie es doch schon.«

Sie zündete den Böller an.

Die Zeit verlangsamt sich, wenn man kurz vor dem Sterben ist. Ich sah, wie eine Flamme aufflackerte, und guckte zu, wie Mrs. Partridge den Arm nach hinten nahm und den Knaller hoch in die Luft warf. Er stieg in einem eleganten Bogen nach oben, überschlug sich dabei ein ums andere Mal und explodierte dann auf dem Höhepunkt seiner Laufbahn in einer gleißend roten Flammenkugel, genau so, wie es vorgesehen war.

Ich stieß den Colonel zur Seite und warf mich hin. Rings um mich herum hechteten alle aus dem St. Mary's-Institut, die nicht schon auf dem Boden lagen, ebenfalls dorthin und bedeckten die Köpfe mit den Armen. Ich ignorierte meine jammernden Rippen und krümmte mich zu einem festen Ball zusammen, von dem ich hoffte, dass er so wenig wie möglich von mir der Mehlexplosion aussetzen würde, auf die ich wartete.

Es geschah so lange nichts, dass ich mir schon Sorgen zu machen begann, es könnte vielleicht nicht funktioniert haben. Endlose Sekunden verstrichen. Das Gebäude schien ein- und auszuatmen.

Und dann war das Ende der Welt da.

Ich dachte, ich sei plötzlich blind geworden. Meine Augen schmerzten. Selbst Blinzeln tat weh. Und ich konnte nichts sehen. Nur ein Nachbild von schmutzigen Schwaden. Nein – ich konnte sehen. Ich war gar nicht blind. Die schmutzigen Schwaden waren dicke Wolken von schwerem Staub, der in der Luft hing. Durch sie hindurch konnte ich hoch über meinem Kopf ein winziges Stückchen vom wunderbar blauen

Himmel erkennen. Die kluge Mrs. Partridge. Die Halle mit ihren dicken Mauern und dem gläsernen Oberlicht war wie eine Feuerwerksfabrik gebaut, und die Hauptwucht der Explosion war augenscheinlich unmittelbar nach oben abgeleitet worden und hatte das Oberlicht gleich mitgenommen. Ich konnte die Überreste des Metallrahmens als Silhouette vor dem Himmel sehen.

Mühsam hob ich meinen Kopf einen schmerzhaften Zentimeter und stellte fest, dass ich unter Staub, Schmutz und Scherben begraben lag. Schutt und Geröll regnete immer noch um mich herum nieder. Alles roch nach verbranntem Toast. Und angesengtem Haar. Meinem.

Jeder war auf der Erde ausgestreckt – die Zeitpolizei, wir vom St. Mary's, einfach jeder. Überall lagen Menschen herum. Das Einzige, was sich immer noch bewegte, war der schmutzige Rauch, der träge durch das Loch in der Decke nach oben waberte.

Ich weiß nicht, wie lange ich dort ausharrte. Zeit hatte nicht länger eine Bedeutung für mich. Ich hätte auch liebend gern für immer und ewig dort herumgelegen, aber eine leise Stimme in meinem Hinterkopf herrschte mich an, ich solle gefälligst aufstehen. Denn die ersten Leute auf den Beinen würden gewinnen, und es mussten welche aus dem St. Mary's-Institut sein. Mrs. Partridge hatte uns eine weitere Chance verschafft, aber zu welchem Preis für sich selbst? Wenn ich bloß hätte aufstehen können … Dazu sollte es offenbar nicht kommen.

In Ordnung, wenn ich wenigstens einen Arm bewegen könnte … Fang damit an und arbeite dich dann hoch …

Nein. Auch das würde nicht passieren.

Aufstehen, Max. Um Gottes willen, du musst aufstehen.

Ich drehte meinen Kopf zur Seite. Colonel Albay lag dort, mit dem Gesicht zu mir, und blutete heftig aus einem tiefen Schnitt quer über seinem Wangenknochen. Er fixierte mich mit den Blicken und lächelte. Ich blinzelte, um meine Augen von dem beißenden Staub zu befreien, aber Albay grinste mich eindeutig an. Ich sah, wie sehr er sich anstrengte, um sich zu bewegen. Er begann, auf mich zuzurobben. Alte Erinnerungen überfluteten mich. Irgendetwas Schlimmes bahnte sich damals an … und ich war paralysiert. Nicht mal mehr in der Lage, meine Augen zu schließen, als mich etwas Böses mit seinem Gewicht runterdrückte und ich keinen Muskel mehr bewegen konnte, um mich dagegen zu wehren; es war niemand da, der mir helfen konnte.

Albay benutzte seine Unterarme und kroch auf mich zu. Es gab keinen Ausweg. Ich konnte kaum die Augen abwenden, ganz zu schweigen davon, irgendetwas anderes zu tun. Unfähig, mich zu bewegen, sah ich zu, wie er sich über Schutt und Glas zog und dabei eine blutige Spur hinterließ.

Ich hatte bislang nicht bemerkt, was für riesige Hände er hatte.

Eine davon legte er sorgfältig über meinen Mund, als

wollte er mich davon abhalten, um Hilfe zu schreien, obwohl ich das sowieso nicht gekonnt hätte, auch wenn ich gewollt hätte. Ich hatte keine Stimme mehr. Und wer hätte mich schon gehört?

Langsam, zart beinahe, veränderte er die Position seiner Hand, bis es den Anschein hatte, dass er vollkommen zufrieden damit war.

Immer noch lächelte er.

Dann benutzte er Daumen und Zeigefinger, um meine Nasenflügel zusammenzudrücken.

Plötzlich bekam ich keine Luft mehr, konnte nicht mehr atmen. Kein bisschen mehr. Ich versuchte, meinen Kopf von einer Seite zur anderen zu drehen, um mich aus seinem Griff zu lösen und verzweifelt benötigte Luft in die Lunge zu kriegen. Dabei konnte ich meinen eigenen Puls in meinem Kopf pochen hören. Dann versuchte ich, eine Hand zu befreien oder mit den Fersen zu trommeln. Es tat weh. Alles tat weh. Meine Brust explodierte schier vor Schmerz. Meine Lippen waren gegen meine Zähne gepresst. Sogar meine arme Nase tat weh.

Und die ganze Zeit über – lächelte der Colonel.

Irgendetwas rührte sich. Aus den Augenwinkeln konnte ich eine Bewegung sehen. Auch Colonel Albay entging sie offenbar nicht.

Dunkle Schatten kamen durch den wirbelnden Staub. Ich konnte einen kleinen roten Punkt auf dem Weg durch die Halle hoch- und runterhüpfen sehen. Dann noch einen und noch einen und schließlich einen ganzen Schwarm davon. Wie mit dem Lineal gezogene Streifen roten Lichts schnitten durch die Dunkelheit, andere tauchten in den Staubschwaden auf.

Zur Hölle noch mal, kein Wunder, dass Albay lächelte. Verstärkung. Dieses Mal sogar richtig viele von ihnen. Diese Leute verfügten offenbar über endlose Ressourcen, und wir hatten nichts mehr übrig. Wir hatten alles gegeben, was wir besaßen, und schließlich waren wir am Ende angekommen. Ich war zu müde, um Verzweiflung zu spüren. Alberne kleine Gedanken tanzten durch meinen Kopf und verblassten. Ich fand, dass diese roten Lichter in den kreiselnden Staubwolken eigentlich ganz hübsch aussahen. Dass es irgendwo in all den Welten da draußen bestimmt eine gab, in der Leon und ich es schafften, beide am Leben und beieinanderzubleiben. Dass wir irgendwo auch eine Zukunft hatten.

Albay sah zu mir runter. Ich war das Letzte, was er je zu Gesicht bekam. Er lächelte immer noch, als er starb.

Ich hörte ein Geräusch und spürte, wie er sich über mir verkrampfte. Blut tropfte aus seinem Mund auf mein Gesicht. Seine Lippen bewegten sich, auch wenn seine Blicke unstet waren. Der Druck ließ nach. Seine Hand rutschte weg – Gott sei Dank –, und ich füllte meine Lunge tief mit Luft.

Langsam kippte Albay zu einer Seite. Seine Glieder zuckten unkontrolliert. Ich roch den beißenden Geruch von Urin. Und dann war er tot.

Hinter ihm ließ ein helmloser Officer seine Waffe fallen, schloss die Augen und sackte auf dem Schutt zusammen; er hatte einen Haarschnitt, der ihm ein brutales Aussehen gab, und er war kaum in der Lage gewesen, sein Gewicht auf einem Ellbogen zu halten. Sein Gesicht war schmerzverzerrt.

Die roten Strahlen setzten ihren Weg quer durch die Halle fort. Es war niemand da, der sie hätte stoppen können. Sie fächerten sich auf und begannen mit ihrer Suche. Einer fand mich. Ich konnte den kleinen roten Lichtpunkt auf meiner Brust zittern sehen. Jemand in Schutzausrüstung folgte dem Licht, blieb stehen und schaute zu mir hinunter.

Dann drehte er seinen Kopf und rief: »Hier!«

Nein. Ich würde nicht ohne Gegenwehr gehen. Irgendwo in mir fand ich einen letzten Rest von Kraft und stemmte mich hoch. Ich hatte es eigentlich auf seine Kehle abgesehen gehabt, schaffte es aber leider nur bis zu seinem Knie. Also umklammerte ich seinen Unterschenkel und biss rein.

Er trug Beinschützer. Ich bin wirklich nicht übermäßig clever.

Ich wartete auf die Kugel, die meinem Leben ein Ende setzen würde, oder darauf, dass man mir den Schädel einschlagen würde, denn wenn der Typ nicht bereit war, den Rest seines Lebens mit einer Historikerin am Bein zu verbringen, wäre das der einzige Weg, mich loszuwerden.

Mein Gehör schien zurückgekehrt zu sein, denn ich glaubte, eine schwache Stimme zu vernehmen.

»Sir, die hier versucht, mir ins Bein zu beißen.«

Und noch schwächer: »Hat sie rote Haare?«

Sie hatten mich gefunden.

Alles verschwamm und wurde unbedeutend.

Nichts spielte mehr eine Rolle.

Ich wurde mir der vielen Leute bewusst, geriet in Panik und schlug wie eine Wahnsinnige um mich. Es war kaum etwas zu erkennen, aber ich wusste, dass ich jemanden getroffen hatte, denn eine Stimme klagte: »Zur Hölle, das tat weh.«

Eine andere Stimme entgegnete: »Na, dich beißt sie wenigstens nicht«, und dann glitt mein Bewusstsein wieder davon.

Als ich endlich richtig aufwachte, lag ich im Frauenbereich des Krankentrakts. Ein seltsamer Mann in Arztkittel starrte mich an. Ich starrte zurück, schluckte und brachte schließlich ein klägliches Krächzen hervor.

»Freund oder Feind?«

»Freund«, sagte er hastig. »Um Himmels willen, beißen Sie nicht noch jemanden.«

Misstrauisch beäugte ich ihn und machte insgeheim Pläne, ihn mit einem Bettlaken zu erwürgen.

»Wie fühlen Sie sich, Dr. Maxwell?«

»Wer sind Sie? Warum sind Sie hier?«

»Wir sind aus der Zukunft. Wir sind die Leute, die gestern durch die Tür gekommen sind. Nach der Explosion. Erinnern Sie sich? Die roten Lichter? Die Laser?«

Wieder hatte ich die Ruinen des St. Mary's-Instituts vor Augen. Das Blut. All die verletzten Leute …

Ich brachte nur ein heiseres Flüstern zustande, aber das musste genügen. »Hätten Sie nicht eine Stunde früher eingreifen können? Oder wenigstens eine halbe

Stunde früher? Was haben Sie denn getrieben? Draußen gewartet, bis Sie wussten, dass Sie ungefährdet reinkommen können? Nachdem wir die schwere Arbeit schon für Sie erledigt hatten? Wir haben uns um Ihr Problem gekümmert, und Sie machen sich nicht mal die Mühe, rechtzeitig aufzukreuzen!« Ich versuchte, seinen Arm wegzuschlagen. »Rühren Sie mich nicht an. Wo ist Dr. Foster? Ich will eine richtige Ärztin!«

»Dr. Foster ist verletzt. Aber Sie können sie nachher sehen.«

»Was geht hier vor sich? Wo ist die Zeitpolizei? Wo ist Dr. Bairstow?«

»St. Mary's hat die Kontrolle über das Institut zurückerlangt. Das ist alles, was Sie im Augenblick wissen müssen.«

»Nein, das ist es nicht. Was ist passiert? Erzählen Sie es mir.«

Er seufzte. »Ich werde jemanden herbringen, der mit Ihnen spricht. Warten Sie einfach einen Moment.«

Er verschwand.

Ich sah mich um. Die Abteilung der Frauen hier im Krankentrakt war völlig überfüllt. Maschinen piepten leise. Mrs. Partridge befand sich mir direkt gegenüber. An einem Arm und einer Seite ihres Gesichts hatte sie schlimme Verbrennungen und war mit medizinischer Wundversorgung bedeckt. Feuerwerkskörper waren nicht dazu gedacht, dass man sie in der Hand hält.

Mrs. Mack lag im Bett in der Ecke, einen Arm in einer Schlinge und ein großes Pflaster im Gesicht. Prentiss, Polly Perkins und Van Owen lagen auf Matratzen auf dem Boden. Wir brauchten wirklich einen größeren Krankenflügel.

Als ich meine Augen das nächste Mal aufmachte, saß Helen auf meinem Bett – etwas, das bei jedem anderen augenblickliche Auslöschung bedeutet hätte. Ich sah sie an. Sie sah mich an.

»Wer sind diese Leute? Gute oder schlechte Menschen? Willst du, dass ich aus dem Bett aufstehe und mich um sie kümmere?«

»Kannst du dich nicht wenigstens einmal benehmen? Du verschreckst noch unsere Retter.«

»Wir haben Retter?«

»Erinnerst du dich denn nicht daran, was passiert ist?«

Und dann brachen die Erinnerungen über mich herein.

»Dr. Bairstow? Ich musste ihn zurücklassen. Hat er überlebt?«

»Ja. Und er ist auch schon wieder auf den Beinen.«

»Peterson? Guthrie? Dieter?«

»Im Moment sieht die Sache so aus: Alle zusammengenommen würden nicht einmal eine einzige menschliche Arbeitskraft ergeben.«

»Also alles beim Alten.«

»Nichts, was nicht wieder heilen würde. Sie liegen alle nebenan. Ich glaube, Dr. Bairstow will ein paar Worte mit dir wechseln.«

»Klingt ziemlich vertraut. Kannst du mir einen Bademantel besorgen?«

»Dumpfbacke. Er kommt zu dir.«

Es klopfte an der Tür. »Meine Damen, darf ich reinkommen?«

Völlig untypischerweise trug er einen Trainingsanzug und sah sehr bleich aus. Zum ersten Mal überhaupt sah er genau so alt aus, wie er auch war. Er hatte ziemliche Schwierigkeiten beim Bewegen, und er humpelte stark. Andererseits hatte er auch schon bei unserem ersten Treffen ein Bein nachgezogen.

Während Helen mir dabei half, mich aufzusetzen, ging er zu Mrs. Mack. Ich hörte ihn fragen: »Theresa, meine Liebe, wie geht es dir?«

Ich wandte den Blick ab.

Nach einem kurzen Wortwechsel ging er zu Mrs. Partridge. Er saß auf ihrer Bettkante und nahm ihre Hand, die keine Brandwunden hatte. Eine Weile unterhielten sie sich leise.

Ich starrte aus dem Fenster.

Alle anderen schliefen, und so war ich die Nächste auf seiner Liste. Helen holte einen Stuhl für ihn. Er legte ihr kurz und sehr sanft die Hand auf die Schulter. Sie nickte und ging weg.

Eine Weile lang sahen wir uns nur an. Irgendjemand musste anfangen.

»Ich hätte nie gedacht, dass der Tag kommen würde, an dem Sie mehr Haare haben als ich.«

Kam da ein leises Geräusch vom Bett gegenüber?

Jetzt war er dran: »Dr. Maxwell, ich habe gehört, Sie haben gerade jemandem die Hölle heißgemacht?«

Ich sah hinüber zu Mrs. Partridge, die das Bild völliger Unschuld abgab. »O nein, nein, Sir. Ich habe nur etwas Dampf abgelassen.«

Er lächelte verhalten. »Ich brauche Sie noch einmal, Max. Es ist mir wichtig, dass wir uns mit diesen Leuten, die immerhin unsere Retter sind, gutstellen. Deren Boss möchte unbedingt mit Ihnen sprechen. Ich würde es als persönlichen Gefallen betrachten, wenn das ein bisschen gesitteter ablaufen würde.«

»Sir …«

»Ich weiß, Max, aber trotzdem haben die ihr Bestes getan, und am Ende des Tages waren sie genau dann hier, als wir sie brauchten. Denken Sie daran, wenn Sie sich mit ihm treffen.«

Er hatte recht. Wir hatten die Zeitpolizei in die Luft gejagt, aber uns selbst ebenfalls. Sobald die Zeitpolizei wieder auf die Beine gekommen wäre, wäre sie herumgelaufen und hätte uns erledigt wie Fische in einem Fass. Wenn die Leute aus dem zukünftigen St. Mary's nicht in diesem Augenblick durch die Tür gekommen wären, wären wir jetzt alle tot, und wenn sie früher gekommen wären, hätte die Explosion auch sie erwischt. Es war nur angebracht, dass ich ihnen das zugutehielt.

Plötzlich war ich müde. Ich wollte einfach nur schlafen. »Sie haben recht, Sir.« Und wir blinzelten beide vor Erstaunen darüber, dass ich diese Worte tatsächlich laut ausgesprochen hatte. »Ich schaffe das schon.«

Er lächelte sanft, und ich spürte einen Kloß in meiner Kehle. »Sie enttäuschen mich doch nie, Max.«

Es gab eine lange Pause, in der wir uns beide für das wappneten, was als Nächstes kommen würde.

Er seufzte.

»Gewöhnlich obliegt diese Pflicht dem Direktor. Im Augenblick habe ich diese Position nicht inne, aber es nimmt das Gewicht von anderen Schultern, und ich denke, dass Sie es von mir hören sollten.«

Mir wurde ganz kalt. Ich wusste, was ich zu hören bekommen würde. Was ich hören musste. Nicht hören wollte.

»Sagen Sie es mir, Sir. Wer hat es nicht geschafft?«

Mit großer Mühe sagte er: »Miss Fields.«

Die kleine Jenny Fields. Zart und tapfer. Sie hatte sich freiwillig entschieden hierzubleiben, und nun würde sie nie mehr fortgehen. Ich sah an ihm vorbei zu Mrs. Mack. Sie wandte den Kopf ab.

»Sie wurde im Kugelhagel draußen vor der Bibliothek getroffen.«

Ich nahm mir einen Moment Zeit, mich an sie zu erinnern, wie sie ungewöhnlich kämpferisch jedem erzählte, dass sie noch nie jemanden erschossen habe, aber bleiben wolle.

Ich wusste, dass da noch mehr kommen würde.

»Wer sonst noch?«

»Weller und Ritter. Aus der Sicherheitsabteilung. Ritter ist gestürzt, und Weller ist zu ihm zurückgelaufen.«

Natürlich hat er das getan. Sie drei, Ritter, Weller und Evans waren schon zusammen gewesen, solange ich denken konnte. Und nun war nur noch Evans übrig. Wie mochte er sich jetzt fühlen?

»Esterhazy aus der IT-Abteilung. Sie starb draußen vor dem Hawking-Hangar, wo sie von der Explosion erfasst wurde.«

Ich hatte sie nicht gekannt, aber ich trauerte trotzdem um sie.

»Vier Officers der Zeitpolizei sind ebenfalls ums Leben gekommen. Acht Tote insgesamt.«

»Und wie steht es mit den Verwundeten, Sir?«

Es kostete ihn einige Mühe weiterzusprechen. »Mr. Markham wurde von einem Blaster getroffen und scheint erblindet zu sein.«

»Dauerhaft?«

»Es ist noch zu früh, das zu sagen. Mr. Sands wurde unter einstürzendem Mauerwerk begraben. Er hat seinen linken Unterschenkel eingebüßt. Das führte zu einem denkwürdigen Wortwechsel zwischen ihm und Mr. Roberts. Als Mr. Sands rief, dass er anscheinend seinen Fuß verloren habe, versuchte Mr. Roberts, ihn mit den Worten zu trösten: ›Nein, hast du nicht. Er liegt da drüben.‹«

Ich erstickte fast, aber aufgrund welcher Emotionen, hätte ich selbst nicht sagen können.

»Und Mr. Strong, Sir?« Ich sah noch einmal seine Ordensbänder vor mir.

»Er wird sich wieder erholen. Ein gebrochener Arm und eine kaputte Schulter. Er ist schon wieder bei Bewusstsein. Und es ist nicht nur Mr. Strong. Die ganze Küchenbelegschaft … Und Mrs. Enderby hat anscheinend den tapferen Versuch unternommen, die obere Treppe zu verteidigen. Sie hat eine

Gehirnerschütterung erlitten und bekommt im Moment nicht mit, was um sie herum geschieht.«

Er sah, wie ich meinen Blick durch die Krankenabteilung schweifen ließ.

»Sie ist in einem der Behandlungszimmer untergebracht. Dr. Foster hat alle Möglichkeiten ausgeschöpft. Wir haben Leute, die auf dem Fußboden schlafen, in Behandlungsräumen, auf dem Flur … Das Hauptgebäude ist zurzeit ziemlich unbewohnbar.«

»Was um alles in der Welt wollen wir den Leuten da draußen erzählen?«

»Wir sagen, es wäre eine Nachstellung des Zweiten Weltkriegs gewesen, zusammen mit einer unglücklichen Gasexplosion.«

»Haben wir hier draußen auf dem Land überhaupt Gas?«

»Das, was es hier in Flaschen gibt, ist, glaube ich, explosiv genug, um unsere Geschichte realistisch erscheinen zu lassen. Anscheinend munkelt man in der Stadt, dass diese verrückten Spinner im St. Mary's es endlich geschafft haben, sich selbst in die Luft zu jagen.«

Ich spürte, wie mir die Augenlider schwer wurden.

»Was kommt als Nächstes, Sir?«

»Als Nächstes, Max, sind wir mit einem Besuch unserer Freunde von der GSHG gestraft – der *Gesellschaft zum Schutz von Historischen Gebäuden*. Ich fürchte, sie werden viel zu beanstanden haben. Aber wir haben noch ungefähr eine Woche Zeit, ehe uns dieser Horror ins Haus steht.«

Ich hatte noch viel mehr zu fragen, aber ich muss in

seiner Gegenwart eingedöst sein, denn ich kann mich nicht daran erinnern, wie er wegging.

Tatsächlich verschlief ich den Großteil des Tages.

Irgendwann öffnete ich die Augen, und da stand der andere Arzt, stellte die Maschinen richtig ein und starrte mich an.

»Was denn?«, fragte ich, »gar nichts zu Ihrer Verteidigung dabei?«

Er klopfte auf seine Tasche. »Pfefferspray.«

»Das werden Sie nicht brauchen. Es tut mir leid.«

»Das ist verständlich. Wie fühlen Sie sich?«

»Müssten Sie das nicht wissen?«

»Ich bin Arzt. Ich weiß alles.«

»Also dann, wie geht es mir?«

»Nun, Sie haben sich die Hand gebrochen und einige Rippen angeknackst, Sie waren in eine Explosion verwickelt, und das Oberlicht ist auf Ihnen gelandet. Ich wollte einen schlauen Witz über die gläserne Decke machen, aber ich bin jetzt so eingeschüchtert, dass ich ihn vergessen habe. Haben Sie etwas gegessen?«

»Ich bin erst seit zwei Minuten wach, Herrgott. Wann hätte ich wohl die Gelegenheit dazu gehabt?«

»Schwierige und unkooperative Patientin«, sagte er langsam und kritzelte auf seinem Klemmbrett herum. »Wann hatten Sie den letzten Stuhlgang?«

»Im Februar. Was ist mit den Mächten der Finsternis geschehen? Sind sie noch hier?«

Er legte sein Klemmbrett weg. »Nein, sie sind alle

entfernt worden. Die Toten, die Lebenden, die Verletzten, einfach alle.«

»Wohin hat man sie gebracht?«

»Dahin, wohin sie gehören.«

Wollte ich weitere Einzelheiten erfahren? Ich entschied mich dagegen.

»Dr. Bairstow steht auf der Krankenliste, also hat das St. Mary's-Institut einen Interims-Direktor. Er möchte sich gerne mit Ihnen unterhalten, wenn Sie dafür bereit sind. Und versprechen Sie mir, dass Sie sich benehmen.«

Mit hoffnungsvoller Stimme sagte ich: »Ich bin doch sicher viel zu krank, um irgendjemanden zu empfangen.«

Ich erntete nur ein Schnauben.

Er trug das Strafgefangenenorange der Techniker. Außerdem sah er furchtbar müde aus, und in seinem Haar gab es mehr silbrige Strähnen, als ich in Erinnerung hatte. Aber seine blauen Augen waren so leuchtend wie immer.

Irgendetwas in mir freute sich unbändig.

Er zog einen Stuhl heran und setzte sich. »Also dann.«

Ich wartete, doch das schien es gewesen zu sein. Nicht anders war es zu erwarten gewesen. Natürlich war der Trakt voller Leute, die sich allesamt größte Mühe gaben, so zu tun, als würden sie schlafen.

Ich hatte einen Gipshandschuh über der gebrochenen Hand, und die andere befand sich auf der gegenüberliegenden Seite des Bettes mit Schläuchen und anderem medizinischen Schnickschnack, sodass nicht viel von mir zugänglich war. Er berührte kurz meinen Unterarm und zog seine Finger dann wieder weg.

»Was ist mit deinen Haaren passiert? Schon wieder!«

Würdevoll antwortete ich: »Es gab eine Explosion.«

»Warum hast du denn keinen Helm getragen?«

»Ich habe ihn abgesetzt, damit Barclay mich einfacher erschießen kann.«

Er lächelte, aber es kostete ihn einige Mühe.

Ich betrachtete sein ausgemergeltes Gesicht. »Wie lange warst du denn weg? In Echtzeit?«

»Ungefähr sechs Monate. Ich schätze, dass hier ungefähr drei Wochen vergangen sind.«

Ich nickte. Er hatte in diesen fehlenden Monaten einiges mitgemacht. Jetzt war nicht mehr ich diejenige mit dem meisten Narbengewebe. Aber Hauptsache, er war hier.

Es gab so viel zu sagen. Zu viel. Aber manchmal braucht man keine Worte. Ich streckte meine eingegipste Hand aus, und er nahm sie zwischen seine beiden Hände und wiegte sie wie einen Vogel mit gebrochenem Flügel. Wir sagten nichts. Das war auch gar nicht nötig. Eine Träne tropfte auf den Gipsverband. Sanft wischte er sie mit dem Daumen weg.

Die Tür ging auf, und sein Name wurde gerufen.

Ohne seine Blicke von mir zu lösen, sagte er: »Bin schon auf dem Weg.«

Die Tür schloss sich wieder. Erneut brach Schweigen aus.

Ohne ihre Augen aufzumachen, sagte Mrs. Mack: »Um Himmels willen, Mann, nun gib dem Mädel schon einen Kuss, ja?«

Ich bat darum, Peterson sehen zu dürfen, und wurde am nächsten Nachmittag auf die Männerstation gebracht. Einige Male musste ich schon Luft holen, um mich zu beruhigen. Dieter hatte das schlechte Bett gleich neben der Tür bekommen, aber es musste eine schwere Entscheidung zwischen ihm, Peterson und Guthrie gewesen sein. Ich hatte noch nie so viele Wundverbände auf so wenigen Quadratmetern gesehen. Wie in der Frauenabteilung gab es auch hier nicht genug Betten. Sands und Roberts waren auf Matratzen auf dem Boden geparkt und versuchten, Karten zu spielen. Markham lag in der Nähe, und seine Augen und das ganze Gesicht waren unter dicken Verbänden verschwunden.

Mein Herz blutete bei seinem Anblick. Wenn er erblindet war, würde es hier keine Zukunft für ihn geben. Mir fiel auf, wie Guthrie ihn unauffällig beobachtete. Das taten alle. Selbst als sie sich über seine Mühen, den Wasserkrug zu ertasten, lustig machten, schob einer von ihnen die Karaffe ganz sacht in seine Reichweite.

Ich sagte Markham, er würde wie der *Unsichtbare Mann* aussehen.

Roberts sagte: »Hm, na klar …«

Leon bot mir seinen Stuhl an, aber ich zog es vor, mich schwer auf Petersons Bett fallen zu lassen, was zwei Fliegen mit einer Klappe schlug und sowohl die Richtlinien der Station brach als auch seine Füße quetschte.

»Wie kommt es, dass du auf den Beinen bist und herumlaufen kannst?«, fragte Guthrie. »Hast du dich im Hintergrund versteckt? Verdammt typisch für eine Historikerin.«

»Wir stellen immer die Sicherheitsabteilung nach vorn«, sagte ich. »Als Kanonenfutter.«

»Ist dir eigentlich aufgefallen«, begann Markham mit klagendem Unterton, »dass nur die Höherrangigen Betten bekommen? Die wahren Helden müssen mit dem Boden vorliebnehmen.«

»Es ist eine Schande«, sagte ich. »Warum kommst du nicht zu mir rüber in die Frauenabteilung?«

Sofort heiterte sich seine Stimmung auf.

»Oh ja. Du hast ja keine Ahnung, wie ich leide, Max. Das Schnarchen. Das Grunzen. Das Furzen. Der Gestank von Füßen.«

»Keine Sorge – das können wir auch alles aufbieten. Und du kannst mein Bett haben.«

»Großartig.« Sein kleines zerschundenes Gesicht leuchtete hoffnungsvoll durch die Verbände hindurch. »Liegst du dann auch darin?«

»Nein«, antwortete Leon sehr nachdrücklich. »Tut sie nicht.« Er wandte sich an Guthrie. »Er ist doch in deiner Mannschaft. Warum unternimmst du seinetwegen nicht irgendetwas?«

Guthrie schloss die Augen. »Solange er nicht bei mir im Bett liegt, ist mir das alles ziemlich egal.«

# Siebzehn

Aus irgendeinem Grund sollte die zeremonielle Unterzeichnung der Charta bei uns im St. Mary's-Institut stattfinden. Unsere Schlacht war die letzte gewesen, und anscheinend deshalb sollte uns auch die Ehre gebühren – die Ehre, die Zeitpolizei abzuschaffen.

Wir hatten die GSHG überlebt – immer eine Meisterleistung. Das Hauptgebäude war mit einem Gerüst abgestützt und in Plastik gehüllt. St. Mary's war nicht sehr schön, aber es war sicher – eine Feststellung, die man zu keinem Zeitpunkt unserer Besetzung wahrheitsgemäß hätte treffen können.

Die meisten von uns waren aus der Krankenstation entlassen worden, aber ich lebte noch immer dort. Jeder Ort war besser als die Betonkammer, in die Barclay mich gesteckt hatte.

Im Laufe der nächsten paar Tage tauchten fremde Gesichter auf und verschwanden wieder. Konferenzen wurden abgehalten. Es gab jede Menge Lärm und Hektik und Aufregung.

Und dann stand plötzlich alles still. Wir fragten uns, warum.

»In St. Mary's Dinge zu erledigen ist ein bisschen

wie eine Elefantenpaarung«, erklärte Peterson. Eine Bemerkung, die einige Rätsel aufgab.

»Du weißt schon – wilde Aktivität auf höchstem Niveau. Kreischen und Stampfen. Eine Menge Staub wird aufgewirbelt. Zwei Jahre passiert überhaupt nichts, und dann ist man hingerissen vom Ergebnis.«

Drei lange Tische waren in der Großen Halle zusammengeschoben worden. Auf der einen Seite standen sieben Stühle für die Zeitpolizei, und acht auf der anderen Seite für die Repräsentanten vom St. Mary's-Institut. Unwillkürlich musste ich lachen. All diese Mühsal, und dann hatten sie mich am Ende gar nicht gebraucht. Jetzt, wo Leon Verwalter/Direktor war, hatten sie tatsächlich ihre sieben Direktoren beisammen.

Das bemerkte ich auch Mrs. Partridge gegenüber.

Sie warf mir einen sehr eigenartigen Blick zu. »Sie sollten die Wichtigkeit Ihrer Anwesenheit hier und heute nicht unterschätzen, Dr. Maxwell«, und mit dieser wie üblich kryptischen Bemerkung entwischte sie, ehe ich nachfragen konnte.

Den ganzen Tag lang trafen Pods und Menschen ein. Leute, die über weitaus mehr Sozialkompetenz als ich verfügten, hielten die Zeitpolizei und St. Mary's taktvoll voneinander getrennt.

Das Einzige, was uns dazu brachte, wenigstens halbwegs höflich miteinander umzugehen, war die Tatsache, dass sich alle rasch erholt hatten. Niemand hatte gewagt, an seinen Verletzungen zu sterben, was wohl der Furcht vor Dr. Foster zuzuschreiben war.

Die andere gute Nachricht war, dass Mr. Markham wieder sehen konnte – eine Entwicklung, die bei Hunter zu einem erstaunlichen Wutausbruch führte, der mühelos all ihre früheren Anfälle in den Schatten stellte, ganz gleich, wie beindruckend diese auch gewesen sein mochten. Einige Zeit lang sah es so aus, als ob die Verletzungen durch die Zeitpolizei Markhams geringste Sorge wären, während Hunter ihn in ihrem furchteinflößenden Zorn in einer Lautstärke zur Schnecke machte, die die Flure vom St. Mary's rauf und runter zu hören war.

Es sickerte durch, dass er eigentlich schon ziemlich früh sein Sehvermögen zurückerlangt hatte. Die irdischen Vergnügen, im Bett gewaschen zu werden und andere persönliche Vergünstigungen zu erhalten, von denen er bis dato nur hatte träumen können, hatten ihn aber dazu verleitet, irgendwie zu vergessen, diese Tatsache Schwester Hunter gegenüber zu erwähnen. Diese Situation hielt beinahe den ganzen Tag an, bis Helen für eine Routineuntersuchung zurückkehrte und seine Tarnung aufflog. Mit dem vollkommen unangemessenen Genuss von jemandem, der noch eine ganze Menge Rechnungen offen hatte, hatte Helen diese Neuigkeiten Schwester Hunter überbracht – mit dem Erfolg, dass Markham nun quer durch ganz St. Mary's gejagt wurde. Bislang hatte Hunter ihn noch nicht erfolgreich aufgespürt. Der allgemeinen Ansicht nach war er auf einem Dampfer Richtung Tristan da Cunha unterwegs und hatte nicht vor, jemals zurückzukehren …

Vor dem Unterschreiben jedoch hatten wir eine kleine Zeremonie nur für uns selbst.

Wir versammelten uns in der Halle, in der alles Gesprochene von den Wänden zurückgeworfen wurde. Jeder, der die ärztliche Erlaubnis bekommen hatte, war hier, gemeinsam mit einigen, die keine Freigabe bekommen hatten.

Dr. Bairstow und Chief Farrell standen einander auf dem ersten Treppenabsatz von Angesicht zu Angesicht gegenüber, und vollkommene Stille senkte sich herab.

»Direktor, Sie sind von Ihren Pflichten entbunden.«

»Direktor, ich übergebe meine Pflichten an Sie.«

Sie schüttelten sich die Hände, und enthusiastischer Applaus brandete auf.

Wir nahmen an gegenüberliegenden Seiten der Tische Platz, und zwar mit der sorgfältig aufrechterhaltenen Höflichkeit zweier Gruppen von Menschen, die sich wirklich nicht besonders gut leiden konnten. Die Präsidentin setzte sich ans Kopfende des Tisches. Als Zeichen von Taktgefühl und angesichts der angestrebten Einigung trug sie Zivilkleidung.

Dr. Bairstow saß einer jungen Frau mit einem vorzeitig gealterten Gesicht gegenüber. Ich fragte mich, ob sie irgendeinen Zeitunfall erlitten hatte. Augenscheinlich konnte es gelegentlich dazu kommen.

Vis-à-vis von mir saß ein sehr junger Officer, der seinem Aussehen nach zu urteilen erst kürzlich rekrutiert worden war. Sein brutal anmutender

Einheitshaarschnitt war ein bisschen herausgewachsen. Unauffällig grinste ich Officer Ellis zu. Er grinste unauffällig zurück.

Abgesehen von Ellis kannte ich niemanden gegenüber am Tisch. An meiner Seite befanden sich Dr. Bairstow, Chief Farrell und Pinkie, eine alte Freundin aus der Zukunft. Ich würde versuchen, ein paar Worte mit ihr zu wechseln, ehe sie wieder aufbrach.

Da war auch ein älterer Mann mit durchdringend leuchtenden Augen, von dem ich annahm, dass er Dr. Bairstows Direktor war – der Mann, der ihn vor all diesen Jahren hierhergeschickt hatte. Die anderen waren Fremde für mich, aber wir alle waren Direktorinnen und Direktoren vom St. Mary's-Institut oder waren es mal gewesen.

Heute wurde Geschichte geschrieben, und zur Abwechslung beobachteten und dokumentierten wir nicht nur, sondern wir waren Teil davon. Mal etwas anderes.

Frau Präsidentin stand auf und begrüßte die Versammelten.

»Vor einiger Zeit – in der Zukunft – wurde die Organisation, die als die Zeitpolizei bekannt ist, gegründet, um einer sehr realen Bedrohung zu begegnen. Ihre Antwort auf diese Bedrohung war alles, was man sich hätte wünschen können, und ich möchte hier und heute unsere tiefe Dankbarkeit für Ihren Einsatz zu Protokoll geben. Ihre Aufgabe war keine leichte und beinhaltete große Opfer auf Ihrer Seite. Mitglieder der Zeitpolizei – St. Mary's dankt Ihnen für Ihren Dienst.«

Höflicher Beifall tröpfelte.

Mir fiel eine Bewegung auf. Mrs. Partridge schob sich unter Entschuldigungen durch die zweite Reihe. Gerade, als sie sich hingesetzt hatte, fing sie meinen Blick auf, und alle Zweifel und Ungewissheiten, die tagelang durch das gespukt waren, was als mein Gehirn gilt, fügten sich zusammen und wurden klar. Ich starrte auf den Tisch und wünschte mir, ich wäre irgendwo anders.

Die Präsidentin fuhr fort: »Wie wir jedoch alle wissen, haben sich die Umstände geändert. Die Bedrohung ist unschädlich gemacht worden, und nun ist die Zeit gekommen, die Organisation wieder aufzulösen, die nur gebildet worden war, um sich besagter Angelegenheit anzunehmen. Delegierte von der Zeitpolizei, zusammen mit allen, die je als Direktorin oder als Direktor vom St. Mary's-Institut gedient haben, haben sich aus ebendiesem Grund heute hier versammelt.«

Ich lehnte mich auf meinem Stuhl zurück und schaute den Tisch zu meiner Linken hinunter.

Pinkie starrte mich an.

Die Präsidentin machte eine Geste in Richtung eines Stapels von Dokumenten vor ihr auf dem Tisch und lächelte etwas kläglich.

»Das kann einige Zeit in Anspruch nehmen.«

Sie hatte recht. Das tat es. Es dauerte länger, als irgendjemand erwartet hatte, weil es nie dazu kam.

Denn ich verweigerte die Unterschrift.

Das habe ich aus Gründen der Dramatik so formuliert, denn tatsächlich war ich gar nicht die Einzige.

Ich sah zu, wie ein Set Dokumente auf der anderen Seite des Tisches hinunterwanderte und wie alle Delegierten die vor ihnen liegende Kopie unterschrieben und sie dann für die nächste Unterschrift weiterreichten.

Mit wachsendem Unbehagen beobachtete ich, wie auf Seiten von St. Mary's dasselbe passierte. Ich war mir wirklich nicht sicher bezüglich der ganzen Angelegenheit. Und ich war nicht die Einzige.

Es kam zu einem Stau. Ein Berg nicht unterschriebener Dokumente wuchs vor Pinkie an. Sie machte keine Anstalten, ihren Stift zu Hand zu nehmen.

Das schwache Murmeln rings herum in der Halle klang laut in meinen Ohren. Officer Ellis unterzeichnete die letzte Kopie der Zeitpolizei, legte sie sorgfältig über die anderen und wartete darauf, dass unsere Stapel hinübergereicht würden.

Aber die kamen nicht.

Die Präsidentin erkundigte sich: »Gibt es ein Problem, Direktorin?«, und jeder sah zu Pinkie. Mir persönlich hätte das eine Heidenangst eingejagt, aber Pinkie war aus härterem Holz geschnitzt. Um der heutigen Versammlung einen würdigen Anstrich zu geben, hatte sie ihr sandfarbenes Haar hochgesteckt, wodurch sie nur noch störrischer und kämpferischer als üblich aussah. Sie ließ einen angriffslustigen Blick durch die Halle wandern, als wollte sie prüfen, ob jemand Widerspruch wagte.

Dann sagte sie: »Ich weiß, Frau Präsidentin, dass viele Opfer erbracht wurden, um uns heute an diesen Tisch zu bringen. Ich weiß, dass viele im St. Mary's-Institut lange und hart gearbeitet haben, um das zu erreichen. Vielleicht hätte ich schon früher das Wort ergreifen sollen, aber wenn ich das getan hätte, wäre die Sache vielleicht anders gelaufen, und wir würden nicht aus der heutigen Position der Stärke heraus verhandeln.

Und da befinden wir uns, Frau Präsidentin: in einer Position großer Stärke. Aber wir sollten nicht zulassen, dass uns das in eine Richtung führt, die meiner Meinung nach die falsche ist. Die Zeitpolizei wurde ins Leben gerufen, um einer entsetzlichen Gefahr zu begegnen. Vor dieser Tatsache können wir nicht die Augen verschließen. Das Wissen über Zeitreisen ist in der Welt, und ich bin mir sicher, dass die Tage kommen werden, in denen die Zeitpolizei wieder gebraucht wird. Die Zeit wird kommen. Und dann könnte es zu spät sein, sie wieder aufleben zu lassen. Es tut mir leid, Frau Präsidentin, Direktorinnen und Direktoren, Mitglieder von St. Mary's, aber ich bin keineswegs davon überzeugt, dass es der richtige Schritt ist, wenn wir die Zeitpolizei heute abschaffen.«

Es herrschte eine ziemlich unangenehme Stille. Ich vermutete, dass beide Seiten an jene dachten, die heute nicht mehr dabei waren, und sich fragten, wozu denn alles gedient haben sollte. Ein wichtiger Punkt. Aber heute hatten wir die Chance für einen Neuanfang. Und das war nichts, was zur Debatte gestanden hätte, wenn Colonel Albay noch immer das Kommando gehabt hätte.

Das Schweigen dehnte sich, bis eine erschüttert aussehende Frau Präsidentin fragte: »Stimmt dem noch jemand zu? Oder ist diese Direktorin allein mit ihrer Meinung?«

»Nein«, sagte ich und stand auf. »Ist sie nicht.«

Ich traute mich nicht, irgendjemanden anzuschauen. Gott weiß, was St. Mary's jetzt mit mir veranstalten würde. »Die Direktorin hat vollkommen recht. Eines Tages werden wir aufwachen und feststellen, dass alles wieder geschieht, und wenn wir die Zeitpolizei aufgelöst haben, werden wir nicht mehr in der Lage sein, auf zukünftige Bedrohungen zu reagieren. Ich denke, wir sollten uns die Zeit nehmen und uns die Katastrophen vorstellen, zu denen es kommen kann, wenn andere so ungehindert Zeitreisen nutzen können. Wir dürfen auch nicht die Ziele vergessen, die die Skrupellosen damit verfolgen könnten. Ich glaube, wir brauchen die Zeitpolizei. Es wird doch sicher einen Weg geben, wie wir alle zusammenarbeiten können? Ein System der gegenseitigen Kontrolle, das es jedem von uns ermöglicht, erfolgreich seiner Arbeit nachzugehen?«

Stille.

Ich versuchte, mit fester Stimme zu sprechen, aber das war nicht so leicht. Nicht, als ich mich in der Halle umsah und nach Gesichtern suchte, die nicht da waren. Die nie mehr da sein würden.

Ich blieb beharrlich. »Wir haben einander bis zum Stillstand bekämpft. Menschen sind dabei gestorben. Ich denke, wir sollten alle einen Schritt zurücktreten und uns in Erinnerung rufen, warum wir heute hier sind.«

Absolute Stille. Kein Applaus. Andererseits aber auch keine Zwischenrufe.

Ein bisschen bedröppelt setzte ich mich wieder. Ich schielte zu Mrs. Partridge rüber, aber sie war nicht mehr da. Vielleicht holte sie gerade ihr Flammenschwert. Und wieder wünschte ich mir, ich wäre eine Million Meilen weit weg.

Endlich brach die junge/alte Frau gegenüber von Dr. Bairstow das Schweigen. Beinahe, als würde sie laut denken, sagte sie: »Die Integrität der Zeitlinie muss stets aufrechterhalten werden.«

Dr. Bairstow ließ seinen Blick die Reihe vom Team St. Mary's an seiner Seite entlangwandern und sagte dann: »Wir stimmen zu.«

»Vielleicht ein Verhaltenskodex …?«

»Das könnte man auf jeden Fall in Betracht ziehen.«

Stille.

Ein Direktor, den ich nicht kannte, räusperte sich und sagte: »Das St. Mary's-Institut braucht die Freiheit, Forschungen ohne Behinderungen und Einschränkungen zu verfolgen.«

Die Zeitpolizistin sagte: »Wir stimmen zu.«

»Es muss keine Einwilligung eingeholt werden?«

Sie wählte ihre Worte mit Bedacht: »Vielleicht sollte man zu einer Übereinkunft gelangen, dass eine Erlaubnis verweigert werden kann, wozu es aber vermutlich nie einen Anlass geben wird.«

Anhaltendes Schweigen, während der Großteil von St. Mary's den verworrenen Satz zu kapieren versuchte.

Dr. Bairstow nickte: »Wir stimmen zu.«

»Die Zeitpolizei behält sich das Recht vor, zu beraten, nachzuhaken und zu warnen.«

»Wir stimmen zu. St. Mary's behält sich das Recht vor, eigene Pläne und Strategien zu entwickeln.«

»Solange diese sich mit dem Verhaltenskodex vereinbaren lassen, ja.«

»Ein Verhaltenskodex, der die Zustimmung von beiden Seiten gefunden hat.«

Sie nickte. »Wir stimmen zu.«

Dr. Bairstow wurde zutiefst ernst. »Der Sinn und Zweck der Zeitpolizei muss sehr klar definiert werden. Sie wird die Zeitlinie schützen und verteidigen. Das ist alles. Sie kann nicht gleichzeitig System der Rechtsprechung sein. Ihre Mitglieder sind nicht unsere Vorgesetzten. Wir verwalten uns selbst. Ich kann mir jedoch Gelegenheiten vorstellen, bei denen wir froh über Unterstützung oder Rat wären. Ich hoffe, die Zeitpolizei wird es uns leicht machen, darum zu bitten.«

»Wir stimmen zu.«

Wieder trat Schweigen ein. Jeder sah jeden anderen an.

»Hat noch einer irgendetwas hinzuzufügen?«, fragte die Präsidentin in einem Ton, der jeden davon abhalten sollte, etwas Derartiges auch nur in Erwägung zu ziehen.

Es hatte niemand etwas zu ergänzen. Offenbar hatten alle beschlossen, es gut sein zu lassen, solange wir die Nase vorn hatten.

»Hat irgendjemand daran gedacht mitzuschreiben?«, erkundigte sich die Präsidentin mit Hoffnung in der Stimme.

Ein aufgeregter Professor Rapson sprang auf. »Ja, ja. Ich hab das alles festgehalten.« Er riss ein Blatt aus seinem schäbigen Notizbuch. »Wenn irgendjemand bitte Kopien machen könnte.«

Und so war der historische Vertrag von St. Mary's mit rotem Filzstift auf eine Seite gekritzelt worden, die aus einem zerknautschten Notizbuch gerissen, fotokopiert, von allen unterzeichnet und verteilt wurde, und zwar mit einer Ehrfurcht, als handelte es sich dabei um die Magna Charta. Und auf ganz eigene Art und Weise war es ja auch so etwas.

Als das erledigt war, entspannten sich alle einen Augenblick lang. Bald würde Tee serviert werden.

Ellis und ich, die wir unserer Pflicht Genüge getan hatten, standen auf, streckten uns und traten ein paar Schritte vom Tisch weg.

Ich vergewisserte mich, dass niemand lauschen konnte, und sagte leise: »Sie haben mein Leben gerettet. Danke.«

Er warf einen Blick über die Schulter, um ebenfalls sicher sein zu können, dass niemand mithören konnte. »Eine gute Wendung …«

Mehr musste er nicht sagen.

»Wie geht's dem Bein?«

»Gut. Wie geht's dem Arm?«

»Gut.«

Er sah sich in der Halle um.

»Wie ich sehe, ist sie heute nicht hier.«

Einen Moment lang war ich verwirrt, dann begriff ich, dass er Barclay meinte. Ich hatte sie mehr oder weniger vergessen. Wie doof war ich eigentlich?

Er fuhr fort: »Es wäre interessant gewesen, ihr bei dem Versuch zuzusehen, die Situation zu ihrem eigenen Vorteil hinzubiegen.«

»Ja, eine Koalition aus Zeitpolizei und dem St. Mary's-Institut dürfte so ziemlich das Letzte sein, was sie gewollt hätte. Ich wünschte, ich könnte ihr Gesicht sehen, wenn Sie ihr davon erzählen.«

Sein Kopf wirbelte herum, und plötzlich klang er sehr eindringlich: »Wenn *ich* ihr davon erzähle?«

Ich hatte schon viele Male erlebt, dass der Boden nachgab, aber noch nie mit einer solchen Erschütterung wie jetzt. Ihm erging es nicht anders, das konnte ich an seinem Gesicht sehen. Wir hatten geglaubt, die Zeitpolizei hätte sie, und die dachte, sie wäre bei uns. Wir alle hatten den Ball aus den Augen verloren.

Ich sah, wie Dr. Bairstow mit einem Ruck den Kopf drehte. Ihm entging nie etwas.

»Sie haben sie nicht, Officer?«

»Nein, Sir. Ist sie denn nicht bei Ihnen?«

»Warum sollte sie bei uns sein? Wir glaubten, sie wäre wegen der Sache mit Maxwell von der Zeitpolizei festgenommen worden.«

»Wir dachten, Sie hätten sie in Gewahrsam genommen, Sir, und würden selbst entscheiden, wie Sie mit ihr verfahren.«

»Also, wo steckt sie denn dann?«

Eine sehr gute Frage.

Ich weiß, ich hätte sie einfach abknallen sollen.

Irgendwann zwischen dem Moment, wo ich sie versehentlich – zwei Mal – mit Fußtritten die Treppe hinabbefördert hatte, und dem Augenblick, als Leon mit dem Rettungstrupp aufgetaucht war, musste sie sich entgegen allen Erwartungen aufgerappelt haben und verschwunden sein. Vermutlich unmittelbar nach der Explosion, wo jeder auf dem Rücken lag und sich fragte, was zur Hölle gerade passiert war. Irgendwie war sie entkommen.

Das war ein Schlag. Ich hatte mir freudig ausgemalt, wie sie all diese unangenehmen Hilfsmittel kennenlernen würde, über die nur die Zeitpolizei verfügt, und diese hatte offenbar geglaubt, wir hätten sie zu eigenen Zwecken weggeschafft. Aber nein. Sie war entwischt, und jetzt war es viel zu spät. Ich versuchte, diesen Gedanken beiseitezuschieben.

Und das gelang mir auch ungefähr dreißig Minuten lang.

Eine halbe Stunde später begannen die Leute, sich zurückzuziehen. Ich plauderte kurz mit Pinkie und wurde Dr. Bairstows Direktor vorgestellt, aber das war es auch schon. Ich war nicht dazu gekommen, auch nur ein einziges Wort mit Leon zu wechseln, mit dem sich jeder unterhalten wollte.

Während ich auf ihn wartete, kam ich auf die Idee,

meine wenigen Besitztümer aus meinem Zimmer zu holen und mit ihnen zusammen wieder zurückzukommen.

Leise schlüpfte ich aus der Halle und suchte mir meinen Weg durch Absperrbänder und Plastikfolie zum Mitarbeitertrakt. In Gedanken war ich bei Leon, und so kam es, dass ich die Tür öffnete und ein paar Minuten brauchte, bis richtig zu mir durchdrang, was ich da sah.

Mein erster Gedanke war, dass hier ein Schneesturm gewütet hatte. Kleine weiße Flocken von irgendetwas lagen überall verstreut. Mir wollte einfach nicht einfallen, was das sein könnte. Dann erblickte ich die schlaffen Überreste von Bär 2.0, die mit einem Messer durch ein Auge an der Wand befestigt worden waren. Sein kleiner Körper war von Kopf bis Fuß aufgeschlitzt worden, und das weiße Füllmaterial war jetzt überall im Raum verteilt.

Bär 2.0, ein Geschenk von Leon, der ein bisschen Zeit von seiner Weltrettungsmission abgezweigt hatte, um ihn mir zu bringen – und ich hatte ihn in diesem schrecklichen Zimmer gelassen, wo er in einem Anfall hasserfüllter Rachsucht von Bitch Barclay in Stücke zerfetzt worden war. Ich hatte das Gefühl, ihn im Stich gelassen zu haben. Es war, als hätte ich sowohl ihn als auch Leon enttäuscht.

Mit Knien, die vom Schock plötzlich ganz wacklig waren, betrat ich das Zimmer. *Sie* war hier drinnen gewesen. Zu irgendeinem Zeitpunkt war sie hier gewesen. An dem Messer war auch eine Nachricht befestigt worden.

*Bis zum nächsten Mal, du …*

Es folgte ein wirklich unschönes Wort. Jeder weiß, welches ich meine. Die Handschrift und die Vielzahl der blutigen Fingerabdrücke verrieten mir, dass Barclay schwer verletzt gewesen war, als sie die Nachricht schrieb. Sie musste verzweifelt bestrebt gewesen sein zu verschwinden, ehe irgendjemand sie finden oder bevor sie ihren Verletzungen erliegen würde. Und doch, trotz ihrer Eile, hatte sie sich die Zeit genommen, war hier heruntergekommen, hatte meinen einzigen wertvollen Besitz, nämlich Leons Geschenk, zerstört und eine sehr handfeste Drohung hinterlassen. Wie übermächtig mussten ihre Hassgefühle auf mich sein.

Und wo steckte sie jetzt?

In einem Anflug von Panik wirbelte ich auf dem Absatz herum, was dumm war, denn natürlich war sie längst über alle Berge.

Aber sie konnte überall da draußen sein. Mich beobachten. Auf ihre Chance warten. Ein kleiner Stoß, während ich darauf wartete, eine Straße überqueren zu können. Ein bisschen von irgendeiner Substanz in einer unbeaufsichtigt herumstehenden Teetasse. Eine Kugel buchstäblich aus heiterem Himmel, wenn ich in der Nachmittagssonne spazieren ginge. Ich würde nie mehr sicher sein.

Meine Gedanken rasten hierhin und dorthin. Ich fragte mich tatsächlich, wie weit ich kommen würde, wenn ich jetzt wegrennen würde. Glücklicherweise fielen meine Blicke auf das wirkliche Opfer hier. Ich hob die Hände, zog das Messer aus dem Auge, zerknüllte den Zettel und warf ihn beiseite. Dann legte ich Bär 2.0 sacht auf ein Kissen. Danach kroch ich unter Schmerzen im ganzen Zimmer herum, fischte unter dem Bett und schob die Möbel weg, bis ich jedes letzte Fitzelchen von ihm zusammengesammelt hatte. Ich legte alles ganz vorsichtig in die Pappschachtel und ging zu Mrs. Enderby, die zwar noch immer ziemlich blass war, aber schon wieder viel erholter aussah. Sie saß still an einem der Fenster der Garderobe, eine Tasse Tee neben sich.

»Max.« Sie schien ernsthaft erfreut, mich zu sehen.

Wir fragten einander nach dem Befinden, und dann hielt ich ihr den Karton hin. Sie spähte hinein.

»Kann man da noch irgendwas tun?«

Sie holte den armen Bären raus und legte ihn auf ihren Schoß. Sie strich ihn glatt, richtete seine kleinen Lederpfoten aus, sah sich die Füllung in der Kiste an und sagte: »Ich denke schon. Komm in ein paar Tagen wieder.«

Ich sagte: »Danke«, ohne irgendeinen bestimmten Grund, und schon liefen mir die Tränen über das Gesicht.

»Was für ein entsetzliches Mädchen das war«, sagte sie sanft und ignorierte taktvoll meine Mühen. Ich musste lachen. So viel dazu, dass ich die Nachricht weggeworfen hatte. Mrs. Enderby hatte sich sofort gedacht, wer für so etwas verantwortlich sein musste.

»Du lässt dich doch davon nicht beeindrucken, oder?«

»Kein bisschen«, sagte ich entschlossen.

»Sehr weise«, sagte sie. »Du kannst ihn dir am Mittwoch abholen.«

Das war der Augenblick, in dem ich eine Entscheidung traf. Mrs. Enderby hatte recht. Ja, Barclay war irgendwo da draußen, und eines Tages würde ich sie wiedersehen, da gab es keinen Zweifel. Wenn es so weit wäre, würde ich mich darum kümmern. Aber wenn ich bis zu diesem Moment etwas anderes tun würde, als mein Leben normal weiterzuleben, dann hätte sie gewonnen, ohne auch nur einen Finger krümmen zu müssen, und das würde ich auf gar keinen Fall zulassen. Ich hatte zu lange und zu hart gekämpft, um jetzt aufzugeben. Denn endlich hatte ich eine Zukunft. Ich hatte eine Zukunft, und ich hatte Leon.

Apropos …

# ACHTZEHN

Ich holte mir ein Klemmbrett und etwas Papier aus der Verwaltung und wartete in Leons Zimmer. Es war sehr still hier oben, und ich blieb ungestört.

Er tauchte ungefähr eine halbe Stunde später auf und schloss die Tür hinter sich. Wieder dachte ich, wie müde er doch aussah. Auf jeden Fall brauchte er ein bisschen Ruhe und Erholung.

Ich lächelte. »Da bist du ja. Ich dachte schon, du wärst verloren gegangen, sobald ich nicht mehr da war, um dich im Auge zu behalten.«

»Was machst du da?«

»Ich sitze auf deinem Bett.«

»Ich meine, was sollen die ganzen Zettel? Schreibst du ein Buch?«

»Natürlich nicht. Als ob mir schon mal was Interessantes passiert wäre.«

»Also, was soll das denn alles?«

»Nichts, worüber du dir deinen hübschen Kopf zerbrechen musst. Nur ein paar einfache Fragen.« Ich räusperte mich. »Also gut: Hast du irgendwelche Vorerkrankungen?«

»Wie bitte?«

»Irgendwelche Schmerzen im Kreuz?«

»Wie bitte?«

»Irgendwelche Lieblingspositionen beim Sex?«

»Alle. Worum geht es hier eigentlich?«

»Das ist das Vorspiel.«

Er seufzte. »Manchmal mache ich mir Sorgen um dich.«

»Sieh mal«, sagte ich ziemlich geduldig, wie ich dachte. »Hier sind wir. Jeden Augenblick kann uns irgendeine zwielichtige Organisation angreifen. Oder Clive Ronan tritt die Tür ein und kidnappt dich. Oder Professor Rapson setzt irgendwelche giftigen Stoffe frei, die uns alle von jetzt auf gleich töten. Oder Markham taucht wieder auf, und der Zorn von Schwester Hunter lässt auch den Rest des Gebäudes einstürzen. Deshalb dachte ich, ich spare ein bisschen Zeit ein, denn jeden Augenblick werde ich wie ein wild gewordenes Frettchen in deiner Hose sein. Ich bringe nur schnell das Vorgeplänkel hinter uns. Also, hast du oder hattest du jemals …?«

Er griff sich mein Klemmbrett und warf es aus dem Fenster.

»Also das war ja nun wirklich nicht nötig.«

»Hör auf zu reden.«

»Es gibt eine ganze Reihe von sexuell übertragbaren Krankheiten, die wir noch durchgehen müssen.«

»Lass uns die Dinge ein bisschen beschleunigen, ja? Ich habe nämlich Monate damit zugebracht, mir jeden Gedanken an dich zu verkneifen, und ich warne dich – ich bin so scharf, dass ich kaum noch richtig funktioniere. Wenn ich dich nicht in den nächsten Sekunden anfassen kann, platze ich. Ich bin beinahe blind vor Verlangen. Also hör bitte auf zu reden.«

Ich zog mein T-Shirt über den Kopf.

»Hilft das?«

»Nicht … nennenswert.«

»Was, wenn ich dir dein T-Shirt ausziehe?«

Er trat einen Schritt zurück. »Wenn du mich anfasst, explodiere ich.«

Ich schleuderte meinen BH durchs Zimmer.

»Dann fass doch stattdessen mich an.«

Er brauchte drei Anläufe, um die Tür zu verriegeln. Als er sich zu mir umdrehte, waren meine Shorts dem BH gefolgt. Leon stand ganz still da. Ich glaube, er atmete nicht einmal. Seine Augen waren sehr dunkel, das Blau war nicht zu sehen. Er lief langsam durch den Raum wie ein Mann, der durchs Wasser watet. Ich streckte die Hand nach ihm aus, aber er packte mich am Handgelenk. »Bitte. Du musst mir eine Minute Zeit geben. Ich habe keine Witze gemacht, was das Explodieren angeht.«

»Nein. Keine Minute. Ich habe auch keine Witze darüber gemacht, dass sich uns irgendjemand oder irgendetwas in den Weg stellen könnte. Wenn es eine Sache gibt, die ich gelernt habe, dann die: die Gelegenheit beim Schopfe zu packen, solange ich kann. Also dann, Leon. Genau hier, jetzt gleich. Keine einzige Minute mehr verstreichen lassen.«

Es gab kein weiteres Vorspiel mehr.

Der Tisch stürzte mit einem Krachen um, was vermutlich die halbe Decke auf den unglücklichen Bewohner des Zimmers unter uns regnen ließ, und dann war Leon genau vor mir, versperrte das Licht und drückte mich rückwärts gegen die kalte Wand. Ich konnte spüren, wie er sich an mich presste. Jeden Zentimeter von ihm. Er küsste mich. Hart. Ich konnte ihn schmecken und erwiderte den Kuss, und ich merkte, wie sich alles in mir löste.

Ich riss an seinen Klamotten, während er seine Schuhe wegkickte, und dann endlich nahmen wir uns einen Moment, um uns anzuschauen. Die einzigen Geräusche im Universum waren sein unregelmäßiger Atem und mein pochendes Herz. Er machte wieder einen Schritt auf mich zu, und langsam, ganz langsam, griff er nach mir. Es gab diesen unwiederholbaren Moment, wenn die Haut zum ersten Mal Haut berührt. Ich zitterte.

Ganz sanft streichelte er mein Gesicht. Als ob er sich nicht mehr trauen würde. »Ich ertrinke in dir …«

Ich stöhnte und schmiegte mich an ihn, denn ich hatte vergessen … O Gott, ich hatte vergessen … Ich presste mich an ihn. Seine Hände waren überall auf meinem Körper. Drängend, aber zärtlich. Eine tödliche Kombination. Für mich jedenfalls.

Er sagte: »Lucy«, nur einmal, und seine Stimme nahm mir den Atem. Er hob mich hoch, und dann war es so weit. Heiß und hart war er in mir. Ich konnte ihn und sein Verlangen spüren. Er stieß tiefer in mich hinein.

Ich tat es ihm gleich. Passte mich seinen Bewegungen an. Passte mich seinem Atem an. Ich konnte nichts sehen – ich konnte nichts hören. Da war nur ein dumpfer, schwerer Rhythmus, der in meinem Blut ein Echo fand, als Leon bei jeder Bewegung härter und tiefer in mich eindrang. Ich schlang meine Beine um ihn herum und wollte ihn mit aller Leidenschaft. Jetzt wusste ich, wie es sich anfühlte, wenn ein Mann alle Kontrolle verliert und zu keinem Gedanken mehr fähig ist. Wenn er sich völlig der Freude und der Liebe hingibt. Wenn er sich in einem verliert. Die Flut seines Begehrens riss mich mit sich. Seine Haut brannte unter meinen Händen. Ich spürte, wie seine Muskeln arbeiteten. Hörte seinen abgehackten Atem.

Die Wand war kalt und hart in meinem Rücken. Einen kurzen Augenblick lang hoffte ich, dass das Zimmer auf der anderen Seite unbewohnt war, denn jede Minute konnten wir durchbrechen. Die Nachttischlampe kippte um. Irgendwas fiel von der Wand. Ich hörte Glas zerspringen. Einer von uns stieß den Wecker zu Boden, und das Piepen ging los. Mein Gott, war das laut. Allerdings nicht so laut wie wir. Ich betete, dass die ganze Etage leer war. Denn Leon war unaufhaltsam. Unnachgiebig. Das Gebäude hatte zu leiden. Mal wieder.

Ich erstickte ein Schluchzen in meiner Kehle wegen der Dinge, die ich verloren geglaubt und nun wieder hatte. Keiner von uns hatte einen Verlust zu beklagen. Endlich waren wir hier. Jetzt. Zusammen.

Ich fiel und versank in heißen, dunklen Gefilden … Und noch immer bewegte er sich in mir … legte an Geschwindigkeit zu … gewaltige, glückselige Wellen der Freude … O Gott … ich war verloren … Ich schrie laut auf … und dann war all die Sorge, die Furcht, die Ungewissheit, alles war weggewaschen von einem Strom aus Licht und Farbe … Er musste auf mich gewartet haben, denn mit einem letzten kräftigen Stoß explodierte er … und ich konnte ihn in mir pulsieren spüren, anscheinend endlos, immer weiter und weiter, und er riss mich mit sich, bis schließlich alle Bewegung verebbte …

Wir ließen uns an der Wand hinunterrutschen und lagen ineinander verschlungen auf dem Boden. Leon griff über mich hinweg und nahm den immer noch schrillenden Wecker zur Hand, der den gleichen Weg wie das Klemmbrett nahm. Schweigen breitete sich aus. Leon zog die Decke von seinem Bett.

Ich lag warm und geborgen in seinen Armen. »Da drüben steht ein absolut einwandfreies Bett. Warum schlafen wir auf deinem Fußboden?«

Er steckte die Bettdecke rings um uns herum fest und fragte schläfrig: »Willst du lieber bei irgendjemand anders auf dem Boden schlafen?«

Er schloss seine Augen.

Ich beobachtete ihn eine Weile beim Schlafen. Er war zerschlagen und voller Narben, sein Haar wurde langsam grau, und für mich war er das Wertvollste, was es auf der Welt gab. Und zwar egal, in welcher Welt.

Ich weinte um ihn. Ich kam nicht dagegen an. Und vielleicht weinte ich auch ein bisschen um mich.

Dr. Bairstow hatte nach mir schicken lassen. Ich wusste, worum es gehen würde. Es wurde Zeit, eine Entscheidung zu treffen. Ich hatte ernsthaft versucht, mir einige Gedanken über die Zukunft zu machen, aber jedes Mal scheute mein Geist davor zurück wie ein nervöses Pferd. Ich wusste einfach nicht, was ich wollte. Und auch was Leon wollte, wusste ich nicht. Wir mussten wirklich damit aufhören, uns aufeinanderzustürzen, und uns stattdessen hinsetzen und darüber sprechen.

Dr. Bairstow war im Büro an seinem Schreibtisch. Mrs. Partridge saß hinter ihm, ein Notizpad in der Hand. Ich weiß nicht, warum, aber sie dort zu sehen, sorgte für einen kleinen Kloß in meiner Kehle. Ich schluckte ihn hinunter, denn dies war nicht der richtige Moment, sentimental zu werden.

Anfangs wollte er mit mir über den Gedenkgottesdienst sprechen. Ich zögerte, weil ich mir immer noch nicht so sicher über meine Position im St. Mary's-Institut war.

»Sie sollten teilnehmen«, sagte er. »Ich denke, das würden alle zu schätzen wissen. Und es würde Ihnen die Chance geben, um Ihr eigenes St. Mary's und die Freunde, die Sie nie wiedersehen werden, zu trauern.«

Einen Moment lang konnte ich nicht sprechen.

»Max, es gibt keine Worte, um Ihnen für das Opfer zu danken, das Sie gebracht haben.«

»Es war kein richtiges Opfer, Sir. Ich wäre ansonsten gestorben.«

»Dann sollten wir beide dankbar sein, dass Sie hier

sind. Und das führt mich zu meiner nächsten Frage: Werden Sie bleiben?«

»Ich weiß es nicht.«

»Vermissen Sie das St. Mary's?«

»Ja, sehr. Aber gerade in letzter Zeit gab es hier so viele Tote ...«

»Ja, viel zu viele Tote. Aber wir sind Historiker, und das gehört zum Gesamtpaket dazu.«

»Und nach dem, was sie ... also Maxwell ... getan hat ... in Troja ...«

»Das waren nicht Sie. Sie haben das nicht getan. Das müssen Sie immer im Gedächtnis behalten. Ich weiß, dass Sie sich sehr mit der anderen Max identifizieren, und das ist auch nicht weiter verwunderlich, aber sie war nicht Sie, und Sie sind nicht diese andere Max.«

Er schob ein paar Akten auf dem Tisch herum.

»Nun, Dr. Dowson und ich haben uns zusammengesetzt und uns Folgendes einfallen lassen: Wir können nicht zwei Madeleine Maxwells haben, also werden Sie Lucy Maxwell sein. Sie sind eine Art Cousine von Madeleine Maxwell. Sie haben sie nie getroffen, deshalb sind Sie sich über Ihre genaue Beziehung nicht so richtig im Klaren. Sie haben Geschichte in Thirsk studiert, und Sie haben weitere Qualifikationen in Archäologie und Anthropologie. Sie haben auf verschiedenen Ausgrabungsstätten im östlichen Mittelmeerraum gearbeitet. Wie und wann Sie Chief Farrell kennengelernt haben, überlasse ich Ihnen. Es ist Ihre Sache, wie viel Sie den Leuten anvertrauen, obgleich

ich vermute, dass niemand fragen wird. Und es ist auch an Ihnen, über Ihre Zukunft zu entscheiden.«

Er schob mir einen Briefumschlag über den Schreibtisch zu. Darin fand ich einen Reisepass, einen Führerschein (wussten sie hier denn nicht, dass ich die schlechteste Autofahrerin der Welt war?), einen Ausweis, eine Karte mit der Versicherungsnummer, EC- und Kreditkarten. Eine völlig neue Identität. Ein völlig neues Leben.

Erstaunt sah ich auf – und misstrauisch.

Er lächelte. »Lassen Sie mich eins klarstellen. Nichts hängt davon ab, dass Sie im St. Mary's bleiben. Dies – all das – können Sie behalten, welche Entscheidung auch immer Sie treffen. Ich mache keinen Hehl daraus: Ich würde es gerne sehen, wenn Sie und Leon beide ins St. Mary's zurückkehren und Ihr Leben hier wieder aufnehmen würden. Ich akzeptiere jedoch, dass die Entscheidung von Ihnen allein gefällt werden muss, und wenn Sie beschließen, uns zu verlassen, dann werden meine besten Wünsche für Ihr neues Leben Sie begleiten.«

Er hielt inne und richtete die Akten auf seinem Schreibtisch ein weiteres Mal neu aus.

»Lassen Sie mich Ihnen bei Ihrer Entscheidungsfindung behilflich sein. Wenn Sie beschließen hierzubleiben, dann werde ich Sie zur Leitenden Missionschefin ernennen. Tatsächlich ist es so, dass ich vor einem Problem stehen würde, wenn Sie gehen sollten, denn Dr. Peterson hat bereits darum gebeten, wieder auf seine alte Position als Ausbildungsleiter zurückkehren zu dürfen.«

Ich fragte mich, ob das irgendetwas mit seiner neuen Assistentin, Miss Lee, zu tun hatte, die Dr. Bairstow umgesetzt hatte. Hatte er Petersons Bitte vorausgesehen? Ich erinnerte mich daran, wie Dr. Dowson gesagt hatte, Dr. Bairstow habe immer einen Plan.

»Außerdem dürften Sie sich zur Feier Ihrer Rückkehr jedwede Mission frei aussuchen. Ihre Wahl. Ihr Team. Ihre Mission. Lassen Sie sich das durch den Kopf gehen.«

»Als Belohnung?«

»Gütiger Himmel, nein. Bitte seien Sie sich darüber völlig im Klaren, Dr. Maxwell. Es ist Bestechung.«

Ich sah ihn an: »Wirklich alles wäre erlaubt?«

Er musste sich sichtlich zusammennehmen: »Das habe ich gesagt.«

Ein halbes Dutzend verrückter Ideen spukte mir durch den Kopf, und dann erinnerte ich mich an Helios und an den Preis, den wir bezahlen mussten für das, was wir getan hatten, und an die Lektionen, die wir gelernt hatten. Also schluckte ich hinunter, was ich hatte sagen wollen.

Hinter Dr. Bairstow hob Mrs. Partridge den Blick von ihrem Notizpad, schenkte mir ein seltenes, wohlwollendes Lächeln und machte sich weiter Aufzeichnungen.

Ich erinnerte mich an ein kürzlich geführtes Gespräch. Ich, Tim und ein Picknick … an den Thermopylen.

»Kann ich Ihnen später eine Antwort geben, Sir?«

»Natürlich.«

Ich hatte wirklich das Gefühl, einen Drink verdient zu haben. Der Rest vom St. Mary's-Institut dachte das offenbar auch. Also, dass sie sich einen Drink verdient hätten, meine ich. Die Bar war überfüllt und laut.

Ich holte mir ein Tonic Water mit Zitrone und hielt nach einem freien Platz Ausschau. Zeit, mal ein bisschen die Lage zu sondieren. Nicht ohne Muffensausen ging ich zu einer Gruppe, die am Fenster saß. Niemand machte eine große Sache daraus; alle rutschten ein wenig zusammen, um Platz zu machen. Ich war akzeptiert.

Genau wie das andere St. Mary's das verlorene, einsame Mädchen vor all diesen Jahren aufgenommen hatte, tat dieses Institut dasselbe. Und, ja gut, die Farbzusammenstellung in diesem Raum war wirklich abscheulich, und die Klos waren weiter weg. Aber die kleineren Unterschiede waren egal, denn die Menschen hier waren charakterlich ganz genauso wie im anderen St. Mary's. Und was war es für eine Erleichterung, etwas Vertrautes zu haben, an dem man sich festklammern konnte. Zu wissen, dass in diesem St. Mary's Tim noch immer sein altes, sanftmütiges Ich war. Dass Dr. Bairstow noch immer aus zwanzig Schritten Entfernung bei jedem das Blut zum Gefrieren bringen konnte. Dass Markham immer noch in seinem unendlichen Streben nach Hunters Zuneigung gefangen war. Dass Mrs. Partridge noch immer mit diesem Ausdruck resignierter Verärgerung von ihrem Notizpad hochschauen konnte …

Ich tauchte aus meinen Gedanken auf und stellte

fest, dass alle Prentiss' Liebesleben durchhechelten. Beziehungsweise den Mangel daran.

»Es ist eigentlich ziemlich einfach«, sagte Hunter gerade. »Man muss einfach mit ihnen sprechen. Heutzutage verstehen Männer sogar recht komplizierte Worte. Seht mal.«

Sie wandte sich an Markham, der vor Kurzem in ihren Orbit der Zuneigung zurückgekehrt war wie ein verirrter Komet. Sie lächelte ihn betörend an. Und wie stets, wenn sie in der Nähe war, saß er aufrecht da und sah aus wie ein erwartungsvoller Spaniel.

Sie ließ ihre Stimme ein oder zwei Oktaven tiefer sinken. »Oh, hallo, mein großer Junge. Wie hochgewachsen bist du denn eigentlich?«

Er schluckte krampfhaft. »Beinahe 1,70, also fast jedenfalls.«

»Nun, dann lass uns mal über die entscheidenden 15 Zentimeter davon reden, ja?«

Ich hatte den Eindruck, dass Markham kurz davor war, in Ohnmacht zu fallen. Er stieß die schwachen, gelallten Geräusche aus, die man sonst bei denen hört, deren Blutdruck abgeschmiert ist.

Hunter musterte ihn zufrieden und drehte sich dann wieder zu Prentiss zurück.

»Na, gesehen? Ganz leicht. Versuch's mal.«

»Werde ich tun.«

Sie sah sich um. Major Guthrie lief gerade vorbei.

»Guten Abend, Major. Wie groß bist du eigentlich?«

»Hm. 1,84 und entscheidende anderthalb Zentimeter«, sagte er und war völlig verblüfft, als sich wie auf ein Kommando halb St. Mary's schier kaputtlachte.

»Was um alles in der Welt …?«, fragte Leon, der eine halbe Minute später auftauchte und sich einen Überblick über die Lage verschaffte.

Ich wischte mir die Augen. »Erzähl ich dir später. Suchst du mich?«

»Ja. Hast du mal einen Moment?«

Ich stand auf und verharrte dann kurz. Eine bessere Frau als ich hätte der Versuchung vielleicht widerstehen können.

»Leon, wir haben uns gerade über Markhams Größe unterhalten. Wie sieht es im Vergleich noch mal bei dir aus?«

»Also, rechne mal entscheidende 10 Zentimeter dazu.«

Was soll ich sagen?

Wir saßen draußen an einem der Tische mit Blick auf den Garten. Die Sonne schien. Vögel zwitscherten. In einigen Minuten würde der institutionell abgesegnete Gewaltakt, bekannt als wöchentliches Fußballmatch, losgehen. Die Technische Abteilung und die Leute von der Sicherheit würden die Anspannungen der Woche abschütteln und sich im Namen des Sports grün und blau prügeln. Aber jetzt, in genau diesem Augenblick, war alles ruhig und friedlich.

Wir saßen eine Weile im warmen Sonnenschein, und dann sagte Leon: »Ich denke, die Zeit ist reif dafür, dass wir uns mal unterhalten.«

Ich nickte. Das stimmte. Dann sah ich ihn an. Er trug die alte Jeans und das Sweatshirt von damals, als die Zeitpolizei zum ersten Mal aufgekreuzt war und unser Leben gestört hatte. Ich hatte das Blau der Historiker an. Ich fragte mich, ob das irgendetwas zu bedeuten hatte.

»Ich finde, wir müssen über das sprechen, was wir tun wollen. Wenn du möchtest, fange ich an.«

Wieder nickte ich.

Er griff nach meiner Hand. Hier, für jeden zu sehen, der zu uns schauen wollte. Er drehte sich zu mir hin, um mich anblicken zu können, und seine blauen Augen strahlten.

»Wenn es eine Sache gibt, die ich gelernt habe, dann, dass das hier viel zu wichtig ist, um es auf die leichte Schulter zu nehmen. *Wir* sind zu wichtig. Also geht das nicht mehr so weiter, Max. Ich werde sagen, was ich mir wünsche. Dann kannst du dasselbe tun. Und dann unterhalten wir uns darüber, wie wir es erreichen können. Wir werden ehrlich miteinander sein und aussprechen, was wir wirklich fühlen. In Ordnung?«

Und noch einmal nickte ich.

»Also dann. Mir ist es egal. Mir ist es egal, ob wir hier im St. Mary's leben oder ob wir zurück nach Rushford ziehen. Es spielt einfach keine Rolle für mich. Solange ich bei dir bin, würde ich auch in einem Pappkarton auf dem Tesco-Parkplatz hausen, wenn es das ist, wonach dir der Sinn steht. Ich habe gelernt, dass Glück zu zerbrechlich und flüchtig ist, um es aufs Spiel zu setzen. Man muss zugreifen, solange man noch kann.

Also, du sagst einfach, was du tun willst, und dann mache ich gerne mit. Und zwar so lange, wie du es mit mir gemeinsam tun willst.«

Ich schaute auf seine kaputte Hand, die die meine hielt. Ich dachte an das Leben hier im St. Mary's. Ein Institut, das wieder aufgebaut werden musste. Ich dachte an Peterson und Markham und Guthrie. Ich dachte an den Lärm, die Diskussionen, das tiefe, gute Gefühl, das wahre Freunde einem geben. Ich dachte daran, wie es mir jedes Mal ging, wenn sich die Pod-Tür öffnete und ich hinaus ins Unbekannte trat.

Und dann dachte ich an Leons kleine Wohnung. Ich dachte daran, wie es gewesen war, am Küchentisch zu sitzen und ihm beim Kochen zuzuschauen, während ich Wein schlürfte und es einfach nur genoss, in Leons Nähe zu sein. Ich dachte an die Bilder, die ich malen könnte. An die Gemälde in meinem Kopf, die nie das Licht der Welt sehen würden, wenn ich hierbliebe. Ich stellte mir vor, wie wir sonntagmorgens gemeinsam im Bett liegen bleiben würden, während wir die Zeitung lasen und überall Toastkrümel verteilten. Ich dachte daran, wie es wäre, jeden Morgen aufzuwachen und ihn lächelnd neben mir zu haben.

Dann ließ ich den Blick über das Fußballfeld und die Schlachtreihen wandern, die Aufstellung genommen hatten. »Mir ist es auch egal. Ich will nur mit dir zusammen sein. Aber Glück ist wie Sand. Je fester man die Faust zusammenpresst, desto mehr rieselt es einem durch die Finger. Ich denke, wenn wir einfach irgendwo zur Ruhe kommen und still abwarten, dann werden wir eines Tages aufschauen, und es ist da. Also, mir geht es wie dir, es ist mir egal. Was auch immer du tun willst – ich werde an deiner Seite sein.«

»Tja, wir sind wirklich ein hoffnungsloses Paar, oder? Sieht aus, als wenn wir wieder unsere gute alte Entscheidungshilfe zurate ziehen müssen.«

Er schob eine Hand in die Tasche und holte eine halbe Krone heraus.

»Kopf: Wir bleiben. Zahl: Wir gehen.«

»Ist mir recht.«

Er warf die Münze. Ich sah, wie sie in die Luft flog und wie beim Drehen die Sonne darauf aufblitzte. Leon fing sie mühelos auf und klatschte sie auf den Tisch. Wir beugten uns beide vor, um besser sehen zu können. Und dann lehnten wir uns wieder zurück.

»Also gut«, sagte er und langte nach seinem Kaffee. »Das hätten wir geklärt.«

# »Äußerst überzeugend und fesselnd – perfekt durchdacht und urkomisch.«

*TIME Magazine*

704 Seiten. ISBN 978-3-7341-6181-0

»Der Körper, in dem Du steckst, hat einmal mir gehört.« Das ist sicherlich nicht das Erste, was man lesen möchte, nachdem man aus einer tiefen Bewusstlosigkeit erwacht. Erst recht nicht, wenn man von Leichen umgeben ist und jede Erinnerung verloren hat. Doch Myfanwy Thomas findet sich in genau dieser Situation wieder, und ihr bleibt kaum eine andere Möglichkeit, als den Anweisungen der mysteriösen Briefschreiberin zu folgen. Aber kann sie ihr trauen? Ist Myfanwy wirklich ein Rook, eine ranghohe Agentin, die Großbritannien gegen übernatürliche Bedrohungen verteidigt? Sie wird es herausfinden …

Lesen Sie mehr unter: **www.blanvalet.de**